Anne Marshall Zwack

Ein kleines bisschen Rache

Roman

Deutsch von Elke Bartels

blanvalet

Die Originalausgabe erschien 2007 unter dem Titel
»The Diplomatic Corpse«
bei John Murray, an Hachette Livre UK company.

FSC
Mix
Produktgruppe aus vorbildlich
bewirtschafteten Wäldern und
anderen kontrollierten Herkünften

Zert.-Nr. SGS-COC-1940
www.fsc.org
© 1996 Forest Stewardship Council

Verlagsgruppe Random House FSC-DEU-0100
Das für dieses Buch verwendete FSC-zertifizierte Papier
Holmen Book Cream liefert
Holmen Paper, Hallstavik, Schweden.

1. Auflage
Deutsche Erstausgabe September 2008 bei Blanvalet,
einem Unternehmen der Verlagsgruppe
Random House GmbH, München.

Umschlaggestaltung: HildenDesign, München
Umschlagbild: © Laurence Dutton / Photographer's Choice / Getty Images
Redaktion: Birgit Gehring
lf · Herstellung: Heidrun Nawrot
Satz: Uhl + Massopust, Aalen
Druck und Einband: GGP Media GmbH, Pößneck
Printed in Germany
ISBN: 978-3-442-37033-7

www.blanvalet.de

Meinem ungarischen Ehemann

1

WIEN

Gegen siebzehn Uhr hatte das Beerdigungszeremoniell seinen Abschluss gefunden. Den gesamten Trauergottesdienst hindurch hatte Maggie wie benommen einfach nur reglos dagesessen und die Zeremonie irgendwie über sich ergehen lassen. Ihr groß gewachsener Ehemann war ihr plötzlich so klein erschienen, wie er da in seinem Eichensarg im Hauptschiff der Kirche der Siebenten-Tages-Adventisten in Wien lag. Mit den Weihnachtsbäumen in der Botschaft ist es genauso, hatte sie unwillkürlich gedacht. Die sahen auch stets so klein aus, wenn sie geliefert wurden und zu einem festen Bündel zusammengeschnürt auf dem Boden des Atriums lagen. Dieser Eindruck änderte sich immer erst dann, wenn sie schließlich aufgerichtet wurden und sich fast bis zur Decke emporreckten, die Äste weit gespreizt…

Am Ende der Trauerfeier hatte Maggie ihren Platz in der Kondolenzreihe eingenommen, ganz so wie sie stets in Empfangsreihen an der Seite von Jeremy ihren Platz eingenommen hatte, all die vielen, vergangenen Jahre über, in all den verschiedenen Städten, in die sie versetzt worden waren. Sie hatte allen, die zur Beerdigung erschienen waren, die Hand geschüttelt, hatte auch jedes Mal die passenden Worte gefunden, und doch hatte in ihrem Kopf bloß völlige Leere geherrscht.

Es waren der Zweite Botschaftsrat und dessen Ehefrau Eileen gewesen, die Maggie anschließend in ihrem kleinen braunen Ford nach Hause gebracht hatten. In dem Botschaftswagen, den Maggie und Jeremy sonst immer benutzt hatten, wurde nun der stellvertretende Botschafter herumchauffiert. »Ich werde mein Bestes tun, die Stellung zu halten«, hatte Mackintosh wichtigtuerisch vor dem Mann aus dem Außenministerium verlauten lassen, der extra wegen des Trauergottesdienstes mit dem Flugzeug angereist war. Und Hilary Mackintosh hatte darauf beharrt, die gesamte Zeremonie über Maggies Hand zu halten. Es war eine ziemlich feuchte Hand gewesen, doch Maggie hatte das Gefühl gehabt, dass es unhöflich gewesen wäre, die ihre zurückzuziehen. Schließlich wollte Hilary ja bloß nett zu ihr sein, genau wie alle anderen.

»Möchtest du eine Tasse Tee?«, fragte Eileen nun betont munter, als sie die Eingangshalle der Botschaftsvilla betraten.

Maggie schaute sich hilflos um und wusste mit einem Mal nicht mehr so recht weiter. Sie begann, an den Fingern der schwarzen Baumwollhandschuhe zu zupfen, die sie zur Beerdigung getragen hatte – Maggie gehörte jener Generation an, die noch Handschuhe zum Kirchgang trug.

»Vielleicht würde sie ja lieber einen Brandy trinken?«, schlug der Zweite Botschaftsrat vor, der auf der Fußmatte stand und nervös seine Fingerknöchel knacken ließ.

»Nun ja, ein Sherry wäre vielleicht nicht schlecht«, gestand Maggie ein.

Ihre Antwort ließ den Zweiten Botschaftsrat augenblicklich aktiv werden. Witwen zu trösten, noch dazu unter diesen besonderen Umständen, war eine Aufgabe, für die er sich noch nie sonderlich gut geeignet hatte – der Zubereitung von Drinks dagegen fühlte er sich sowohl physisch als auch mental vollauf gewachsen. Beinahe unverzüglich kehrte er von der Hausbar zurück, in der Hand ein kleines Glas mit einer bernsteinfarbenen Flüssigkeit. »Amontillado?«, fragte er Maggie, die sich murmelnd bedankte.

»Ihr seid alle so lieb zu mir«, sagte sie, denn es waren wahrlich alle überaus nett und hilfsbereit.

»Möchtest du, dass wir bei dir bleiben?«, erkundigte Eileen sich pflichtbewusst von ihrem Platz in der Mitte des Raumes her, ihre kleine, lacklederne Handtasche mit beiden Händen fest umklammernd.

»Nein, nein, lasst nur, bitte macht euch keine Umstände! Mir geht es gut. Ich werde schon allein zurechtkommen. Wirklich. Ihr habt euch alle so sehr um mich gekümmert.«

»Aber was ist mit dem Abendessen? Du solltest wirklich etwas essen, um bei Kräften zu bleiben.«

»Oh, aber ich habe im Moment absolut keinen Hunger. Esmeralda hinterlässt immer Unmengen von Essen in der Tiefkühltruhe, wenn sie in Urlaub fährt. Macht euch um mich mal keine Sorgen!« Insgeheim war Maggie erleichtert darüber, dass die Köchin gerade ihren alljährlichen Urlaub in Portugal genoss. Denn Esmeraldas Art, ihrem Kummer Ausdruck zu verleihen, würde lärmend und nervenaufreibend sein. Wenn diese in ein oder zwei Tagen zurückkehrte, so hoffte Maggie, würde sie selbst sich wieder stark genug fühlen, um Esmeraldas Trauerbekundungen ertragen zu können. Vorläufig jedoch hatte sie das dringende Bedürfnis, allein zu sein. Sie brauchte jetzt erst einmal Ruhe und Einsamkeit, um die Dinge zu begreifen, zu verarbeiten.

Das Paar zog sich wieder in die Halle zurück und blieb einen Moment lang unsicher im grellen Licht des Kronleuchters stehen. Maggie ertappte sich bei dem Gedanken daran, wie unendlich viele Kronleuchter ihr gemeinsames Leben mit Jeremy erhellt hatten. Diese schienen ein unverzichtbarer Bestandteil des Botschaftslebens zu sein, wo immer sie und Jeremy auch gewesen waren: Wien, Budapest, Rom, Paris … sämtliche Botschaftsvillen waren erleuchtet gewesen von einem Meer glitzernder Kristalltropfen; es war eine strahlend helle Welt, in der Schatten oder gar geheime Ecken und Winkel keinerlei Daseinsberechtigung besaßen.

»Na ja, dann, wenn du dir ganz sicher bist …«, entgegnete der Zweite Botschaftsrat, eine Hand bereits auf dem Türknauf.

»Aber bitte, pass gut auf dich auf«, ermahnte Eileen ihre Freundin.

Dann schlossen die beiden mit einem taktvoll gedämpften Klicken hinter sich die Tür. Endlich war Maggie für sich allein.

Sie nahm das Glas mit dem Amontillado mit hinüber zu ihrem Lieblingssessel. Es waren nun schon dreieinhalb Jahre, dass sie stets in diesem Sessel Platz zu nehmen pflegte, genau seit jenem Tag nämlich, als Jeremy seinen Dienst in Wien angetreten hatte. Auf der anderen Seite des Kamins stand der hochlehnige, mit moosgrünem Samt bezogene Ohrensessel, in dem er immer gesessen hatte, wenn er aus der Botschaft heimgekehrt war; auf dem Beistelltisch neben sich und sorgsam auf einem Untersetzer platziert seinen Whisky Soda. Der Sessel zeigte noch immer die Einbuchtungen, die Jeremys stattliche Gestalt darin hinterlassen hatte. Die Stehlampe war nicht eingeschaltet, und Schatten lauerten in den samtenen Ecken, wo jener Mann, mit dem Maggie ganze fünfundzwanzig Jahre verheiratet gewesen war, ihr Abend für Abend gegenübergesessen hatte, einen milden Ausdruck der Geringschätzung auf dem Gesicht.

Jeremy war ein außerordentlich fähiger Staatsbeamter gewesen, und er besaß sämtliche Attribute des traditionellen Diplomaten. In Wien hatte er zum ersten Mal die Stelle des Botschafters bekleidet, und aller Wahrscheinlichkeit nach hätte er in knapp sechs Monaten sogar nach Washington entsandt werden sollen, als krönender Abschluss seiner beispielhaften Karriere. Jeremy war groß gewesen und sehr elegant, seinen etwas frühzeitig ergrauten Schopf über der hohen Stirn hatte stets ein makelloser Scheitel geteilt, und sein Whiskyglas hatte er in leicht femininen Händen mit weichen Handballen gehalten, während das Licht des unvermeidlichen Kronleuchters seinen Siegelring umspielte. Als ein Diplomat mit einer beispiellosen Karriere entsprach Jeremy sowohl in seiner äußeren Erscheinung als auch in seinem Auftreten ziemlich genau jenem Bild, das man gemeinhin von einem Botschafter zu haben pflegte. Er besaß die Gabe, in jeder Situation immer genau das Richtige zu sagen, und ihm entschlüpfte niemals eine unpassende Bemerkung. Er wusste, das Schlimmste, was ein Botschafter tun konnte, war, Staub aufzuwirbeln oder gar Anzeichen einer extravaganten Persönlichkeit erkennen zu lassen. Und Maggie wiederum war brav in seinem Kielwasser gesegelt, hatte widerspruchslos getan, was von ihr erwartet wurde, und die Regeln befolgt. Jeremy war stolz gewesen auf seine hübsche kleine Frau, wenn sie neben ihm in der Empfangsreihe stand und pflichtgetreu den Gästen die Hand schüttelte – wenngleich er diesen Stolz in seiner gewohnt zurückhaltenden Art natürlich kaum gezeigt hatte.

Jetzt saß Maggie in ihrem Sessel am Kamin und nippte an ihrem Drink. Der Sherry wärmte ihren geradezu eisig kalten Körper – nur nicht ihr Herz. Ihre Füße schmerzten in den feinen Schuhen, die sie zur Beerdigung angezogen hatte, aber andererseits hatten die Füße ihr schon immer Probleme bereitet: Sie litt unter chronisch entzündeten Fußballen, eine Folge der spitzen Schuhe, die sie als Teenager getragen hatte. Mit einer an Erleichterung grenzenden Empfindung wurde ihr plötzlich bewusst, dass es ihr ja nun freistand, die drückenden Pumps einfach von den Füßen zu schleudern, ohne sich dafür einen missbilligenden Blick von dem in seinem moosgrünen Samtsessel entspannenden Jeremy einzuhandeln. Jeremy hatte saloppe Ungezwungenheit nämlich stets mit Missfallen betrachtet. Hausschuhe hatte Maggie ausschließlich im Schlafzimmer tragen dürfen. Sie streifte ihre engen Schuhe ab und wackelte mit den Zehen. Dann warf sie einen Blick auf ihre Armbanduhr. Es war erst kurz nach sechs. Der Abend schien sich endlos vor ihr auszudehnen. In all den vergangenen Jahren hatte es im Grunde immer etwas zu tun gegeben, beinahe jeder Abend war für sie mit einer gesellschaftlichen Verpflichtung ausgefüllt gewesen: einem Nationalfeiertag, einer Chorprobe der Weihnachtssänger, der Vernissage eines Malers im British Council oder auch mit einem Treffen des Britischen Frauenclubs, um die Organisation des Wohltätigkeitsbasars zu besprechen. Jeremy hatte natürlich häufig noch weitere Verpflichtungen gehabt, bei denen ihre, Maggies, Anwesenheit aber nicht erforderlich gewesen war. Alles in allem waren die Abende, an denen sie und ihr Mann in aller Ruhe zu Hause in der Botschaftsvilla hatten essen können, selten gewesen. »Endlich mal ein Abend frei, meine Gute«, pflegte Jeremy bei diesen wenigen Gelegenheiten aus den Tiefen des grünsamtenen Ohrensessels zu intonieren, woraufhin Maggie Esmeralda anwies, ein paar Lammkoteletts zu braten und das Blumenkohlgratin zuzubereiten, das Jeremy so gerne aß. Dazu hatten sie dann zumeist eine Flasche Bordeaux genossen. Jeremy legte Wert auf seinen Wein und hatte sich im Laufe ihrer verschiedenen Aufenthalte in den diversen Wein erzeugenden Ländern Europas zu einem echten Kenner entwickelt.

Draußen senkte sich allmählich die Dunkelheit herab. Maggie starrte in die düsteren Schatten, die sich in dem Sessel ihr gegenüber immer weiter ausdehnten, und begann zu wünschen, sie hätte Eileen vorhin nicht so voreilig nach Hause geschickt. Es war nicht Jeremys Gegenwart, die sie vermisste; vielmehr war es seine Abwesenheit, die sie so bedrückte. Sie dachte an ihre Mutter, die Witwe geworden war, als sie, Maggie, noch ein kleines Mädchen gewesen war. »Mir war zumute, als ob direkt neben mir eine Bombe einschlüge«, hatte sie Maggie Jahre später einmal anvertraut. Maggie war als Kind immer fasziniert gewesen von einem Sammelalbum, das ihre Mutter während des Krieges geführt hatte. Vor allem hatte es ihr ein Zeitungsausschnitt angetan, auf dem ein Häuserblock in London abgebildet war, den eine Bombe getroffen hatte. Seiner Fassade beraubt, mit all den Betten und Schränken und Anrichten, die dort kreuz und quer übereinandergeworfen lagen, war das Innerste des Hauses den Elementen und jedermanns Blicken schutzlos ausgeliefert. Die Mutter hatte ihr erzählt, dass damals mitten aus dem Schutt und den Trümmern heraus rote Blumen gewachsen wären. Genauso, dachte Maggie, fühle auch ich mich jetzt; die Mauer, die sich einst schützend zwischen ihr und der

Außenwelt erhoben hatte, war auf brutale Weise einfach fortgerissen worden. Es war, als ob eine komplette Mauer ihres Hauses Opfer der schrecklichsten aller Angriffe geworden wäre. In diesen Gedanken verharrend, wartete Maggie auf die Trauer, die sich jedoch einfach nicht einstellen wollte. »Ich verstehe das nicht, ich fühle rein gar nichts«, hatte sie Hilary Mackintosh etwas eher am Tage gestanden. »Das kommt daher, weil du noch immer unter Schock stehst«, hatte die Ehefrau des stellvertretenden Botschafters erwidert und dabei mit feuchtem Händedruck Maggies behandschuhte Finger bearbeitet.

Maggie erhob sich und ging in Strümpfen hinüber zu Jeremys Schreibtisch. Sie müsste nun wirklich dringend seine Schwester in Neuseeland anrufen. Zwar war Isobel genau genommen nur Jeremys Halbschwester, zudem deutlich älter als ihr Bruder, und überhaupt hatten die beiden in den vergangenen Jahren nur sehr spärlichen Kontakt miteinander gepflegt, aber es war doch nur recht und billig, dass Isobel über den Tod ihres Halbbruders informiert würde. Maggie versuchte auszurechnen, wie spät es jetzt wohl in Neuseeland sein mochte. Wahrscheinlich hatte man dort ungefähr die gleiche Uhrzeit wie in Wien, nur dass das Datum wohl das des Vortages oder aber auch des Folgetages wäre. Sie ließ den Blick über die ordentlichen Papierstapel auf Jeremys Schreibtisch schweifen, über die Visitenkarten, die sich auf seinem Tintenlöscher türmten, und über seine feinsäuberlich geschriebenen Notizen auf dem kleinen Block neben dem Telefon. Jeremys fast schon pingelige Ordnungsliebe hatte sie stets irritiert, nun jedoch spürte sie plötzlich eine Woge unaussprechlicher Zärtlichkeit, während ihr Blick auf seinen altmodischen Füllfederhalter fiel, der dort in seiner angestammten Ablage ruhte. Zum ersten Mal seit Jeremys Tod wurde Maggie von einem wahren Weinkrampf geschüttelt; ähnlich einem Monsunregen rannen ihr die Tränen die Wangen hinab, unkontrolliert und scheinbar nasser, als ihrer Erinnerung nach jemals eine Träne gewesen war. Denn Maggies Tränen hatten sich bisher nur als feiner Film auf den Augäpfeln bemerkbar gemacht, als leichtes Kribbeln in der Nase und nach unten verzogene Mundwinkel – die sie aber stets rasch wieder zu entspannen pflegte – und in unterdrücktem, trockenem Schluchzen. Niemals aber waren ihr die Tränen so nass und sturzbachartig über das Gesicht geströmt wie in diesem absolut überraschenden Moment.

Maggie ließ sich am Schreibtisch nieder und blickte starr durch den Tränenschleier hindurch auf den Notizblock. Schon begannen nasse Flecken die wenigen Worte, die Jeremy dort in den letzten Tagen vor seinem Tod niedergeschrieben hatte, zu verwischen. »Z sagen, dass er den Wagen in die Werkstatt bringen soll«, so stand dort zu lesen. Eine weitere Notiz lautete schlicht »Griechen« – die Trauerfeier anlässlich Jeremys Dahinscheiden war auf den griechischen Nationalfeiertag gefallen. Unter normalen Umständen wären Jeremy und seine Frau heute zur griechischen Botschaft chauffiert worden und Maggie hätte genau jene unbequemen Schuhe getragen, die sie soeben neben ihrem Sessel zur Seite geschubst hatte. Steif hätten sie und Jeremy in der Reihe gewartet, bis es an ihnen gewesen wäre, dem griechischen Botschafter und dessen untersetzter kleiner Ehefrau die Hände zu schütteln sowie dem Ersten Botschaftsrat und dem Militärattaché. Anschließend hätten sie an einem schmalen Kelch Möchtegernchampagner genippt und ein kleines, weinlaubumwickeltes Häppchen zu sich genommen und freundlich zu dem griechisch-orthodoxen Kleriker mit dem hohen, schwarzen Hut hinübergenickt. Zu guter Letzt hätten sie noch ein paar kurze Worte mit ihren Botschaftskollegen aus den anderen geladenen Nationen ausgetauscht, um sich dann diskret wieder zu verabschieden. Gedankenverloren sann Maggie darüber nach, warum Jeremy wohl das Wort »Florist« niedergeschrieben hatte. Das war doch immer die Aufgabe seiner Sekretärin gewesen, jene stilvollen kleinen Blumengestecke zu ordern, die Maggie und Jeremy von Zeit zu Zeit zu verschicken pflegten, um sich für eine Einladung zu bedanken oder um zu kondolieren. Maggie begann, nach seinem Telefonbuch zu suchen.

Mit einem kleinen Taschentuch, das sie dieser Tage in ihrem Ärmel verborgen trug, tupfte sie hastig nach den Tränen, die ihr noch immer über das Gesicht und den Hals rannen, und zog unterdessen die kleinen Schubladen des Schreibtischs auf, bis sie endlich fand, wonach sie gesucht hatte: jenes leicht abgewetzte, in schwarzes Leder gebundene Buch, das Jeremy schon benutzte, solange sie ihn kannte. Unter »I« wie »Isobel« fand sie seine Halbschwester. Alljährlich zu Weihnachten hatte er sie einmal angerufen, und dann hatte es noch ein paar weitere Telefonate gegeben, als ihr Vater unheilbar erkrankte. Maggie atmete tief durch und wählte langsam Isobels Nummer. Es dauerte eine kleine Weile, ehe das wienerische Telefon begriff, welch eine enorme Entfernung es nun zu überbrücken hatte, und dann war wie aus weiter Ferne plötzlich das fremdländische Klingelzeichen zu hören. Maggie musste es sehr lange klingeln lassen und begann bereits, sich Sorgen zu machen, dass sie womöglich gerade mitten in der Nacht anrief.

»Hallo«, wurde das Gespräch schließlich von einer matten Stimme entgegengenommen.

»Isobel, bist du das?«

»Ja, wer ist denn da?«

»Isobel, ich bin's, Maggie.«

»Maggie, meine Güte, wo bist du? Du klingst, als ob du im Nebenzimmer wärst!«

»Ich bin in Wien. Ich fürchte, ich habe schlechte Nachrichten.«

Es entstand eine Pause. »Jeremy?«, fragte die Stimme am anderen Ende der Welt.

»Ja. Es tut mir so leid, aber er ist am Donnerstag ganz plötzlich verstorben.«

Wieder trat eine Pause ein. »Der arme Jeremy. War er denn krank?«

»Nicht, dass ich wüsste. Er starb an einem Herzinfarkt. An seinem Schreibtisch.«

»Wer hätte gedacht, dass Jeremy vor mir sterben würde?«, entgegnete Isobel in verwundertem Tonfall. »Ist mit dir denn alles in Ordnung, meine Liebe?«

»Oh, ja«, beruhigte Maggie ihre Schwägerin mit einer nüchternen Entschiedenheit, die so gar nicht ihrem wahren Gemütszustand entsprach. »Heute war die Trauerfeier.«

»Tja, dann muss ich meinen letzten Willen wohl noch einmal neu verfassen«, seufzte Isobel. »Ich hatte alles, was ich besitze, Jeremy hinterlassen wollen. Du weißt ja, dass ich keine anderen Verwandten mehr habe.«

»Ach, mach dir doch darüber erst einmal keine Gedanken. Achte lieber auf dich und auf deine Gesundheit. Ich glaube«, fügte Maggie hinzu, und ihre Stimme begann bereits zu zittern, »ich möchte das Gespräch jetzt lieber beenden.«

»Aber ja, natürlich, das verstehe ich vollauf. Auf Wiederhören, meine Liebe. Sag mir Bescheid, wenn es irgendetwas gibt, das ich für dich tun kann.« Damit legte sie auf, und Stille trat ein, nur unterbrochen von einem Geräusch, das an das Rauschen von Wind und Wellen erinnerte.

Maggie nahm das Telefonbuch und hielt den vertrauten Einband eine Weile in den Händen. Schließlich stieß sie einen tiefen Seufzer aus. Das Weinen hatte ihr gutgetan, und sie fühlte sich beinahe schon wieder ein wenig belebt. Letztendlich hatte sie es fertiggebracht, das Richtige zu tun. Witwen weinten nun einmal um ihre Männer, das war nur normal. Sie erinnerte sich wieder daran, wie verzweifelt die Frau des spanischen Kulturattachés reagiert hatte, als ihr Ehemann von einer Straßenbahn überfahren worden war. Und sie, Maggie und Jeremy, waren einander doch so zugetan, so treu ergeben gewesen; das sagte jeder. Maggie schnäuzte sich geräuschvoll und in aller Ausführlichkeit. Es war ja niemand da, der es hören konnte. Die Stille im Zimmer war geradezu erdrückend. Einzig ein schwaches, gedämpftes Brummen war zu hören, das von dem Kühlschrank in der kleinen Küche kam. Als Maggie das Telefonbuch wieder in die Schublade zurücklegte, entdeckte sie plötzlich ganz hinten in der Lade eine Anzahl fein säuberlich aufgestapelter, in Englischleder gebundener Notizbücher, die sie, soweit sie sich erinnern konnte, noch nie zuvor gesehen hatte. Sie war schon drauf und dran, die Schublade wieder zu schließen, als sie aus einem plötzlichen Impuls heraus das oberste Notizbuch hervorzog und rasch durchzublättern begann. Ein Tagebuch! Aber natürlich. Jeremy hatte stets seine Gedanken niedergeschrieben. »Eines Tages werde ich dich berühmt machen«, hatte er ihr einmal scherzhaft erklärt. »Ich werde meine Memoiren schreiben, und dann wirst du die nächste Lady Diana Cooper sein – du weißt schon, die Botschaftergattin, die eine so herausragende Rolle spielte auf dem gesellschaftlichen Parkett und in den intellektuellen Kreisen ihrer Zeit!« Neugierig begann Maggie zu lesen.

4. Oktober. Mackintosh reist nach Montenegro ab. Shirley hat sich bis Montag freigenommen. Habe Eisenberger in der amerikanischen Botschaft getroffen. Ist offenbar der Meinung, dass die Chance eines Geschäfts mit IBM besteht. Habe 450 Schilling für neuen Pyjama für Venedig ausgegeben.

Wann hat er sich denn mit dem Gedanken getragen, nach Venedig zu fahren?, überlegte Maggie verwundert. Sie konnte sich jedenfalls nicht daran erinnern, dass er mit ihr über dieses Thema gesprochen hätte. Rasch blätterte sie einige Seiten weiter. Also sollten das Jeremys Memoiren sein, so würden Verleger sich kaum darum reißen.

8. Oktober. Habe Mausie angerufen. Hat erst nächste Woche wieder Zeit.

Mausie? Wer um alles in der Welt war Mausie? »Mausie« stand wohl für »Maus«, oder?

12. Oktober. Habe mich mit Mausie im Sacher getroffen. Hatte Tafelspitz und einen herrlichen Gewürztraminer. Mausie hatte Shrimps gewählt.
*** Das Ministerium bittet um Finanzbericht. Muss Mackintosh kontaktieren.*

Wofür mochten bloß diese beiden Sternchen stehen? Ob Mausie womöglich ein Spitzname für eine Person aus dem Wiener Außenministerium war? Obwohl von denen, zumindest Maggies Erinnerung nach, eigentlich keiner verwandtschaftliche Züge mit einem Nagetier aufwies. Und die Köpfe jener Herrschaften, die sich an der Tafel aufreihten, wenn sie, Maggie und Jeremy, eine Einladung ausgesprochen hatten, erinnerten Maggie eher an Schweine als an Mäuse. Besonders einer der Gesandten hatte mit seinen haarigen Nasenlöchern und den dominanten Zähnen sehr viel mehr Ähnlichkeit mit einem wilden Keiler als mit einer Maus. Aber vielleicht war »Mausie« auch ganz einfach der Deckname, den der britische Geheimdienst diesem Unbekannten verpasst hatte. Die dort Beschäftigten versteckten sich ja meist hinter irgendwelchen Initialen oder Losungswörtern oder Spitznamen.

15. Oktober. Mausie hat sich mit mir im Wildrösslstüberl an der Donau getroffen. Hatten unser Lieblingsgericht – Forelle. Plus Grünen Veltliner – Letzterer war mittelmäßig. Schöner Nachmittag. *

Diesmal folgte dem Eintrag nur ein einziges Sternchen. Es bestand kein Zweifel, Mausie musste jemand aus dem MI5 sein, dem Spionageabwehrdienst der britischen Regierung. Das würde auch erklären, warum Jeremy Maggie gegenüber nie etwas von diesem »Mausie« erwähnt hatte.

20. Oktober. Mausie war verärgert. Gewohnter Treffpunkt. Mausie hatte tiefgekühlten Tintenfisch gewählt und sich beschwert, weil der zäher schmeckte als sonst.

*Anschließend ein kleines Vermögen für Champagner ausgegeben. **

Ein Sternchen. Ganz offensichtlich war das hier ein Code.

22. Oktober. Waren im kleinen Beisl beim Stephansplatz. Das Halstuch hat Mausie gut gefallen, nur die eingelegten Heringe sorgten für Verstimmung. Hatten beide einen Humpen Bier.

Bei den Fischgerichten musste es sich allem Anschein nach um Waffenaufstellungen handeln oder irgendetwas in der Art. Jeremy war ja besonders in der letzten Zeit stark in die aktuellen Abrüstungsverhandlungen eingebunden gewesen.

23. Oktober.

Maggies Geburtstag, den Jeremy aber verpasst hatte, weil er für einige Tage zu einer Konferenz nach Brüssel hatte reisen müssen.

*Habe Mausie in ihrem Apartment abgeholt und bin dann mit ihr an den Attersee gefahren. Hat die ganze Zeit nur geregnet. Mausie aß jeden Abend Regenbogenforelle und war in ausgezeichneter Form. Dieser Kracher macht wirklich vorzüglichen Wein. ****

Drei Sternchen! *Ihr* Apartment? Dann war Mausie also eine Agentin? Und warum war Jeremy nicht in Brüssel gewesen?

Ganz langsam und eisig kalt wie ein schmelzender Gletscher schoben erste Zweifel sich in Maggies Bewusstsein. Dann, mit einem Mal, zerbarst die vertrauensvolle Selbstzufriedenheit, in der sie die letzten fünfundzwanzig Jahre gelebt hatte, wie ein krümeliger Keks unter einem achtlos in den Boden gerammten Absatz. Maggie spürte, wie die Hand, mit der sie das Tagebuch hielt, plötzlich unkontrollierbar zu zittern begann, und ihre Zunge schien mit einem Mal erschreckend groß und schwer und klebte regelrecht an ihrem Gaumen fest.

Es sollte eine lange Nacht werden. Maggie zog den Telefonstecker heraus, dann nahm sie all die kleinen Notizbücher aus der Schublade und arrangierte sie sorgfältig in chronologischer Reihenfolge, Jahr für Jahr. Sie fing an mit dem Ersten der Bücher, dessen Aufzeichnungen vor etwa dreieinhalb Jahren begannen, und arbeitete sich dann systematisch durch fünfundfünfzig weitere Büchlein hindurch bis zu jenem Tag, der unmittelbar vor Jeremys Todestag lag. Mausie tauchte schon relativ früh in seinen Notizen auf und fand danach regelmäßig weitere Erwähnung. Eingebettet zwischen Memoranden über gesellschaftliche Veranstaltungen und Anweisungen für Mackintosh und Zoltan, seinen Chauffeur, hatte Jeremy jedes einzelne Rendezvous mit der offenbar unersättlichen Fischliebhaberin Mausie fein säuberlich aufgelistet.

Den Einträgen über Mausie folgten schließlich die offenbar unvermeidlichen Sternchen, deren Bedeutung langsam in Maggies Bewusstsein drang. Zudem stellte sie voller Entsetzen fest, dass sie sich gar nicht daran erinnern konnte, wann eigentlich *ihr* letztes Sternchen stattgefunden hatte. Könnte es vielleicht nach der Silvesterfeier in der peruanischen Botschaftsvilla gewesen sein? Im Übrigen wurde Mausies Geburtstag, kaum dass Jeremy sie kennengelernt hatte, gleich mit einem edlen Hummeressen gefeiert – Hummer! Einen derartigen Luxus hatte es in Maggies Leben an Jeremys Seite nie gegeben. Und dann notierte er auch noch, wie sexy diese Mausie doch auf ihn gewirkt habe, als sie sich die Butter von den Fingern leckte!

Zorn wallte in Maggie empor, und zusammen mit der Wirkung des Amontillado vermittelte er ihr das Gefühl, als ob ihr Kopf sich plötzlich zu einem riesigen Ungetüm aufgebläht hätte, das zudem auch noch glühte wie das orange Blinklicht an einem Zebrastreifen. Sie starrte das Gesicht an, das ihr aus dem Spiegel über dem Kaminsims entgegenblickte, und kämpfte gegen den schier unbeherrschbaren Drang, die makellose Spiegeloberfläche nun einfach mit einem der Feuerhaken zu zerschmettern. Doch der Spiegel war schließlich Eigentum der Regierung. Alles hier war Eigentum der Regierung, sogar sie, Maggie selbst, und Jeremy waren all die ganzen Jahre über in gewisser Weise bloß Regierungseigentum gewesen …

Irgendwann schienen Jeremy und Mausie eine Reise nach Rom unternommen zu haben. Das musste ungefähr zu jener Zeit gewesen sein, als Maggies Mutter im Sterben lag und Maggie in Herefordshire bei ihrer Schwester Sue geblieben war. Ausgerechnet in jener Lebensphase, als Maggie ihren Ehemann am dringendsten gebraucht hätte, hatte sich dieser also vergnügt in Rom getummelt? Dies versetzte Maggie einen Stich, der sie bis ins Innerste traf. Zumal Jeremy Mausie auch noch ausgerechnet in jenes Restaurant ausgeführt hatte, das doch ihr, Maggies und Jeremys, Lieblingsrestaurant gewesen war, als er nach Italien versetzt worden war. Maggie fragte sich, ob das Personal seitdem wohl gewechselt hatte, denn ganz sicherlich würden die alten Kellner sich an sie erinnert haben, und es wäre ihnen aufgefallen, dass Jeremy dort neuerdings nicht mehr mit seiner Ehefrau, sondern mit einer anderen Dame zu speisen pflegte. Giuseppe, zum Beispiel, wäre das ganz bestimmt nicht entgangen. Und gewiss hätte er bei diesem Anblick doch zumindest missbilligend eine Augenbraue hochgezogen, oder? Und wer sonst mochte Jeremy wohl noch mit Mausie gesehen haben, fragte Maggie sich. Ob seine Büroangestellten davon wussten? In einer Botschaft ließen sich derlei Angelegenheiten nur schwerlich geheim halten. Ob man sich hinter Maggies Rücken verstohlen angestupst hatte, um dann einige mitleidige Blicke zu tauschen? Und wieso verwandelte man sich als betrogene Ehefrau in den Augen der anderen eigentlich immer gleich in eine Art Witzfigur? Ach, und hier, an dieser Stelle kauften Jeremy und Mausie Schuhe bei Ferragamo! Unterdessen hatte Maggie aus angeblichen Kostengründen weiterhin den Nationalfeiertag in jenen höllisch unbequemen Pumps feiern müssen, die sie dann schließlich auch zur Beerdigung ihres Gatten getragen hatte.

Mindestens einmal pro Woche fand sich in Jeremys Aufzeichnungen ein Eintrag über ein Treffen mit Mausie. Zwischendurch wurden dann noch einige Telefonate erwähnt, von denen Jeremy in seinen Tagebüchern jeweils einige kryptisch anmutende Passagen wiedergegeben hatte. Unter anderem erwähnte er, dass Mausie auf einem Konzert gewesen wäre und dass er ihr Blumen geschickt hätte. Ha, darum also die kurze Notiz »Florist«! Obendrein schenkte er ihr auch noch ausgerechnet Tuberosen. Dann folgte ein Eintrag darüber, dass Mausie in ihrem Gymnastikkurs irgendjemanden aus der Botschaft getroffen hätte. Außerdem hätte sie sich ihr Haar zu einer besonders schicken Frisur schneiden lassen. Dann hatten sie sich im Nachmittagsprogramm gemeinsam einen Kinofilm angesehen. Nun denn, zumindest diese Unternehmung neidete Maggie Mausie nicht im Geringsten, denn Maggie und Jeremy hatten immer einen äußerst gegensätzlichen Filmgeschmack gehabt: Maggie hatte eine Vorliebe für romantische Geschichten, während ihr Ehemann blutrünstige Schlachtenszenen und Science-Fiction-Filme vorzog. Eigentümlich war nur, dass ausgerechnet dieser Film, den Jeremy sich mit Mausie angesehen hatte, in einem historischen Filmpalast gelaufen war und nach französischer Nouvelle Vague klang… seltsam.

Während ihres ersten Winters in Wien waren Jeremy und Mausie sogar für eine Woche zum Skilaufen in Kitzbühel gewesen! Das musste zu jener Zeit gewesen sein, als er behauptete, zu einigen Amtsbesuchen in London zu weilen. Maggie konnte sich noch gut daran erinnern. Damals hatte sie sich gewundert, dass diese Besuche angeblich eine ganze Woche in Anspruch nähmen, woraufhin Jeremy ihr erklärt hatte, dass er die Dienstreise zugleich nutzen wolle, seinem Vater einen kurzen Besuch abzustatten. Außerdem schien Mausie in Kitzbühel das Fondue ausnahmsweise sogar noch besser geschmeckt zu haben als der Fisch. Und natürlich tranken die beiden ihren Wein in den Berghütten nicht mehr gekühlt, sondern heiß und versetzt mit Gewürzen, eben als Glühwein. Weder Maggie noch Jeremy waren sonderlich begabte Skiläufer; dazu hatte es ihnen einfach an Gelegenheiten gemangelt. Aber zweifelsohne war Mausie, als Österreicherin, gewissermaßen schon auf Skiern zur Welt gekommen und hatte sicherlich gebräunt und attraktiv in einer schicken, engen Skihose vor den schneebedeckten Hängen posiert. Oh, wie unfair das war!

Niemals zuvor hatte Maggie das Gefühl gehabt, nicht gut genug zu sein und zu wenig zu bieten zu haben. Im Gegenteil! Sie war sich sogar stets sehr kompetent vorgekommen, wenn sie in der Öffentlichkeit als Jeremys Ehefrau repräsentierte, und auch in ihrer privaten Rolle hatte sie sich wohlig geborgen gefühlt. Zumal Jeremy sie mit seinen – wenigen – Komplimenten immer in ihrem sicheren Glauben bestätigt hatte, dass sie stets das Richtige tat. Nun aber wurde sie plötzlich mit der Tatsache konfrontiert, dass sie offensichtlich doch nicht ganz so vollkommen gewesen war. Mausie hatte Jeremy eindeutig allerlei zu bieten gehabt, das Maggie ihm nicht hatte geben können. Vielleicht war Maggie sich ihres Ehemannes einfach zu sicher gewesen. Vielleicht hatte sie sich in den letzten Jahren, als sie die mittleren Altersränge erklomm, sogar ein kleines bisschen gehen lassen. Immerhin hatte sie nicht mehr die schlanke Figur jenes jungen Mädchens, das Jeremy einst geheiratet hatte, damals, als Maggie noch geradezu verzaubert gewesen war von seiner Eleganz, seiner Gelehrsamkeit und seinen glänzenden Karriereaussichten. Möglicherweise stimmte es also tatsächlich, was in den Frauenzeitschriften immer geschrieben wurde: dass man grundsätzlich nur Spitzenunterwäsche tragen solle und auch an der Gesichtscreme nicht sparen dürfe. Maggies Marks & Spencer-Wäsche und die abendliche Dosis Niveacreme hatten ihr offenbar nicht ausreichend Charisma verliehen. Natürlich sprach nichts dagegen, jetzt sogleich mit einer Diät zu beginnen, nun, da die offiziellen Botschaftsessen für sie bloß noch Erinnerung waren. Andererseits: Worin lag eigentlich der Sinn, jetzt noch eine Diät anzufangen? Jeremy würde den Unterschied ja doch nicht mehr bewundern können.

Wenn Jeremy doch bloß nicht gestorben wäre! Maggie hätte ihn sich jetzt gehörig zur Brust genommen, ihm die Leviten gelesen und ihrem Zorn richtig Luft gemacht. Hätte er ihr in diesem Augenblick gegenübergestanden, dann hätte sie ihm mit dem Absatz herzhaft auf seine von glänzenden Schnürschuhen umschlossenen Zehen treten können, sie wäre auf einen der kleinen Schemel gestiegen und hätte ihm seinen makellosen silbriggrauen Schopf zerwühlt, und anschließend hätte sie ihm mit einer seiner Golftrophäen diesen für ihn so typischen Ausdruck milder Verachtung kurzerhand einfach vom Gesicht gewischt!

Schließlich, erschöpft und mehr als bloß ein klein wenig beschwipst, sank sie auf dem Sofa in einen tiefen Schlaf. Maggies letzter Gedanke, ehe sie die Augen schloss, war, dass im Gegensatz zu ihrem Ehemann diese Mausie bestimmt noch am Leben war …

In jener Nacht träumte Maggie, sie nähme an einem Turnier teil. Ihr gegenüber am entgegengesetzten Ende des Feldes thronte Mausie rittlings auf einem Killerwal. Jeremys Chauffeur, Zoltan, half Maggie auf den Rücken ihres Schlachtrosses hinauf. Es war das größte Pferd, das sie jemals gesehen hatte, und in ihrem Kopf begann sich alles zu drehen, als sie vom Sattel aus auf die Schwindel erregend tief unter ihr liegende grüne Grasfläche hinabschaute. Jeremy hatte auf der Haupttribüne Platz genommen, doch Maggie konnte nicht umhin zu bemerken, dass er völlig verändert aussah. Aufgedunsen und eirund, hatte ihr verstorbener Ehemann mit einem Mal eine erschreckende Ähnlichkeit mit Humpty Dumpty, dem Ei aus »Alice im Wunderland«. Mausie trug scharlachrote Federn an ihrem Helm, und ihr glänzender Brustharnisch reflektierte das Sonnenlicht.

»Hilary«, rief Maggie voller Angst der Frau des stellvertretenden Botschafters zu, die in der Nähe stand und ein Handtuch hielt, »ich habe gar keinen Brustharnisch!«

»Doch, den hast du«, erwiderte Hilary beschwichtigend. »Du stehst bloß unter Schock, das ist alles.«

Von irgendwoher ertönte eine Glocke, und die beiden Kontrahentinnen wandten einander die Gesichter zu. Plötzlich stand Jeremy von seinem Platz auf, stürzte kopfüber von der Tribüne und zersprang in tausend Stücke. In genau diesem Moment wachte Maggie auf. Die Glocke, die den Beginn des Turniers ankündigte, läutete noch immer. Maggie brauchte eine volle Minute, bis sie begriff, dass es die Türglocke war, die nun schon seit einer ganzen Weile so hartnäckig schrillte. Leicht benommen erhob sie sich vom Sofa und strich sich vor dem vergoldeten Spiegel über dem Kamin hastig das Haar glatt.

»Wer ist da?«, fragte sie auf Deutsch, wobei sie auf die rudimentären Sprachkenntnisse zurückgriff, die sie sich im Laufe der letzten dreieinhalb Jahre angeeignet hatte.

»Modome, hier ist Zoltan«, ertönte die schroffe Antwort von der anderen Seite der Wohnungstür. »Ich wollte Sie anrufen, aber Ihr Telefon funktioniert nicht.« Zoltan sah zutiefst niedergeschlagen aus und wirkte bedrückt, wie er da vor ihr auf der Fußmatte stand, sein Schnurrbart hing sogar noch schlaffer herab als gewöhnlich. Er fand offenbar nicht die passenden Worte. In der einen Hand hielt er einen fest gebundenen kleinen Strauß aus orangefarbenen Zinnien. Das ist mal wieder typisch ungarisch, in einer solchen Situation Blumen zu überreichen, dachte Maggie. Schließlich streckte Zoltan mit feierlicher Geste die Hand aus und verbeugte sich leicht vor Maggie, wobei er kaum merklich die Hacken zusammenschlug. »Küss die Hand«, sagte er mit ernster Stimme.

Er war ganz offensichtlich aufrichtig bekümmert, und es war sicherlich nicht nur der plötzliche Tod des Botschafters, der ihm so zusetzte, sondern auch der Verlust seiner Stellung als Chauffeur, der ja unweigerlich mit Ersterem einherging. Zoltan war Jeremy von dessen erstem Posten in Budapest aus in alle weiteren Städte auf dem Kontinent gefolgt, in die sie versetzt worden waren. Zu Anfang war Zoltan allerdings noch nicht offiziell bei der Botschaft angestellt gewesen, da Jeremy zum damaligen Zeitpunkt noch kein so hohes Amt in der Botschaftshierarchie bekleidet hatte, als dass er Anspruch auf einen eigenen Chauffeur gehabt hätte. Vielmehr hatte Jeremy Zoltan auf eigene Kosten engagiert, als er Probleme mit der Sehkraft bekam, besonders bei Dunkelheit, und er daher nicht länger selbst Auto fahren konnte.

Von Budapest aus war Jeremy dann eines Tages nach Rom versetzt worden. Zur damaligen Zeit hatte es noch einige Schwierigkeiten bereitet, die Ausreiseerlaubnis für Zoltan zu bekommen. Im Nachhinein hatte Jeremy sich sogar manchmal gefragt, ob man seinem Chauffeur nicht letzten Endes wohl allein deshalb erlaubt hatte, Ungarn zu verlassen, damit dieser als Spion die Botschaftsgeschäfte in Westeuropa auskundschaften konnte. Im Laufe der Jahre jedoch hatte Zoltan es nicht nur fertiggebracht, derlei Verdächtigungen allesamt zu zerstreuen, er hatte sich sogar zu einem Mitarbeiter von nahezu unschätzbarem Wert entwickelt. Es dauerte stets nur wenige Tage, bis er die Abkürzungen sämtlicher europäischer Städte erforscht hatte. Außerdem war er unglaublich erfindungsreich und konnte quasi alles und jedes, was ihm über den Weg kam, wieder reparieren und instand setzen. Auch andere Botschaftsangehörige profitierten von Zoltans mannigfaltigen Fachkenntnissen und holten sich den einen oder anderen Rat. Tauchte dann doch einmal irgendwo ein Problem auf, das er nicht aus eigener Kraft lösen konnte, so hatte Zoltan immer und vollkommen unabhängig davon, wo man sich gerade befand, stets den gleichen Satz parat: »Ich habe da einen Freund …« Nicht zuletzt war Zoltan von unfehlbarer Diskretion und zugleich eine zuverlässige Quelle für mancherlei Informationen. Er wusste sogar den unrelevanten Klatsch von dem wirklich wichtigen zu unterscheiden, was zuweilen von entscheidender Bedeutung sein konnte für einen Diplomaten, der sich wieder einmal seinen Weg durch eine neue Botschaft bahnen musste, und das auch noch in einem Land, das nicht das seine war. Zu jenem Zeitpunkt, als Jeremy als Gesandter nach Paris geschickt wurde, hatte Zoltan bereits den Rang eines offiziellen Angestellten des Britischen Auswärtigen Amtes erklommen.

»Was soll nun bloß mit Ihnen geschehen, Zoltan?«, fragte Maggie.

Zoltan hob den Blick zur Decke. »Bis jetzt hat sich mir gegenüber noch niemand dazu geäußert«, erklärte er. »Aber ich glaube nicht, dass die hier nun noch Verwendung für mich haben.«

»Und – wie sehen Ihre Pläne aus?«

»Ich schätze, ich werde wohl wieder nach Ungarn zurückkehren. Die Lage dort hat sich ja mittlerweile deutlich gebessert.«

Maggie bereitete sich und Zoltan einen Kaffee in der kleinen Teeküche zu, die Jeremy und sie sich in ihrem Privatapartment hatten einbauen lassen, damit sie nicht ständig zwei Treppen bis ganz nach unten in die Hauptküche der Botschaftsvilla laufen mussten. In all den Jahren, die Zoltan im Dienste des Botschafterpaares gestanden hatte, hatte er noch niemals eine Einladung zu einem Kaffee abgelehnt, und stets trank er ihn sehr stark und schwarz, während er eine seiner stinkenden Zigaretten qualmte.

»Ich habe ein paar Kisten aus der Botschaft mitgebracht«, verkündete er, nachdem er den letzten Zug getan hatte und den speichelnassen Filter im Aschenbecher ausdrückte. »Shirley meinte, dass Sie die Schubladen des Botschafters ja nicht alle eigenhändig auszuräumen bräuchten. Ein paar Kleidungsstücke waren auch in seinen Büroräumen. Soll ich das alles gleich mal nach oben tragen?«

Während Zoltan sich in der Garage zu schaffen machte, nahm Maggie ihre morgendliche Dusche. Ganz still stand sie unter dem kleinen, auf sie niederprasselnden Wasserfall und schaffte es trotz ihrer deprimierten Gemütsverfassung, noch ein wenig Genuss zu finden an der Wärme und dem belebenden Prasseln des Wassers auf ihrer Haut. Eingewickelt in ein Handtuch betrachtete sie dann mit kritischem Blick ihr Spiegelbild. Ich sehe ja furchtbar aus, dachte sie spontan. Ihre Augenlider waren geschwollen und die Haut teigig. Aber auf der anderen Seite erwartete man wohl von einer Witwe, dass sie genau so aussah. Im Übrigen musste sie zugeben, dass die Trauer in ihrer Seele mittlerweile in den Hintergrund trat und dem Zorn Platz machte. Und wenn man genau hinschaute, so sah man ein grimmiges Glitzern in ihren Augen, als Maggie sich in aller Eile ankleidete und sich das Haar bürstete, ehe es auch schon wieder an der Haustür klingelte. Maggie warf einen letzten Blick in den Spiegel, biss die Zähne zusammen und trug – mittlerweile in geradezu kämpferischer Stimmung – ganz bewusst ihren grellsten Lippenstift auf. Nun fühlte sie sich bereit, es mit Zoltan und notfalls sogar mit der ganzen Welt aufzunehmen.

Es waren sechs große Pappkartons, angefüllt mit Akten, Notizbüchern und Tagebüchern sowie einigen Stifthaltern und einer kleinen Sammlung von Silberrahmen, in denen die Fotos von Jeremys zahlreichen Treffen mit den Reichen und Mächtigen dieses Planeten zur Schau gestellt wurden. Geradezu ehrfurchtsvoll drapierte Zoltan einen Lodenmantel über die Stuhllehne. Darunter stellte er das Ersatzpaar der bei Jeremy einst so beliebten hochglänzenden Schnürschuhe. Den sorgfältig zusammengerollten Regenschirm seines früheren Dienstherrn lehnte Zoltan gegen den Türpfosten. In der anderen Hand hielt er eine große Einkaufstasche.

»Ich werde mir das alles später einmal ansehen«, erklärte Maggie, die sich plötzlich seltsam atemlos und geradezu erdrückt fühlte von der Tatsache, dass der Besitzer dieser ganzen Gegenstände nicht mehr länger unter den Lebenden weilte, sondern ähnlich säuberlich verstaut war wie sein Briggs-Regenschirm. Da stand sie nun, allein und ohne irgendjemanden, der sich schützend vor sie stellte und es an ihrer statt mit der Welt dort draußen aufnahm. Dieses Bewusstsein erfüllte Maggie mit einem Gefühl solch eisiger Kälte, dass es fast schon an Panik grenzte.

Die kompletten vergangenen fünfundzwanzig Jahre hatte sie ausschließlich im Schatten ihres Mannes verbracht, eines Menschen, der womöglich noch nicht einmal tatsächlich existiert hatte, sondern lediglich ein Produkt ihrer eigenen Fantasie gewesen war. Doch ganz gleich, als was für ein Schurke sich dieser Mann im Nachhinein auch entpuppt haben mochte, so war seine große, elegante Gestalt doch stets wie eine Art Schutzwall aufgeragt zwischen ihr und den Ängsten und Ärgernissen des täglichen Lebens.

In all den Jahren hatte Maggie nur höchst selten einmal eigenhändig ihren Wagen gesteuert oder persönlich einen Brief zur Post gebracht, hatte kaum jemals selbst ihre Bluse gebügelt, eine Rechnung bezahlt oder eine Entscheidung getroffen, die schwieriger war als die Frage, was sie anziehen oder was zum Abendessen gereicht werden sollte. Um all diese Dinge hatte sich immer das Botschaftspersonal gekümmert. Und ihr, Maggie, war lediglich die Aufgabe zugefallen, dieses perfekt funktionierende System nicht in Frage zu stellen. Stets war es das Außenministerium gewesen, das die wichtigen Angelegenheiten in Maggies Leben entschieden hatte – und auch einige der weniger wichtigen. Sie hatte ja noch nicht einmal den Bezug eines Sessels austauschen dürfen, ohne zuvor die Erlaubnis beim Ministerium einzuholen. Sie hatte gelebt, wo immer man ihren Ehemann und sie hinbeordert hatte. Hatte in Häusern logiert, die nicht sie, sondern das Ministerium für sie ausgewählt hatte, und war bedient worden von Personal, das ein Fremder für sie anwarb. Die zahlreichen Freiheiten, die sie nun plötzlich hätte genießen können, waren Maggie vollkommen fremd. Und sogar die wenigen Entscheidungen, die ihr Ehemann und sie in ihrem Privatleben selbst hatten treffen dürfen, hatte sie allesamt allein Jeremy überlassen. Nun war Maggie zum ersten Mal in ihrem Leben allein – wirklich allein. Jetzt war es an ihr, zu entscheiden, wo es langgehen sollte. Doch Maggie fühlte sich, als ob sie auf Zehenspitzen an der Abbruchkante einer tiefen Schlucht stände, und angstvoll versuchte sie, nicht in den Abgrund hinabzuschauen.

Zoltan hatte sich unterdessen auf die Knie niedergelassen und steckte das Kabel des Telefons zurück in die Buchse. Kaum, dass es wieder an die Steckdose angeschlossen war, begann es auch schon schrill zu klingeln. Erschrocken zuckten Zoltan und Maggie zusammen.

»Gott sei Dank! Ich dachte schon, Ihr Telefon funktioniert nicht mehr!« Es war Shirley, Jeremys persönliche Assistentin. »So viele Leute haben versucht, Sie zu erreichen. Vor allem Mrs Mackintosh hat sich schreckliche Sorgen um Sie gemacht.«

»Es tut mir leid«, entgegnete Maggie. »Ich hatte den Stecker über Nacht herausgezogen.«

»Ich habe mir gedacht, dass es Ihnen sicherlich angenehm wäre, wenn Sie in den nächsten Tagen noch die Fahrdienste von Zoltan genießen dürften«, fuhr Shirley fort. »Vielleicht, habe ich mir überlegt, möchten Sie ja einige Bankgeschäfte erledigen und solche Sachen. Oder auch einfach wieder ein paar Kontakte auffrischen.«

»Wie lange darf ich denn hier überhaupt noch bleiben?«, erkundigte Maggie sich vorsichtig. Mit einem Mal wurde ihr bewusst, dass man von ihr nun erwarten würde, dass sie sich in Bewegung setzte und etwas unternahm.

»Ach, machen Sie sich darüber mal keine Gedanken«, erwiderte Shirley in entschiedenem Tonfall. »Das dauert noch ewig, ehe die hier einen neuen Botschafter ins Amt berufen, da bin ich mir ganz sicher. Es kam ja alles so unerwartet. Ich bin der festen Überzeugung, dass Sie bestimmt so lange bleiben dürfen, wie Sie wollen. Sobald

Esmeralda wieder aus dem Urlaub zurück ist, kann sie Ihnen behilflich sein, hier und da ein paar Sachen zusammenzupacken. Und wir schicken Ihnen natürlich auch einige Leute aus der Botschaft rüber, damit die Ihnen ebenfalls ein bisschen zur Hand gehen.«

Zumindest die Anmerkung mit den Bankgeschäften klang nach einem sinnvollen Vorschlag. Maggie hatte im Augenblick bloß noch ein paar hundert Schilling in ihrem Portemonnaie.

Mit großer Geste hielt Zoltan Maggie die Tür auf und folgte ihr dann in den Fahrstuhl, der sie hinab in die Garage brachte. Man hatte für Maggie den zweitteuersten Wagen der Botschaft reserviert, den dunkelroten Rover. Es bestand kein Zweifel – alle waren wirklich unglaublich nett zu ihr. Sie musste unbedingt Michael Mackintosh anrufen, sobald sie wieder zurück war, um sich bei ihm zu bedanken.

Maggie hatte mit Jeremy stets im Fond des Wagens Platz genommen. Nun aber, und in einer Art stillschweigendem Einverständnis, schien es sowohl ihr als auch Zoltan nur natürlich, dass sie sich vorne neben ihn auf den Beifahrersitz setzte.

»Wer hat Jeremy eigentlich gefunden?«, fragte Maggie plötzlich, während sie in das Stadtzentrum von Wien fuhren.

Zoltan machte ein unheimliches Aufhebens davon, die Regler der Klimaanlage neu einzustellen, sodass die warme Luft unmittelbar auf ihre Füße zielte. »Shirley«, entgegnete er schließlich. »Es passierte im Büro.«

»Und ich dachte, irgendjemand hätte gesagt, es sei die Putzfrau gewesen ...«, wandte Maggie ein.

»Shirley *und* die Putzfrau. Sie haben ihn beide gleichzeitig entdeckt.« Zoltans Stimme hatte plötzlich einen sehr entschiedenen Tonfall angenommen. Mit einem lauten Schleifgeräusch wechselte er die Gänge. »Es heißt, das Wetter soll schlechter werden«, fuhr er fort. Zoltan, das war Maggie im Laufe der Jahre bereits klar geworden, blühte regelrecht auf, wenn er eine schlechte Neuigkeit überbringen durfte. Entsprechend waren auch seine Wettervorhersagen für gewöhnlich eher pessimistischer Natur.

Die Bankangestellten waren überaus höflich und dienstbeflissen, boten Maggie Kaffee an und Kekse und Mineralwasser und sogar einen neuen Tischkalender für das kommende Jahr. Nachdem die nötigen Formalitäten erledigt waren, stellte sich heraus, dass Jeremy zusätzlich zu dem kleinen Vermögen, das er von seinem Vater ererbt und gleich wieder investiert hatte – und das seitdem konsequent recht ansehnliche Dividenden abwarf –, im Laufe der Jahre auch ein recht beträchtliches eigenes Vermögen angehäuft hatte. Zudem hatte er die Voraussicht besessen, dieses Geld auf ihrer beider Namen anzulegen. Außerdem hatte er einen Teil seines Bankvermögens und des Aktienpakets beizeiten in die Hände seiner Wiener Privatbank transferiert, denn, so hatte er Maggie einst einmal erklärt, »es wäre ja unklug, alle Eier im selben Korb zu lagern«.

Die Knauserei, zu der Jeremy Maggie während ihrer diversen Auslandsaufenthalte im Dienste des Staates stets ermahnte, hatte sich also ganz offensichtlich bezahlt gemacht. Sie besaß nun einige Aktienpakete, wie sie zu ihrem großen Erstaunen feststellte, und auch die vorsichtigen Investitionsgeschäfte, die Jeremy getätigt hatte, waren allesamt von einem wirklich erfreulichen Gewinn gekrönt. Noch nicht einmal die Ausgaben für die fürstliche Bewirtung Mausies hatten sich signifikant auf die vielen kleinen

Ziffern ausgewirkt, die ganz unten am Fuße der Zahlenkolonnen standen. In diesem beruhigenden Bewusstsein erkundigte Maggie sich dann auch sofort, ob sie vielleicht gleich an Ort und Stelle schon einmal einen Scheck einlösen dürfe. Dennoch plagten sie Gewissensbisse, als sie schließlich ihren Namen unter eine Summe setzte, deren Höhe weit über dem lag, was sie jemals von ihrem gemeinsamen Bankkonto abzuheben gewagt hätte. Doch das war schließlich vor Jeremys Verscheiden gewesen. Im Augenblick hatte sie noch nicht einmal eine Vorstellung davon, wofür sie das ganze Geld eigentlich ausgeben wollte. Sie konnte sich ja kaum auf die Worte des Bankmanagers konzentrieren, der ihr in gemessenem Tonfall etliche äußerst verwirrend aussehende Papiere vorlegte – denn immer wieder schien sich zwischen Maggie und den diversen Bankunterlagen das Bild einer Frau zu materialisieren. Genauer gesagt tauchten immer wieder neue Bilder derselben Frau vor Maggies geistigem Auge auf: Mal sah Maggie nur deren blondes Haar und die blauen Augen, dann das ganze Gesicht mit den hohen Wangenknochen und den schimmernden Lippen. Und schließlich leckte diese Frau sich auch noch, begleitet von dem leisen Klirren ihrer Armreife, genüsslich die Fingerspitzen ab, während ihre schmalen, übereinandergeschlagenen Füße in modisch spitzen Pumps steckten.

»Vielen Dank, es war wirklich sehr freundlich von Ihnen, sich all die Mühe zu machen«, murmelte Maggie schließlich und verließ die Bank mit einer prall gefüllten Brieftasche und ihrem Wertpapierportefeuille unter dem Arm.

Danach gingen sie erst einmal bei Meinl einkaufen, Zoltan schob den Einkaufswagen. Plötzlich wurde Maggie bewusst, wie hungrig sie war, und dann sahen die Leckereien in der Käsetheke auch noch alle so verlockend aus, von dem sahnigweichen Brie bis hin zu dem bröckeligen Parmesan. Doch auch die Delikatessentheke hatte einiges zu bieten: Parmaschinken, diverse Sorten Oliven, verschiedenerlei sonnengetrocknete Tomaten sowie allerlei Exotisches, das Maggie noch niemals zuvor in ihren Einkaufswagen gelegt hatte.

Vor der Fischtheke hielt sie kurz inne. Hartnäckig versuchte einer der Hummer, seinem kleinen Gefängnis zu entfliehen, und in einer Wanne voller schwarzer Tinte schwammen unzählige kleine Oktopoden. Resoluten Schrittes marschierte Maggie weiter.

Am Ende ihrer Einkaufstour verstauten sie alles im Kofferraum des Rover.

»Wo darf ich Sie jetzt hinfahren, Modome?«, erkundigte Zoltan sich geflissentlich.

Doch Maggie wusste noch nicht, wo es sie als Nächstes hinzog. Es war ihr so fremd, plötzlich derart viel freie Zeit zur Verfügung zu haben und nicht ständig auf die Uhr schauen zu müssen, um sich an einem »vorherbestimmten Ort«, wie die Treffpunkte in der Botschaftssprache stets genannt wurden, an die Seite ihres Ehemannes zu gesellen. Fragend blickte sie Zoltan an. Plötzlich schienen die Straßen Wiens voller hübscher blonder Mädchen zu sein, allesamt mit blauen Augen und schimmernden Lippen, Mädchen, die in schicken, spitz zulaufenden Pumps den Bürgersteig entlangstöckelten. Maggie schaute hinab auf ihr entsetzlich plattes, biederes Schuhwerk. »Ich glaube, ich möchte gerne noch ein bisschen einkaufen gehen«, antwortete sie schließlich.

Während sie die Kärtnerstraße hinunterbummelte und

sich die Schaufenster ansah, wichen langsam auch Schuldgefühle, ausnahmsweise einmal nicht geschäftig und dienstbeflissen zu sein, und Maggie fühlte sich mit einem Mal wie im Urlaub. Das feierte sie sogleich, indem sie sich in einem der Straßencafés eine Melange und ein Stück Topfenstrudel gönnte. Dann marschierte sie in jedes einzelne Schuhgeschäft, das die Kärtnerstraße zu bieten hatte, und mit jedem Laden, den sie besuchte, wurde ihr Auftreten mutiger, ja, fast schon verwegen, während sie immer kostspieligere Modelle anprobierte. »Ich glaube, die behalte ich gleich an«, erklärte sie schließlich einem aalglatten jungen Verkäufer, als sie ihre Wahl getroffen hatte. Wer war doch noch mal diese Frau gewesen, die da als Erste diese auffallenden roten Schuhe getragen hatte?, überlegte Maggie im Stillen, während ein verschwommenes Bild durch ihr Bewusstsein geisterte. Ach ja, richtig, das war natürlich Marie Antoinette gewesen, damals, als sie auf das Schafott gestiegen war. So schnell Maggie in ihren neuen, hochhackigen Pumps nur konnte, eilte sie zurück zu Zoltan, voller Reue, dass sie den Chauffeur so lange hatte warten lassen. Dösend saß Zoltan auf dem Fahrersitz, eine Sportillustrierte auf den Knien ausgebreitet, und sein Schnurrbart erbebte regelrecht unter jedem seiner laut vernehmlichen Atemzüge. Mit einem Ruck schreckte er aus dem Schlaf hoch.

»Es tut mir so leid, dass ich Sie so lange habe warten lassen«, entschuldigte Maggie sich sogleich und wackelte dann, leicht verlegen, aber zugleich auch triumphierend, mit ihren Zehen in dem weichen, roten Leder, das noch so herrlich neu roch. »Ich habe mir ein Paar neue Schuhe gekauft.« Dies war eine Neuigkeit, die Maggie unter normalen Umständen nicht mit Zoltan geteilt hätte, aber sie war einfach noch viel zu berauscht von ihrem Kauf, um diese erfreuliche Tatsache für sich zu behalten.

Schweigend schaute Zoltan auf Maggies Füße hinab, während sie sich auf dem Beifahrersitz niederließ.

»Vielleicht habe ich es damit doch ein bisschen übertrieben?«, erkundigte sie sich vorsichtig und sofort verunsichert, als sie im Kopf kurz überschlug, dass sie sich von dem Geld, das sie für ihre neuen, hocheleganten Pumps hingelegt hatte, ebenso gut einen Flug nach Paris hätte leisten können. Das hier ist der Hinflug, dachte sie, während sie leicht ihren linken Fuß hob, und das hier der Rückflug, als sie mit dem rechten wackelte. »Oh je«, seufzte sie.

»Aber ganz und gar nicht, Modome«, entgegnete Zoltan, als er den Wagen vom Bordstein fortlenkte. »Ich finde, das sind sogar sehr schöne Schuhe.«

Zoltan half Maggie, die Einkäufe bis an die Tür ihres Apartments hinaufzutragen. Dann verabschiedete er sich unter leisem Murmeln, dass er noch irgendetwas in der Botschaft zu erledigen hätte. Zufrieden packte Maggie ihre Vorräte aus und aß den Brie – den kompletten Brie – sogar gleich im Stehen und mitten in der Küche. Dann ging sie in die Speisekammer, nahm sich eine Flasche Bordeaux heraus und goss ein wenig davon in ein Becherglas. Jeremy, dachte sie plötzlich, hätte all das hier bestimmt schrecklich niveaulos gefunden. Woraufhin Maggie noch einen weiteren großen Schluck aus dem Glas nahm und es anschließend in den Salon hinübertrug. Dann betrachtete sie sich schweigend in dem Spiegel über dem Kamin. Es war schon erstaunlich, was ein Paar geradezu frivoler neuer Schuhe alles ausrichten konnte, was das Selbstwertgefühl anbetraf. Zudem spürte sie, wie sich in ihrem Inneren abermals der Zorn zusammenbraute, was ihr einen zusätzlichen Schub an innerer Stärke verlieh. Schier unzählige kleine Ereignisse, die Maggie damals für vollkommen bedeutungslos gehalten hatte, kamen ihr nun wieder ins Gedächtnis, und jede dieser Erinnerungen traf sie so hart wie ein Schlag mit einem Vorschlaghammer. So vieles fiel ihr mit einem Mal wieder ein: im Nachhinein betrachtet alles bloß Tricks und Lügen und »Zufälle«, die allerdings so seltsam gewesen waren, dass es ihr schon damals komisch vorgekommen war. Ganze Episoden in ihrem Leben mit Jeremy erschienen ihr plötzlich in völlig neuem Licht. Hastig nahm Maggie noch einen Schluck von dem Bordeaux.

Ein weiterer unausgefüllter Nachmittag lag vor ihr. Maggie ließ den Blick durch den Salon schweifen. Es war ein wirklich hübscher Raum. Doch sie hatte sich ja auch stets Mühe gegeben, die diversen Residenzen, in denen sie mit ihrem verstorbenen Ehemann gewohnt hatte, ein bisschen wohnlich und gemütlich zu gestalten. Jeremy hatte Maggie sogar des Öfteren für dieses »Flair« gelobt. Nur, was die Bilder betraf, hatten sie sich wiederholt gezankt. Jeremy hatte diese immer viel zu hoch aufhängen wollen.

Maggie drückte auf den Abspielknopf des Anrufbeantworters. Eine ganze Reihe von Leuten hatte angerufen, um zu kondolieren und um ihre Hilfe anzubieten. Dann waren da noch zwei Nachrichten von ihrer Schwester, Sue. Doch Maggie entschied, dass sie momentan nicht in der Verfassung war, auch nur einen Rückruf zu tätigen. Schwach konnte sie hören, wie ihre Putzfrau, Mrs Lebowski, im Untergeschoss die Empfangsräume staubsaugte. Früher oder später würde Maggie zu ihr hinuntergehen und auch Mrs Lebowskis offizielle Beileidsbekundung entgegennehmen müssen. Und anschließend müsste sie wahrscheinlich der unvermeidlichen Litanei über die zahlreichen Unglücke lauschen, die geradezu ein Leitmotiv im Leben der Putzfrau zu sein schienen. Unterdessen, entschied Maggie, könnte sie schon einmal ihre ganzen persönlichen Kleinigkeiten einsammeln, die sie unten auf den diversen Tischchen deponiert hatte. Vor allem aber sollte sie nun endlich einmal Michael Mackintosh anrufen.

Es war Shirley, die das Gespräch entgegennahm. Sofort schlug ihre Stimme wieder in jenen ehrerbietigen Ton um, in dem sie seit Jeremys Tod mit Maggie nur noch zu sprechen pflegte. »Oh, sagen Sie, wie *geht* es Ihnen?«, erkundigte sie sich als Erstes.

»Danke, nun, im Augenblick geht es mir wohl den Umständen entsprechend gut«, erwiderte Maggie in ihrem Ich-tapfere-kleine-Frau-Tonfall. »Ich wollte Mr Mackintosh dafür danken, dass er so liebenswürdig war, mir den Wagen zu leihen, und dass er mir auch Zoltans Dienste ein paar Tage zur Verfügung stellt. Das ist wirklich ein Geschenk des Himmels.«

»Maggie, ich fürchte, Mr Mackintosh ist zurzeit nicht im Hause«, erwiderte Shirley. »Ich werde es ihm aber ganz bestimmt ausrichten, dass Sie angerufen haben.«

»Danke. Und natürlich waren auch Sie mir eine große Hilfe, Shirley«, fügte Maggie hinzu. »Außerdem muss es ja ein entsetzlicher Schock für Sie gewesen sein, als Sie Jeremy in einer derartigen Verfassung vorfanden …«

»Oh, genau genommen hatte ich das Büro zu dem Zeitpunkt schon verlassen«, widersprach Shirley. »Es war schließlich schon kurz nach acht Uhr am Abend.«

»Aber mir hat man erst um neun Bescheid gesagt!«

»Nun ja, sie mussten ja zuerst den Arzt rufen und versuchen, den Botschafter vielleicht doch noch wiederzubeleben. Womöglich hat man Sie deshalb nicht sofort informiert.«

»Wer ist denn ›sie‹?«

»Na ja, mit ›sie‹ meinte ich in erster Linie Zoltan. Er hat den Botschafter schließlich gefunden. Ich dachte, das wüssten Sie.«

Wieder einmal breitete sich das mittlerweile schon vertraute eisige Gefühl in Maggies Innerem aus. Kalte Finger schienen sich um ihr Herz zu schließen, und ihre Zunge fühlte sich abermals an wie aufgeblasen. »Ach ja, aber natürlich, wie dumm von mir, dass ich das vergessen hatte. Aber es war alles solch ein schreckliches Durcheinander.«

»Ja, das war es ganz gewiss«, versuchte Shirley, Maggie zu beruhigen. »Passen Sie bitte gut auf sich auf. Und lassen Sie es uns auf jeden Fall wissen, falls Sie noch irgendetwas brauchen sollten.«

»Welcher Arzt war eigentlich gekommen, um nach Jeremy zu sehen? War es Dr. Benton?«, hakte Maggie rasch noch nach.

»Ich glaube, ja«, erwiderte Shirley zögernd und schien sich ihrer Antwort offenbar nicht sicher zu sein.

»Also, nochmals meinen Dank für alles.« Damit legte Maggie den Hörer auf und langte in die Schublade, um Jeremys Telefonbuch herauszufischen. Es gab da noch zwei Anrufe, die sie nun unbedingt rasch erledigt haben wollte.

Der erste Anruf war bei Dr. Benton. Seine Sprechstundenhilfe stellte das Telefonat sofort zu ihm durch. »Maggie«, erklang seine warme, fast schon tröstende Stimme. »Ich habe in den letzten Tagen viel an Sie gedacht.«

»Dr. Benton«, kam Maggie sofort auf ihr Anliegen zu sprechen, »ich möchte mich dringend nach den näheren Umständen von Jeremys Tod erkundigen.«

»Nun ja«, antwortete der Arzt, »das Ganze geschah sehr plötzlich, müssen Sie wissen. Ich glaube nicht, dass ihm noch Zeit blieb, um zu begreifen, was ihm geschah.«

»Ich habe mich bloß gefragt, warum man mich nicht sofort benachrichtigt hat.«

»Tja, ich schätze, man war ganz einfach in Panik.« Dr. Benton räusperte sich. »Und auch einen Krankenwagen zu rufen, dauert so seine Zeit.«

»Aber ja, natürlich. Das wird der Grund sein. Man war ganz einfach in Panik.« In Maggies Kopf setzte ein hartnäckiges Klopfen ein.

»Lassen Sie es mich ruhig wissen, wenn Sie irgendetwas benötigen sollten«, beendete der Arzt das Gespräch.

»Danke«, erwiderte Maggie fast schon wie automatisch. »Sie alle waren so nett zu mir.«

Als Nächstes rief sie Zoltan an.

»Wir müssen uns unterhalten«, teilte sie ihm kurz und bündig mit. »Sofort!«

Maggie stopfte Jeremys Kisten in den Abstellraum und hängte seinen Lodenmantel in den Garberobenschrank in der Empfangshalle. Den Schirm ließ sie dort, wo Zoltan ihn abgestellt hatte, und auch die Reisetasche lag noch auf jenem Platz auf dem Sofa, wo der Chauffeur sie deponiert hatte. In ihrem Inneren befand sich ein brandneuer violett-grau gestreifter Pyjama. Der war bestimmt für Venedig, dachte Maggie voller Wut, als sie ihn entdeckte.

»Modome, ich bin's, Zoltan«, kündigte der Chauffeur

sich an, während er mit ausgesuchter Sorgfalt seine Schuhsohlen am Fußabtreter reinigte.

»Zoltan«, empfing Maggie ihn und musste sich sehr beherrschen, einen ruhigen, gemessenen Ton beizubehalten. »Ich denke, es ist an der Zeit, einmal die Wahrheit auszusprechen.«

»Die Wahrheit?« Voller Panik rollte Zoltan mit den Augen, warf einen raschen Blick über die Schulter und stellte fest, dass sich zwischen ihm und der Apartmenttür eine geradezu Furcht einflößend grimmig dreinschauende Maggie aufgebaut hatte, die in ihren neuen roten Pumps gut zehn Zentimeter größer war als sonst.

»Würden Sie nun bitte so freundlich sein, mir zu erklären, wo genau Sie meinen Mann gefunden haben?«

»Aber ich habe Ihnen doch schon gesagt, dass man ihn im Büro gefunden hat. Shirley und ...«

»Zoltan! Ich weiß alles über Mausie.«

»Mausie ... Sie wissen alles ... Ah, jetzt verstehe ich.« Zoltan trat vom einen Bein auf das andere und wirkte überaus zerknirscht. »Aber dann, na ja, dann wissen Sie ja *Bescheid*.«

»Über was *genau* weiß ich damit *Bescheid*?«

»Darüber, wo der Botschafter gestorben ist«, stieß der Chauffeur schließlich hervor und machte ein Gesicht, als wollte er jeden Moment in Tränen ausbrechen.

»Er ist also in der Gesellschaft von Mausie gestorben?«

»Nun, ich denke, so könnte man es ausdrücken.«

»Etwa gar in Mausies Bett?«

»Die beiden befanden sich in Mausies Schlafzimmer. Richtig.«

»Dann war es also Mausie, die Sie alarmiert hat?«

»Mrs Morgenstern war diejenige, die mich angerufen hat, ja, das stimmt.«

»Und Sie wiederum haben Dr. Benton benachrichtigt?«

»Ja.«

»Und Dr. Benton hat den Krankenwagen gerufen?«

»Ja.«

»Dann haben Sie sich also alle in Mausies Apartment getroffen?«

»Ja.«

»Und sind dann gemeinsam ins Krankenhaus gefahren?«

»Nein, halt. Mrs Morgenstern ist nicht mitgekommen.«

»Aber anschließend haben Sie Mr Mackintosh informiert?«

»Ja.«

»Und Mr Mackintosh hat daraufhin hier in der Botschaftsvilla angerufen?«

»Ja, zumindest, soweit ich weiß. Ja.«

Maggies Wut ließ ein wenig nach. »Ich mache Ihnen jetzt erst mal einen Kaffee«, erklärte sie.

Schweigend nippte Zoltan an dem heißen, schwarzen Getränk. Dann zündete er sich eine seiner stinkenden Zigaretten an. Maggie wartete, bis er sie ein wenig später mit viel Zeremoniell wieder ausdrückte: Energisch presste er den Filter erst in die Mitte des Aschenbechers und wischte damit anschließend noch einige Male in kreisförmigen Bewegungen über den Boden des kleinen Behältnisses, bis er sich schließlich wirklich sicher war, dass die Zigarette auch tatsächlich aus war.

»Zoltan, ich möchte Ihnen einen Vorschlag machen«, erklärte Maggie. »Sie werden mir helfen, mich an Mausie zu rächen, und als Gegenleistung dafür werde ich Sie so lange weiterbeschäftigen und Ihnen Ihr gewohntes Gehalt zahlen, bis die Sache erledigt ist.«

Man konnte förmlich sehen, wie sich bei Zoltan vor Schreck die Schnurrbarthaare sträubten.

»Ich darf auf keinen Fall das Gesetz brechen, Modome, das ist unmöglich. Ich habe nur eine befristete Aufenthaltsgenehmigung, und wenn ich …«

»Aber ich werde doch nicht von Ihnen verlangen, dass Sie das Gesetz brechen.«

Zoltan sah sichtlich erleichtert aus.

»Nur ein ganz kleines bisschen.«

Zoltan zündete sich eine weitere Zigarette an.

»Sie werden mir jetzt als Erstes zeigen, wo Mausie wohnt.«

»Ich glaube, es wird Regen geben«, erwiderte Zoltan kläglich.

Sie fuhren den Rennweg entlang und bogen dann rechts ab in eine Straße, die gegenüber dem Belvedere lag. Vor der Fassade eines hohen Hauses mit einer großen Eingangstür aus Holz hielt Zoltan an, ließ den Motor jedoch laufen. »Modome«, flehte er, »ich halte es wirklich für eine ganz schlechte Idee, wenn Sie da jetzt raufgehen wollen. Mrs Morgenstern …«

»Keine Sorge, ich habe bestimmt nicht die Absicht, eine Szene zu machen. Welche der Fenster gehören zu Mausies Apartment?«

Der Chauffeur wies auf eine Reihe hübscher Fenster im zweiten Stock des Gebäudes. Bei genauerem Hinschauen konnte man einen Blick auf dicke, schwere Vorhänge erhaschen, die bogenförmig um die Fensterrahmen drapiert waren.

»Hatte der Botschafter einen Schlüssel zu der Wohnung?«, wollte Maggie wissen.

Auf Zoltans Gesicht erschien wieder jener gequälte, alarmierte Ausdruck von vorhin. »Ja, doch, ich schätze schon, dass er einen hatte. So genau weiß ich das allerdings nicht.«

»Und wo könnten diese Schlüssel jetzt sein?«

»Sie müssten eigentlich unter den Sachen sein, die ich aus der Botschaft herübergebracht habe.«

»Dann fahren wir am besten gleich wieder zurück und machen uns auf die Suche nach diesen Schlüsseln.«

Mit zielstrebigen, entschlossenen Schritten verließ Maggie den Fahrstuhl, während Zoltan ihr nur zögernd folgte. Sie marschierte geradewegs in das Gästezimmer und leerte einen der Kartons auf das Bett: Ein Sammelsurium aus Münzen, Stiften, Reißzwecken und Tintenpatronen verteilte sich auf der Bettdecke, darunter auch einige Schlüsselbunde. Maggie erkannte diejenigen, die auf ihre eigene Wohnungstür passten. Dann wies sie auf die anderen Schlüsselbunde und blickte fragend Zoltan an.

»Das hier sind die Büroschlüssel«, erklärte er und griff nach einem Bund, an dem ein Schlüsselanhänger in Form eines goldenen Miniaturgolfballs baumelte, den Maggie Jeremy einmal zum Geburtstag geschenkt hatte. Dann gab es da noch einen weiteren Satz Schlüssel, der mit einem silbernen Delfin-Anhänger verbunden war.

»Und die da?«, wollte Maggie wissen.

Zoltans Adamsapfel hüpfte krampfartig auf und ab.

»Die müssen Mrs Morgenstern gehören.« Mit einer entschlossenen Bewegung ließ Maggie besagte Hauschlüssel in ihrer Handtasche verschwinden.

»Aber, Modome, Sie können doch nicht einfach dort reinmarschieren und…«

»Nur keine Sorge«, gab sie zurück. »Ich habe nicht die Absicht, Sie in eine peinliche Lage zu bringen. Ich möchte, dass Sie jetzt erst einmal herausfinden, wann genau Mrs Morgenstern für eine Weile außer Haus sein wird. Erst dann werden wir Gebrauch von diesen Schlüsseln machen.«

Es dauerte lange, ehe Maggie in jener Nacht zur Ruhe kam. Sie warf sich im Bett herum, während ihr immer neue Rachefantasien in den Sinn kamen, wie sie die niederträchtige Mausie bestrafen wollte. Sie entwarf alle möglichen Konfrontationsszenarien, in denen sie Mausie in deren eigenen vier Wänden zur Rede stellen würde. Lässig und mit elegant gekreuzten Fesseln wollte Maggie sich in einen der Armlehnensessel drapieren und auf Mausie warten, bis diese nach Hause käme. Maggie würde zu diesem Anlass genau jenes grüne Kleid tragen, das Jeremy stets so gern an ihr gesehen hatte, und das jetzt – mit ihren eleganten neuen Pumps – sogar noch besser aussehen würde als ohnehin schon! Vielleicht hätte Maggie bis zu diesem Tag auch ein bisschen an Gewicht verloren… »Was haben Sie in meiner Wohnung zu suchen?«, würde Mausie sicherlich erbost kreischen, woraufhin Maggie ganz entspannt antworten wollte: »Und was hatten Sie im Bett meines Mannes verloren?« Immer wieder und wieder malte Maggie sich aus, wie sie ihre Widersacherin mit einer Reihe scharfzüngiger Retourkutschen verbal in Grund und Boden stampfen würde.

In einer anderen Rachefantasie traf sie Mausie zufällig bei einem Opernbesuch. Maggie ging zwar grundsätzlich nicht in die Oper, weil Jeremy immer gesagt hatte, das sei zu kostspielig, aber in ihrem Traum besuchte sie wie selbstverständlich eine Premierenvorstellung. Dort machte sie irgendjemand mit Mausie bekannt, woraufhin Maggie erstaunt ausrufen wollte: »Oh, Sie kennen Mausie Morgenstern?«, um dann, mit graziös geneigtem Kopf und an Mausies Begleiter gerichtet, fortzufahren: »Dann nehme ich mal an, auch Sie sind in Wahrheit ein verheirateter Mann? Verheiratet mit einer anderen Dame als der an Ihrer Seite, meine ich?«

Eine Stunde nach der anderen verstrich, während Maggie langsam in eine verträumte Weltvergessenheit versank, wodurch auch ihre Rachepläne noch skurrilere Gestalt annahmen: In einer der letzten Visionen begegneten die beiden Frauen sich eines Tages zufällig auf der Kärtnerstraße. Maggie trug eine Pelzmütze, die ihr ein sehr glamouröses Auftreten verlieh. Beziehungsweise – nein, natürlich trug sie keine Pelzmütze. Denn sie besaß gar keine Pelzmütze und war darüber hinaus auch kein großer Freund von Pelzen. »Oh, sieh doch mal«, würde sie sich auf der Prachtmeile an ihre Begleitung wenden – wen wollte sie eigentlich mitnehmen auf ihren Einkaufsbummel? Vielleicht die Frau des peruanischen Botschafters? – »Das ist die kleine Hure meines verstorbenen Mannes.« »Ich bin keine kleine Hure«, würde die zornige Mausie ihr sodann entgegenbrüllen, woraufhin Maggie entgegen würde: »Oh, aber natürlich sind Sie das nicht«, um dann, nach einer kleinen Pause, zu ihrem ultimativen Gegenschlag auszuholen: »Nein, denn Sie sind sogar eine verdammt große Hure!« Sie bearbeitete den Skalp von Mausie gerade vehement mit dem Absatz ihrer knallroten Ferragamo-Schuhe, als der Tiefschlaf sie endlich übermannte.

Eines hatten alle von Maggies Rachefantasien gemeinsam: Stets erschien Mausie als ein wunderschönes Geschöpf. Aus irgendeinem Grund machte dieser Umstand den Betrug, den Jeremy an Maggie begangen hatte, erträglicher, als wenn Mausie eine ganz durchschnittliche und untersetzte kleine Erscheinung gewesen wäre. Natürlich war Maggie sich auch die ganze Zeit vage bewusst gewesen, dass keine dieser Fantasien in die Realität zu transportieren war. Und erst, als sie endgültig wegdöste, erschien ihr im Traum die endgültige, perfekte Lösung für ihr Rachebegehren.

Maggie erwachte am kommenden Morgen erst sehr spät. Wie jeden Tag, seitdem sie Jeremy geheiratet hatte, schob sie ihre Hand auf seine Seite des Bettes. Wo sie auch genächtigt hatte, egal ob in den frühen Tagen seiner diplomatischen Karriere in Washington oder später in London, in Rom, Paris, Budapest oder Wien, Maggie hatte stets rechts von Jeremy gelegen. Abrupt wurde sie jetzt von der Kühle des Lakens auf seiner Seite des Bettes zurück in die Wirklichkeit katapultiert. Seit seinem Tod waren dem morgendlichen Erwachen stets jene wenigen Sekunden des gnädigen Schwebezustands gefolgt, in denen das Leben zunächst so beruhigend-behaglich wie immer erschien – bis Maggie mit einer Übelkeit erregenden Plötzlichkeit wieder von der Realität eingeholt wurde. Wieder einmal wich sie in Gedanken hastig vor dem zu ihren Füßen gähnenden Abgrund zurück. Sie war allein. Ganz allein. Dann kam ihr eine Idee: Vorsichtig stieß sie einen Furz aus. Einen recht lauten Furz sogar. Anschließend lag sie eine Weile reglos da und schwelgte in dem genussvollen Bewusstsein ihrer eigenen Verwegenheit. Ganz allein auf der rechten Seite ihres breiten Bettes liegend, gab sie sich schließlich vollauf dem fantastischen Bewusstsein hin, dass dies ein Tag war, an dem niemand irgendetwas von ihr erwartete: Niemand hatte sie für ein langweiliges Mittagessen verplant, und es gab keinerlei Treffen, an denen sie teilzunehmen hatte. Noch nicht einmal mit Esmeralda musste sie sich auseinandersetzen. Sie war frei, sie konnte tun und lassen, was sie wollte. Vielleicht, so entschied Maggie in diesem Moment, war die Freiheit doch keine ganz so beängstigende Vorstellung, wie sie bisher gedacht hatte.

Eine Weile später, als sie sich in der kleinen Küche eine Tasse Tee zubereitete, machte sie sich daran, die Details jenes Rachefeldzuges auszuarbeiten, der die noch völlig ahnungslose Mausie treffen sollte.

Als Jeremy noch lebte, hatte Maggie die gemeinsamen morgendlichen Rituale geliebt. Er war ein Frühaufsteher gewesen und gleich beim ersten schrillen Klingeln des Weckers aus den Federn gesprungen. Maggie war derweil noch ein wenig im Bett geblieben, hatte, gestützt von ihrem Kopfkissen, ihre gewohnte Tasse Tee getrunken und dem aus der Badewanne dringenden Gemisch aus Wasserplätschern und Pfeifen gelauscht. Im Gegensatz zu Maggie hatte Jeremy es vorgezogen, sich in eine heiße Badewanne zu legen, statt sich rasch unter die Dusche zu stellen. Außerdem hatte er eine Vorliebe für diese altmodischen Lieder gehabt, wie man sie früher zum Tanztee spielte, wie etwa »The Man Who Broke the Bank at Monte Carlo« oder »Mad Dogs and Englishmen«. Später irgendwann – wie Maggie jedoch erst jetzt richtig bewusst wurde – war Jeremy dazu übergegangen, das Wiener Fiakerlied zu pfeifen. Dem rituellen Plantschen war schließlich das typische laute, nass-schmatzende Geräusch eines sich aus der Wanne hievenden großen Körpers gefolgt. Durch die leicht geöffnete Tür des Badezimmers hatte Maggie Jeremy zumeist dabei beobachtet, wie er, ein Handtuch um die Hüften gewickelt, seine rosigen Wangen mit Rasierschaum betupfte. Er hatte niemals einen elektrischen Rasierer benutzt; der eine, den Maggie ihm vor Jahren einmal zu Weihnachten geschenkt hatte, lag noch immer unbenutzt in seiner Geschenkbox. Zuweilen, wenn Jeremy plötzlich ein besonders wichtiger Gedanke gekommen war, tauchte er mitten in seinem Rasierritual ganz unvermittelt im Schlafzimmer auf, den Rasierpinsel mit dem Schaum in der Hand, und fragte Sachen wie: »Du denkst doch daran, dass mein Dinnerjackett sich noch in der Reinigung befindet, nicht wahr, Liebes?« Kurze Zeit später brach er für gewöhnlich auf, natürlich makellos gekleidet, in auf Hochglanz polierten Schuhen, die über das Parkett klackerten, und in seriöser Krawatte, die er passend zu seinen Socken gewählt hatte, und ein leichter Duft seiner Lieblingsseife von Floris wehte hinter ihm her. »Wir sehen uns heute Abend«, rief er Maggie zu, wie er es die ganzen vergangenen fünfundzwanzig Jahre über jeden Morgen gerufen hatte.

Wie heimelig all diese Rituale doch waren, dachte Maggie jetzt, während sie an ihrem Tee nippte. Im Übrigen hatte Jeremy, was Maggies Earl Grey-Teebeutel betraf, natürlich immer die Ansicht vertreten, dass diese doch etwas sehr Gewöhnliches seien. Konsequenterweise hatte er nur eine ganz bestimmte Mischung getrunken, die extra für ihn zusammengestellt wurde und die ihm sein Londoner Lieblingsteegeschäft Fortnum's überallhin nachgeschickt hatte, vollkommen egal, wo die Regierung ihn und seine Frau wieder hinbeordert haben mochte.

Diesem Lebensstil entsprechend, war Maggie Überraschungen und plötzlichen Veränderungen in ihren täglichen Ritualen immer mit äußerstem Missfallen begegnet. Für sie waren die Wiederkehr des immer Gleichen und das Bewahren des Status quo stets von größter Bedeutung gewesen und hatten ihr eine gewisse innere Zufriedenheit verliehen. Es war ihr angenehm, wenn die Tage geradezu miteinander verschmolzen, ohne dass plötzliche Ereignisse oder gar der eine oder andere »Schluckauf« im Tagesplan diese Ruhe beeinträchtigten. Niemals hatte Maggie die Beständigkeit jener hauchdünnen Oberfläche aus Ritualen, auf der sie seit ihrer Eheschließung mit Jeremy wandelte, in Frage gestellt. Sie hatte geglaubt, das Leben, das sie kannte, würde auf ewig so weiterlaufen. Und sie war davon überzeugt gewesen, dass auch Jeremy so empfand. Mittlerweile jedoch war es offensichtlich, dass sie sich zumindest in dieser Hinsicht ganz gewaltig verkalkuliert hatte. Und sie konnte Jeremy dafür noch nicht einmal mehr zur Rede stellen. Dafür war es nun zu spät, viel zu spät. Maggie hätte sich vor Verzweiflung die Haare raufen mögen.

Pünktlich um neun Uhr vormittags wartete Zoltan vor ihrer Tür. Maggie kam nicht umhin zu bemerken, dass er nicht mehr den dunklen Anzug und die marineblaue Krawatte trug, die seine feste Dienstkleidung als Jeremys Chauffeur gewesen waren. Stattdessen sah er heute eher wie ein trauriger Cowboy aus, in seinem karierten Hemd und der nagelneuen Jeans, die einen derart breiten Saumaufschlag hatte, als ob Zoltan noch einen gehörigen Wachstumsschub hinzulegen gedachte, oder aber fürchtete, der Stoff könnte beim ersten Waschen dramatisch einlaufen. Seine Füße steckten in blassgrauen Slippern, über deren Spann sich ein eingesticktes Motiv wand – unverkennbar osteuropäischer Modestil. Mit dem lang gewachsenen Nagel seines kleinen Fingers strich er sich langsam über den Schnurrbart, eine Angewohnheit, die Jeremy immer irritiert hatte. »Wofür«, hatte er gefragt, »braucht Zoltan einen dermaßen langen Fingernagel? Um sich damit das Schmalz aus den Ohren zu pulen oder will er ihn etwa als Schraubenzieher benutzen?«

Hastig löschte Zoltan beim Anblick Maggies seine Zigarette. »Mrs Morgenstern ist heute zu einem zweiwöchigen Urlaub aufgebrochen.«

»Wie haben Sie das so schnell in Erfahrung gebracht?«

»Sie hat mich angerufen, um zu sagen, dass sich in ihrer Wohnung noch die Aktentasche des Botschafters befindet. Sie wollte, dass ich bei ihr vorbeikomme und die Tasche abhole.«

»Also sind Sie vorbeigefahren und haben das gute Stück aus der Wohnung geholt?«

»Ja, gestern Abend.«

»Wie sah die Dame denn aus?« Maggie konnte sich diese kleine Frage beim besten Willen nicht verkneifen.

»So ziemlich wie immer«, lautete Zoltans wenig aufschlussreiche Antwort.

»Also hübsch und elegant gekleidet, nehme ich an?«

»Ja, ich denke, schon. Aber sie sah auch ein bisschen müde aus.«

»Aha.« Nur zu gerne hätte Maggie ihm noch ein paar weitere Fragen zur optischen Erscheinung ihrer Widersacherin gestellt, beherrschte sich dann aber schweren Herzens. »Hat vielleicht sonst noch jemand Zutritt zu dem Apartment?«

»Nur Fatima. Aber Mrs Morgenstern hat gesagt, dass sie ihr frei geben wolle, so lange sie selbst verreist ist. Darum sollte ich ja unbedingt gestern noch vorbeikommen und die Aktentasche mitnehmen, ehe die beiden die Wohnung verließen.«

Fatima! Dorthin also hatte es Esmeraldas Cousine verschlagen. Jeremy hatte Esmeralda einmal gefragt, ob sie nicht noch irgendjemanden kenne, der ebenfalls Putzdienste anbot und bei einem Kollegen von ihm ein wenig reinemachen könnte. Wieder einmal schlug die mittlerweile schon vertraute glühendheiße Woge der Wut über Maggie zusammen. Denn wenn Fatima für Mausie arbeitete, dann war Esmeralda garantiert bestens über alles informiert. Abermals hatte Maggie das Gefühl, eine verschworene Gemeinschaft des Schweigens habe sich um sie herum gebildet und schlösse sich zunehmend enger um sie wie ein Kissen, mit dem man sie ersticken wollte.

»Nun gut, mein lieber Zoltan, dann wollen wir uns doch gleich mal auf den Weg machen und etwas Fisch besorgen«, verkündete Maggie schließlich mit einem gefährlichen Glitzern in den Augen. »Oder besser noch: ganz viel Fisch.«

Maggie war schon immer ein großer Freund von Märkten gewesen. Überall, wo man sie mit Jeremy hinbeordert hatte, hatte sie die örtlichen Wochenmärkte besucht – ganz im Gegensatz zu Jeremy, dem die hygienisch-effiziente Struktur der großen Supermärkte lieber gewesen war. Maggie liebte es geradezu, mit den Marktleuten zu plaudern, besonders mit jenen, die vom Land in die Stadt kamen und bei denen die Frauen noch Kopftücher trugen und rote Hände hatten, die nach Karbolsäureseife rochen. Und sie liebte auch den Lärm, die Aura von Erregung, das

Geplapper und die Kameradschaft unter den Verkäufern, die mit lauten und theatralischen Gesten wie Worten ihre Waren feilboten und jene nicht salonfähigen Witze rissen, die Maggie zumeist nicht ganz verstand. All diese Menschen verliehen Maggie das Gefühl, als gehörte sie dazu, als wäre sie nicht die Frau eines Botschafters, die durch eine Wand von Protokollvorschriften von der realen Welt abgeschirmt wurde.

Einer von Maggies Lieblingsmärkten war der Naschmarkt in Wien mit seinen endlosen Reihen niedriger Buden und den vielen Menschen, die gegen die morgendliche Kälte mit den Füßen stampften, während ihr Atem in kleinen weißen Wölkchen vor ihnen schwebte. Langsam wanderte Maggie nun vor den Ständen auf und ab und labte sich mit den Augen an der Auswahl an Fischen, die dort auf großen Platten präsentiert wurden.

Sie hatte vorsorglich einen sehr großen Einkaufskorb mitgenommen, doch der würde bei Weitem nicht ausreichen, denn wie sich herausstellte, wurde Maggie mit einem Mal von einem so gierigen Kaufrausch gepackt, wie sie es noch nie zuvor erlebt hatte. Früher hatte sie immer erst das Für und Wider einer Ausgabe gegeneinander abgewogen, und zumeist – auch wenn ihr dies natürlich sauer aufgestoßen war – hatte das Wider das Für überwogen. Sogar Jeremy war nicht umhingekommen, ihr regelmäßig seine Anerkennung zu zollen für ihre fast schon an Geiz grenzende Sparsamkeit.

Nun aber wurden riesige Berge von Schalentieren und Oktopoden, deren Tentakel sich über das Einwickelpapier hinausschlängelten, auf die Waage gelegt und gemeinsam mit Forellen und Makrelen, deren Schuppen wie Regenbogen schimmerten, für Maggie eingepackt. Hinzu kamen zwei riesige Hummer, die sie aber lieber in tiefgekühlter Form wählte, sodass die Tiere nicht versuchen konnten, aus ihrem Korb zu fliehen, sowie einige Knotennetze voll Miesmuscheln und Venusmuscheln. Maggie spürte förmlich, wie Zoltans Missfallen sich einer Dunstwolke gleich um seinen Kopf zusammenbraute, während seine mageren Schultern von den schweren Einkaufstüten immer tiefer hinuntergezogen wurden. Schließlich, als Maggie die äußerste Auslage des letzten Fischstandes erreicht hatte, fiel ihr auch noch ein gigantischer Karpfen ins Auge. Das Tier sah aus, als wäre es nicht etwa von einem Fischer aus dem Meer gezogen worden, sondern vielmehr als sehr alter Fisch eines natürlichen Todes gestorben, denn seine Augen wirkten milchig-trübe, wie unter grauem Star erblindet, und aus seinen Mundwinkeln schienen einem langen Bart gleich Tang und Algen zu sprießen. »Und das auch«, wies Maggie den Fischhändler mit der gestreiften Schürze an. Leider hatte der Händler keine Tüte, die groß genug gewesen wäre für den überdimensionierten Karpfen, und so musste Maggie ihn wie ein Baby in die Arme schließen, um ihn mit steifen Trippelschritten bis zum Wagen zu tragen. Zoltan, dessen Verärgerung sich zu einer stillen, an Meuterei grenzenden Wut gesteigert hatte, stapfte gehorsam, aber mit einigen Schritten Abstand hinterdrein. Keuchend beluden sie den Kofferraum des Wagens mit Maggies Errungenschaften.

»Wenn Sie mich jetzt bitte zu Mrs Morgensterns Apartment fahren würden?«, verlangte Maggie mit fester Stimme.

Es gab so viele Fragen, die Maggie ihrem Chauffeur liebend gern gestellt hätte, aber Jahre der protokollarischen Zurückhaltung zähmten ihre Zunge. Jeremy hatte es stets mit einem missbilligenden Stirnrunzeln bedacht, wenn Maggie mit den Botschaftsangestellten zu fraternisieren begann, und seine eigenen Gespräche mit Zoltan hatten sich ausschließlich auf den Straßenverkehr und das Wetter beschränkt. Folglich entschied Maggie, ihre vorsichtige Konversation mit Zoltan von sicherem Grund und Boden aus zu beginnen, und sagte leichthin: »Sieht so aus, als würde der Himmel langsam wieder aufklaren.« Dabei schaute sie mit unschuldigem Blick zu den düsteren Wolkenungetümen hinauf.

»Die Wettervorhersage sprach von Regen für das gesamte Wochenende«, lautete Zoltans steife Erwiderung.

Sie atmete tief durch. »Der Weg zu Mrs Morgensterns Apartment muss Ihnen bestimmt sehr vertraut sein«, wagte Maggie daraufhin eine etwas direktere Ansprache und kam sich dabei fast verwegen vor.

»Ich kenne mich aus auf den Straßen Wiens, das ist richtig.«

»Ich meinte eigentlich, dass Sie wohl recht häufig den Weg zu Mrs Morgensterns Apartment gefahren sind!«

»Ziemlich häufig, ja.«

»Dann muss Ihnen ja schrecklich langweilig geworden sein, wenn Sie die ganze Zeit im Auto warten mussten.«

»Ich musste nicht warten. Der Botschafter hat mich, nachdem ich ihn vor dem Haus abgesetzt hatte, gleich wieder fortgeschickt.«

»Ich verstehe.« Geraume Zeit herrschte Schweigen im Wagen. »Und dann hat er Sie irgendwann angerufen und Sie gebeten, ihn wieder abzuholen, nachdem es ...« – plötzlich spürte Maggie, wie ihr speiübel wurde –, »... nachdem es vorbei war?«

»Ja.«

Abermals trat ausgedehntes Schweigen ein. Stumm saßen Maggie und Zoltan nebeneinander, während sie darauf warteten, dass die Ampel wieder auf Grün umspringen würde.

»Aber manchmal haben Sie die beiden auch in ein Restaurant gefahren, richtig?« Maggie hatte das Gefühl, als befände sie sich auf einer Schwindel erregend schnellen Schlittenfahrt an einem steilen Berghang. Da konnte sie genauso gut gleich ins Tal preschen und der Sache richtig auf den Grund gehen.

»Manchmal stieg Mrs Morgenstern zu uns in den Wagen, das stimmt.«

Dann hatte Mausie in diesem Wagen also den gleichen Platz eingenommen, der doch normalerweise allein für Maggie bestimmt gewesen war! *Ihren* Platz, unmittelbar rechts von Jeremy! Maggie ließ die Fensterscheibe hinunterfahren, damit die frische Brise ihre Wangen kühlte. Mit äußerster Sorgfalt parkte Zoltan den Wagen am Bordstein ein. Als Maggie langsam aus dem Wagen stieg, stellte sie fest, dass sie und Zoltan stillschweigend und doch unverkennbar endgültig die Grenze des Schicklichen überschritten hatten.

In der hohen, an ein Tonnengewölbe erinnernden Eingangshalle von Mausies Apartmenthaus rieselte Maggie trotz allen Wagemuts doch ein Schauer des Zweifels über den Rücken. Es war die gleiche Mischung aus Erregung und Furcht, die sie schon als kleines Kind verspürt hatte, wenn sie im nächsten Moment etwas ganz besonders Schlimmes hatte tun wollen. Sie blickte zurück über ihre Schulter und schaute Zoltan an, der mit stoischer Miene hinter ihr hertrottete.

»Zweite Etage«, erklärte dieser in emotionslosem Tonfall. Zwei riesige, mit Fisch gefüllte Einkaufstaschen baumelten von seinen Armen, und energisch drückte er mit dem Kinn den Knopf des Fahrstuhls.

Vor Mausies Wohnungstür angekommen, an der ein auf Hochglanz polierter Messingtürklopfer nebst ebenso glänzendem Namensschild prangte, reichte Maggie Zoltan die Schlüssel. Drei verschiedene Schlüssel, von denen jeder in eines von drei verschiedenen Schlössern passte – es vergingen drei Minuten des Drehens und Rasselns, ehe sie endlich die Wohnung betreten konnten.

Das Apartment sah ziemlich genauso aus, wie Maggie es sich vorgestellt hatte: blassgrauer Teppichboden, pastellfarbene Wände, Biedermeiermöbel und alte Ölgemälde, über deren Rahmen kleine, an Würstchen erinnernde Bildleuchten hingen, die die Kunstwerke ins rechte Licht rückten. Zoltan knipste an den Lichtschaltern herum, und sogleich begannen mehrere Kronleuchter zu glitzern und zu funkeln. In der einen Ecke des Salons stand ein Flügel, über den ein Seidenschal drapiert worden war. Darauf befanden sich eine Reihe Fotos, die, eingefasst in glänzende Silberrahmen, wohl so etwas darstellen sollten wie die ganz persönliche Retrospektive von Madame Mausie Morgenstern. Da war Mausie als kleines Baby abgelichtet, Mausie auf einem Pony, Mausie beim Debütantinnenball und natürlich Mausie an ihrem Hochzeitstag.

Es gab nur eine einzige Fotografie, die aus der Gegenwart zu stammen schien und auf der sich eine in der Tat blonde und zudem gertenschlanke Dame in den Vierzigern präsentierte. Sie saß auf einem der mit Damast bezogenen Armsessel in ihrem Salon, die schlanken Fesseln überkreuz, und über die Rückenlehne des Sessels beugte sich ein älterer Herr, der eine seiner Hände auf ihrer Schulter platziert hatte.

»Ihr Ehemann?«, fragte Maggie Zoltan, der sich diskret im Hintergrund herumdrückte.

»Sie war verwitwet«, erklärte er mit niedergeschlagen klingender Stimme.

Maggie kehrte dem Flügel den Rücken zu, denn sie musste sich eingestehen, dass Mausie nicht nur blond und wunderschön war, sondern zudem auch ein wirklich sympathisches Gesicht besaß. Andererseits jedoch gingen Frauen, die wahrhaft sympathisch waren, wohl nicht mit den Ehemännern anderer Damen ins Bett, oder? Maggie begann, ihre Einkaufstüten auszupacken.

Gehorsam machte Zoltan sich unterdessen auf die Suche nach einer Trittleiter und blieb dann, nachdem er eine solche gefunden hatte, pflichtbewusst an Maggies Seite. Nach einer Weile beschlich Maggie das vage Gefühl, als erwärme auch Zoltan sich für ihr Tun. Gemeinsam öffneten sie Mausies Kleiderschränke, in denen sie als Erstes eine Reihe elegant-spitzer Pumps entdeckten. In jeden von ihnen packte Maggie eine von Seetang ummantelte Miesmuschel. Die Shrimps fanden ein neues Zuhause in Mausies zahlreichen Taschen, während die jungen Meeräschen genau in die Körbchen von Mausies Spitzenbüstenhaltern passten. Die restlichen Äschen landeten kreuz und quer zwischen Mausies hauchzarter Lingerie.

Anschließend marschierten Maggie und Zoltan in die Küche. Maggie musste zugeben, dass dies ein ausgesprochen geschmackvoller Raum war, der im Grunde mehr an ein Wohnzimmer erinnerte als an einen Ort, an dem man das Essen zubereitete. Die Küche hatte nicht nur einen gepflegten Parkettboden, in der einen Ecke stand auch ein kleiner Armsessel, vor dem wiederum auf einem grazilen Tischchen ein Computer thronte. Zweifellos wusste Mausie also auch mit der rebellischen Computermaus umzugehen, wusste, wie man Textpassagen ausschnitt und einfügte, und konnte sogar im Internet surfen. An der Tür hing eine Schürze, deren Vorderseite eine Szene aus dem Deckenpanorama der Sixtinischen Kapelle zierte. Aha, ein Andenken von ihrer Reise mit Jeremy nach Rom, dachte Maggie wutschnaubend. In einem der Hängeschränke entdeckte sie ordentlich aufgereihte zierliche Kaffeetassen, während neben einer Blechbüchse mit Tee von Fortnum's eine unverkennbar britische Teekanne platziert war.

»Zoltan, in welchem Beutel waren noch mal diese kleinen Krebse?«, erkundigte Maggie sich mit betont argloser Stimme.

Kurz darauf wanderte der erste der gesprenkelten Taschenkrebse in die Teekanne, während ein zweiter in der Blechdose von Fortnum's landete, ein dritter in der Zuckerdose und der Rest in dem weißen Plastikwasserkocher. Das dürfte Mausie den Nachmittagstee für den Rest ihres Lebens vermiesen, dachte Maggie grimmig.

Das Badezimmer bot Maggie im Gegensatz zum Rest der Wohnung nicht viel von Interesse. Natürlich war auch dieser Raum der Wohnung sehr apart, ausgestattet mit Mosaikkacheln und spitzenbesetzten Gästehandtüchern – aber es fehlte ganz einfach das Persönliche, das den anderen Zimmern zu eigen gewesen war. Schließlich begriff Maggie, dass alles das, was in irgendeiner Weise zu den persönlicheren Dingen in Mausies Bad gehörte, wahrscheinlich mit ihr auf die Reise gegangen war. Vorsichtshalber öffnete sie aber dennoch eine Tür des Spiegelschranks, inspizierte die Pillendöschen darin und die

Schminkutensilien auf dem Ablagebord und stellte fest, dass Mausie nicht wenige Vitaminpräparate besaß sowie diverse homöopathische Pülverchen. Sie schraubte jedes der kleinen Medikamentenbehältnisse auf und schob eine kleine, gestreifte Venusmuschel zwischen die Pillen. Die Cremes, die Mausie verwendete, waren ohne Ausnahme teuer, das sah man auf den ersten Blick. Wenn man Mausies augenscheinlich attraktives Gesicht auf den Fotos bedachte, drängte sich unwillkürlich jene Erkenntnis auf, die auch die Frauenzeitschriften transportierten: je teurer die Hautcreme, desto wirkungsvoller. Leider jedoch befanden Mausies Cremes sich fast allesamt in kleinen Tübchen, die man vielleicht noch hätte ausquetschen können, in die man aber ganz sicher keine kleinen Meerestiere einschleusen konnte. Zum Glück fand Maggie schließlich doch noch einen großen Cremetopf – *pour le corps*, für den Körper, wie die Aufschrift verriet –, und in dessen flüssig rosafarbenen Inhalt versenkte sie die dickste Venusmuschel, die sie unter ihren großzügigen Einkäufen finden konnte.

Die Hummer hinterließ sie ganz unprätentiös einfach mitten auf dem Esszimmertisch, wo sie, gegen den silbernen Armleuchter gelehnt, langsam auftauten. Ob eigentlich auch Fische und Meeresfrüchte diese ekligen Maden hervorbrachten, wenn sie verwesten?, sinnierte Maggie. Oder passierte dies eventuell bloß bei Fleisch? Zoltan jedenfalls konnte ihr diese Frage nicht beantworten. Vielleicht war das Wort »Made« auch einfach noch nicht bis in seinen Wortschatz eingedrungen. Auf jeden Fall war es dann seine Idee, die Oktopoden von den Kronleuchtern baumeln zu lassen. Allerdings dauerte es eine Weile, bis er und Maggie diese Aufgabe schließlich bewältigt hatten, da die schleimigen und nur mühsam zu handhabenden Polypen mehr als einmal wieder aus ihrer Halterung rutschten und schwer und nass auf den Teppich plumpsten, woraufhin sie abermals mit viel Sorgfalt zwischen die Kristalle geknotet werden mussten. Einer von ihnen landete sogar geradewegs auf der Spitze von Zoltans grauem Schuh. Verstohlen beobachtete Maggie, wie der Chauffeur erstarrte und sein Gesicht vor lauter Ärger rot anlief. Dann aber gewann seine gewissenhaft einstudierte Selbstbeherrschung wieder die Oberhand, und er unterdrückte seinen Ekel. Einen kurzen Moment lang fürchtete Maggie, sie müsse gleich in amüsiertes Gekicher ausbrechen, aber ein einziger Blick in Zoltans Gesicht genügte, um diesen Anflug von Belustigung zu vertreiben: Entsetzt starrte dieser auf einen der größeren Oktopoden, dessen Tentakel sich um die Kristalltropfen eines der Kronleuchter geschlungen hatten, dessen Arme sich nun aber langsam wieder aus ihrer Verankerung lösten, sodass das Tier schließlich nur noch von einigen wenigen Kristallen gehalten und mit grauenerregend hervorquellenden Augen mitten in der Luft schwebte.

Schließlich blieb nur noch die Frage, was sie mit dem Karpfen anstellen sollten. Wie alle echten Bewohner eines komplett von Festland umschlossenen Staates, fand Zoltan Schalentiere regelrecht Ekel erregend, da diese, so versicherte er Maggie im Brustton der Überzeugung, »rückwärts über die Erde kriechen«. Im Gegensatz dazu hatte er von Karpfen jedoch eine sehr hohe Meinung. »Was für eine Verschwendung«, seufzte er missbilligend. »Wissen Sie eigentlich, was für eine herrliche Fischsuppe Sie aus dem zubereiten könnten?«

Unterdessen strebte Maggie bereits entschlossenen

Schrittes in Mausies Schlafzimmer. Dort befand sich, genau wie Maggie erwartet hatte, ein großes Doppelbett mit einer goldumrahmten, barock anmutenden Kopfstütze, die mit blauer Seide aufgepolstert war. Maggie schnaubte verächtlich und riss die Bettdecken zurück. Hier also war ihr Ehemann gestorben.

»Modome«, murmelte Zoltan, während er den Karpfen auf Armeslänge von sich entfernt hielt.

»Legen Sie den Fisch in das Bett hinein«, befahl Maggie.

Vorsichtig ließ der Chauffeur den Karpfen zwischen die weißen, mit Monogrammen versehenen Leinenlaken gleiten. Währenddessen schnappte Maggie sich ein duftiges kleines Kissen und stopfte es dem Fisch unter den Schädel. Anschließend trat sie einen Schritt zurück und brach in lautes Gelächter aus. Das arme Tier sah dermaßen lächerlich aus, wie es so dalag, umrahmt von seidenen Spitzen – fast schon wie eine Kreatur aus »Alice im Wunderland«.

Bald aber wurde Maggies Aufmerksamkeit von einem neuen Möbelstück gefangen genommen, einem kleinen Sekretär, der in der Ecke des Schlafzimmers stand. Es war ein außergewöhnlich charmant anmutendes Stück aus Rosenholz, zu dem ein Stuhl gleicher Machart gehörte, der mit einem Blumenstoff in Petit-point-Stickerei bezogen war. Den Sekretär zierte ein Aufsatz, in dem sich rechts und links jeweils eine Reihe kleiner Fächer befanden, in denen wiederum violettfarbene Umschläge steckten sowie diverse Briefe. Es juckte Maggie in den Fingern, diese Briefe zu durchwühlen, nur um den ultimativen Beweis für Jeremys Niedertracht zu finden, doch sie ahnte auch, wie Zoltans strenger Blick sich in diesem Augenblick geradezu in ihren Rücken bohrte. An ein viktorianisches

Tintenfass gelehnt stand ein Foto von Jeremy, auf dem er schlanker und jünger aussah, als Mausie ihn wohl jemals in natura erlebt haben dürfte. Das musste während seiner Dienstzeit in Budapest aufgenommen worden sein … Auf einmal überkam Maggie das dringende Bedürfnis, sich auf den zierlichen Rosenholzstuhl mit der Petit-point-Stickerei sinken zu lassen und einfach nur zu weinen. Da ertönte hinter ihr ein leises Hüsteln, und Zoltan schwenkte die letzte ihrer Einkaufstüten.

»Wir haben noch die Forellen«, erinnerte er Maggie mit gedämpfter Stimme.

Maggie steckte jeweils abwechselnd eine Forelle beziehungsweise eine Makrele in die kleinen Fächer des Sekretärs, wobei sie sorgsam darauf achtete, sie allesamt genau so zu arrangieren, dass sie aussahen wie winzige Pferdchen, die über die Türen ihrer Boxen lugten. Dann fand sie ganz unten auf dem Boden der Tüte noch einen letzten übrig gebliebenen Taschenkrebs. Vorsichtig hob sie auch diesen heraus, legte ihn mitten auf die Schreibunterlage und klemmte ihm Jeremys Foto zwischen die kleinen Scherenhände. »Fertig!«, verkündete sie triumphierend. Im Übrigen hätte sie schwören können, dass – wohl verborgen von seinem Schnurrbart – auch über Zoltans Lippen so etwas wie ein Lächeln gehuscht war.

»Soll ich die Heizung aufdrehen?«, fragte er.

Ein strahlendes Grinsen breitete sich über Maggies Gesicht. »Zoltan, Sie sind ein Genie«, rief sie aus, beherrschte sich dann aber zum Glück gerade noch rechtzeitig, ehe ihr die Frage über die Lippen schlüpfen konnte, woher er denn eigentlich wusste, wo sich der Heizregler befand. »Und jetzt gönnen wir uns zur Feier des Tages ein schickes Mittagessen.«

Einen kurzen Moment lang schaute der Chauffeur sie entsetzt an. »Sind Sie sicher, dass das erlaubt ist?«, erkundigte er sich vorsichtig bei seiner neuen Dienstherrin.

»Aber wieso denn nicht, ich bin keine Botschaftergattin mehr, Zoltan. Wir können jetzt tun und lassen, was wir wollen.«

Maggie nahm Zoltan mit zu Königsbacher, einem Restaurant, in das sie und Jeremy besonders gerne eingekehrt waren, das in seinem Tagebuch aber keine Erwähnung gefunden hatte – vielleicht deshalb, weil auf der Speisekarte keinerlei Fischgerichte zu finden waren. Zoltan wiederum stellte zu seinem Entzücken fest, dass hier das Kalbsgulasch sehr empfehlenswert war. Dazu tranken er und Maggie Bier aus großen Krügen, und es dauerte nicht lange, bis sein Schnurrbart mit weißem Schaum dekoriert war. Nach dem Essen zündete er sich eine seiner stinkenden Zigaretten an und lehnte sich dann, angenehm gesättigt und zufrieden, in seinem Stuhl zurück. Diesmal, das war ganz zweifelsfrei zu erkennen, lächelte er wirklich.

»Ach, Modome«, seufzte er, während sich aus seinen Nasenlöchern der Rauch ringelte, »ich kann förmlich Mrs Morgensterns Gesicht vor mir sehen, wenn sie aus dem Urlaub nach Hause kommt!«

Auch Maggie war in überaus heiterer Stimmung. »Wissen Sie, Zoltan«, sagte sie, »ich denke wirklich nicht, dass Sie mich noch länger Madame nennen müssen.«

Nach dem Mittagessen schickte Maggie Zoltan nach Hause und nahm einen Bus zum Prater. Ihr war nach einem schönen langen Spaziergang. Jeremy und sie hatten sonntagnachmittags häufig einen Spaziergang durch den Prater unternommen. Es war ein angenehm warmer, sonniger Tag, und Maggie schlenderte die breiten, von Bäumen gesäumten Wege entlang, inmitten von ehrgeizigen Radfahrern und jungen Liebespärchen, die Hand in Hand durch den Park bummelten. Sie versuchte, sich daran zu erinnern, was für ein Gefühl es gewesen war, so jung zu sein, und empfand zum ersten Mal in ihrem Leben einen Anflug von Neid. Sie waren noch viel zu jung, um Empfindungen wie Reue oder Bedauern mit sich herumzuschleppen, und das Leben – so erschien es Maggie jedenfalls – war für diese jungen Leute noch wie ein einziger heller Raum, zu dem sie erwartungsvoll die Tür öffneten. Nach einer Weile gelangte Maggie zu dem imposanten Riesenrad, das fast die gesamte Skyline von Wien dominierte.

Einmal hatte sie darauf bestanden, mit Jeremy gemeinsam in eine der Gondeln zu steigen und von ganz oben, sanft schaukelnd, den Blick über die Stadt zu genießen. Jeremy hatte natürlich zunächst versucht, sie von dieser Idee abzubringen, weil das doch so ein typisches Touristen-Ding sei, wie er meinte.

»Aber das Riesenrad ist gleichzeitig auch eines der Wahrzeichen der Stadt Wien«, hatte Maggies Einwand gelautet. »So eine Fahrt muss man mitgemacht haben, wenigstens ein einziges Mal im Leben.« Und dann erinnerte sie ihn eindringlich an die legendäre Filmszene in »Der dritte Mann«, in der sich Orson Welles just unter dem Wiener Riesenrad so vernichtend über die Schweizer geäußert hatte.

»Ich fand schon immer, dass das ausgesprochen unfair war gegenüber den Schweizern«, stimmte Jeremy ihr damals zu. »Wir haben diesem Volk schließlich viel mehr zu verdanken als bloß die Kuckucksuhr.«

»Richtig, zum Beispiel den köstlichen Käse«, neckte Maggie ihn.

»Ja, ganz besonders den Käse.« Liebevoll lächelte Jeremy seine Ehefrau an.

Im Anschluss an die Fahrt im Riesenrad waren sie in ein Heurigenlokal gegangen, um dort ein frühes Abendessen einzunehmen. Sie hatten den landestypisch säuerlichen, grünlich schimmernden jungen Wein bestellt und natürlich Sauerkraut und Würstchen. Maggie erinnerte sich noch gut daran, wie glücklich sie sich damals gewähnt hatte, dass es ihr vergönnt war, an der Seite ihres großen und überaus attraktiven Ehemannes auf solch luxuriöse Art und Weise die Welt kennenzulernen und all jene kleinen Besonderheiten, die das Leben in jeder Stadt ganz eigen und unverwechselbar machten. Manchmal hatte sie an der Seite von Jeremy gar das Gefühl gehabt, als ob sie schon gar keine Engländerin mehr sei, sondern eine echte Weltbürgerin. Damals hatte ihr ihre Schwester ausgesprochen leidgetan, deren Dasein doch stets nur von den immer gleichen, wiederkehrenden Begebenheiten geprägt schien. Ein Leben, das Maggie sich zum damaligen Zeitpunkt äußerst langweilig vorgestellt hatte.

Maggie kehrte an diesem Tag genau in jenem Moment in die Botschaftsvilla zurück, als Esmeralda eine Vielzahl prall gefüllter Koffer und Päckchen aus einem Taxi herauszerrte. Der Fahrer wirkte äußerst ungeduldig – ganz zweifellos hatte die Haushälterin ihm kein Trinkgeld gegeben.

»Dona Margarida!«, rief Esmeralda melodramatisch, während sie sich mit beiden Händen auf die Brust schlug.

Wie nicht anders zu erwarten war, hatte sie sich von Kopf bis Fuß in Schwarz gekleidet.

Maggie wusste, was von ihr erwartet wurde, und die beiden Frauen fielen sich in inniger Umarmung um den Hals. Schluchzend barg Esmeralda den Kopf an Maggies Schulter, woraufhin auch Maggie prompt die Tränen in die Augen stiegen. Nachdem man in gebührendem Maße seiner Trauer Ausdruck verliehen und die gebotenen Formalitäten hinter sich gebracht hatte, tupfte Esmeralda sich die Augen mit einem riesigen, blitzsauberen Taschentuch und begann, ihr Reisegepäck zusammenzusammeln. Angesichts der Kofferflut erbarmte Maggie sich ihrer und half der Frau dabei, das Gepäck in den Fahrstuhl zu verfrachten.

»Ich kann es noch immer nicht glauben, dass ich nicht hier war, um an der Trauerfeier teilzunehmen.« Die Haushälterin hatte ihren endlosen Monolog von Selbstvorwürfen angestimmt. »Was hätte der Botschafter bloß von mir gedacht?«

Es folgte die Aufzählung aller von Esmeralda durchlittenen Emotionen, angefangen von jenem Moment, als sie die traurige Nachricht erfuhr und feststellen musste, dass sie es nicht mehr rechtzeitig zur Trauerfeier schaffen würde, über die diversen Reaktionen ihrer riesigen und weitläufigen Verwandtschaft, bis hin zu ihren schlaflosen Nächten, in denen sie sich sorgte, dass Dona Margarida nun ganz allein sei in Wien und sicherlich keine einzige vernünftige Mahlzeit mehr zu sich nähme. Ihre Litanei schloss mit der Schilderung jener Dramen, die sich noch unmittelbar zwischen Last-Minute-Buchung und Abflug ereignet hatten. »Aber«, rief Esmeralda dann in geradezu triumphierendem Tonfall aus, »dafür habe ich Ihnen ein paar herrlich saftige Stücke von Ihrem geliebten *bacalhau* mitgebracht!«

Esmeralda war irgendwann dem Irrglauben verfallen, dass Maggie ausgerechnet Esmeraldas portugiesisches Kabeljaugericht zu ihrem Lieblingsessen erkoren hätte. Ein Mythos, den die Haushälterin seitdem innigst pflegte und der zugleich die leidige Ursache dafür war, dass Esmeralda immer wieder neue Vorwände erfand, um dieses Gericht irgendwie in die Menufolge einzuschmuggeln. Jeremy hatte Maggie damit einige Male liebevoll aufgezogen, und schließlich war das Kabeljaugericht zwischen ihm und Maggie sogar zu einer Art ganz privatem Running Gag geworden. Wie stets brach Maggie auch heute gehorsamst in begeistertes Jauchzen aus, als Esmeralda ihre Koffer leerte und kleine Päckchen und Tupperware-Dosen voll Kabeljau auf dem Küchentisch aufreihte.

Jeremy hatte sich des Öfteren darüber beschwert, dass Maggie angeblich nicht wisse, wie man mit dem Personal umzugehen habe. Als seine junge Verlobte war sie einmal mit ihm auf einem sehr noblen Anwesen zu Gast gewesen, wo ein Butler mit weißen Handschuhen geübt die Teller für die verschiedenen Gänge vor ihr austauschte, und sie hatte jedes Mal leicht beschämt »Danke« gemurmelt. Jeremy hatte sie daraufhin in strengem Ton aufgeklärt, dass Kellner für die Gäste grundsätzlich unsichtbar seien. Ebenso verhalte es sich mit dem Personal, das man zu Maggies und Jeremys Unterstützung in den Botschaftsvillen ihrer zahlreichen Einsatzorte angeworben hatte. Während die Angestellten Jeremy stets mit vorzüglichem Respekt behandelten, mochten sie Maggie dagegen aufrichtig, denn sie spürten sofort deren herzliches Wesen und ihr Bemühen, dem Personal so wenig Arbeit wie nur möglich zu bereiten. Der Nachteil dieser Zuneigung war jedoch gewesen, dass das Personal jedes Mal binnen kürzester Zeit die Herrschaft über die Botschaftergattin übernommen hatte, und es nur noch den Anschein hatte, als ob Maggie die Menuabfolgen bestimmte oder Anweisungen bezüglich der Haushaltsführung erteilte.

Besonders Esmeralda behandelte Maggie wie ein entlaufenes Kind. Sie kritisierte sogar in scharfem Tonfall deren Kostüme, wenn sie meinte, diese seien einem offiziellen Anlass nicht angemessen, und sie schickte Maggie das eine ums andere Mal wieder die Treppe hinauf, um sich umzuziehen. Zudem war die Küche natürlich ausschließlich Esmeraldas Herrschaftsbereich. Wenn Maggie zu abendlicher Stunde auf Zehenspitzen noch einmal hinunter in die Küche schlich, um den Kühlschrank nach einem erfrischenden Getränk oder einem kleinen Snack zu durchforsten, klopfte einige Minuten später Esmeralda an ihre Apartmenttür. Das Haar in Lockenwickler gelegt und gekleidet in einen geblümten Morgenmantel, erkundigte sie sich dann, was sie Dona Margarida noch zubereiten dürfe. Genau dies war schließlich der Grund, weshalb Maggie Jeremy bekniet hatte, die Erlaubnis des Außenministeriums einzuholen, in das Privatapartment im Obergeschoss der Botschaftsvilla eine kleine Teeküche einbauen zu lassen.

In Esmeraldas Küche hatte Maggie stets das Gefühl, unzählige Augenpaare würden sie heimlich beobachten: Die Schöpflöffel, die sauber aufgereiht über dem Herd hingen, schienen ihr aus unsichtbaren Augen hinterherzublinzeln; die kupfernen Böden der Saucieren musterten sie; die handgeschliffenen Kristallgläser, die das Botschafterpaar stolz präsentierte, wenn es eingeladen hatte, starrten

Maggie geradezu an; und sogar die Backhandschuhe mit den versengten Fingerspitzen bildeten keine Ausnahme. All diese Küchenutensilien schienen Maggie misstrauisch zu beäugen, als ob sie ganz genau wüssten, dass sie bloß ein ungebetener Eindringling war in diesem perfekt strukturierten kleinen Königreich. Fast schon glaubte sie zu hören, wie die Bestecke und das Geschirr ihr wütend entgegenzischten, wenn sie die Küche betrat, denn wie jeder weiß, herrscht selbst in einer menschenleeren Küche nie wirkliche Stille, sondern es ist eher so, als ob die Küche für einen kurzen Augenblick den Atem anhielte.

Während Maggie diesen Gedanken nachhing, stellte Esmeralda bereits eine generalstabsmäßige Planung auf, wie Jeremys und Maggies Habseligkeiten am klügsten einzupacken seien. Folglich würde man, wie Esmeralda Maggie wortreich erklärte, bei den Empfangsräumen der Villa beginnen. Außerdem habe sie natürlich schon bei Shirley angefragt, für welchen Tag diese ihr die Männer vom Umzugsdienst der englischen Botschaft zuweisen könne. Anschließend wollten Shirley und sie gemeinsam die *coitadinha da* Dona Margarida, also Maggies persönliche Besitztümer, aus dem Obergeschoss zusammenpacken. Im Übrigen galt Dona Margarida in Esmeraldas Augen von nun an als geradezu mittellos. Nicht zuletzt erfuhr Maggie, dass die Botschaftsverwaltung die Haushälterin angewiesen hatte, auch weiterhin ihren Dienst in der Villa zu versehen, um den neuen Botschafter und dessen Frau zu empfangen, wenngleich zum gegenwärtigen Zeitpunkt auch noch niemand wisse, wer neuer Botschafter würde. Überflüssig zu erwähnen, dass natürlich keiner den verstorbenen Botschafter – Esmeralda schlug demütigst ein Kreuz vor der Brust – oder gar Dona Margarida ersetzen könne. Und niemals wieder würde Esmeralda solch wundervolle Dienstherren haben. Es folgte eine weitere Tränenflut, die sie aber schon bald mit einigen energischen Tupfern ihres riesigen weißen Taschentuchs in ihre Schranken zu weisen wusste.

An diesem Abend bestand die Haushälterin darauf, Maggie ein ganz reguläres, formelles Essen zu servieren, bestehend aus Kohlsuppe als Vorspeise und *bacalhau* als Hauptgericht. Zudem fand dieses Essen im offiziellen Speisezimmer der Residenz statt. Bei Kerzenschein durfte Maggie in einer dermaßen schauerlichen Stille ausharren, dass diese in ihrer Intensität fast schon ohrenbetäubende Ausmaße anzunehmen schien. Die Alten Meister, die Eigentum des Außenministeriums waren, das antike Porzellan in den Glasvitrinen, alle diese Kostbarkeiten schienen Maggie ungläubig anzustarren. Was hatte denn diese Hochstaplerin auf dem angestammten Platz des Botschafters am Kopfende des Tisches zu suchen?

Wenn sie beide Gäste gehabt hatten, hatte Jeremy sich stets um die Sitzordnung bei Tisch gekümmert. Er wusste, welche Botschafter schon am längsten in Wien waren und daher Anspruch auf die Ehrenplätze am obersten Ende der Tafel hatten. Er wusste, welche Ministergattinnen Englisch sprachen und infolgedessen problemlos neben zu Besuch weilende Würdenträger aus England gesetzt werden konnten. Die Tischkarten, die oberhalb jedes Gedecks standen, wurden grundsätzlich von jemandem aus der Botschaft in Schönschrift beschriftet und mit den entsprechenden Namen versehen. Man musste ja so aufpassen, dass einem bei all den vielen Titeln kein Fehler unterlief! »Möchten Sie, dass ich diese Tischdecke hier auflege?«, pflegte Esmeralda Maggie in einem Ton zu fragen, der keinen Widerspruch duldete. Und stets war es Esmeralda, die Heinz, den bei solcherlei Anlässen in der Villa bedienenden Kellner, instruiert hatte, welchem Gast er als Erstem servieren sollte. Maggies einziger Zuständigkeitsbereich waren die Blumen gewesen, aber selbst hier hatte sie ihre Fantasie zügeln müssen, da Jeremy unter Allergien litt. Jede Art von Pollen löste bei ihm besonders im Frühjahr heftige Niesanfälle aus.

Maggies Beitrag zum Gelingen des Abends bestand also in der Hauptsache darin, ihr grünes Kleid zu tragen und freundlich zu lächeln, während sie in ihrem gestelzten Französisch oder behelfsmäßigen Deutsch mit ihren Tischnachbarn plauderte, und ohne sich dessen bewusst zu sein, bezauberte sie ihre Gäste, da sie eine ausgesprochen gute Zuhörerin war und sich noch geraume Zeit später an das erinnern konnte, was ihre Gesprächspartner gesagt hatten. »Ist Ihre Meniskusoperation gut verlaufen?«, hatte sie sich bei einem Staatssekretär für auswärtige Angelegenheiten bei ihrer nächsten Begegnung erkundigt. Oder, an dessen Ehefrau gewandt, gefragt: »Haben Sie sich am Ende doch für die Schlafzimmervorhänge in Kirschrot entschieden?« Maggie wäre erstaunt gewesen, wenn sie gewusst hätte, wie man in diplomatischen Kreisen über sie und Jeremy urteilte: Er galt dort lediglich als äußerst fähiger Langweiler; seine kleine Ehefrau hingegen, da waren sich alle einig, galt als überaus charmant.

»Ich finde, der Abend war recht gelungen«, pflegte Jeremy nach solchen Gesellschaften meist zu resümieren, während er gedankenverloren Maggies Po tätschelte. »In jedem Fall können wir von Glück reden, dass Esmeralda nicht wieder diesen *bacalhau* – dein Lieblingsgericht – aufgetischt hat!«

Als Maggie am nächsten Morgen erwachte, tat sich der Abgrund zu ihren Füßen immer noch auf. Die kleine Realitätsflucht, die sie sich am vergangenen Tag mit ihrer Racheaktion gegönnt hatte, war nur eine vorübergehende Auszeit gewesen. Eine Auszeit von jener unerbittlichen Panik, von der Maggie stets aufs Neue überwältigt wurde, wenn sie morgens erwachte, und die sie dann für den Rest des Tages mehr oder weniger erfolgreich zu unterdrücken versuchte. Vielleicht, so grübelte sie reumütig im Stillen, ist meine Rache an Mausie Morgenstern eine riesengroße Dummheit gewesen. Und als Maggie sich ausmalte, was Jeremy wohl über ihre Unternehmung gedacht hätte, bekam sie sogar Angst. Konnten Menschen, die verstorben waren, einen eigentlich noch immer beobachten? Konnten sie die Reaktionen derer, die auf der Erde zurückgeblieben waren, verfolgen und ihre Gespräche belauschen? Vor allem aber: Konnten die Verstorbenen nun, da sie Teil der spirituellen Welt waren, etwa gar die Gedanken ihrer Hinterbliebenen lesen?

Gedankenverloren saß Maggie mit ihrer morgendlichen Tasse Tee im Bett. Allzu viel Zeit zum Grübeln blieb ihr indessen nicht, da Esmeralda sich natürlich längst aus den Federn erhoben hatte und bereits einem Tornado gleich durch das Untergeschoss wirbelte. Der armen Maggie blieb nichts anderes übrig, als mit einem Filzschreiber bewaffnet hinter der Haushälterin herzueilen und »Bücher« oder »Porzellan« oder »Verschiedenes« auf die Umzugskisten zu schreiben, von denen es in der Tat nicht wenige gab, sodass sie sich fragte, was, um Himmels willen, sie bloß mit all dem Zeug in den Kisten anfangen sollte?

Esmeralda gab sich unterdessen alle Mühe, Zoltan dazu zu bewegen, schon einmal in den Keller zu gehen und dort bei den anderen Kisten auf die Ankunft der Möbelpacker zu warten. Esmeralda war nämlich der festen Überzeugung, dass sie als Haushälterin des Botschafters zumindest ein winziges bisschen mehr zu sagen habe als der Rest des Personals, und nie ließ sie eine Gelegenheit aus, dies den anderen Angestellten in Erinnerung zu rufen.

Maggie machte sich derweil daran, die Bilder abzunehmen und diese entlang der Fußleisten an die Wand zu lehnen. Eine Federzeichnung hielt sie ganz besonders lange in den Händen und betrachtete diese im Stehen. Es war jene kleine Skizze, die Maggie vor langer Zeit von Jeremy angefertigt hatte, kurz nachdem sie sich kennengelernt hatten. Sie hatte ihn damals auf einer Vernissage in einer Kunstgalerie getroffen, in der sie als Teilzeitkraft gearbeitet hatte. Ihr Verdienst reichte gerade aus, um die Miete zu bezahlen, während sie am St. Martin's College Kunstgeschichte studierte. Jeremy war gemeinsam mit Maggies Mitbewohnerin, Amanda, erschienen, die ihn wiederum von einigen Landpartien des Adels von Norfolk her kannte. Maggie konnte sich noch gut daran erinnern, wie unbeholfen sie mit dem Katalog in der Hand dagestanden hatte und sich zugleich bemühte, möglichst professionell zu wirken, als plötzlich ein groß gewachsener junger Mann mit einem Käsespießchen zwischen den schlanken Fingern auf sie zugeschlendert kam.

»Verehrte Dame, wie steht es mit Ihnen – würden Sie sich als Kunstsinnige bezeichnen?«, hatte er sie frei heraus und mit seinem unverkennbaren Oberschichtakzent gefragt.

»Nun, ich studiere Kunstgeschichte«, hatte Maggie entgegnet, während sie seine edel gebogene Nasenlinie und die leicht gezückte Augenbraue betrachtete.

»Dabei sehen Sie mir überhaupt nicht nach einer wilden Künstlerin aus«, lautete seine prompte Antwort. Maggie hatte damals ein schlichtes schwarzes Kleid getragen, das noch nicht einmal ihr selbst gehörte, sondern von Amanda geliehen war. Dazu hatte sie die Perlenkette ihrer Mutter getragen. Damals war die allgemeine Kleiderordnung noch deutlich strenger gewesen als heutzutage: Die Handtasche hatte grundsätzlich zu den Schuhen zu passen, und Damen in Hosen erhielten im »Dorchester« per se keinen Zutritt.

»Na ja, nicht alle Künstler pflegen den unkonventionellen Chic!«, hatte Maggie mit hellem Lachen erwidert.

Etwas später hatte Jeremy sich lobend über ihre Aquarelle geäußert, auf denen sie die Landschaft von Herefordshire festgehalten hatte und deren Hintergrund die nebelumwogten, fast schwarzen Höhenzüge von Wales bildeten. Die kühnen Farbkleckse auf ihren Ölbildern bezeichnete er dagegen bloß als »Z. v. d. G.«

»Z. v. d. G.?«, hatte Maggie irritiert gefragt.

»Zu viel des Guten, meine Liebe«, lautete Jeremys strenge Antwort, der damals bereits seinen Dienst im Außenministerium begonnen hatte. Seine Karriere steckte zu jener Zeit noch in den Kinderschuhen, und er wartete auf Nachricht, welches sein erster Einsatzort sein würde. Er hatte damals – das wurde Maggie nun überdeutlich bewusst – gerade das Projekt »Brautschau« verfolgt: Er war auf der Suche nach einer Frau, die ihn dabei unterstützen würde, Stufe für Stufe jene Leiter emporzuklettern, die sich später als eine geradezu beispielhafte diplomatische Karriere erweisen sollte.

Mit einem Mal spürte Maggie, dass Zoltan ihr über die Schulter schaute. Erschrocken wirbelte sie herum.

Dann setzte sie das Bild vorsichtig ab und lehnte es gegen die Wand. Der Chauffeur wirkte verschwitzt und augenscheinlich nicht bester Laune. »Ich mache Ihnen einen Kaffee«, bot Maggie sogleich an. »Und ich habe auch einen kleinen Umschlag für Sie vorbereitet. Sie waren mir wirklich eine große Hilfe, und ich bin Ihnen für alles sehr dankbar.«

»Werden Sie nun wieder nach England ziehen?«, fragte Zoltan.

»Nun ja, wir besitzen noch immer eine kleine Wohnung in London …«, begann Maggie. »Und ich habe darüber nachgedacht, ob ich nicht einfach wieder zurückkehren sollte. Andererseits ist es nicht gerade so, als ob mich dort irgendjemand erwarten würde. Sicherlich, da ist meine Schwester in Herefordshire, aber die wird von ihren Kindern vollauf in Anspruch genommen. Und nachdem ich all die Jahre im Ausland verbracht habe, spüre ich in gewisser Weise auch keine sonderlich innige Verbindung mehr zu ihr.«

Gemächlich entzündete Zoltan seine Zigarette. »Meiner Ansicht nach bleibt Ihnen noch eine andere Möglichkeit«, widersprach er ihr in höflichem Ton.

Erstaunt blickte Maggie den Chauffeur an.

»Selbstverständlich, das ist mir wohl bewusst, liegt die Entscheidung allein bei Modome, aber nach dem, was wir in Mrs Morgensterns Apartment getan haben, dachte ich …« Damit verhallte Zoltans Stimme, und er tat einen langen Zug aus seiner Zigarette.

»Ja, bitte?«, hakte Maggie von leichter Ungeduld getrieben nach.

»Na ja, da dachte ich eben«, mit starrem Blick fixierte Zoltan den Aschenbecher, »dass wir eigentlich gleich weiterziehen könnten nach Paris. Rein geschäftlich, versteht sich«, fügte er dann hastig hinzu, als er den alarmierten Ausdruck in Maggies Augen entdeckte.

»Aber warum, um Himmels willen, sollte es uns nach Paris ziehen?«

Zwei kleine Rauchwölkchen pufften aus Zoltans Nasenlöchern. Anschließend löschte er den Zigarettenstummel mit den gewohnten kreisenden Bewegungen im Aschenbecher. »Delphine«, sagte er knapp angebunden und seine Stimme klang mit einem Mal so kratzig wie die einer Kröte. »Ich dachte, Modome würde jetzt vielleicht gerne weiterziehen nach Paris, um dort auch an Delphine Rache zu üben.«

2

PARIS

Wieder wurde Maggie von schlaflosen Nächten geplagt – ausgelöst durch jenes, von Zoltan beiläufig hingeworfenene »Delphine«.

Von Unruhe getrieben, kramte Maggie in der Garage die restlichen Kartons mit der Aufschrift »Unterlagen – Jeremy« hervor und schleppte sie schwankend in den Fahrstuhl. Es waren insgesamt vier Kisten, in denen sich einige Hefter befanden, überwiegend aber mit Gummibändern gebündelte zahllose Tagebücher. Maggie suchte diejenigen heraus, deren Datierung mit ihrem dienstlichen Aufenthalt in Paris übereinstimmte, und legte die übrigen wieder zurück in die Umzugskisten. Bewaffnet mit einer weiteren Flasche von Jeremys Bordeaux, verbrachte sie den Rest der Nacht damit, die Tagebücher zunächst in chronologische Reihenfolge zu bringen und dann die Aufzeichnungen vom Anfang bis zum Ende akribisch zu durchforsten.

In den frühen Morgenstunden ließ sie sich ermattet auf dem Sofa zurücksinken, bettete den Kopf auf eines der samtenen Kissen und nahm nichts mehr wahr außer einem Gefühl unsäglicher Erschöpfung. Die noch verbliebenen Tagebücher, so entschied sie, wollte sie an einem anderen Tag lesen. Schließlich sollte man seinem Körper nur so viel Gift zumuten, wie dieser verkraften konnte. Andernfalls würde es ihr am Ende so ergehen wie jener Heldin in ihren geliebten Detektivgeschichten – Jeremy hatte ihren Literaturgeschmack stets verabscheut –, der ihr Ehemann Tag für Tag ein wenig Arsen auf den Zuckerwürfel gab, bis die arme Frau den langsamen Gifttod starb.

Maggie war davon ausgegangen, dass die Liaison mit Mausie eine einmalige Angelegenheit gewesen sei, etwas, das passieren konnte, wenn das Feuer einer Ehe nicht mehr ganz so hell loderte. Niemals jedoch hätte sie gedacht, dass Jeremy sozusagen ein Serientäter gewesen war. Maggie wurde überwältigt von einer Woge des Selbstmitleids. Wie gerne hätte sie jetzt einer Freundin von ihrem Unglück erzählt, jemandem, der ihr die Hand tätscheln und sagen würde: »Ach, du Ärmste, du Ärmste. Das hast du wirklich nicht verdient… Und natürlich gab es nichts, was du daran hättest ändern können.« Zum Schluss hätte diese Freundin sie voll weiblicher Solidarität in eine herzliche Umarmung gezogen. Wer aber sollte diese Freundin sein? Den Damen aus dem diplomatischen Dienst konnte sie sich auf keinen Fall anvertrauen, das wäre gegen sämtliche Regeln gewesen. Diplomaten pflegten grundsätzlich einen tadellosen Lebensstil und präsentierten sich der Außenwelt als makelloses Aushängeschild ihres Landes. Hilary Mackintosh wäre folglich gebührend entsetzt und geradezu angewidert von derlei ungehörigen Geständnissen. Und selbst Maggie erschien es nach all den Jahren im diplomatischen Dienst und trotz der Hassgefühle, die sie mittlerweile gegenüber ihrem verstorbenen Ehemann hegte, als äußerst verwerflich, seine persönlichen Unzulänglichkeiten vor dem gesamten Außenministerium auszubreiten. Zumal, ganz egoistisch gedacht, eine solche Enthüllung einen Schatten auf all das werfen würde, was nicht nur Jeremy, sondern auch sie, Maggie, in ihrem Erwachsenenleben für Großbritannien und das gesamte Commonwealth getan hatte. Und Shirley? Shirley würde natürlich sofort die Meinung vertreten, dass die Schuld an Jeremys Fehltritten im Grunde nicht dem Botschafter, sondern vielmehr seiner Frau zuzuschreiben wäre. Ebenso wie es damals aus Shirleys Sicht allein Maggies Schuld gewesen war, dass Esmeralda statt der traditionellen Dörrobst- und Sirup-Füllung Hackfleisch in die Minzpastetchen für das weihnachtliche Krippenspiel gefüllt hatte, oder die Badewanne in der Botschaftsvilla übergelaufen war, während der Landwirtschaftsminister zu Besuch weilte. Aber wie stand es mit Sue? Vielleicht wäre sie die richtige Ansprechpartnerin? Nun, Maggie würde es gewiss nicht über sich bringen, den Mythos der beispielhaften großen Schwester zu zerstören, die Ledbury verlassen hatte, um mit einem solch vorzüglichen Ehemann an ihrer Seite die ganze Welt zu erobern! Esmeralda wiederum würde Maggie mit Emotionen und melodramatischen Klagen schier überschwemmen, und überhaupt war Maggie mittlerweile einfach zu lange mit Jeremy verheiratet gewesen, um ihr persönliches Leid nun dem Botschaftspersonal zu klagen. Nein, dies war eine Bürde, die sie ganz allein würde tragen müssen.

Am Ende tat Maggie Nacht für Nacht nichts anderes mehr, als in die Kisten mit den kleinen Englischlederbüchlein ihres Ehemannes einzutauchen und sich die Wahrheit über fünfundzwanzig Jahre ehelichen Betruges in Paris, Rom und nicht zuletzt auch Budapest zu erarbeiten. Zum Schluss spürte Maggie eine brennende Wut in ihrem Inneren, die nur Rache wieder löschen konnte. Der abscheuliche Jeremy weilte ja leider nicht mehr unter den Lebenden, um die Inbrunst von Maggies Zorn zu empfangen. Aber seine diversen Liebschaften, seine Komplizinnen, hatten jede ein Gesicht und einen Namen und eine Adresse erhalten! Sie würden an seiner statt Maggies Rache zu spüren bekommen.

Jeremy hatte diese »Delphine« bei einem Fernsehinterview kennengelernt, das einer der französischen Sender Mitte des zweiten Jahres seiner Pariser Amtszeit von ihm erbeten hatte. Aber wie sehr Maggie sich auch bemühte, sie konnte sich beim besten Willen nicht an dieses Interview erinnern. Andererseits aber hatte sie ja noch nie sonderlich viel ferngesehen ... Die Begegnung zwischen Jeremy und dieser Fernsehdame war allem Anschein nach ein *coup de foudre* gewesen, eine Liebe auf den ersten Blick, die es mit der Kraft eines echten Blitzschlags hätte aufnehmen können. Abermals spürte Maggie dieses ihr nun schon vertraute, ausgedörrte Gefühl im Mund, das Tagebuch zitterte in ihren Händen, und sie musste all ihre Willenskraft zusammennehmen, um sich wieder zu beruhigen. Denn auch die körperliche Leidenschaft zwischen Jeremy und Delphine schien französische Ausmaße angenommen zu haben, wie Maggie zu ihrem Leidwesen erkennen musste. Die Sternchen, die sich mit einer geradezu verstörenden Regelmäßigkeit über die Seiten verteilten, sprachen Bände.

Delphine, so stellte sich heraus, war eine geschiedene Frau mit einem zwölfjährigen Sohn, der in regelmäßigen Abständen aus dem Internat heimkehrte, was zu längeren Unterbrechungen in Jeremys Aufzeichnungen führte. Nichtsdestotrotz wurden Maggies abtrünniger Ehemann und Delphines Sprössling einander vorgestellt, und aus Jeremys Aufzeichnungen ging hervor, wie überaus charmant und intelligent Tancrède ihm erschien. Das ist doch mal wieder typisch französisch, dachte Maggie, als sie den

Namen des Jungen las. Wie konnte man seinem Kind nur einen derart wichtigtuerischen Namen geben? Zu allem Überfluss fand sie auch noch einen Eintrag, in dem Jeremy berichtete, dass er Tancrède zum Geburtstag einen Füllfederhalter mit eingravierten Initialen zu schenken gedachte.

Maggie hatte das Gefühl, als ob irgendetwas ihre Innereien zermahle und ihr zugleich die Kehle zuschnüre. Jahrelang hatten sie und Jeremy sich bemüht, Kinder zu bekommen – wenngleich es vor allem Maggie war, die hartnäckig an ihrem Kinderwunsch festgehalten hatte, und nicht Jeremy. Entsprechend hatte sich auch sein Bedauern in Grenzen gehalten, als sich herausstellte, dass sie ihm keinen Erben würde schenken können. Sie dagegen hatte dieses Versagen, als das sie ihre Kinderlosigkeit empfand, ähnlich einer nur schwer heilenden Wunde noch lange, lange Zeit in ihrem Herzen mit sich herumgetragen. Jedes Mal, wenn sie die Kinder ihrer Schwester betrachtete oder in einem Kinderwagen auf der Straße ein besonders süßes kleines Baby entdeckte, spürte sie einen geradezu körperlichen Schmerz, der hämmernd durch ihren Brustkorb jagte. Viele Leute hatten sie infolgedessen zur Patentante ihrer eigenen Kinder ernannt, um Maggie zumindest ein klein wenig von diesem Kummer zu nehmen. Und natürlich erinnerte diese sich mit geradezu religiösem Eifer an jeden einzelnen Geburtstag und sandte ihren Patenkindern in den vielen verschiedenen Internaten sogar regelmäßig Postkarten. »Du und deine kleinen Brieffreunde«, pflegte Jeremy sie mit einem freundlichen Lächeln aufzuziehen. Hatte es ihm also wirklich nichts ausgemacht, keine eigenen Kinder zu haben? Im Übrigen war es Maggie – wie typisch für sie! – nie in den Sinn gekommen, dass die

Ursache für ihre Kinderlosigkeit womöglich gar nicht in ihr begründet lag, sondern in Jeremy …

Nachdem Delphine befördert worden war und aus dem Stab der Interviewerinnen heraus in die Riege der Nachrichtensprecherinnen aufsteigen durfte, musste sie zwar allabendlich zur Live-Ausstrahlung der Nachrichten im Fernsehstudio erscheinen, hatte dafür aber die Nachmittage frei. Gemeinsam mit Jeremy genoss sie dann das, was die Franzosen ein *cinq à sept* nennen, also eine kurze Verabredung in der Zeit zwischen siebzehn und neunzehn Uhr, die in Delphines Apartment stattfand, von dem aus man den Blick über die Seine schweifen lassen konnte. Wie es schien, hatten sie und Jeremy sich dort des Öfteren ans offene Fenster gesetzt, jeder einen erfrischenden Kir schlürfend, und dabei den *bateaux mouches* zugesehen, wie diese den breiten Fluss entlangtuckerten. Dabei trug Delphine offenbar vorzugsweise einen Kimono, den Jeremy in einer seiner Eintragungen als »äußerst schmeichelhaft« bezeichnete. Nur selten gingen sie in ein Restaurant, da Delphine im französischen Fernsehen ein bekanntes Gesicht war und ein gemeinsames Mahl in der Öffentlichkeit rasch Anlass zu Klatsch und Tratsch gegeben hätte. Außerdem war dieses Miststück von einer Frau eine begnadete Köchin. Ihre *terrines, taponades, bisques, bouillons, brochettes* und *pissaladières* wurden mehrfach in Jeremys Tagebüchern gepriesen. Marielise, Jeremys und Maggies damalige Köchin in der Botschaftsvilla in Paris, war dagegen zwar äußerst fähig gewesen, dabei aber zugleich ziemlich einfallslos. Dennoch war Maggie stets davon ausgegangen, dass ihr Mann zufrieden war, wenn ihre Köchin bei offiziellen Abendessen erst eine Suppe servieren ließ, gefolgt von *un petit gigot*, wie Marielise es zu nennen pflegte. Überhaupt bezeichnete sie alles, was sie kredenzte, als *»petit«*, unabhängig davon, ob es sich um eine *pomme de terre* handelte oder um ein *pain au chocolat*, einen *petit instant* oder einen *coup de fil*. Bloß Marielise selbst war überhaupt nicht *»petit«*, sondern besaß eine geradezu aufgedunsene Figur mit einem riesigen Busen und dunkelroten Nasenlöchern. Insgeheim hatte Maggie sich vor der Haushälterin gefürchtet, und natürlich hatte auch Marielise das Regiment in der Botschaftsvilla geführt und nicht etwa Maggie. Selbst Jeremy hatte der französischen Haushälterin nicht ein einziges Mal in den vier Jahren ihres Paris-Aufenthaltes seinen Willen aufzwingen können.

Es war also Delphine gewesen, die Jeremys Geschmackssinne für die feinen Nuancen der französischen Weine sensibilisierte – Maggie warf einen schiefen Blick auf den stetig schwindenden Inhalt ihrer Bordeaux-Flasche. Und ebenso wie die Speisen, so waren auch die verschiedenen Jahrgangsweine, die die beiden zusammen genossen hatten, allesamt feinsäuberlich in seinen Tagebüchern aufgelistet. Außerdem hatte Delphine Jeremy zu einigen Vernissagen und Galerieeröffnungen mitgenommen, und gemeinsam besuchten sie mitunter sogar ein Literaturcafé. Nun, das erklärte zumindest sein plötzlich aufkeimendes Interesse an Jacques Prévert – Maggie hatte Jeremy damals mit seiner spontanen Vorliebe für den Philosophen aufgezogen.

Alles in allem, so musste Maggie sich nun eingestehen, war Delphine offenbar all das, was sie selbst nicht war. Und das war eine wahrhaft niederschmetternde Erkenntnis. Vielleicht könnte Maggie sich fortan ebenfalls in einen Kimono kleiden und Verlaine lesen, doch selbst wenn sie es zudem noch schaffen sollte, sich in eine Gourmetköchin zu verwandeln, die aus dem Handgelenk eine *velouté de potiron* oder eine *tarte tatin* auf den Tisch zauberte, so war doch Jeremy nicht mehr da, um ihre Leistungen zu würdigen.

Müde kroch Maggie in ihr Bett, in einem Gefühl der Hoffnungslosigkeit, wie sie es noch nie empfunden hatte. Alles, worauf sie vertraut hatte, schien zerschmettert, schien am Boden zerstört, und sie musste sich wohl oder übel dem Undenkbaren stellen – sie musste sich mit der Erkenntnis arrangieren, dass sie ihr gesamtes Erwachsenenleben mit dem falschen Mann verbracht hatte. Maggie hielt es in ihrer Sichtweise des Lebens mit den Worten ihrer Mutter, die stets behauptet hatte, die ersten zwanzig Lebensjahre dienten allein der Vorbereitung auf das richtige Leben. Darauf folgten jene drei Jahrzehnte, in denen man das Leben in vollen Zügen genösse. Alles, was einem dann noch an Lebensjahren vergönnt war, sollte man im Idealfall damit zubringen dürfen, voller Freude an die zentralen drei Jahrzehnte zurückzudenken, während man sich daran machte, auch die letzten Treppenstufen des Daseins zu erklimmen. Deprimiert dachte Maggie darüber nach, dass sie ihre drei zentralen Lebensjahrzehnte komplett der Ehe mit Jeremy gewidmet hatte.

Dennoch schien der finstere Horizont Zukunft von einem winzigen Lichtpünktchen erhellt. Und mit stetig zunehmender Entschlossenheit sah Maggie sich bereits mit einem *café crème* vor dem Café de Flore auf dem Boulevard Saint-Germain sitzen. Denn wie lang und dunkel die Nacht auch sein mochte, die Morgendämmerung konnte den Duft von frisch aufgebrühtem Kaffee und warmen Croissants mitbringen.

»Ja, ganz richtig, nach Paris«, bestätigte Maggie Shirley am nächsten Morgen bei einem kurzen Telefonat. »Die Umzugskisten soll die Botschaftsverwaltung natürlich nach England schicken, die werden dann vorläufig dort eingelagert. Aber was mich betrifft, so werde ich auf meinem Rückweg nach London einen mehrwöchigen Zwischenstopp in Paris einlegen, um mich ein wenig von den schrecklichen Ereignissen zu erholen.«

»Aber Zoltan glaubt offenbar, dass er mit Ihnen reist.« In Shirleys Stimme schwang ein Hauch von Missbilligung mit. »Er ist hier gestern ins Büro gekommen und bat um seine Abfindungszahlung.«

»Das ist vollkommen richtig«, sagte Maggie mit fester Stimme. »Zoltan wird mich in der Tat begleiten. Ich werde mir einen neuen Wagen zulegen, und zwar einen mit einem anständig proportionierten Kofferraum, der mir in England als fahrbarer Untersatz dient. Aber ich werde ihn nicht selbst nach England fahren, das soll lieber Zoltan für mich tun, denn ich habe mich im Grunde nie an den Rechtsverkehr hier auf dem Kontinent gewöhnen können.«

»Ich verstehe«, lautete Shirleys knappe Antwort, obwohl sie in Wahrheit natürlich überhaupt nichts verstand. »Nun denn, ich dachte mir jedenfalls, dass Sie vor Ihrer Abreise sicherlich noch einmal in der Botschaft vorbeischauen möchten, um sich von allen zu verabschieden. Zumal sich hier auch noch Unmengen von Beileidsbekundungen für Sie angesammelt haben. Vielleicht möchten Sie die, wenn es Ihnen besser geht, beantworten …«

Im Atrium des Botschaftsgebäudes hatte man nach Jeremys Tod eine Gedenkstelle eingerichtet. Mehrere hundert Menschen waren gekommen, um sich in das ausliegende Kondolenzbuch einzutragen. Außerdem hatten die

Blumenlieferanten einige Dutzend Sträuße und Gestecke für Maggie in der Botschaftsvilla abgegeben, die sie aber postwendend an das Internationale Krankenhaus hatte weiterleiten lassen. Manche Ehefrau anderer Botschafter, mit denen Maggie in den Wohltätigkeitskomitees zusammengearbeitet hatte, hatten sogar persönlich bei Maggie angerufen, um ihr Beileid auszusprechen. Der Großteil der offiziellen Anteilnahme aber war direkt an die Botschaftsverwaltung gesendet worden.

»Selbstverständlich komme ich«, erwiderte Maggie. »Es sind schließlich alle so unglaublich nett zu mir gewesen. Um welche Uhrzeit würde Ihnen mein Besuch am besten passen?«

Es stimmte in der Tat – alle waren wirklich unglaublich nett zu Maggie. Zudem hatte man in dem Vorzimmer von Jeremys ehemaligem Büro ein kleines Buffet aufbauen lassen, und es waren sogar ein paar Flaschen Moët & Chandon aus dem Botschaftskeller spendiert worden. Mr Mackintosh überreichte Maggie einen wunderschönen Blumenstrauß, beteuerte in einer kleinen Rede, wie sehr sie doch alle vermissen würden, und schloss seine Ansprache schließlich mit einem Toast auf Maggies Vorhaben in Paris und darüber hinaus. Zudem erklärten ihr alle, wie gut sie doch aussehe – um dann in gedämpfterem Tonfall hinzuzufügen »unter den gegebenen Umständen …«

Shirley starrte währenddessen wie gebannt auf Maggies Füße, was Letzterer keineswegs entging. »Ja, die Schuhe sind fast schon ein bisschen *zu* ausgefallen, nicht?«, erklärte Maggie mit einem gekünstelten kleinen Lachen und fuhr fort, dass sie diese Pumps ja im Grunde nur gekauft habe, um wieder ein bisschen auf andere Gedanken zu kommen. Shirley erwiderte nichts.

Der Himmel möge es verhindern, flehte Maggie im Stillen, dass die Außenwelt nun zu der Schlussfolgerung kommt, Jeremys kleine Frau sei eine fröhliche Witwe. Im Übrigen: Wie viele von denen mochten wohl von Jeremy und Mausie gewusst haben? Wahrscheinlich alle. Und nicht einer von ihnen hatte auf Maggies Seite gestanden. Jeder hatte Jeremy die Treue gehalten und dessen niederträchtiges Verhalten damit sogar noch unterstützt. Andererseits konnte man aber auch von keinem erwarten, seinem Dienstherrn ans Bein zu pinkeln. Hätte Maggie etwa Lust gehabt, eine andere Frau darüber aufzuklären, dass deren Ehemann sie betrog? Maggie musste sich eingestehen, dass auch sie wahrscheinlich nichts Derartiges unternommen hätte.

Wie immer war es Zoltan gewesen, der Maggie zur kleinen Abschiedsfeier in die Botschaft chauffiert hatte. Diesmal jedoch waren sie in Maggies eigenem Wagen vorgefahren, einem brandneuen Volkswagen, den sie mit einem der kleinen »Eier« aus Jeremys »Körbchen« finanziert hatte. Die Bank hatte ihr einen dicken Scheck eingelöst und sah auch keinerlei Problem darin, einen gewissen Geldbetrag nach Paris zu transferieren, da sie dort nach eigenen Aussagen mit einer Partnerbank zusammenarbeiteten. Und falls es sie beunruhigt haben sollte, dass Maggie in einer einzigen Woche mehr verprasste als der Botschafter in einem ganzen Jahr, so ließen sie sich dies zumindest nicht anmerken.

Während Zoltan geduldig im Wagen wartete, machte Maggie sich daran, alle in der Botschaft zu umarmen und sich mit zahllosen Küsschen von ihnen zu verabschieden.

Dann trat sie durch das eindrucksvolle Portal nach draußen, hinaus aus ihrem alten Dasein und hinein in ein vollkommen neues Leben.

Maggie und Zoltan brauchten fast anderthalb Tage, ehe sie in Paris anlangten. Sie reisten in einem Wagen, der bis unter das Dach vollgestopft war mit diversen Besitztümern, wobei ein großer Teil des Stauraums bereits von den Kisten mit der Aufschrift »Unterlagen – Jeremy« eingenommen wurde. Im Übrigen war Zoltan der Ansicht, dass der Motor eines Neuwagens vorsichtig einzufahren sei, und natürlich legten sie auch einige Pausen ein, damit Zoltan sich in gewohntem Maße seinem Kaffee und seinen Zigaretten widmen konnte, während Maggie die sanitären Einrichtungen aufsuchte. Am Abend des Hauptreisetages kehrten sie in einer Autobahnraststätte ein. Allerdings nicht in irgendeiner beliebigen, sondern in jener, vor der besonders viele Lastwagen parkten. »Das ist immer ein gutes Zeichen«, erklärte Zoltan wissend. Und tatsächlich war das Essen, das man ihnen dort servierte, wirklich vorzüglich. Sie saßen in der hintersten Ecke eines vollbesetzten Lokales, dessen Luft mehr aus Zigarettenrauch bestand als aus Sauerstoff, und statt einer vernünftigen Tischdecke aus Stoff hatte man eine aus Plastik über den Tisch gebreitet. Wenngleich Zoltan üblicherweise nicht viel von der französischen Küche hielt, so fand er auf der Speisekarte doch glücklicherweise einen *pot au feu*, der der Beschreibung nach viel Ähnlichkeit mit seinem Lieblingsgulasch hatte. Dazu tranken Maggie und er eine Karaffe von dem Rotwein aus der Region.

Jeremy war stets strikt dagegen gewesen, mit den niederen Rängen zu fraternisieren. Entsprechend wusste auch

Maggie, wie ihr plötzlich voller Verwunderung bewusst wurde, so gut wie nichts über das Leben, das Zoltan geführt hatte, ehe er vor rund fünfzehn Jahren in ihren Dienst getreten war. Sie wusste lediglich, dass er einen Bruder hatte, der in Budapest in einem der Ministerien arbeitete. Diesem Umstand war es auch zu verdanken gewesen, dass die knifflige Visa-Angelegenheit für Zoltan während Jeremys und Maggies Stationierung in Rom dann doch etwas komplikationsloser vonstattengegangen war, als zunächst befürchtet. Einmal im Jahr machte Zoltan in Ungarn für einige Zeit Urlaub. Die Weihnachtsfeiertage jedoch hatte er zumeist im Dienste von Jeremy und Maggie verbracht. Sie hatten zu Weihnachten traditionell die gesamte Belegschaft der Botschaft zu Minzpastetchen und Glühwein gebeten, und jeder hatte ein kleines Geschenk erhalten. Die Organisation dieser kleinen Festlichkeit war ausnahmsweise einmal allein Maggies Aufgabe gewesen; eine Aufgabe, der sie sich stets mit großem Vergnügen gewidmet hatte. Im vergangenen Jahr hatte sie Zoltan eines dieser silbernen Sturmfeuerzeuge geschenkt, deren Flammen beängstigende Ausmaße hatten und erst nach dem lauten Zuschnappen des schweren Deckels wieder erloschen. Im Übrigen wusste Maggie über Zoltans Privatleben lediglich noch, dass seine Mutter bereits verstorben war. Sie starb während jener Zeit, als Jeremy und Maggie in Budapest stationiert gewesen waren. Maggie erinnerte sich gut daran, weil Zoltan damals in »dringender Familienangelegenheit« spontan Urlaub bekommen hatte, um für einige Tage in jenes kleine Dorf in der Puszta zurückzukehren, aus dem er stammte.

»Vermissen Sie eigentlich gar nicht Ihr Zuhause?«, fragte sie ihn nun ohne große Umschweife.

Sein Zuhause, erklärte er ihr daraufhin, sei eine einfache Bauernkate gewesen, mit schlichtem Lehmboden und einem Reetdach, unter dem immer Unmengen von Maiskolben zum Trocknen hingen. Im Hof habe es dann noch einen Brunnen gegeben. Maggie kannte diese typischen Brunnen sehr gut, aus deren Mitte ein Holzpfahl senkrecht in den Himmel ragte. Als sie das erste Mal in Budapest eingetroffen war, hatte sie sogleich ein Bild aus der Schule der naiven Malerei erstanden, auf dem ein ebensolcher Brunnen dargestellt war, umringt von einigen Gänsen. Jeremy hatte sich damals eingehend darüber beschwert, wie kitschig dieses Bild doch sei. Zoltans Familie hatte ihren Lebensunterhalt damit verdient, Gänse zu mästen und deren Stopflebern an eine Fabrik zu verkaufen, die diese in Konservendosen einschweißte. Maggie verzog das Gesicht zu einer Grimasse. Im Übrigen waren sämtliche von Zoltans Kindheitserinnerungen seiner Aussage nach unterlegt von dem Geschnatter der Gänse. Mit den Federn, besonders den feinen Brustdaunen, stopfte seine Mutter zudem Kissen und Bettdecken, womit der Familie ebenfalls noch ein wenig Geld zufloss.

Außerdem wurde einmal im Jahr ein Schwein geschlachtet, und nicht ein einziges Stückchen von diesem Tier wurde verschwendet. Selbst die Backen und die Füße wurden gepökelt und in Aspik eingelegt oder zu riesigen Salamis verarbeitet. Die Familie kam mit dem Fleisch dieses einen Schweins ein gesamtes Jahr lang aus. Zu besonderen Gelegenheiten briet seine Mutter auch schon einmal eine Gans – oh, Modome hatte ja gar keine Ahnung, wie köstlich diese Gans schmeckte mit ihrer knusprigen Haut und dem saftigen Fleisch! Ein feiner Tränenfilm benetzte Zoltans Augen, als er sich daran erinnerte. Seine Mutter hatte natürlich auch die beste *galuska* weit und breit gekocht, indem sie zunächst Teig durch die Löcher eines irdenen Topfes presste und die Teigtropfen dann in kochendem Wasser garen ließ. Anschließend schlug sie in die gegarte *galuska* noch ein Gänseei und servierte sie mit süßen Paprikaschnitzchen. Ach, was für eine begnadete Köchin seine Mutter doch gewesen war! An seinen Vater dagegen konnte Zoltan sich kaum mehr erinnern. Er wusste nur noch, dass der für gewöhnlich viel zu viel Alkohol zu sich genommen hatte, jenen Schnaps aus Pflaumen und Aprikosen, den sie in Ungarn *pálinka* nannten und den sein Vater sich in ihrer altmodischen Badewanne selbst zusammenbraute. Eines Nachts, als der Vater sich daran machte, das Plumpsklo im Hinterhof aufzusuchen, war er im Alkoholrausch gestürzt und in dem hohen Schnee, der zu jener Zeit lag, erfroren. Alles, was Zoltan von seinem Vater in Erinnerung geblieben war, war dessen röhrendes Schnarchen, das durch die Wand zwischen dem Elternschlafzimmer und jener kleinen Küche drang, in der Zoltan und sein Bruder dicht neben dem Ofen ihre Nächte verbrachten.

Als seine Mutter aus Altersgründen zu ihrer Nichte zog, hatten sein Bruder und er das Elternhaus verkauft, sämtliche Gänse geschlachtet und Zoltan war mit seiner Frau nach Budapest gezogen. Damals hatte er sich zu einem echten Tausendsassa entwickelt, der an einem einzigen Tag mehrere verschiedene Tätigkeiten ausübte. Dennoch war das Geld stets knapp gewesen, und seine Frau hatte sich bitterlich bei ihm über ihren bescheidenen Lebensstil beschwert.

»Aber ich habe ja gar nicht gewusst, dass Sie verheiratet waren!«, unterbrach Maggie ihn überrascht.

Zoltan zündete sich eine Zigarette an und sog den Rauch tief in seine Lungen ein. »Ich war zehn Jahre lang verheiratet«, erklärte er, »und zwar mit einem wunderhübschen Mädchen, das ich schon kannte, als wir noch Kinder waren. Nur leider hasste sie das Leben im Dorf. Und als wir dann in die Stadt zogen, schien sie sich selbst zu vergessen. Alle naselang kaufte sie sich neue Kleider und hochhackige Schuhe, und die Männer drehten sich nach ihr um und starrten ihr hinterher, wenn sie die Körút entlangschlenderte. Das muss ihr dann endgültig den Verstand geraubt haben. Es hat lange Zeit gedauert, bis ich begriff, was sie eigentlich trieb ... bis ich dann eines Tages nach Hause kam und sie zusammen erwischte.« Mit zorniger Geste klopfte Zoltan die Asche von der Zigarettenspitze und nahm einen großen Schluck Rotwein. »Sie sehen also, Modome, Sie sind nicht die Einzige ...« In seiner Stimme lag eine solch bleischwere Traurigkeit, dass sie Maggie noch viele Monate lang im Gedächtnis bleiben sollte.

Die Nacht verbrachten sie in einem kleinen Hotel unweit der Straße mitten im Zentralmassiv. Am nächsten Morgen entschieden sie sich für einen zeitigen Aufbruch. Schweigend saß Maggie neben Zoltan im Auto und betrachtete im Vorbeifahren die langen Reihen von Pappeln am Straßenrand, deren weiß angestrichene Rümpfe sie an die einbandagierten Fesselgelenke von Rennpferden erinnerten. »Zoltan«, fragte sie irgendwann die stumme Gestalt hinter dem Lenkrad ihres Wagens, »verraten Sie mir, was für eine Frau Delphine ist?«

Geräuschvoll wechselte Zoltan die Gänge und schob den Zahnstocher, auf dem er bereits die ganze Fahrt über gekaut hatte, in den anderen Mundwinkel. »Delphine«, erklärte er dann, »ist eine Schlampe.«

»Eine Schlampe?«, fragte Maggie perplex.

»Sie war arrogant und ganz von sich selbst eingenommen, so, wie die Franzosen eben manchmal sind. Sie sagte nie ›Hallo‹, wenn sie ins Auto stieg, und sie hatte die grässliche Angewohnheit, die Wagentür immer mit viel zu viel Schwung zuzuschlagen.«

Absolut reglos nahm Maggie dieses unerwartete Geschenk in ihr Bewusstsein auf. Diese Meisterin der *cassoulets* und *clafoutis*, dieses hochkultivierte, ja, geradezu eklektische Geschöpf, diese Frau von der Schönheit einer Statue, eingewickelt in einen seidenen Kimono, sollte eine »Schlampe« sein? So sanft, wie heiße Schokoladensoße über Vanilleeis gleitet, so fühlte Maggie sich mit einem Mal durchströmt von wohliger Wärme. Innigst hegte und pflegte sie diese Vorstellung von der »Schlampe«, bis sie darüber schließlich eindöste. Sie erwachte erst wieder, als sie bereits die Peripherie von Paris erreicht hatten.

Maggie hatte zwei Zimmer in dem Hotel am linken Seine-Ufer reserviert, in dem Jeremy und sie ihre Flitterwochen verbracht hatten. Unter den gegebenen Umständen war dieses Hotel sicherlich nicht so ganz angemessen, aber es war zugleich die einzige preislich noch halbwegs erschwingliche Unterkunft in Paris, die Maggie kannte. Würdenträger, die ihr und Jeremy während dessen Dienstzeit einen Besuch abgestattet hatten, logierten natürlich stets in einem der teuren Hotels an den Champs Elysées, aber Maggie wollte mit Jeremys Budget lieber nicht allzu großzügig verfahren. Wie sich indessen herausstellte, hatte das Hotel in den vergangenen fünfundzwanzig Jahren entweder einen Großteil seines Charmes eingebüßt, oder die junge und unerfahrene Maggie hatte es damals ganz einfach mit vollkommen anderen Augen betrachtet. In jedem Fall hatte sie es deutlich glamouröser in Erinnerung gehabt. Und war es gar möglich, dass die mürrische Concierge, die ihr und Zoltan mit herabgezogenen Mundwinkeln die Zimmerschlüssel reichte, noch immer die gleiche war? Maggie saß auf ihrer beigefarbenen gesteppten Tagesdecke und versuchte, sich ins Gedächtnis zurückzurufen, was für ein Gefühl es gewesen war, als sie damals als junge Braut und frisch gebackene Ehefrau hier einkehrte.

Ihre Mutter hatte Jeremy und sie damals noch bis zur Victoria Station begleitet und ihnen begeistert hinterhergewunken, während der Zug zum Schiffsanleger langsam und unter lautem Rumpeln den Bahnhof verließ. Ein strahlendes Lächeln hatte auf den Lippen der Mutter gelegen, als ihr kleines Mädchen seinem bisher größten Abenteuer entgegenstrebte. Die Wochen kurz vor der Hochzeit hatten Maggie und sie einander sehr nahegebracht. Nicht zuletzt deshalb, weil ihre Mutter sich solch große Mühe gegeben hatte, auch ja alles perfekt vorzubereiten. Maggies Ehemann in spe, jener formidable junge Herr mit dem weichen Händedruck und dem zurückhaltenden Lächeln, sollte an seiner jungen Braut schließlich keinerlei Grund zur Beanstandung finden. Gemeinsam waren Maggie und ihre Mutter mit dem Schnellzeug von Malvern nach London gefahren, um dort Maggies Aussteuer zusammenzustellen. Die Nächte verbrachten sie im Basil Street Hotel. Tag für Tag waren sie zum Nachmittagstee in das Hotel zurückgekehrt, um dort in dem stilvollen und doch bereits recht verwohnten Salon zu sitzen und ihre Einkaufsexpeditionen zu diskutieren. Ganz besonderen Wert hatte

Maggies Mutter auf die Unterwäsche und die Nachthemden ihrer Tochter gelegt. Sogar in der Dessousabteilung bei Selfridges hatte sie dabei sein wollen und sich mit strenger Miene auf einem zierlichen Boudoirstühlchen niedergelassen, um Maggies Auswahl kritisch unter die Lupe zu nehmen. Spöttisch und mit hochnäsigen Blicken hatte das Verkaufspersonal sie damals gemustert – und Maggies Mutter war dies keineswegs entgangen. Sie wusste sehr wohl, dass sie in ihrem handgewebten Tweedkostüm und den derben abgenutzten Straßenschuhen aussah wie ein Bauerntölpel neben ihrer hübschen kleinen Tochter, die nun in immer neuen Spitzenunterröcken und Negligees aus der Umkleidekabine heraustrat. Ihre Hände, die von der stundenlangen Gartenarbeit grob und rau geworden waren, versteckte Maggies Mutter hinter ihrer geräumigen Handtasche und sprach nur mit leisem Flüstern. Und jedes matte Lächeln, das die Verkäuferin in ihre Richtung warf, erfüllte sie bereits mit Dankbarkeit.

Es war schlichte Tatsache, dass Maggie nun in eine Gesellschaftsschicht weit über der eigenen einheiratete, um schon bald in den Salons der europäischen Hauptstädte zu brillieren. Hinter dem Rücken ihrer Tochter tönte Maggies Mutter vor den Damen aus ihrem Hausfrauenverein: »Aber nein, sie wissen noch nicht, wohin er als Nächstes versetzt wird. Natürlich wäre es ihnen am liebsten, wenn es irgendwo in Europa wäre. Aber es heißt, dass man Jeremy bereits für eine ganz außergewöhnliche Karriere im diplomatischen Dienst vorgesehen habe.«

Maggie konnte sich nicht mehr an das Zimmer erinnern, in dem sie und Jeremy ihre erste gemeinsame Nacht miteinander verbracht hatten, sie in ihrem Spitzennegligee, er in seinem gestreiften Pyjama. Sie wusste nur noch, dass sie sich in dieser Nacht zum ersten Mal allein in einem Schlafzimmer aufhielten und dass er sehr sanft und verständnisvoll gewesen war. Und niemals, weder damals noch zu irgendeinem anderen Zeitpunkt ihres Ehelebens, hatte er von Maggie verlangt, sich in jenen geradezu akrobatischen Übungen zu ergehen, wie man sie heutzutage in den Kinofilmen präsentiert bekam. Nach der ersten schmerzvollen Erfahrung hatte Maggie die gemeinsamen Stunden mit Jeremy »zwischen den Laken« sogar zu genießen gelernt, wenngleich diese Art des Beisammenseins im Laufe ihrer Ehe immer seltener und seltener geworden war.

Wie gefangen verharrte Maggie in den Erinnerungen an ihre Flitterwochen. Sie war damals so selig gewesen. Sie hatte es als ein geradezu nicht mehr zu begreifendes Glück empfunden, dass dieser wundervolle Mann ausgerechnet sie, Maggie, zu seiner Frau gewählt hatte. In der Kirche hatte er ganz schlicht »Ich will« gesagt. Liebevoll hatte er dabei auf sie hinabgeschaut und nach ihrem Blick gesucht unter ihrem üppigen Brautschleier, der fast schon aussah wie ein schaumig aufgeschlagenes Baiser.

In Paris waren sie dann Hand in Hand über den Pont Neuf gewandert. Und obwohl sie wusste, dass Jeremy jegliche Zurschaustellung persönlicher Empfindungen ablehnte, hatte sie damals bei diesem Spaziergang spontan die Arme um seinen Hals geschlungen, und Jeremy hatte sich dazu hinreißen lassen, sie einen Moment lang wie ein Kind zu herzen. Unmittelbar darauf hatte er so getan, als wolle er sie über das Brückengeländer hieven und in die Seine werfen. Dies war eines der letzten Male gewesen, dass sie Jeremy in salopper Alltagskleidung gesehen hatte.

Selbst zu seiner eigenen Trauerfeier hatten sie ihn ganz formell in Jackett und Schlips gekleidet in den Sarg gelegt. In Paris dagegen hatte er getragen, was er leicht abschätzig »Pulli und Straßenhose« genannt hatte. Damals hatte er morgens auch noch ausgeschlafen und die Stunden mit müßigem Nichtstun verstreichen lassen, während er und Maggie an ihrem Stammplatz im Café de Flore saßen und zuschauten, wie die Welt an ihnen vorüberzog.

Lange Zeit saß Maggie reglos auf ihrer Bettkante, während sie im Stillen und ganz nüchtern die glücklichen Jahre ihrer Ehe gegen deren bitteren Epilog abwog. Wenn eine Ehe ihren Glanz verlor, hieß es nur allzu häufig, dass die Verbindung ja ohnehin nie so recht glücklich gewesen wäre, auch wenn die Wahrheit zuweilen ganz anders aussah. Und: Sagte man nicht auch, dass Unwissenheit ein Segen sei? Maggie jedenfalls war wahrlich unwissend gewesen, dass sie ihren Ehemann noch mit Mausie und Delphine und deren Mitstreiterinnen in Rom und Budapest hatte teilen müssen. Doch war sie damit auch »gesegnet« gewesen? Das Seltsamste war, dass Jeremy mit diesen Frauen offenbar eine Seite von sich ausgelebt hatte, die Maggie gar nicht kannte – die sie noch nicht einmal ansatzweise vermisst hatte.

Ein leises Klopfen an der Tür riss sie abrupt aus ihren Grübeleien. Hastig schlüpfte sie zurück in ihre Pumps.

»Wer ist da, bitte?«

»Modome, ich bin's, Zoltan.«

Kaum, dass Maggie die Tür öffnete, kam Zoltan auch schon hereingestürmt. Mit einer raschen Bewegung langte er nach der Fernbedienung und schaltete den Fernseher ein. Das Gesicht einer Frau erschien auf dem Bildschirm. Sie hatte scheinbar makellose Haut, geradezu magnetische jadefarbenen Augen und einen so intensiven Blick, dass er fast schon unmenschlich anmutete und den Zuschauer schier bannte. Der Mund mit den blassrosé Lippen war groß und unentwegt in Bewegung, während sie offenbar die Abendnachrichten verkündete.

»Delphine«, erklärte Zoltan.

Fasziniert schaute Maggie zu, bis die hastigen Bewegungen des riesigen Mundes wieder aufhörten, die Dame energisch ihre Textseiten zusammenschob und den Zuschauern eine *bonne soirée* wünschte. Dann verschwand Delphine vom Bildschirm. Sämtliche wohlwollenden Gedanken, die Maggie gerade eben noch über Jeremy und ihre gemeinsame Ehe gehegt hatte, waren mit einem Mal wie ausgelöscht.

»Wie konnte sie sich all das bloß merken?«, fragte Maggie neiderfüllt.

»Oh«, machte Zoltan, »sie hat die Nachrichten bloß abgelesen. Das machen die alle so.«

»Aber sie hat nicht ein einziges Mal auf die Unterlagen auf ihrem Tisch geschaut.«

»Weil ihr der Text von einem Teleprompter auf einen Monitor direkt vor die Nase projiziert wurde. Ich habe eine Zeit lang beim ungarischen Fernsehen gearbeitet.«

Noch immer starrte Maggie auf die mittlerweile schwarze Mattscheibe. Dann riss sie sich gewaltsam von ihren düsteren Gedanken los. »Ich gehe davon aus«, wandte sie sich an Zoltan, »dass Sie gerne etwas zu Abend essen würden?«

Maggie wählte ein kleines Bistro gleich um die Ecke in der Rue des Grands Augustins. Zoltan studierte mit misstrauischer Miene die Menükarte.

»Sie ist so perfekt«, murmelte Maggie leise vor sich hin.

»Machen Sie sich da mal keine Gedanken«, beruhigte Zoltan sie, während er sich ein Glas Wein einschenkte. »Ihnen wird schon was einfallen, Sie werden sehen.«

»Man müsste ihr etwas von diesem durch und durch Perfekten nehmen«, überlegte Maggie laut und knabberte unterdessen mit lautem Krachen die kleinen *crudités*. Ein winzigkleiner Gedanke nahm in ihrem Hinterkopf langsam Gestalt an…

Am nächsten Tag ließ Maggie sich von Zoltan zu Delphines Apartment fahren. In der Tat boten die Fenster einen vorzüglichen Blick über die Seine, während die *bateaux mouches* vorbeituckerten und Musikfetzen sowie die lauten Stimmen der Touristenführer von den Decks herüberschallten. Missmutig starrte Maggie hinauf zu dem einen geöffneten Fenster, aus dem sich ein vom Wind aufgebauschter weißer Vorhang schlängelte. Dort also hatten diese an eine Geisha erinnernde Dame und Jeremy gesessen, während sie an ihrem Kir nippten und betörende Düfte aus Delphines kleiner Küche strömten. Wütend knirschte Maggie mit den Zähnen. Dieser Delphine würde sie eine öffentliche und alles andere als private *mauvais quart d'heure* bescheren – sie würde die Dame in aller Öffentlichkeit blamieren!

An diesem Abend weihte sie über einem saftigen Stück *boeuf bourguignon* Zoltan in ihren Plan ein.

»Denn da Sie, lieber Zoltan, ja nach eigenen Aussagen im ungarischen Fernsehen gearbeitet haben, dürfte es Ihnen doch sicherlich nicht schwer fallen, nun auch eine Anstellung bei Antenne 2 zu bekommen.«

»Aber Modome, Sie vergessen, dass ich Ungar bin«, widersprach Zoltan und stocherte misstrauisch mit der

Gabel durch sein Essen. »Und diese Angelegenheit hier ist sehr französisch …«

In den folgenden Tagen war Zoltan zumeist »außer Haus«, denn wie sich herausstellte, hatte er während Jeremys und Maggies Stationierung in Paris so manche Freundschaft geschlossen. In jedem Fall, so versicherte er Maggie, arbeite er daran, den Rachefeldzug vorzubereiten. Täglich fuhr er hinaus ins fünfzehnte *arrondissement*, wo sich die Zentralverwaltung der französischen Fernsehsender befand, und verbrachte lange Stunden in der Bar des Copains, die gleich gegenüber dem Gebäudeeingang lag. Angeregt plauderte er dort mit den Angestellten der Fernsehstation, die nach der Arbeit in der Bar einzukehren pflegten. »Ich denke, ich habe so langsam einen Fuß in der Tür«, erklärte er schließlich einer ungeduldigen Maggie während ihres allabendlichen Essens in dem kleinen Bistro um die Ecke. »Zumindest bin ich gerade dabei, die entsprechenden Kontakte zu knüpfen.«

»Diese Kontakte, von denen Sie da sprechen …«, fragte Maggie neugierig, »knüpfen Sie die etwa auf Französisch?«

»*Je parle pas mal*«, umschrieb Zoltan seine französischen Sprachkenntnisse mit geradezu grauenerregendem ungarischem Akzent. »Besonders die Schimpfwörter beherrsche ich recht gut. Und davon kenne ich wirklich viele!«

Fortan verfolgten sie Abend für Abend, wie Delphine im Fernsehen die Nachrichten verlas. Und Abend für Abend starrte Maggie deprimiert auf deren makellose Haut, den zarten Glanz in Delphines honigfarbenem Haar und die eng geschnittenen *tailleurs,* die, wie Maggie zugeben musste, von geradezu mustergültigem Chic waren. Im Geiste malte sie sich aus, wie Delphines lange Wimpern auf einmal miteinander verklumpten, sodass sie die Nachrichten auf dem Teleprompter nicht mehr lesen konnte und der sanfte Fluss der Worte, der zwischen ihren glänzenden Lippen hervorplätscherte, plötzlich versiegte. In einer anderen von Maggies Fantasien hatte Delphine kurz vor Sendestart eine dunkle Flüssigkeit zu trinken bekommen, sodass ihr allabendliches *bonne soirée* durch zwei Reihen abstoßend pechschwarzer Zähne schlüpfte. In dem schlimmsten und verzweifeltsten aller Rachepläne kletterte eine extra darauf abgerichtete Gottesanbeterin Delphines Schulter empor und piekte diese dann in ihr entzückendes muschelförmiges Öhrchen.

Unterdessen war es für Maggie überaus frustrierend, dass sie gezwungen war, sich bei der Ausführung ihres Racheplanes allein auf Zoltan zu verlassen. Seine Bemühungen, bei Antenne 2 unterzukommen, schienen doch gar zu schwerfällig. Andererseits musste sie wohl oder übel anerkennen, dass sie diese spezielle Form der Rache ohne ihn überhaupt nicht würde ausführen können. Wenn er für all das doch bloß nicht so elendig lange bräuchte! Sie selbst konnte inzwischen nichts anderes tun, als die Warterei so gut wie möglich zu überbrücken und ihre Tage mit allen möglichen Unternehmungen auszufüllen, bis sie sich am Abend wieder zur Lagebesprechung im Bistro trafen. Maggie ging also in Museen und Galerien, besuchte die fantastischen Märkte und Buchläden, und manchmal ging sie an den Nachmittagen sogar ins Kino und schaute sich einen dieser schwarzweißen Nouvelle Vague-Filme an. Außerdem liebte sie es mittlerweile, durch den Jardin du Luxembourg zu flanieren und sich dort auf eine Bank zu setzen, um den Joggern und Liebespärchen zuzuschauen und natürlich den kleinen Kindern, die sich brav hintereinander aufreihten, bis sie einen kurzen Ritt auf einem der Ponys unternehmen durften.

»Und du möchtest unbedingt auf Mercure reiten?«, fragte eine Mutter ihre kleine Tochter, die aufgeregt und mit geröteten Wangen darauf wartete, dass sie an der Reihe war.

Abermals spürte Maggie diesen schmerzvollen Stich mitten ins Herz, den der Anblick von Müttern mit ihren kleinen Kindern immer bei ihr auslöste. Was gab es Schöneres als die Liebe, die man für solch ein Mädchen empfand, das einem rundlichen kleinen Schecken-Pony seinen Lutscher entgegenstreckte? Nichtsdestotrotz vergaß Maggie niemals auch nur für einen winzigen Augenblick, was der Grund für ihren Aufenthalt in Paris war. Stets hatte sie ihr Ziel klar vor Augen, egal, ob sie die Boulevards entlangschlenderte oder in die Metro stieg oder in den ausgewählten Boutiquen mit ihren Händen über Kleider aus Chiffon und feinster Gaze strich. Denn der Zorn in ihrem Inneren brannte immerwährend – wie die ewige Flamme am Grabe des Unbekannten Soldaten unter dem Triumphbogen am Ende der Champs Elysées.

Jeden Morgen ging Maggie ins Café de Flore, nippte dort an ihrem *café crème* und ließ die Welt an sich vorüberziehen – wie damals, in ihren Flitterwochen. Bald hatten die Kellner sich ihr Gesicht eingeprägt, sodass sie ganz ohne Aufforderung ihren Kaffee serviert bekam. Und langsam, aber sicher begann Maggie, sich in die französische Lebensart, in diese ganz besondere Mode, hineinzufühlen, ähnlich ihrer Mutter, die sich damals in den Chic der Dessous-Abteilung von Selfridges hineintastete. All diese gertenschlanken Frauen mit dem gewissen *je ne sais quoi*, die sich ihrer Stellung in der Welt so unglaublich sicher zu sein schienen! All diese Damen, die nicht den geringsten Zweifel hegten an ihrem Recht, mit ihren festen Pos und schlanken Fesseln die von Bäumen gesäumten Boulevards von Paris entlangschlendern zu dürfen. Es gab einen ganz bestimmten Ausdruck im Französischen für diese Art Frauen, das wusste Maggie genau. Und dann fiel er ihr auch wieder ein: Diese Frauen fühlten sich *bien dans leur peau*, sie fühlten sich wohl in ihrer Haut. Maggie dagegen hatte sich in ihrer eigenen Haut immer ein wenig unbehaglich gefühlt, und auch die Umgebung, in der sie sich bewegte, hatte sie zumeist nicht gerade mit Wohlgefühl erfüllt. Stets hatte sie versucht, sich irgendwie in diese schlecht gegossene Form zu pressen, die man für sie vorgesehen zu haben schien. Und dieses Hineinpressen war qualvoll für sie gewesen und das Ergebnis nur wenig überzeugend. Vor allem sie selbst hatte sich ihre eigene Rolle nie so recht abgenommen. Nun begriff sie, dass es im Leben zunächst einmal darauf ankam, zu wissen, wer man selbst war. Solange sie mit Jeremy verheiratet gewesen war, hatte sie auf diese Frage eine vorgefertigte Antwort parat gehabt: Sie war kurz und knapp die Ehefrau eines Diplomaten. Jetzt aber war es für sie an der Zeit, herauszufinden, wer sie *wirklich* war. Am besten, so entschied sie, würde sie sich selbst kennenlernen, wenn sie sich quasi von außen nach innen vorarbeitete. Der erste Schritt auf diesem Wege lautete, diesen Ikonen gallischen Chics in jene kleinen Boutiquen zu folgen, in denen diese Damen sich so heimelig wohl zu fühlen schienen. Dort würde auch Maggie mit den Verkäuferinnen scherzen und sich derweil in den bodenlangen Spiegeln mustern.

Sie würde eine Maggie erfinden, die es nicht mehr nötig hatte, sich für ihren Ehemann zu verkleiden oder den Befehlen der Exil-Briten zu gehorchen, die mit ihren unbeugsamen Regeln genau festgeschrieben hatten, wie eine Diplomatenfrau zu erscheinen hatte und wie nicht. Und mit Hilfe eines neuen Äußeren würde Maggie sich langsam auch ein neues Inneres erarbeiten. Wie ein kostbarer Schmetterling wollte sie aus der Puppe schlüpfen, in der sie sich zurzeit noch versteckte, und mutig ihre Flügel entfalten.

Nichtsdestotrotz fiel es ihr schwer, mit den Gewohnheiten zu brechen, die sie fast schon ein ganzes Leben lang pflegte, und Maggie dachte vor jeder Ausgabe, die sie tätigte, lange und angestrengt nach, wog das Für gegen das Wider ab und machte sich ihre Entscheidungen wahrlich nicht leicht. Dennoch kam sie mit geradezu monströsen Einkaufstüten wieder aus den Geschäften heraus, in denen sich zwischen buntem Seidenpapier »ein paar reizend komponierte Kostüme« befanden, wie ihre Mutter es wohl ausgedrückt hätte.

In diesem Augenblick war Maggie froh, dass ihre Mutter nicht mehr am Leben war, um zu sehen, was ihre Tochter trieb. Früher hatte sie stets ein- oder zweimal im Jahr ihre Maggie in den diversen Botschaftsvillen besucht, und jedes Mal war sie berauscht gewesen von dem exquisiten Ambiente ihres Umfelds, während sie kerzengerade in einem der gut gepolsterten Armlehnensessel saß. »Also, Maggie, ich *muss* schon sagen!«, rief sie dann immer mit einem breiten Grinsen aus, während Heinz sich über sie beugte und in seinen weiß behandschuhten Händen ein Tablett mit kleinen Mokkatassen balancierte – Tassen, die so ganz anders aussahen als die Steingutbecher, die Maggies Mutter in ihrem Zuhause benutzte.

Aber mit welchen Geschichtchen hätte sie die Damen ihres Hausfrauenclubs nun noch unterhalten wollen? Nun, da die schöne Scheinwelt plötzlich nicht mehr existierte? Maggies Mutter gehörte nämlich einer Generation an, in der kinderlose Ehen und Scheidungen noch zu jenen unappetitlichen Themen zählten, die selbst das Leben jener besudelten, die doch eigentlich weit abseits lebten von dem »schwarzen Schaf« in der Familie.

Nach einer ausgedehnten Shoppingtour und mit gestärktem Selbstbewusstsein brachte Maggie schließlich sogar den Mut auf, in einen der Friseursalons am Place de la Concorde zu schlendern, wo ein leicht verweichlicht aussehender junger Mann geziert um ihren Stuhl herumtänzelte und sie in flaumweiche roséfarbene Handtücher wickelte. Dann ging die Verwandlung vonstatten. »*Eh voilà, Madame*«, schnurrte er schließlich, während er ihrer Nackenpartie mit einigen sanften Bürstenstrichen noch den letzten Schliff gab. Als Maggie den Salon wieder verließ, trug sie einen jungenhaften Kurzhaarschnitt, der selbst in ihren Augen »äußerst schmeichelhaft« war und sie um Jahre jünger machte.

Ungläubig starrte Zoltan sie an – obwohl die Jahrzehnte als Chauffeur ihn doch eigentlich eine gleichmütigere Miene gelehrt haben sollten. Allerdings sah an diesem Abend auch er ein bisschen anders aus als sonst: Er erschien zu der allabendlich in Maggies Zimmer stattfindenden »Verabredung« mit Delphine in einer dunkelblauen, brandneuen Latzhose, deren Stoff noch ganz steif war. »Die nennt man hier *salopettes*«, erklärte er Maggie stolz. »Das kommt von *salope*, also ›liederlich‹!« Selbstgefällig steckte er die Daumen in die Taschen seines Overalls.

Delphine dagegen hatte sich an diesem Abend ganz in

Limonengrün gekleidet, eine Farbe, die den meerblauen Glanz ihrer Augen noch zusätzlich betonte. Professionell und mit melodischer Stimme verlas sie die Abendnachrichten, wobei sie sich aber eindeutig mehr auf das zarte Zücken ihrer Augenbrauen zu konzentrieren schien und auf die Haltung ihres perfekten kleinen Kinns, als auf das, was sie den Zuschauern berichtete.

»Irgendwie habe ich nicht den Eindruck, als ob sie auch nur ein Wort von dem verstände, was sie gerade erzählt«, murmelte Maggie gedankenverloren.

»Wozu brauchen Sie eigentlich diese *salopettes*?«, fragte Maggie nach, als sie und ihr Chauffeur in ihrem kleinen Stamm-Bistro einander gegenüber Platz nahmen.

»Je suis un ouvrier d'entretien«, belehrte Zoltan sie in seinem schwerfälligen Französisch.

»Was ist *un ouvrier d'entretien*?«, fragte Maggie verwundert.

»Na, ein Wartungsmonteur! Ich arbeite jetzt als Wartungsmonteur bei Antenne 2«, erklärte Zoltan nicht ohne Stolz. »*C'est mon bouleau, quoi* – das ist jetzt meine Maloche. Es war schließlich *Ihr* Wunsch, dass ich mich in den Sender einschleiche. Was genau soll ich dort jetzt eigentlich für Sie tun?«

»Ich habe da so eine Idee. Noch nichts Konkretes, natürlich ...«, begann Maggie zögerlich. Ihre Rachefantasien mit den zusammengeklebten Wimpern und der Gottesanbeterin hatte sie mittlerweile – nicht ohne Bedauern – wieder aufgegeben. Dafür aber war ihr ein neuer Einfall gekommen; ein Einfall, der wahrlich grandios war. »Sagten Sie nicht, dass Delphine die Nachrichten immer von einem Teleprompter ablesen würde?«

»Ja«, erwiderte Zoltan, nervös, was nun kommen mochte.

»Also, wir müssen einen Weg finden, den Text, den Delphine vorlesen soll, in letzter Minute ein wenig abzuändern.«

Schlürfend nahm Zoltan seine Suppe zu sich, die Serviette fest in den Kragen seines Hemdes gestopft. »Ich kenne im Französischen eigentlich nur Schimpfwörter«, wandte er mit einem wenig begeistert klingenden Nuscheln ein.

»Das ist doch bestens!«, erklärte Maggie ihm mit fester Stimme, während sie frohgemut den Löffel in ihre kleine Terrine eintauchte. »Wir lassen Delphine einfach ein paar von Ihren Schimpfwörtern nachplappern!«

Maggie war fest entschlossen, der britischen Botschaft in Paris einen kurzen Besuch abzustatten. Sie war sich sicher, dass es dort so manchen Mitarbeiter gab, der sich noch an sie erinnern würde. Zumal auch der Botschafter noch der gleiche war und Jeremy gut gekannt hatte. Ein- oder zweimal war sie bereits die Rue du Faubourg Saint-Honoré entlanggeschlendert, während sie auf der Suche nach ihrem neuen Ich die Boutiquen gestürmt hatte. Letztendlich aber hatte sie es doch nie über sich gebracht, die Türschwelle zur Botschaft zu überschreiten. Dieses schüchterne Verhalten gehörte eindeutig noch zu der alten Maggie, die stets das Richtige tat und auch immer das Richtige sagte, und nicht zu der neuen Maggie, die gemeinsam mit ihrem zwielichtigen ungarischen Chauffeur ein Komplott gegen Antenne 2 plante. Der Freundeskreis, den sie sich damals während ihrer Zeit in Paris aufgebaut hatte, bestand fast ausschließlich aus den Ehefrauen der anderen Diplomaten. Und genau wie Maggie, so waren auch sie irgendwann weitergezogen in andere Botschaften, andere Gesandtschaften und andere Länder. Gelegentlich waren Jeremy und Maggie zwar auch in die Privathäuser einiger französischer Politiker eingeladen worden, waren bei Prominenten zu Gast gewesen und hatten die bekannten Intellektuellen besucht, doch Maggie wusste natürlich nur allzu gut, dass man sie dort allein wegen Jeremys Status hatte sehen wollen. Nur wenige würden sich jetzt noch an sie erinnern: an Maggie, die zurückhaltende kleine Frau des *chargé d'affaires Britannique*.

Damals hatten die Französinnen auf Maggie so unnahbar gewirkt, so schlank, so chic, so geistreich, so *engagées*, so *au courant*. Diese Damen schienen stets über alles auf dem Laufenden zu sein. Nie gab es irgendeine unter ihnen, die nicht bereits das neueste Theaterstück gesehen und nicht schon jenes mit dem Prix Goncourt gekürte Werk gelesen hätte, das doch eigentlich gerade erst die Druckpressen verlassen hatte. Und natürlich wussten auch alle immer bestens Bescheid, was die neuesten *causes célèbres* anging, also den Klatsch und Tratsch über die Schönen und Reichen. Ob diese Frauen sich jemals zusammenfanden, um sich einfach einer harmlosen Plauderei unter Freundinnen hinzugeben und um über belanglose Witzchen zu gackern? Maggie hatte da so ihre Zweifel. Denn wenngleich diese Damen zweifellos allesamt dieses gewisse Etwas hatten, das die Franzosen gemeinhin *esprit* nannten, so schien doch keine von ihnen ein Fünkchen Humor zu besitzen. Maggie dagegen – dessen war sie sich trotz aller Selbstzweifel wohl bewusst – besaß eine ganze Menge Humor. Sie hatte sogar Jeremy zuweilen zum Schmunzeln gebracht; hatte ihm so manches Mal und augenscheinlich gegen seinen Willen das eine oder andere schallende Lachen entlockt! Eine *femme d' esprit* war sie deswegen noch lange nicht, das war Maggie vollkommen klar. Wie kleine Gewehrkugeln waren ihr damals die *bon mots* und die *boutades* der anderen um die Ohren geflitzt, während Jeremy es sogar gelegentlich fertig gebracht hatte, den einen oder anderen markigen Spruch zu erwidern. Nicht etwa, weil er ehrlich amüsiert gewesen wäre, sondern um die Ehre des »perfiden Briten«, wie die Franzosen ihn zu betiteln pflegten, aufrechtzuerhalten. Im Übrigen erzählte er natürlich selbst seine bescheidenen Scherze in grammatikalisch perfektem Französisch. Die Abendgesellschaften, zu denen sie und Jeremy eingeladen wurden, waren für Maggie stets eine echte Tortur gewesen – bis sie sich eines Tages eine Strategie ausdachte. Denn bei jeder dieser Abendgesellschaften kam irgendwann der Punkt, an dem ihr Tischnachbar zur Linken beziehungsweise der zur Rechten sich pflichtschuldigst zu Maggie hinüberbeugen würde, um mit ihr die bei solchen Gesellschaften gebotene kleine Plauderei zu beginnen. Doch anstatt sich von den selbstsicheren französischen Männern, diesen *hommes du monde* und deren scharfzüngigen Bemerkungen, weiterhin Abend für Abend verunsichern zu lassen, war Maggie irgendwann zum Gegenangriff übergegangen, indem *sie* die erste Frage stellte. »Wie hat Ihnen Bernard Henri-Levi's letztes *oeuvre* gefallen?«, fragte sie zum Beispiel ihren linken Tischnachbarn. Die ausschweifende Antwort des hochnäsigen Herrn gab Maggie dann ausreichend Zeit, sich dem Genuss ihrer *paté* zu widmen. »Und wie hat *Ihnen* seine letzte Aufführung im Beaubourg gefallen?«, fragte sie im Anschluss ihren Tischnachbarn zur Rechten, was ihr abermals Zeit verschaffte, um beispielsweise eine glasierte Wachtel zu verspeisen. Bis Maggie dann bei ihrem Pudding angelangt war, unterhielten genau diese beiden Herren sich zumeist bereits quer über ihren Kopf hinweg über Geldgeschäfte oder Philosophie, und Maggie konnte ganz ungestört ihre *mousse au chocolat* genießen.

Im Nachhinein stellte Maggie fest, dass die Zeit, die sie mit Jeremy in Paris verbracht hatte, nicht gerade zu den glücklichsten Episoden in ihrem Leben zählte. Jeremy war sehr beschäftigt gewesen, und immer wieder neue Aufgaben hatten seine ganze Aufmerksamkeit gefordert – lag es womöglich an dem fortschreitenden Zusammenwachsen der Europäischen Union? Maggie versuchte, sich zu erinnern. In jedem Fall waren die Abende, die Maggie und Jeremy in dieser Zeit allein und ungestört bei sich zu Hause verbracht hatten, sehr selten gewesen. Vielleicht war das ja auch der Grund gewesen, weshalb sie in jener Zeit Gilberto so anziehend gefunden hatte.

Gilberto war damals der argentinische Interimsbotschafter in Paris gewesen, ein Mann mit dunkel-geheimnisvollen Gesichtszügen, der bei seinen Amtskollegen nicht sonderlich beliebt gewesen war. »Der sieht aus wie ein«, hatte Jeremys einziger, knapper Kommentar zu Gilberto gelautet. Auf dem gesellschaftlichen Parkett hatte man Gilberto so gut wie nie gesehen, und im Gegensatz zu fast allen anderen Botschaftern war er nicht verheiratet gewesen. Vielleicht war seine Frau verstorben; es gab Gerüchte, dass sich in seiner Vergangenheit eine dunkle Tragödie abgespielt haben sollte. Auf jeden Fall konnte Maggie sich noch sehr gut daran erinnern, wie sie sich das erste Mal begegnet waren. Es war auf der Silvesterparty der argentinischen Botschaft gewesen.

Die Feier war anders gewesen als die meisten anderen Diplomatenpartys, die Maggie bisher hatte erleben dürfen, und genau darum gefiel ihr dieser Silvesterabend so außerordentlich gut. Zunächst saß sie nur ruhig auf ihrem Stuhl unmittelbar an der Wand, nippte an einem vollmundigen Rotwein und lauschte dem Orchester, das vorzugsweise schwermütige Tangomelodien zum Besten gab. Jeremy hatte sich an einem Tisch ganz in ihrer Nähe niedergelassen und sezierte mit akribischer Sorgfalt ein blutiges Stück argentinisches Rindfleisch. Plötzlich trat Gilberto zu Maggie. Noch ehe sie ihn sah, hatte sie ihn schon am Geruch erkannt. Dicht hatte er seinen dunklen Schopf zu ihr hinuntergebeugt, aus dem sich eine widerspenstige Locke quer über die Stirn geringelt hatte, und dabei diesen typisch männlichen Geruch nach Schweiß, gewürzt mit einem Hauch Limone, verströmt. Er hatte gerade getanzt, und in seinen Augen funkelte so eine ganz besondere, wilde Ausgelassenheit.

»Möchten Sie gerne tanzen?« Blitzweiß hob sein Lächeln sich von seiner dunklen Haut ab.

»Oh, nein, nein. Vielen Dank«, hatte Maggie hastig abgewiegelt, während eine leichte Röte sich über ihre Wangen breitete. »Ich habe überhaupt keine Ahnung, wie man Tango tanzt!«

»Jeder kann Tango tanzen«, hatte Gilberto widersprochen und sie zu sich emporgezogen. »Sie brauchen einfach nur den richtigen Partner.«

Wenige Augenblicke später fand Maggie sich ganz gegen ihren Willen auch schon mitten auf der Tanzfläche wieder. Der Saal schien mit einem Mal ein Stückchen vor ihr zurückzuweichen, dann drängte er wieder auf sie zu und wirbelte schließlich schneller und immer schneller um sie herum. Maggie wurde schwindelig, und sie schmiegte sich Halt suchend gegen Gilbertos durchschwitztes Hemd, während sein Arm fest um sie geschlungen lag und seine Hand in ihrem Rücken ruhte. Ihre Füße und ihr Körper passten sich seinen Bewegungen so mühelos an wie in einem Traum, während Maggie sich von einem seltsamen Rausch ergriffen in Gilbertos souveräne Umarmung sinken ließ und über ihnen die Kronleuchter glitzerten.

»*Cuando pasaste a mi lado se me apretó el corazón*«, murmelte er leise über die Musik des Orchesters hinweg. Dabei schaute er ihr mit jener ungezügelten Vergnügtheit ins Gesicht, die Maggie so schrecklich ansteckend fand.

Dann, ganz plötzlich, war der Zauber vorbei, und Gilberto geleitete sie zurück zu ihrem Platz. Langsam sank sie auf den Stuhl nieder, durchströmt von einer wohligen inneren Wärme; einer Wärme, die keineswegs von der erhitzten Luft im Salon herrührte... Eisern bemühte Maggie sich, diese leidenschaftliche Selbstvergessenheit und das regelrecht urzeitliche Verlangen, das in ihr erwacht war, wieder zurückzudrängen. Aber ihre Gefühle ließen sich nicht unterdrücken, sie brodelten ohne Unterlass langsam und leise weiter, ganz ähnlich den eingemachten Stachelbeeren in den fest zugeschraubten Weckgläsern in der Speisekammer ihrer Mutter.

»Na, meine Gute, da scheinst du ja richtig Blut geleckt zu haben«, scherzte Jeremy, als sie im Botschaftswagen wieder nach Hause fuhren.

»Blut geleckt... inwiefern?«, hatte Maggie gefragt, die ihrem Mann in diesem Augenblick ausnahmsweise einmal gar nicht richtig zugehört hatte. Noch immer hatte sie den Druck von Gilbertos starkem Arm in ihrem Rücken spüren können.

»Was den Tango betrifft, natürlich!«

»Ach, ja, stimmt.« Maggie hatte gelacht. »Hach, es ist schon komisch. Die Leute sagen doch immer, um einen Tango zu tanzen, bräuchte es zwei. Aber in Wirklichkeit braucht es dazu nur einen.«

Als Maggie nun über einen dicken Teppich Herbstlaub die Boulevards von Paris hinunterschritt, fiel ihr auf, dass in dieser Stadt – im Gegensatz zu so manchen anderen Orten, an die man Jeremy und sie beordert hatte – so gut wie nichts irgendeine romantische Erinnerung in ihr wachrief. Nur ganz selten fand sich einmal ein Platz oder eine Ecke, wo Maggie mit Jeremy einen besonders schönen Augenblick erlebt hatte. Denn statt auf gemeinsame Spaziergänge hatte sie Jeremy zu schier unzähligen offiziellen Anlässen begleitet. An kalten Wintermorgen hatte sie an seiner Seite zu Kranzniederlegungen am Grabe des Unbekannten Soldaten ausgeharrt, in allererster Reihe hatte sie ungezählten, nicht enden wollenden Reden gelauscht, und sie hatte huldvoll lächelnd jeden Empfang in ihren unbequemen Schuhen durchgestanden. Die Ansprachen waren, egal an welchem Dienstort Maggie ihnen ihre Aufmerksamkeit schenken musste, stets zu lang und tödlich langweilig gewesen. Allein die Amerikaner wussten, wie man sein Anliegen kurz und knapp und gewürzt mit ein paar mitreißenden Pointen vor einem Publikum präsentierte. Dementsprechend gelang es zumeist auch nur den Amerikanern, ihren Zuhörern eine emotionale, zuweilen sogar enthusiastische Reaktion zu entlocken. Alle anderen Nationen dagegen schienen sich darauf spezialisiert zu haben, immer wieder neue Varianten der Ödnis zu erfinden. Maggie hatte Menschen die Hand geschüttelt, die Geschichte geschrieben hatten, sie hatte vor königlichen

Hoheiten geknickst und sich – zumindest gelegentlich und für eine gewisse Zeit – sogar mit Popsängern, Primadonnen und Operndiven geduzt. Aber die wirklich tiefgründigen, wirklich berührenden Gespräche, die sie mit all diesen Menschen geführt hatte, waren so spärlich gewesen, dass sie auf die Rückseite eines Briefumschlages gepasst hätten. Kaum eine von Maggies zahlreichen Bekanntschaften hatte jemals etwas wirklich Bemerkenswertes gesagt; kaum einer hatte Maggie wirklich wahrgenommen, wenn er ihr in die Augen blickte. Berühmte und mächtige Menschen zu treffen, hieß noch lange nicht, dass man auch tatsächlich etwas über diese Person erfuhr. »Oh, die hast du *persönlich* kennengelernt?«, wurde Maggie zuweilen voller Erstaunen von den Freundinnen ihrer Mutter gefragt. »Und wie sind die so?« Die ehrliche und profane Antwort lautete, dass sie allesamt genauso aussahen wie auf den Fotos, mit der einen Einschränkung, dass sie in Wahrheit zumeist deutlich kleiner waren.

Jeder dachte, dass das Leben als Ehefrau eines Diplomaten der Gipfel des Glamours wäre. Tatsächlich aber war es bloß eine Heidenarbeit. Maggie und Jeremy hatten Tag und Nacht in Rufbereitschaft gestanden und waren oftmals an einem einzigen Abend auf drei oder vier verschiedenen Empfängen erschienen, sodass Maggie sich manchmal vorgekommen war wie eine Schauspielerin, die allabendlich in ihrem Ankleidezimmer ihr Kostüm ausschüttelte und Wimperntusche auflegte, ehe sie wieder auf die Bühne trat und ihre Version der Gilbert-und-Sullivan-Operette zum Besten gab. In manchen Botschaften waren die Ehefrauen der Diplomaten sogar als regulärer Teil des Botschaftsstabes angesehen worden, deren Tage genauso wie die ihrer Männer vollauf mit der Imagewerbung und der Interessenvertretung ihres Vaterlandes verplant wurden. Jeremys und Maggies Aufenthalt in Paris allerdings hatte nicht zu diesen alles Private verschlingenden Dienstjahren gehört. Das Einzige, was man hier von Maggie erwartet hatte, war, sich stets im Hintergrund zu halten und dafür zu sorgen, dass in ihrem Diplomatenhaushalt alles seinen streng reglementierten Gang ging – doch für Letzteres sorgte zu Maggies großer Erleichterung ja bereits die unübertreffliche Marielise. Zumindest für die Frauen der höherrangigen Diplomaten war es zudem von essenzieller Bedeutung gewesen, Kontakt mit den anderen »Gattinnen«, wie die Ehefrauen in Diplomatenkreisen genannt wurden, zu pflegen. Kurz gesagt bedeutete dies, dass man sich möglichst innig mit den anderen Damen zusammenzuschließen hatte, um gemeinsam etwas Löbliches auf die Beine zu stellen. In Wien beispielsweise hatten Maggie und Hilary Mackintosh zusammen diverse Spendensammelaktionen zugunsten des örtlichen Kinderheimes ins Leben gerufen und diese jeweils mit einem bunten Basar verknüpft. Und einmal, anlässlich des Geburtstages der Queen, hatten sie sogar eine Ballnacht organisiert.

In der französischen Hauptstadt jedoch war der Posten des britischen Botschafters von einem Herrn bekleidet worden, der als überzeugter Junggeselle galt und sich nur sehr selten auf dem gesellschaftlichen Parkett tummelte. Es gab sogar Gerüchte, dass er weniger den Damen und dafür mehr dem »anderen Ufer« zugetan sei. Aber selbstverständlich diskutierte man derlei in den Außenposten des britischen Königreiches nur hinter vorgehaltener Hand. Denn ganz gleich, wie groß die geographische Distanz zur Queen auch sein mochte, so behielt doch jeder im Bewusstsein, wie deren Haltung gegenüber solcherlei Vorlieben aussah. Ganz im Gegensatz dazu waren die Einladungen der Niederländer an den Botschafter »und Partner« adressiert. Vor allem aber schickten diese auch Jeremy, als des Botschafters Stellvertreter, jedes Mal diese seltsam anmutenden Einladungen, als hielte dieser neben seiner ganz offiziellen und ihm rechtmäßig angetrauten Ehefrau noch irgendeinen ominösen männlichen Partner versteckt.

Maggie wusste, dass sie früher oder später nicht mehr darum herumkommen würde, die Türschwelle des Hôtel de Charost, dem Sitz der britischen Botschaft, zu überschreiten. Doch noch ehe sie sich selbst dazu durchringen konnte, kam Shirley ihr zuvor und setzte mit einem knappen Anruf Maggies Zaudern ein Ende.

»Meine Liebe, wie geht es Ihnen?«, rief sie eines Morgens mit betont fröhlicher Stimme ins Telefon. Maggie hatte widerwillig die Nummer ihres Hotels in der Wiener Botschaft hinterlassen, denn, so hatte Shirley ihr immer wieder aufs Neue versichert, »es kommen in den nächsten Wochen sicherlich noch jede Menge Nachfragen von Ihren alten Freunden.«

»Na ja, langsam finde ich mich in meinen neuen Lebensrhythmus hinein«, antwortete Maggie ausweichend.

»Schön zu hören, denn ich habe gerade eben einen Anruf von Elizabeth Fairchild erhalten, und die sagte, sie sei noch gar nicht darüber informiert gewesen, dass Sie zurzeit in Paris sind!«

»Ah, ja, nun«, meinte Maggie und errötete. »Ich hatte schlicht noch keine Zeit, in der Botschaft vorbeizuschauen.« Shirley entgegnete nichts, sondern schwieg entrüstet. »Denn wissen Sie«, fuhr Maggie nach einer kurzen Pause mit matter Stimme fort, »mit meinem Aufenthalt hier in

Paris sind schließlich auch eine ganze Menge persönlicher Erinnerungen verbunden …«

»Nun ja«, ergriff Shirley wieder das Wort, »auf jeden Fall sagte Mrs Fairchild mir, dass alle in der Botschaft sich sehr freuen würden, Sie wiederzusehen. Schließlich kannte man Jeremy dort sehr gut. Ich glaube, Roger Fairchild war sogar zusammen mit ihm in Oxford.«

»Hm, ich weiß«, stimmte Maggie ihr zu. »Und natürlich steht der Besuch in der Botschaft ganz oben auf der Liste der Dinge, die ich hier noch erledigen wollte.«

»Gut, denn die Fairchilds geben nächste Woche eine Dinnerparty für den Vorsitzenden der OECD, der damals gemeinsam mit Jeremy die entscheidenden Verhandlungen geführt hat.«

»Ah«, antwortete Maggie und versuchte krampfhaft, sich daran zu erinnern, wofür die Abkürzung OECD eigentlich stand.

»Die beiden rechnen fest damit, dass Sie sich bei ihnen melden!«, beendete Shirley das Telefonat abrupt.

Als Termin für die Dinnerparty hatte man den kommenden Dienstag auserkoren. Was wiederum bedeutete, dass Maggie an jenem Tag die Abendnachrichten verpassen würde und Zoltan allein im Bistro speisen musste. Lange und angestrengt hatte sie den Inhalt des Kleiderschrankes in ihrem Hotelzimmer inspiziert und sich schließlich für einen schwarzen Blazer in Kombination mit einem schwarzen Rock entschieden, wozu sie die Perlenkette ihrer Mutter tragen wollte – eine Garderobe also, wie man sie Maggies Meinung nach von einer jüngst verwitweten Frau erwarten würde.

»Maggie, meine Liebe«, empfing Elizabeth Fairchild sie

mit herzlichem Ton und zog sie dabei in eine so enge Umarmung, dass Spuren ihres Gesichtspuders auf dem Kragen von Maggies schwarzem Blazer haften blieben. »Wie *geht* es Ihnen?«, rief sie aus und hielt Maggie dann auf Armeslänge von sich entfernt. »Wären wir uns auf der Straße begegnet, ich hätte Sie nicht wiedererkannt!«

»Ah, nun ja«, stotterte Maggie leicht verunsichert. »Ich hielt es für an der Zeit, mir ein etwas frischeres Erscheinungsbild zuzulegen.«

»Und das ist Ihnen in der Tat gelungen!«, bestätigte Elizabeth gut gelaunt und tätschelte ihr aufmunternd den Arm. »Aber nun möchte ich Ihnen gerne den russischen Botschafter, Sergej Plutonov, vorstellen. Er kann sich noch gut an Jeremy erinnern. Die beiden hatten im Zuge der Abrüstungsverhandlungen miteinander zu tun gehabt.«

Der russische Botschafter war genauso klein wie Maggie, was ihr ein Gefühl der Sicherheit gab. Dafür war er ein beträchtliches Stück breiter gebaut. »Ah, ja, Madame, wie wahr, wie wahr«, begrüßte er sie. Seine Kenntnisse von Maggies Muttersprache waren eindeutig rudimentär. »Für diese Jahreszeit haben wir gutes Wetter«, bemühte er sich, ein kleines Gespräch in Gang zu bringen, während seine winzigen Äuglein zwischen der tiefen Stirn und den breiten Wangenknochen geradezu zu verschwinden schienen. Wachsam blinzelte er Maggie an.

Dicht neben Maggies Ellenbogen stand ein Kellner mit einem Tablett, und wie automatisch griff sie nach einem der Gläser. Doch was Maggie für schlichtes Wasser gehalten hatte, stellte sich als ein Gin-Soda heraus. Dennoch nahm sie einen kleinen Schluck, ehe sie erwiderte: »Ja, allerdings, es ist wirklich sehr mild, nicht wahr?«

»Maggie!«, mischte Elizabeth sich rasch wieder in die

holprige Unterhaltung ein. »Sie kennen doch ganz bestimmt noch Mercedes, die Frau des mexikanischen Botschafters. Sie war zur gleichen Zeit hier in Paris wie Sie und Jeremy. Ihr Mann war damals ebenfalls in der Position des Chargé d'Affaires tätig.«

»Aber natürlich, ich kann mich sogar noch außerordentlich gut an sie erinnern«, erklärte Maggie und nahm einen weiteren Schluck. »Der damalige Botschafter hieß José Luis, nicht wahr?« José Luis war ein kugelrunder kleiner Mann mit einem stoppeligen Schnurrbart gewesen: Jedes Mal, wenn er Maggie überschwänglich die Hand geküsst hatte, hatten seine Barthaare kitzelnd über ihren Handrücken gestreift.

Mercedes, die mittlerweile herüberkam, starrte Maggie skeptisch an, und ihr pausbäckiges Gesicht wirkte ungewöhnlich ernst. »Sie wissen also noch nichts davon?«

»Wovon soll ich noch nichts wissen?«, entgegnete Maggie und leerte ihr Glas mit einem einzigen Zug.

»José Luis ist auf dem Sambesi Wasserski gefahren. Nach Paris hatte man ihn nach Afrika beordert. Ich dachte, Sie hätten davon gehört …« Sie senkte ihre Stimme zu einem vertraulichen Flüsterton. »Das Einzige, was sie von ihm wiedergefunden haben, war sein Hut!«

Maggie überkam das schier unbezähmbare Bedürfnis, in schrilles Gekicher auszubrechen. Hastig langte sie nach einem weiteren Glas mit der klaren Flüssigkeit.

»Es war eine Tragödie«, erklärte Mercedes mit einem Seufzer.

»Oh, natürlich«, stimmte Maggie ihr sofort zu und bemühte sich, einen angemessen mitfühlenden Ton anzuschlagen. Sie schämte sich ehrlich für ihren Mangel an Taktgefühl. »Dann ist er wohl ertrunken, nehme ich an?«

»Oh, nein.« Mercedes' volle Wangen bebten vor Erregung. »Es war ein Krokodil!«

»Eine ganz entsetzliche Geschichte«, beendete Elizabeth Fairchild auch diese Unterhaltung und schob Maggie unerbittlich weiter durch den Salon. »Und nun möchte ich Ihnen gerne den neuen Botschafter von Südkorea vorstellen, Mr Song Ju.«

Im Stillen fragte Maggie sich, wie sie es bloß fertig gebracht hatte, Jahr für Jahr diese Abendgesellschaften zu überstehen.

»Und natürlich Mrs Song Ju«, fuhr ihre Gastgeberin fort und beugte sich dabei mit überaus herzlicher Geste über das zierliche Persönchen, das neben dem Botschafter ausharrte.

Die winzige Koreanerin blickte mit breitem Lächeln und eifrigem Nicken zu Maggie auf und versicherte: »Wir lieben Ihr Land!« Sie hatte Maggie ganz eindeutig mit irgendeiner anderen Dame verwechselt.

»Und nun«, sagte Elizabeth betont dramatisch, »habe ich eine echte Überraschung für Sie, Maggie!«

Plötzlich bauten sich vor Maggies Nase zwei von Jeremys engsten Freunden auf.

»Als Geoffrey und Camilla erfuhren, dass Sie heute Abend hier sein würden, haben sie sofort den weiten Weg aus Südfrankreich auf sich genommen, um Sie zu sehen!«, erklärte die Frau des Botschafters in triumphierendem Ton.

Obgleich etliche Jahre älter, war Geoffrey gemeinsam mit Jeremy im diplomatischen Dienst gewesen. Sie hatten sogar eine gewisse Ähnlichkeit miteinander. Beide Männer waren groß gewachsen, beide hatten korrekt gescheiteltes, silbergraues Haar und einen leicht herablassend anmutenden Gesichtsausdruck, beide waren der Inbegriff jenes Typs Engländer, dessen Familie seit Generationen den privilegierten Schichten angehörte. Camilla wiederum war stets die perfekte, linientreue Diplomatengattin gewesen, eine Meisterin im Bridgespielen und bei Golfturnieren und schier unermüdlich, wenn es darum ging, Floristik-Kurse und Kochschulungen für Diplomatenehefrauen zu organisieren. Ihr in Lapsang Souchong-Teeblättern eingelegter Räucherlachs durfte auf keiner größeren Botschaftsveranstaltung fehlen. Manchmal hatten Jeremy und Maggie die Wochenenden bei Geoffrey und Camilla verbracht, die sich nach Beendigung von Geoffreys vorbildlicher Karriere auf einen Altersruhesitz in Südfrankreich zurückgezogen hatten. Geoffrey und und Jeremy hingen dann für gewöhnlich bei einem Whisky in der Bibliothek ihren Erinnerungen nach, während Camilla Maggie mit hinaus in den Garten nahm, um dort die Rosen zu beschneiden. Insgeheim hatte Maggie sich an diesen Wochenenden immer sehr eingeengt gefühlt, aber es hatte sie natürlich gefreut, Jeremy ausnahmsweise einmal ganz entspannt und heiter zu sehen, wenn sie am Kaminfeuer in Camillas und Geoffreys kleinem Cottage im Herzen der Provence saßen – einem typisch englischen Häuschen, wie man es sonst wohl nur in Kent vermutet hätte.

»Maggie, meine Liebe, wie *geht* es dir?«

»Solch ein entsetzlicher Schock …«

»Und so plötzlich …«

»Hast du unseren Brief erhalten?«

»Oh, ja, vielen lieben Dank«, entgegnete Maggie mit schlechtem Gewissen, während sie an das dicke Bündel zusammengeschnürter Briefe dachte, das Shirley ihr in Wien überreicht hatte und das noch immer im Kofferraum ihres Wagens lag. »Ich bin ganz einfach noch nicht dazu gekommen, auf alle Briefe zu antworten.«

»Oh, das verstehe ich sehr gut«, beteuerte Camilla sogleich voller Inbrunst.

»Und was wart ihr doch für ein wundervolles Paar!«

»Und auch dem diplomatischen Dienst wart ihr eine wertvolle Stütze!«

»Ich danke euch beiden. Ihr seid so unendlich verständnisvoll.«

»Im Übrigen siehst du *wirklich* gut aus!«

»Das muss wohl an dem neuen Haarschnitt liegen.« Nervös fuhr Maggie sich mit den Fingern durch ihren kurzen Schopf.

»Sehr schmeichelhaft, das muss man schon sagen.« Geoffrey musterte Maggie mit einem seltsam eindringlichen Blick.

»Aber nun erzähl doch mal. Wie sehen denn deine Pläne für die nächste Zukunft aus?«, erkundigte Camilla sich. »Wirst du wieder zurückkehren nach England?«

»Nun ja, wahrscheinlich schon, schätze ich. Im Augenblick allerdings denke ich daran, noch einmal all jene Orte zu besuchen, an denen ich mit Jeremy gelebt habe.«

»Also eine sentimentale kleine Reise an die Stätten eures Wirkens?«

»Nun, vielleicht eher so etwas wie eine Geisterbeschwörung.«

Camilla brach in schrilles Gelächter aus. »Oh, Maggie, ich bin ja so froh, dass du deinen Humor behalten hast!«

»Aber ich meine es absolut ernst«, widersprach Maggie in nüchternem Ton. Dann spürte sie einen leichten Druck auf ihrem Arm und wandte sich um.

»Wir begeben uns jetzt zum Essen«, forderte Elizabeth Fairchild sie auf, ihnen zu folgen.

Maggie trank ihr Glas aus und stellte es mit einem lauten Klacken zurück auf das Tablett.

Während des Abendessens saß rechts neben Maggie ein sehr großer und sehr schweigsamer Mann, der nach Aussage von Elizabeth ein enger Mitarbeiter Jeremys während dessen Pariser Dienstzeit gewesen war.

»Es hat mich überaus bedrückt zu erfahren, dass Ihr Ehemann verblichen ist«, erklärte er Maggie mit feierlicher Miene. »Er war unserer Botschaft eine große Hilfe.« Damit wandte er sich zu seiner anderen Seite um und begann eine Unterhaltung mit einer ziemlich geschwätzigen Französin.

Hastig trank Maggie ihren Weißwein aus. Sie kannte diese Gläser noch gut aus ihrer eigenen Zeit an der Pariser Botschaft. Es waren die gleichen geschliffenen Kristallweinkelche wie damals. Auch die Damasttischdecke schien noch dieselbe zu sein, ebenso wie die Teller mit den winzigen Einhörnern und Löwensilhouetten am Rand. Mittlerweile spürte sie überdeutlich, dass ihr Mittagessen an diesem Tag so bescheiden ausgefallen war, dass man es guten Gewissens gar nicht als solches bezeichnen konnte und ihr der Alkohol folglich außergewöhnlich rasch zu Kopfe stieg. Eine ihrer Regeln im Umgang mit Alkohol lautete eigentlich, dass sie grundsätzlich keinen Gin, sondern nur Wein oder Sherry zu sich nahm.

»Jetzt würde es mich doch wirklich sehr interessieren, wie Ihnen der Wein schmeckt, Legay«, ertönte vom Kopfende des Tisches Roger Fairchilds Stimme. »Der Winzer ist nämlich ein Freund von Elizabeth.«

»Nein, also als Freund kann ich ihn nicht bezeichnen, das

wäre wohl ein bisschen übertrieben«, widersprach Elizabeth mit missbilligendem Lächeln. »Seine Frau ist eine frühere Klassenkameradin von mir.«

Der Kellner präsentierte Maggies Sitznachbarn zur Rechten die Flasche und wickelte mit elegantem Schwung die Serviette vom Flaschenhals, damit man das Etikett lesen konnte. Maggie sah, dass es sich bei dem edlen Tropfen um einen Château Bosquières handelte, dessen goldener Schriftzug unter einem Wappen prangte, über dem eine Krone schwebte. Der Kellner schenkte sowohl Maggie als auch ihrem Tischnachbarn einen kleinen Schluck ein.

»Interessant«, erklärte dieser schmatzend, *»un bouquet exceptionnel …«*

Maggie widmete sich unterdessen ihrer Consommé, doch sogar in der klaren Fleischbrühe schien sich ein Hauch von Alkohol zu verstecken – der Koch hatte die Suppe offenbar mit Sherry versetzt. Müde wandte sie sich ihrem anderen Tischnachbarn zu, den man ihr als den Direktor der Pariser Oper vorgestellt hatte. Stumm wie ein Fisch saß er da, nur sein Adamsapfel hüpfte munter auf und ab, wenn er ein weiteres Schlückchen Wein zu sich nahm.

»Die Opernsaison beginnt dieser Tage, nicht wahr?«, fragte sie, bemüht, in die altbekannte Rolle des kulturell wohl informierten Gastes auf einer französischen Abendgesellschaft zu schlüpfen.

Mit gelangweiltem Ausdruck in den Augen wandte der Herr sich an sie. »Ja, die Premiere findet übermorgen statt.«

»Ich bin ja nur ein einziges Mal in der Oper gewesen, während mein Mann und ich hier in Paris stationiert waren«, fuhr Maggie fort. »Und das war eine Aufführung, die extra für Prinz Charles gegeben wurde.«

»*Così fan tutte*, wenn ich mich recht entsinne? Ja, das war allerdings vor meiner Zeit als Direktor.«

»Und welche Oper werden Sie jetzt aufführen?«, erkundigte sich Maggie höflich.

Scheinbar hochkonzentriert hob ihr Nachbar sein Glas gegen das Licht und betrachtete den Wein. »Wir eröffnen die Saison mit *Othello*«, lautete schließlich die Antwort.

Der Ober goss noch ein wenig mehr von der rubinfarbenen Flüssigkeit in Maggies Glas. Sogleich nahm sie einen weiteren großen Schluck. »Mir hat Othello immer furchtbar leid getan«, erwiderte sie gedankenverloren.

»Ja, Madame – *la jalousie«*, fuhr der Direktor der Pariser Oper träge fort, »so ist das eben mit der Eifersucht.«

»Aber finden Sie nicht auch, dass die Eifersucht im Grunde sogar die menschlichste, die natürlichste aller menschlichen Emotionen ist?«, hakte Maggie nach und trank abermals einen gehörigen Schluck.

»Ich denke, ein wahrer *homme du monde* sollte über derlei Empfindungen erhaben sein«, entgegnete ihr Tischnachbar und versuchte, mit seinem Löffel das kleine Ei aus seiner Fleischbrühe zu fischen. »Oder sind Sie da etwa anderer Ansicht?«

»Ja. O ja, und ob ich da anderer Ansicht bin!«, entgegnete Maggie hitzig, ohne zu merken, dass sie ihre Stimme merklich anhob. »Er liebte seine Frau schließlich abgöttisch. Und als er dachte, sie würde ihn betrügen, da trieb ihn das regelrecht in den Wahnsinn.« Die Gesichtskonturen ihres Gesprächspartners schienen plötzlich zu verschwimmen, und Maggie spürte, wie ihr ganzer Körper von Schluchzern geschüttelt wurde. Die Unterhaltung im Raum war schlagartig verstummt, und im nächsten Moment fühlte Maggie auch schon Elizabeths gepuderte Wange an der ihren.

»Meine Liebe«, sagte eine leise Stimme dicht an ihrem Ohr, »möchten Sie sich nicht vielleicht ein Weilchen hinlegen?«

»Nein, nein. Mir geht es gut, wirklich!«, gab Maggie trotzig zurück. »Es ist nur so, dass ich dem Operndirektor in seiner Meinung über Othello und Desdemona absolut nicht zustimmen kann.«

»Aber gewiss doch, meine Liebe, gewiss doch«, sagte ihre Gastgeberin beschwichtigend, und Maggie musste es wohl oder übel mit sich geschehen lassen, dass Elizabeth sie in den Salon hinüberführte. »Ich denke, es ist das Beste, wenn Sie für einen kurzen Moment die Füße hochlegen. Sie haben in letzter Zeit eine Menge durchmachen müssen.«

Widerstrebend legte Maggie sich auf ein steif gepolstertes Sofa. Ihr Atem ging noch immer keuchend vor Aufregung, und ihr war dunkel bewusst, dass irgendetwas unsagbar Peinliches vorgefallen sein musste.

In der Zwischenzeit war auch der Botschafter im Salon erschienen. »Wenn Sie möchten, Maggie«, sagte er herzlich, »können wir ein Zimmer für Sie herrichten lassen, und Sie übernachten heute einfach hier in der Botschaft. Morgen früh werden Sie sich bestimmt schon wieder viel besser fühlen, da bin ich mir sicher.«

»O nein«, entgegnete Maggie und schoss, von blanker Panik ergriffen, sogleich wieder senkrecht vom Sofa hoch. »Ich möchte jetzt bitte einfach nur noch nach Hause.«

Vollkommen verkatert schlich Maggie am nächsten Morgen hinunter in den Frühstücksraum ihres Hotels. Sie wusste nur allzu gut, dass sie sich am vergangenen Abend vor versammelter Gesellschaft zum Narren gemacht hatte. Was, um Himmels willen, hätte Jeremy bloß von einem solchen Auftritt gehalten? Er hätte Elizabeth Fairchild wohl ein Blumenbouquet geschickt – als Entschuldigung für das blamable Betragen seiner Frau.

Zoltan erhob sich ehrerbietig, als Maggie auf ihren Frühstückstisch zutrat. Sie stellte fest, dass dem Chauffeur ein Fitzelchen Ei in seinem Schnurrbart klebte.

»*Boldog születésnapot*«, begrüßte er sie.

»Oh Zoltan, Sie haben tatsächlich daran gedacht, dass heute mein Geburtstag ist!«

»Das kann ich mir leicht merken«, sagte dieser. »An diesem Tag ereignete sich schließlich auch der Ungarische Aufstand.«

Sie beschlossen, das Mittagessen an diesem Tag in einem ganz speziellen Restaurant genießen zu wollen.

»Ich werde Sie in die Brasserie Lipp ausführen«, verkündete Maggie. »Deren Spezialität sind Kohlgerichte. Sie mögen doch Kohl, nicht?«

Als sie das Restaurant betraten, wurden sie sogleich zu einem der kleinen Tische an der Wand geführt. Zoltan sah sehr gepflegt aus und hatte zu diesem besonderen Anlass sogar eine Krawatte umgebunden, die in fröhlichem Kontrast zu seinem karierten Jackett stand. Aufmerksam las Maggie die Weinkarte. Kaum einer der angebotenen Weine war ihr bekannt. Mit Ausnahme des Château Bosquières. Wann nur hatte sie diesen Namen schon einmal gelesen? Ach ja, richtig, gestern Abend bei der Dinnerparty.

Maggie bestellte schließlich den teuersten Jahrgangswein, den die Karte zu bieten hatte. Immerhin war dies ihr erster Geburtstag seit dem Tod ihres Ehemannes. Niemals hatte Jeremy einen ihrer Geburtstage vergessen, und stets bekam sie von ihm ein hübsches Blumenbouquet in die Botschaftsvilla geliefert – aller Wahrscheinlichkeit nach bestellt von seiner Sekretärin. Eine Geburtstagskarte lag nie dabei, denn die hatte ihr Ehemann für »schrecklich gewöhnlich« gehalten und stattdessen lieber selbst zur Feder gegriffen, um seiner Frau auf einer der extra für ihn geprägten Visitenkarten in seiner ordentlichen Handschrift ein paar formelle Zeilen zu schreiben: »Geliebte Maggie – herzlichen Glückwunsch zum Geburtstag« oder auch »Herzlichen Glückwunsch zum Geburtstag, meine liebe Maggie«. Und selbstverständlich bekam sie von ihm auch ein Geschenk überreicht. Eine Überraschung waren diese Geschenke aber nie, vielleicht weil Jeremy selbst Überraschungen nicht mochte. Er zog es vor, praktische Dinge zu verschenken. Was Maggie bekam, wurde für gewöhnlich ganz pragmatisch am Morgen ihres Ehrentages besprochen, während sie ihren Tee trank und er sein morgendliches Bad nahm. So hatte er ihr zum Beispiel einmal einen Russell Hobbs-Kessel geschenkt. Und im vergangenen Jahr war es ein Hochleistungsfön gewesen, weil Maggie ihr Haar zumeist selbst wusch und föhnte. Manchmal, wie etwa am Geburtstag der Königin, ging sie aber auch schon einmal zum Friseur, um dann wenig später mit zu festen Kringellöckchen aufgedrehtem Haar auf dem Rasengelände der Botschaftsvilla auszuharren, während ihre Füße in den hochhackigen Pumps immer tiefer ins Gras sanken. So begrüßte sie dann die örtliche britische Gemeinde, die sich alljährlich zu diesem Anlass aus ihren bequemen Domizilen zu lösen pflegte, um mit Bier vom Fass und Würstchen vom Grill auf das Wohl Ihrer Majestät anzustoßen.

Zoltan inspizierte mit kritischem Blick sein *choucroute*, die französische Version des Sauerkrauts. »Die Franzosen«, erklärte er übellaunig, »sollen angeblich die besten Köche auf diesem Planeten sein. Aber sie schaffen es noch nicht einmal, ein ordentliches *töltött káposta* zuzubereiten! Meine Mutter …«

»Zoltan«, unterbrach Maggie ihn rigoros. »Wie geht es mit unserem Projekt voran?«

»Das dauert wohl noch ein bisschen«, antwortete er ausweichend in kummervollem Tonfall. »Vor allem bedarf es sehr sorgfältiger Planung. Wenn wir den Teleprompter manipulieren wollen, muss ich zuerst einmal in das Gebäude hineingelangen. Und das ist längst nicht so einfach, wie Sie sich das vielleicht vorstellen …«

»Entschuldigen Sie bitte«, erklang plötzlich vom Nebentisch eine männliche Stimme. »Ich kam einfach nicht umhin zu bemerken, dass Sie einen Wein aus meiner Winzerei bestellt haben. Darf ich fragen, wie er Ihnen schmeckt?«

Maggie drehte sich zur Seite und musterte den Mann neben ihr. Zwar hatte sie eine Erziehung genossen, nach der man Fremden, die einem nicht formell vorgestellt worden waren, nur mit äußerster Zurückhaltung zu begegnen hatte, doch dieser Mann mit dem leicht geröteten Gesicht hatte solch ein freundliches Lächeln, dass sie sämtliche Vorbehalte augenblicklich vergaß. »Er ist köstlich«, antwortete sie vergnügt.

Zoltan nickte schweigend. Derweil starrte er wie gebannt auf den Teller des Winzers. »Darf ich fragen, was Sie da bestellt haben?«, brachte er sich schließlich vorsichtig in die Unterhaltung mit ein.

»Ah, das Soufflé! Das ist hier wirklich ganz hervorragend. Es wäre mir eine große Freude, wenn ich Ihnen auch ein solches Dessert bestellen dürfte.« Er gab dem Kellner ein knappes Zeichen, der daraufhin augenblicklich an den Tisch geeilt kam. Die Aufmerksamkeit, die dieser fremde Herr genoss, stand im krassen Gegensatz zu der gelangweilten Blasiertheit, mit der er Maggie und Zoltan bediente.

»Wissen Sie, ich stamme aus der Dordogne«, setzte Maggies Tischnachbar das Gespräch kurze Zeit später fort. »Dort stelle ich meinen Wein her. Ich besitze dort ein kleines Schloss.«

Maggie fragte sich im Stillen, wie die Wörter »klein« und »Schloss« wohl miteinander zu vereinbaren seien.

»Vielleicht hätten Sie zu dem Soufflé gerne einen Calvados? Jules!«, rief er abermals den Kellner heran und gab erneut eine Bestellung auf. »Außerdem züchte ich noch Schweine«, erklärte er dann an Maggie gewandt weiter. »Preisgekrönte Schweine!« Letzteres fügte er etwas widerwillig hinzu, als ob es ihm eigentlich zuwider sei, mit seinen Erfolgen anzugeben, der Versuchung jedoch letztendlich nicht widerstehen konnte. »Eine Sau, zum Beispiel, wurde vor kurzem zur Landesmeisterin gekürt. Nun suche ich für sie nach einem passenden Ehemann.« Energisch fuhr er sich mit seinen kurzen Fingern durch das Haar, wodurch es noch eine Idee strubbeliger aussah, und hob sein Glas gegen das Licht. Ein dunkles Rubinrot erstrahlte, in dem winzige Scherben aus Licht zu tanzen schienen. »Der Wein hat eine wundervolle Farbe, finden Sie nicht auch? Auf Ihre Gesundheit!« Damit prostete er ihnen zu.

»Egészségére!«, erwiderte Zoltan den Toast.

Maggie dagegen lächelte nur und hob ebenfalls ihr Glas. Jeremy hatte ihr seinerzeit beigebracht, dass es unfein wäre, sich gegenseitig ein lautes »Prost« zuzurufen.

»Machen Sie und Ihr Ehemann hier Urlaub?«, fragte der Fremde.

Maggie schnappte erschrocken nach Luft. »Oh, bitte, wir beide sind nicht verheiratet!« Dann lachte sie auf, beleidigt und entsetzt zugleich, wie ein Mensch auf die Idee kommen konnte, sie wäre die Ehefrau von Zoltan mit dem karierten Sakko und dem hängenden Schnurrbart, und zugleich beschämte sie ihre Reaktion.

»Unser Parisaufenthalt ist rein geschäftlicher Natur«, erklärte Zoltan blasiert.

»Ah, ich weiß, Engländer mögen es nicht, wenn man ihnen persönliche Fragen stellt, aber ich würde trotzdem gerne wissen: In welcher Branche sind Sie tätig?«

»Import-Export«, ergriff abermals Zoltan das Wort.

Wie sich herausstellte, hieß ihr neuer Freund Luc, und er bestand darauf, sie zurück zum Hotel zu begleiten. Außerdem ließ er es sich trotz Maggies Protest nicht nehmen, die Rechnung im Restaurant zu begleichen, denn, so erklärte Luc, für die Kosten des Weines sei eindeutig er verantwortlich. »Es kommt eben nicht jeden Tag vor, dass ich neben jemandem sitze, der einen Wein aus meinem Anbau bestellt – und dann auch noch solch einen vorzüglichen Jahrgang!«, schloss Luc und ließ dabei aufrichtig begeistert den Blick über Maggie schweifen.

»Ah«, rief er aus, als sie vor dem Hotel angelangten. »Die Straße kenne ich gut. Hier komme ich immer her, um meinen Käse zu kaufen.« Unmittelbar neben der Drehtür schüttelte er Zoltan energisch die Hand und hob anschließend Maggies Finger flüchtig an seine Lippen. »*Au revoir, mon amie*«, flüsterte er.

Während Maggie durch die gläserne Tür schritt, warf sie einen Blick zurück und sah, dass Luc noch immer auf dem Gehsteig verharrte, die Hände tief in die Taschen seiner ausgebeulten Hose gesteckt.

»*Au revoir, mon amie!*«, säuselte Zoltan mit seinem grauenvollen Akzent, während er sich auf den Weg zu seinem Zimmer machte.

»Zoltan, Sie haben sich nur auf Ihre Aufgaben zu konzentrieren«, wies Maggie ihn mit eiserner Miene zurecht und schloss die Tür hinter sich. Ein wenig müde setzte sie sich auf die gesteppte Tagesdecke ihres Bettes und schleuderte die Schuhe von den Füßen. Und obgleich sie es sich natürlich bloß äußerst ungern eingestand, so war sie doch in Wahrheit vollkommen begeistert von ihrer jüngsten Bekanntschaft. Kein Mann seit Gilberto hatte in ihr diese Euphorie entfacht.

Während ihrer und Jeremys Dienstzeit in Paris hatte Maggie Gilberto nach dem Silvesterabend nur noch ein einziges Mal wiedergetroffen. Es war an einem recht winterlichen Frühlingstag gewesen, und Maggie wollte einen Einkauf in einer kleinen Buchhandlung tätigen, die versteckt in einer kleinen Seitenstraße des Boulevard Saint-Germain lag. Ein Künstler, den sie bei einem der diversen Empfänge kennengelernt hatte, hatte ihr diesen Laden empfohlen. Der Buchhändler hatte sich auf Kunstbände spezialisiert, und Maggie war hineinmarschiert, um sich nach einem Band über Vuillard zu erkundigen, dessen Arbeiten sie erst kürzlich für sich entdeckt hatte. Konzentriert hatte sie in die Bücherregale hinaufgestarrt und einen Titel nach dem anderen gelesen, als die Musik, die im Hintergrund lief, plötzlich ihre gesamte Aufmerksamkeit gefangen nahm: Ein Tango wurde gespielt, dessen Melodie ihr irgendwie bekannt vorkam.

»*Cuando pasaste a mi lado se me apretó el corazón*«, flüsterte eine Stimme ihr in diesem Augenblick ins Ohr.

Maggie wirbelte herum und sah sich Gilberto gegenüber. Funkelnd blickten seine dunklen Augen sie an.

»Ich glaube, sie spielen unser Lied«, sagte er und lächelte. Er sah so anders aus, wenn er lächelte. Geradezu entwaffnend jugendlich, fast schon verschmitzt.

»Oh, hallo«, hatte Maggie geantwortet und war vor Verwirrung errötet. Dann brabbelte sie irgendetwas über Vuillard und machte einige Bemerkungen über das Wetter. Wie sich herausstellte, hatte auch Gilberto Gefallen an Vuillard gefunden und empfahl ihr ein Buch von Nabis, welches sie dann beide kauften.

Gilberto hatte darauf bestanden, Maggie die Plastiktüte mit dem Buch zu tragen. Er wolle sie gern nach Hause begleiten, hatte er erklärt, dabei ihren Arm genommen und sie über den schmalen Bürgersteig geleitet, während die schwere Tüte gegen sein Bein schlug.

In England war es für Maggie nichts Besonderes gewesen, sich bei einem Mann einzuhaken; häufig hatte sie die Finger in Jeremys Ellenbeuge platziert. Nun aber, da nicht etwa sie einen Mann beim Ellenbogen fasste, sondern alles genau umgekehrt war und ein Mann ihren Arm umschlungen hielt, bekam diese alltägliche Geste plötzlich etwas so Intimes. Fest hatte Gilberto auf Ellenbogenhöhe ihren Arm umfasst, und wie ein zart glitzernder, ja, fast schon kitzelnder Sonnenstrahl schien seine Wärme durch den Stoff über ihre Haut zu streicheln. Im Stillen fragte Maggie sich, ob ihr Begleiter in diesem Moment wohl das Gleiche empfand. Verstohlen blickte sie hinauf in sein Gesicht und stellte fest, wie ein kleiner Muskel an seiner Wange zu zucken begann.

Gemeinsam gingen sie die Boulevards entlang, die von gerade erblühenden Kastanien gesäumt waren. Dann durchstöberten sie spontan die Bücher und Zeitschriften der *bouquinistes*, die ihre Klappläden entlang der Seine hatten, und gönnten sich eine kleine Pause in einem Café. Zufrieden saßen sie an einem kleinen Tisch fast mitten auf dem Bürgersteig und genossen die sanfte Brise, die das Tischtuch lüpfte und mit der sich leise der Frühling anzukündigen schien. Gilberto erzählte Maggie von seiner Kindheit in Buenos Aires, und Maggie berichtete ihm ein wenig davon, wie es war, in Ledbury aufzuwachsen – ihrer beider Schilderungen hätten unterschiedlicher nicht sein können. Schließlich schlenderten sie weiter, machten abermals eine kleine Pause und lauschten einem alten Mann, der an einer Straßenecke Violine spielte. Gilberto ließ eine Zehn-Franc-Note in dessen Violinenkoffer fallen, und sie setzten ihren Spaziergang fort.

»Das war wirklich großzügig von Ihnen«, bewunderte Maggie ihren Begleiter.

Abermals blitzte dieses verschmitzte Lächeln in Gilbertos Gesicht auf. »Er hat so grauenhaft gespielt«, versuchte er Maggie seine Geste zu erklären, »da mussten wir ihn doch schließlich ein bisschen unterstützen.«

Als sie am Hôtel de Charost angelangten, hauchte Gilberto Maggie auf jede Wange einen Kuss. Und wieder konnte Maggie diesen zarten Limonenduft an ihm wahrnehmen.

»Auf diese Wiese verabschieden wir uns in Argentinien voneinander«, rechtfertigte er sich hastig, als Maggie ihn einen Moment lang verwundert anstarrte. »Und genauso begrüßen wir uns auch, wenn wir uns wieder begegnen …«

Maggie stolperte die Treppe zur ersten Etage empor. In ihrem Kopf schien sich alles zu drehen. Monique, Jeremys Sekretärin, saß wie gewohnt an ihrem Schreibtisch und starrte mit strengem Blick über die Gläser ihrer Stahlrahmenbrille hinweg mitten in Maggies gerötetes Gesicht. »Die Damen von der British Women's Association erwarten Sie seit etwas über einer halben Stunde«, wies sie Maggie zurecht.

»Oh, aber das ist ja ganz entsetzlich!«, schnappte Maggie nach Luft. »Ich muss komplett die Zeit vergessen haben.«

Nach einem langen und ermüdenden Treffen mit besagten Damen kehrte Maggie in ihre und Jeremys Villa zurück, wo in genau dem Moment, als sie die Tür öffnete, Marielise an ihr vorbeirauschte und in den Salon marschierte. Sie trug eine riesige Vase, und ihre Nasenflügel weiteten sich aufgeregt über einem ausladenden Strauß langstieliger Rosen.

»Blumen?«, fragte Maggie. »Von wem sind die?«

»Es war keine Karte dabei«, antwortete Marielise, »nur das hier.« Damit überreichte sie Maggie ein kleines Päckchen, in dem sich eine Musikkassette befand: ein Medley aus verschiedenen Tangomelodien.

Maggie beugte sich hinab, um den Duft einzuatmen, der den tiefroten, samtenen Blüten entströmte. Irgendwie sahen diese Rosen nicht so aus wie jene Blumen, die man normalerweise in Diplomatenkreisen zu versenden pflegte… »Marielise, es wäre mir lieber, wenn Sie diese Blumen mit zu sich nach Hause nähmen.«

Marielise wirkte unentschlossen, als ob sie erst noch überlegen müsse, ob sie nun besser ihre Missbilligung zur Schau stellen oder aber offen ihre Freude zeigen solle.

»Sie wissen doch«, erklärte Maggie ihr, »mein Mann und seine Allergien ...«

Kurze Zeit später und zu Maggies grenzenloser Erleichterung wurde der argentinische Botschafter in sein Land zurückberufen. Jeremy gegenüber hatte sie niemals auch nur ein Wort von diesem Frühlingsnachmittag mit Gilberto erwähnt – es war das erste Mal, dass sie Jeremy ein Erlebnis aus ihrem Leben verschwieg. Einige Zeit später verbannte sie die gesamte Episode mit Gilberto und ihr latent schlechtes Gewissen einfach in die hinterste Ecke ihres Bewusstseins. Und beinahe wäre es ihr sogar gelungen, ihn ganz und gar zu vergessen. Nur, wenn sie dann und wann die wehmütigen Klänge eines Tangos hörte, schweiften ihre Gedanken kurzzeitig zurück zu dem einstigen argentinischen Botschafter in Paris ... Im Nachhinein betrachtet, empörte Maggie sich vor allem darüber, wie absurd es doch von ihr gewesen war, so lange Zeit diese nagenden Gewissensbisse mit sich herumzuschleppen! Schließlich waren ihre beiden Zusammentreffen mit Gilberto ganz und gar harmlos gewesen, verglichen mit jenen Ungeheuerlichkeiten, die Jeremy in seinen Tagebüchern festgehalten hatte! Wenngleich Maggie nun, Jahre später, eigentlich lieber glauben wollte, dass ihre Begegnungen mit dem argentinischen Botschafter vielleicht doch nicht ganz so unschuldig gewesen waren.

Schrill klingelte das Telefon. »Maggie, meine Liebe«, ertönte Camillas forsche Stimme am anderen Ende der Leitung. »Geoffrey und ich sind wieder in Seillans angekommen. Wir beide machen uns schreckliche Sorgen um dich.«

»Ich weiß, und es tut mir ganz furchtbar leid. Ich habe

mich gestern Abend ganz entsetzlich benommen. Mir ist ein Rätsel, was da bloß in mich gefahren war.«

»Du machst gerade eine sehr schwierige Zeit durch«, erklärte Camilla mit fester Stimme. »Und da haben Geoffrey und ich uns gefragt, ob du vielleicht professionelle Hilfe suchen solltest. Viele Frauen in deiner Lage nehmen die Hilfe eines Psychiaters in Anspruch.«

Ein Psychiater! Maggie spürte, wie ihr das Blut in den Adern gefror. In ihrer und Jeremys Welt hatten stets nur solche Menschen Hilfe bei einem Psychiater gesucht, die sich einbildeten, sie seien Napoleon oder sonst irgendeine berühmte Persönlichkeit.

»Oh, ich glaube, so schlecht geht es mir nun auch wieder nicht«, widersprach Maggie hastig. »Nein, ehrlich, ich denke, ich brauche keinen Psychiater. Ich benehme mich ja nicht immer so wie gestern Abend, das kann ich euch versichern.«

»Denk bitte trotzdem einmal über unseren Vorschlag nach, ja? Und Geoffrey sagt im Übrigen auch ...«, leise konnte man im Hintergrund seine knurrige Stimme hören, »... also er lässt fragen, ob du uns nicht besuchen möchtest, um ein paar Tage in Südfrankreich auszuspannen. Danach würde es dir sicherlich ganz fantastisch gehen!«

»Oh, ich danke euch beiden«, erwiderte Maggie. »Ihr seid so lieb zu mir. Ich kann euch gar nicht sagen, wie sehr ich euch danke.«

In der Tat: Maggie war wirklich überaus dankbar – als das Gespräch endlich beendet war. Insgeheim aber grübelte sie darüber nach, ob sie vielleicht wirklich im Begriff war, den Verstand zu verlieren. Hatte sie sich womöglich derart in ihre Rachepläne hineingesteigert, dass sie nicht mehr wusste, wo die gerechte Wut aufhörte und der Wahnsinn begann?

Zoltan schien die Rache an Delphine unterdessen zu seiner Lebensaufgabe erkoren zu haben. Er sah das Projekt nicht etwa bloß als berufsmäßige und potenziell lukrative Verpflichtung, sondern als eine Herausforderung, die an den in seiner magyarischen Seele schlummernden Heldenmut appellierte. Denn auch wenn Modome nun ganz sicherlich kein schutzloses junges Ding mehr war, so brauchte sie im Augenblick trotzdem ein gewisses Maß an Hilfe und Unterstützung, bis sie ihr Ziel erreicht hatte. Und Zoltan würde nicht eher ruhen, bis seine Chefin über ihre Widersacherin triumphierte.

Den größten Teil seines Tages pflegte er in der Bar des Copains zu verbringen, die unmittelbar gegenüber dem Gebäude des französischen Fernsehsenders gelegen war. Mittlerweile hatte er sich mit vielen der Angestellten angefreundet; er scherzte mit ihnen in seinem schrecklichen Französisch, spielte, wenn gerade wenig los war, Karten mit dem Wirt, schaute sich gemeinsam mit den anderen ein Fußballspiel zwischen Paris-St. Germain und Marseille im Fernsehen an und machte sich auf tausenderlei verschiedene Arten in der Nachbarschaft nützlich. *L'Hongrois* – der Ungar, wie man ihn nannte – erfreute sich bald allgemeiner Beliebtheit und galt als Mann, an den man sich nur zu gerne um Hilfe wandte, wenn Lampen zu reparieren oder geplatzte Rohre zu flicken waren. Ja, er war eben ein echter *ouvrier d'entretien*. Langsam und Stück für Stück gelang es ihm, sich ein Bild davon zu machen, wer von den Angestellten wo arbeitete, wer wen zum Kollegen hatte und was genau um welche Uhrzeit in jeder einzelnen Etage des Senders passierte. Delphine war, wie er in Erfahrung brachte, nicht sonderlich beliebt, was ihn allerdings auch nicht weiter wunderte. Sie arbeitete im dritten Stock des Fernsehsenders in einem Eckbüro, gemeinsam mit einer kleinen Armee von Technikern und Assistenten sowie mit dem Regisseur der Abendnachrichten, Leroy.

Es waren auf den Tag genau drei Wochen, nachdem Maggie das Vorhaben Delphine ausgerufen hatte, als Zoltan endlich seine große Chance bekam. An diesem Tage zur Mittagszeit geschah es nämlich, dass der im ersten Stock des Sendegebäudes stehende Kaffee- und Erfrischungsgetränkeautomat plötzlich seinen Geist aufgab. Der hauseigene Wartungsmonteur machte natürlich gerade Pause und war nicht zu erreichen, und die gesamte Belegschaft der ersten Etage lechzte nach einer flüssigen Erfrischung. Zum Glück aber saß in dem Café nahe dem Haupteingang von Antenne 2 zufällig ein gewisser Zoltan, vor sich ein *omelette au fromage* und einen *ballon de vin rouge*. Aufgeregt kam Léon, einer der Pförtner des Senders, zur Tür des Lokals hereingestürmt.

»*Alors, viens, mon vieux, on a besoin de toi!*« – »Los, hoch mit dir, mein Alter, du wirst gebraucht!«

Léon scheuchte Zoltan über die Straße und heftete ihm ein Schildchen an den dunkelblauen Overall, das ihn als regulären Mitarbeiter des Senders auswies. Zu Zoltans großer Erleichterung war die Ursache des Problems leicht zu finden, und in weniger als einer halben Stunde spendete der Automat wieder erfrischende Getränke. Voller Anerkennung klopfte man ihm auf den Rücken: »*C'est génial, l'Hongrois!*« Jegliche Dankbarkeitsbekundung in Form von klingender Münze wies Zoltan jedoch mit einer majestätischen Handbewegung zurück. Daraufhin versprachen ihm mehrere Leute, ihm am Abend in der Bar einen Drink auszugeben. Bevor er ging, verstaute er das Mitarbeiterschildchen sorgfältig in seinem Werkzeugkasten und trat dann hinaus in den frischen, sonnigen Herbsttag.

Sobald er wieder in der Bar des Copains war, rief er Maggie an. »Modome«, verkündete er mit Grabesstimme, »endlich ist unser Augenblick gekommen!«

Sie einigten sich darauf, dass Maggie den Rest des Nachmittags über in der Nähe des Telefons sitzen bleiben sollte, damit Zoltan sie umgehend benachrichtigen konnte, wenn ihr gemeinsamer Plan in seine nächste Phase trat.

Zoltan hatte herausgefunden, dass Delphine allabendlich um etwa sieben Uhr im Sender auftauchte, um dann bis spät in die Nacht zu arbeiten. Vor lauter Aufregung schaffte er es kaum, für den Rest des Nachmittags ruhig auf seinem Platz sitzen zu bleiben, denn dieser Tag, das spürte er genau, war der große Tag der Rache! Lässig lehnte er am Türpfosten der Bar des Copains und rauchte, während er mit Argusaugen den Eingang von Antenne 2 beobachtete. Dann, als er seine zweite Zigarette gerade halb aufgeraucht hatte, wurde seine Geduld endlich belohnt: Er sah, wie Delphine mit ihren langen Beinen aus ihrem Mini Cooper herauskletterte und auf den Eingang des Sendegebäudes zusteuerte. Hastig warf er die Zigarette zu Boden, trat mit dem Schuhabsatz darauf und langte nach seinem Werkzeugkasten. *»A tout à l'heure, Gaston«*, rief er über die Schulter noch rasch dem Barbesitzer hinter dem Tresen zu.

Der Schichtwechsel der Pförtner fand stets um genau neunzehn Uhr statt. Das wusste Zoltan, da er sich mit

Léon, dem Pförtner der Frühschicht, bereits so manchen kleinen Drink genehmigt hatte, wenn dieser von der Arbeit kam. Entsprechend hatte Zoltan auch noch nie Léons Kollegen kennengelernt, der allabendlich zur Nachtschicht erschien, was in diesem Fall von Vorteil war. Im Übrigen wusste Zoltan nur allzu gut, wie man sich unsichtbar machte. Das Leben unter einem kommunistischen Regime sowie rund fünfzehn Jahre als Botschaftschauffeur hatten ihn dies eindringlich gelehrt. Unbehelligt marschierte er an dem kleinen Pförtnerhäuschen vorbei, den Firmenanstecker auffällig am Revers befestigt, und steuerte geradewegs auf den Fahrstuhl zu. In der dritten Etage angekommen, wandte er sich nach links, um am Ende des langen Ganges ein wenig orientierungslos vor drei identischen Türen stehen zu bleiben. Doch seine Verwirrung sollte nicht lange anhalten, denn im nächsten Moment wurde bereits die erste der drei Türen aufgestoßen, und herausgestürmt kam ein junger Mann mit wildem Haarschopf, schwarzem Hemd und schwarzer Krawatte. Wütend brüllte er im Fortgehen noch einige Sätze über seine Schulter hinweg in jenen Raum hinein, in dem, wie Zoltan mit einem flüchtigen Blick erkannte, ein korpulenter Mann an einem Schreibtisch saß und mit gerötetem Gesicht und wild gestikulierend nicht minder aufgebracht schien. Und: Im Hintergrund saß Delphine! Reglos verharrte sie auf einem Stuhl, zu ihren Füßen ein heilloses Durcheinander aus Drähten und Kabeln, während eine Frau in einem weißen Kittel Delphines Wangen mit Rouge betupfte. Ohne Zaudern schritt Zoltan in den großen Raum, ehe die Tür sich wieder schließen konnte.

Sofort hielt der untersetzte Mann in seinem zornigen

Gefuchtel inne und starrte erstaunt auf den Eindringling. »*C'est quoi, alors, là?*«

»VIRus CONtrole«, entgegnete Zoltan mit monotoner Stimme. Wie alle Ungarn, so setzte auch er die Betonung stets auf die erste Silbe eines jeden Wortes.

Die Krawatte des Mannes mit dem roten Kopf baumelte locker um dessen Hals, als dieser sich mit einem Ruck aufrichtete. »*Maintenant?*«, zischte er, und beinahe glaubte man schon zu sehen, wie ihm vor lauter Wut kleine Rauchwölkchen aus den Nasenlöchern dampften. »*On sera en direct dans une demi-heure!* In einer halben Stunde gehen wir auf Sendung!«

»*Je fais vite.* Ich beeile mich«, sagte Zoltan.

»*Vous n'êtes pas français?*«, herrschte der Dicke ihn an, während er in seinen Jacketttaschen herumsuchte.

»*Je suis Hongrois.* Nein, ich bin Ungar.«

Dann, endlich, hatte Leroy seine Zigarettenschachtel gefunden – zumindest war Zoltan der Ansicht, dass es Leroy sein musste – und wurde ein bisschen gelassener. Lässig zupfte er eine Zigarette aus dem kleinen Päckchen. »Ah, Budapest«, erklärte er dann. »*J'étais là, moi, en '56.* Da war ich schon einmal, damals, anno '56.«

»*Moi aussi.* Ich auch«, erwiderte Zoltan mit Grabesstimme.

»Alors, faites vite. Je vais fumer une cigarette …« Leroy rauschte aus dem Raum und eilte um die Korridorecke, eindeutig auf dem Weg zur Kaffeemaschine.

Langsam ließ Zoltan sich in den Sessel hinter dem Schreibtisch des schweren Mannes sinken und starrte auf den Bildschirm. In Großbuchstaben standen dort jene Schlagzeilen, die Delphine in Kürze den Fernsehzuschauern verkünden sollte. Verstohlen schaute Zoltan zu ihr hinüber: Scheinbar ganz entspannt saß sie da, während die Dame in dem weißen Kittel noch hier und da ein wenig an Delphines makelloser Frisur herumzupfte und sie schließlich mit Haarspray fixierte. Zoltan war sich sicher, dass sie ihn nicht wiedererkennen würde, denn Jeremys einstige Geliebte hatte ihn auch damals, als er ihr noch geflissentlich die Wagentür geöffnet hatte, nie auch nur eines einzigen Blickes gewürdigt.

Nichtsdestotrotz spürte er nun einen wahren Adrenalinschub durch seine Adern jagen. Heiß prickelte das Blut in seinen Fingerspitzen und sogar in seinen Haarwurzeln begann es zu kribbeln. Er holte sein Mobiltelefon hervor und rief im Hotel an, wo die Concierge ihn mit einem unwilligen Knurren zu Maggies Zimmer durchstellte.

»Ich bin im Sender«, sagte er leise, und langsam steigerte sich seine Aufregung in Panik. »Ich sitze jetzt genau vor dem Teleprompter. Was soll ich tun?«

»Lesen Sie mal vor, was da steht«, wies Maggie ihn an.

Stockend las Zoltan die Schlagzeilen. Manche Ausdrücke kannte er nicht, andere Wörter und Namen waren ihm durchaus vertraut. Dann drückte er so lange auf die kleine Taste mit dem Pfeil nach unten, bis schließlich auch die weniger wichtigen Nachrichten auf dem Bildschirm erschienen. Am Ende der letzten Textüberschrift, erkannte er das Wort *»ambassadeur«* – Botschafter. »*Son Excellence, l'ambassadeur des Etats Unis, Monsieur Seton Salter*... Seine Exzellenz, der Botschafter der Vereinigten Staaten, Monsieur Seton Salter...«, las er Maggie in seiner wenig geschliffenen französischen Aussprache vor. »Wie wäre es, wenn ich seinen Namen in Seton *Salope* abänderte? Das hieße dann so viel wie Seton, die Schlampe«, fragte er Maggie begierig.

»Nein, ich denke, *Salaud*, also ›Mistkerl‹, wäre passender«, entgegnete diese in einem Tonfall, der keine Widerrede duldete. Zumal ihre kleine Wortspielerei dank Delphines akzentuierter französischer Aussprache vermutlich sogar noch expliziter über den Äther kommen würde als: *C'est un salaud* – dieser ausgemachte Mistkerl.

»Wie schreib ich das?«, hakte Zoltan hastig nach.

»S – A – L – A – U – D.«

»T oder D?«

»D wie in … wie in ›Devonshire‹.«

»Oder wie in ›Debrecen‹?«

»Ja, von mir aus auch wie in ›Debrecen‹.«

»*Curva jó*«, murmelte Zoltan leise, was ein extrem unhöflicher ungarischer Ausdruck ist. Dann fuhr er etwas lauter fort: »*… a été reçu par le Ministre des Affaires étrangères au Quai d'Orsay* … wurde vom Minister für auswärtige Angelegenheiten am Quai d'Orsay empfangen …«

»*Quai, Quai* – könnte man da nicht irgendetwas draus machen?«

»Wie wäre es mit *Con* – also ›Idiot‹?«, schlug Zoltan vor.

»Nein, es ist besser, wir konzentrieren uns auf *Orsay*.«

»Ja, aber was soll es denn für schlimme Wörter geben, die so ähnlich klingen wie *Orsay*?«, fragte er zweifelnd.

»Vielleicht *Ordures* – ›Unrat, Abfall‹?« Rasch buchstabierte Maggie das Wort. »Was steht denn da sonst noch?«, drängte sie.

Zoltan jedoch bestand darauf, erst einmal mit seinen beiden Zeigefingern Buchstabe für Buchstabe das Wort *Ordures* in den Computer einzugeben. Dann, endlich, las er weiter: »*… pour fêter …*« Begeistert unterbrach er sich selbst. »Das klingt ja wie *péter*! Das kennen Sie doch, oder? *Péter* heißt ›furzen‹.«

»Natürlich weiß ich, was ›furzen‹ auf Französisch heißt! Also, wie geht es weiter?«

Zoltan fuhr mit seinem Fingernagel am Bildschirm über jede einzelne Textzeile. »*... ensemble l'anniversaire de la consegne de la statue de la Liberté par le gouvernement français à la mairie ...*« Hastig klopfte er mit dem Finger auf das letzte Wort. »*Merde de New York!*«

Maggie wollte soeben entgegnen, dass der Ausdruck *merde* – »Kacke« – vielleicht doch zu offensichtlich wäre, als Zoltan ihr Telefonat unvermittelt beendete. Laute Schritte näherten sich vom Korridor.

Hastig drückte Zoltan die Taste mit dem kleinen, nach oben zeigenden Pfeil und ließ den Text wieder zur Anfangszeile nach oben fahren. Da erschien auch schon Leroys breite Silhouette in der Tür. »*Ça va*«, erklärte Zoltan. »*Tout OK.*«

»*Merci. Alors, à la prochaine fois.*«

»*Pas de quoi*«, verabschiedete Zoltan sich und hastete aus dem Raum. Ein Blick auf seine Uhr verriet ihm, dass es zwanzig nach sieben war. Nachdem er mit dem Fahrstuhl ins Erdgeschoss gefahren war, schlenderte er ruhig durch die gläserne Eingangstür wieder nach draußen und auf die Straße hinaus. Er wollte sich die Abendnachrichten in der Bar des Copains anschauen.

Gelassen ließ er sich auf seinem Stammplatz nieder, wischte sich mit einem Taschentuch den Schweiß vom Gesicht und wählte abermals die Nummer von Maggies Hotel. »Denken Sie daran, sich gleich die Nachrichten anzusehen?«, erinnerte er sie.

»Aber natürlich werde ich das!«, entgegnete Maggie.

Nervös legte sie den Hörer wieder auf. Ihr Blick schien geradezu am Fernsehbildschirm festzukleben, so angespannt wartete sie auf Delphines allabendliches Erscheinen.

Als kleine Belohnung für seine Anstrengungen bestellte Zoltan sich einen Whisky Soda. Unterdessen flimmerte über den Fernseher in der Ecke der Bar noch die Wettervorhersage. Dann, nur kurze Zeit später, wurde Delphines Konterfei eingeblendet. Der Fernsehzuschauer konnte beobachten, wie sie vor einem himmelblauen Hintergrund geschäftig einige Unterlagen ordnete, und dann, mit strahlendem Lächeln, begrüßte sie ihr Publikum: »*Mesdames et Messieurs, bonsoir.*« Es folgte ein kurzer Atemzug, und sie begann, die Nachrichten zu verlesen, Nachrichten, die Zoltan längst kannte. Wie immer, so bewahrte Delphine auch an diesem Abend eine emotionslose Miene, während sie die Ereignisse des Tages verkündete. Noch nicht einmal, als sie von einem tödlichen Busunfall in einem der Pariser *banlieues* berichtete, veränderte sich ihr Gesichtsausdruck. Zoltans Atem ging vor Aufregung immer hastiger, während Delphine sich jener Textpassage näherte, die er für sie präpariert hatte.

Anstandslos verlas sie den Namen des amerikanischen Botschafters, nannte ihn, ohne mit der Wimper zu zucken, einen ausgemachten Mistkerl, und erklärte in ebenso gleichmütigem Tonfall, dass dieser sich zum gegenwärtigen Zeitpunkt gemeinsam mit dem Minister für auswärtige Angelegenheiten am »Unrat-Kai« befände, um anlässlich der dortigen Feierlichkeiten einen herzhaften Furz auszustoßen. Delphine dachte offenbar überhaupt nicht darüber nach, was sie da sagte. Erst als sie statt des Titels *Maire de New York* – »Bürgermeister von New York« – die Schreibweise *Merde de New York* – »die Kacke von New York« –

verlas, kam sie ins Stocken. Delphines sonst so kühler Blick wurde auf einmal ganz hektisch, und prompt begann auch schon das auf ihrem Tisch stehende Telefon zu schrillen. Hastig griff sie nach dem Hörer. Dann, in eindeutig beschämtem Tonfall, brach Delphine die Nachrichtensendung ab, um sich mit einem knappen Hinweis auf das weitere Programm von ihren Zuschauern zu verabschieden: »*A vous le reportage de Mireille St Just* – Und nun zeigen wir Ihnen die Reportage von Mireille St Just.«

Gaston, der an seinem gewohnten Platz hinter der Theke stand, blickte verwundert auf. »Hat die da gerade eben tatsächlich ›Kacke‹ gesagt?«

»Ganz genau, sie hat soeben ›Kacke‹ gesagt«, bestätigte Zoltan mit einem breiten Grinsen. Dann leerte er sein Whiskyglas und nahm seinen Werkzeugkasten.

»Adieu, Gaston«, rief er und verließ zum letzten Mal die Bar des Copains.

Maggie wartete in ihrem Hotelzimmer. Den Fernseher hatte sie inzwischen ausgeschaltet. Die Gedanken rasten nur so durch ihren Kopf und sie war wahrlich geschockt. Denn während ihre Rache an Mausie Morgenstern ganz leise und ganz privat gewesen war und Mausie sicherlich nie einer Menschenseele davon erzählen würde, so war die Rache an Delphine dagegen eine öffentliche Demütigung. Und genau deswegen machte Maggie sich nun schreckliche Vorwürfe. Millionen französischer Fernsehzuschauer hatten dieser Demütigung beigewohnt und ihren Spaß gehabt. Wer weiß, vielleicht entwickelte sich das Ganze sogar zu einem nationalen Skandal? Eventuell sogar mit empfindlichen Auswirkungen für alle Beteiligten? Und dann war da auch noch die Frage nach Jeremy... Was, wenn der nun in einem luftigen Himmelsbett residierte und diese verabscheuungswürdige Entgleisung seiner einstigen Ehefrau miterlebt hatte? Er war sicherlich über alle Maßen entsetzt! *Merde* – auf diese Situation passte allerdings diese Beschreibung! Was Maggie veranstaltet hatte, verstieß durch und durch gegen jenen Verhaltenskodex, nach dem ihr einstiger Ehemann sich in seinem beruflichen und in seinem privaten Umfeld stets gerichtet hatte. Und was war erst mit Zoltan? Hatte Maggie aus ihm ein Monster gemacht, einen Nachfahren Frankensteins, der nun eine Schneise durch Europa schlug, gierig danach, Rache zu üben? Rache an Jeremys früheren Geliebten und damit stellvertretend auch an allen anderen untreuen Ehepartnern dieser Welt?

Maggies quälende Wahnvorstellungen dauerten allerdings nicht allzu lange, sodass sie schon bald wieder die Schultern straffte und sämtliche Gewissensbisse rigoros beiseiteschob. Zoltan hatte soeben eine wahre Meisterleistung vollbracht, und dafür verdiente er eine angemessene Belohnung! Auf sich allein gestellt, hätte Maggie es selbst mit größter Anstrengung vermutlich nicht geschafft, jenes glitzernde Goldfischglas zu zertrümmern, in dem Delphine allabendlich mit müheloser, nixenhafter Eleganz zu plantschen pflegte. Und letztendlich, so versicherte Maggie sich im Stillen, als Zoltan mit stolzgeschwellter Brust durch ihre Zimmertür schritt, hatte Delphine diese Rache schlicht und einfach verdient, oder etwa nicht?

Zum ersten Mal, seit Zoltan vor rund fünfzehn Jahren in Jeremys Dienste getreten war, gab Maggie ihm einen Kuss auf die Wange! Leicht errötend und mit einem breiten Grinsen verharrte er still auf der Stelle und genoss das

Lob seiner Chefin. »Los, Zoltan«, erklärte diese ihm daraufhin nicht minder glücklich, »tauschen Sie Ihre Latzhose gegen ein anständiges Sakko! Heute Abend wollen wir richtig schlemmen.«

»Das Restaurant wird Ihnen mit Sicherheit gefallen, Zoltan«, versprach Maggie, als das Taxi, das sie zur Feier des Tages bestellt hatte, vor dem Chez l'Ami Louis anhielt. Zwar hatte Maggie dort noch nie zuvor gegessen, doch sie wusste, dass Jeremy früher einmal einen Minister in dieses Restaurant ausgeführt hatte, der zu jener Zeit zu einem inoffiziellen Besuch in Paris weilte und als echter Feinschmecker bekannt war. Von außen machte das kleine Lokal im Marais keinen sonderlich exklusiven Eindruck, doch die Preise waren beträchtlich. Dies hatte Maggie bereits aus Jeremys Tagebüchern erfahren, der die Vorzüge des Restaurants weitschweifig für die Nachwelt festgehalten hatte, eingerahmt von zwei kurzen Berichten über seine neuerlichen Rendezvous mit der mittlerweile diskreditierten Delphine. Besondere Anerkennung hatte Maggies verblichener Gatte dabei der *foie gras* ausgesprochen, zu der er und sein hochrangiger Gast seinerzeit einen Château d'Yquem genossen hatten.

»Dieses Restaurant ist bekannt für seine Gänseleber«, erklärte Maggie ihrem Chauffeur nun in gewichtigem Ton.

Und wirklich, die Gänseleber war genauso gut wie ihr Ruf. Widerstrebend räumte Zoltan ein, dass sie sogar noch besser sei als sämtliche Gänselebergerichte, die er jemals zuhause in Ungarn gegessen hatte. Ohne jeglichen weiteren Firlefanz drum herum wurde das Fleisch in duftende, rosafarbene Scheibchen geschnitten auf getoastetem Landbrot gereicht.

Zoltan hatte zu diesem denkwürdigen Anlass seinen besten dunklen Anzug angezogen, jenes gute Stück, das er sonst nur dann aus dem Schrank holte, wenn er mit Jeremy irgendeinen hohen Würdenträger vom Flughafen abholen musste. Derart festlich gekleidet erzählte er seiner Chefin mehrmals und ausführlich, welche Umstände schließlich dazu geführt hatten, dass Delphine ihrer gerechten Strafe zugeführt worden war: Zuerst gab er die Geschichte mit dem defekten Kaffeeautomaten zum Besten, dann schilderte er, wie Delphine in den Sender stolziert war, und schließlich gab er die Unterhaltung mit Leroy wieder. Es schien, als ob Zoltan mittlerweile zu der Ansicht gelangt wäre, dass der gesamte Plan ohnehin allein seine Idee gewesen sei und das Gelingen somit auch ausschließlich sein Verdienst.

Maggie entschied, ihn nicht von diesem seligen Irrglauben abbringen zu wollen. Stattdessen schob sie diskret einen Umschlag über den Tisch. »Das haben Sie sich wirklich redlich verdient«, sagte sie leise.

Rasch ließ Zoltan den Umschlag in die Innentasche seines Jacketts gleiten und wandte sich dann voller Genuss wieder seinem Essen zu.

»Zoltan, ich muss Sie einmal etwas fragen«, ergriff Maggie kurze Zeit darauf abermals das Wort. »Mache ich auf Sie noch denselben Eindruck wie sonst? Oder wirke ich irgendwie verstört? Oder gar ...«, sie suchte nach der richtigen Umschreibung, »nicht mehr ganz normal?«

»Modome«, sagte Zoltan feierlich; der Triumph über Delphine und der Genuss des Sauternes hatten ihn eindeutig berauscht. »Sie sind mir nie normaler erschienen als in diesem Augenblick.« Dann strich er sich genüsslich mit seinem langen Fingernagel durch den Schnurrbart und fügte hinzu: »Ich werde unser Import-Export-Geschäft vermissen.«

»Nun, nun, lieber Zoltan, noch ist unsere Geschäftsreise ja nicht beendet«, widersprach Maggie. »Ich hatte sogar gehofft, dass Sie mich auch nach Rom begleiten würden … Oder haben Sie Arabella bereits vergessen?«

Als sie in ihr Hotel zurückkehrten, wartete die Dame an der Rezeption bereits auf sie, und ihre sonst so müden Augen waren erfüllt von einem eigentümlichen Glitzern.

»Ein Herr ist heute Abend hier gewesen«, erklärte sie sogleich, als sie Maggie und Zoltan die Zimmerschlüssel überreichte. »Er hat für Sie das hier abgegeben«, fuhr sie an Maggie gewandt fort. Mit ehrerbietiger Geste platzierte sie eine runde, hölzerne Schachtel auf dem Empfangstresen. »Ihren Namen schien er nicht zu kennen, aber er sagte, das hier sei für die schöne englische Dame in Begleitung des ungarischen Herrn.«

Maggie und Zoltan starrten auf die Schachtel, der ein durchdringender Käsegeruch entströmte, der die gesamte kleine Hotellobby erfüllte. Vorsichtig hob Maggie den Deckel an. Und da lag er: Gebettet in ein Nest aus Stroh, die Kruste von der Farbe leicht gebräunten Toasts, und aus den kleinen Rissen rundherum im Rindenrand sickerte eine milchigweiße Creme.

»*C'est un don des dieux, un fromage pareil*«, hauchte die Concierge, und es war ihr deutlich anzumerken, dass ihr Maggie auf einmal in einem vollkommen neuen Licht erschien – nun, da man dieser einen solch wundervollen Käse zum Geschenk gemacht hatte!

»Sie sagt, solch ein Käse sei ein Geschenk der Götter«, übersetzte Maggie für Zoltan.

Dieser rümpfte zweifelnd die Nase.

»Der Herr hat auch eine Nachricht für Sie hinterlassen«, fuhr die Concierge fort. Sie zog eine große blass beigefarbene Karte von jener Art festem Papier hervor, wie man es sonst nur für Hochzeitseinladungen verwendete. Auf der einen Seite stand »Comte und Comtesse de Bosquières«. Darauf folgte, was Maggie als Name jenes kleinen Schlosses in der Dordogne identifizierte. Rasch drehte sie die Karte um. Auf der Vorderseite prangte in kritzeliger Handschrift eine knappe Nachricht: »Ich wohne zurzeit im Crillon und wäre *hors de joie*, wenn ich Sie wiedersehen dürfte.« Unterzeichnet war die kurze Nachricht mit »Luc de Bosquières«.

Aufmerksam studierte Zoltan beide Seiten. »Was soll das denn heißen?«, fragte er und deutete auf das Wort »Comte«. »Ich dachte, sein Name wäre Luc.«

»Luc lautet sein Vorname. ›Comte‹ ist sein Titel«, klärte Maggie ihn auf.

»Ein *Gróf*? Aber ich dachte, er wäre ein Bauer. Er hat doch erzählt, dass er Wein herstellt und Schweine züchtet. Preisgekrönte Schweine sogar.«

»Manchmal kann man sowohl ein Graf sein als auch eine recht naturverbundene Ader haben«, murmelte Maggie leise vor sich hin.

»Und wie, bitte schön, ist das hier zu verstehen?« Energisch kratzte Zoltan mit seinem langen Fingernagel unter dem Wort »Comtesse« über das Papier. »Dann ist das wohl die *Grófnö*, die Gräfin«, erklärte er in vorwurfsvollem Ton.

»In unserem Dorf hatte es auch einmal einen Gróf gegeben«, erzählte Zoltan, als er und Maggie die Treppe hinaufstiegen. »Meine Mutter hat mir davon erzählt. Dem gehörte unser ganzes Dorf und noch ungefähr zehn weitere Dörfer und viele, viele Hektar Land. Er war ein sehr gut aussehender Mann, und er hatte genau so einen Schnurrbart, wie auch ich ihn trage.« Maggie bemühte sich, angemessen beeindruckt dreinzuschauen. »Jeden Morgen ist er auf seinem weißen Pferd an unserem kleinen Hof vorbeigeritten. Dabei hat er immer diesen großen Hut mit der breiten Krempe getragen, und wenn er uns sah, hat er ihn abgenommen und gerufen: ›Guten Morgen, Bauersleut!‹ Daraufhin haben meine Eltern erwidert: ›Guten Morgen, Herr Graf!‹«

Jedes Mal, wenn Zoltan von dem Zuhause seiner Kindheit und seiner Mutter berichtete – das war Maggie schon bei mehreren Gelegenheiten aufgefallen –, verlor sich seine sonst so wortkarge Art, und er wurde richtig redselig.

Der Käse, so dachte Maggie, als sie die Tür zu ihrem Zimmer aufschloss, war zweifellos ein ganz außergewöhnliches Geschenk. Jeremy hätte er sicherlich auch gut geschmeckt. Und bestimmt wäre Jeremy auch geschmeichelt gewesen, dass niemand Geringeres als ein Graf Gefallen an seiner Maggie fand! Vor allem aber dachte sie daran, dass Lucs Wunsch, sie gerne wiedersehen zu wollen, bei ihr auf Gegenliebe stieß. Luc hatte eine so impulsive und ungekünstelte Art an sich, dass Maggie in seiner Gegenwart eine *joie*, eine Lebensfreude empfand, wie sie sie noch nie verspürt hatte. Aber eine Dame von ihrem gesellschaftlichen Rang konnte nun natürlich nicht einfach so in das Crillon hineinspazieren und nach dem Comte de Bosquières fragen. Das war genauso undenkbar wie die Vorstellung, dass sie die chemische Formel von Tantal hätte herleiten können oder aus dem Stegreif einen kurzen Vortag über die Quantenphysik hielte. Und ganz abgesehen davon gab es da ja auch immer noch die Frage nach der *Grófnö*.

Ein knapper Brief an den Grafen jedoch war angemessen, zumal Maggie in ihrem Leben schon so viele Dankesschreiben verfasst hatte, dass sie es sich niemals hätte vergeben können, wenn sie sich nun ausgerechnet für Luc de Bosquières' Käse-Präsent nicht bedankt hätte. Ursprünglich war es Maggies Mutter gewesen, die ihrer Tochter dieses routinemäßige Schreiben kleiner Erkenntlichkeiten eingedrillt hatte. Später dann, in ihrer Eigenschaft als Jeremys Ehefrau, war diese Geste für Maggie nicht mehr bloß eine Sache der Höflichkeit gewesen, sondern sogar ein unabkömmlicher Bestandteil des diplomatischen Protokolls. Doch Maggie fand kein passendes Schreibpapier auf ihrem Zimmer, sodass sie das Hotel kurzerhand noch einmal verließ und einige Briefbögen und Umschläge in jenem kleinen Laden auf dem Boulevard Montparnasse erstand, der ihr schon vor einigen Tagen aufgefallen war. Sie wählte elfenbeinfarbenes Pergament mit dazu passenden Umschlägen, innen ausgekleidet mit zartem Seidenpapier in der Farbe jenes Rotweins, den Luc kelterte. »Lieber Mr de Bosquières«, begann sie zu schreiben. Nein, das klang nicht gut. Der Mann war immerhin ein Graf. Aber »Lieber Herr Graf« klang auch komisch. Jeremy hätte ganz bestimmt gewusst, wie die korrekte Anrede lautete, dachte sie, und da kam ihr eine Idee: Warum versuchte sie es nicht einfach auf Französisch! »*Cher Monsieur le Comte*«, setzte sie an. »*Merci pour le fromage.*« Nein, das hörte sich doch sehr ungewandt an. Grübelnd kaute Maggie auf dem Endstück ihres Stiftes. Wie hatte die Concierge das doch gleich noch einmal ausgedrückt? »*C'est un don des dieux, un fromage pareil!*« Und genau das schrieb Maggie in ihrem Brief. Doch statt der üblichen Verabschiedungsfloskel »*sentiments les plus distingués*«, die in diesem Fall ein wenig zu förmlich klänge, wählte sie als Abschluss einfach nur »*Merci*« und setzte ihren Namen darunter. Denn genau so, dachte Maggie, als sie schließlich noch die Anschrift des Hôtel Crillon auf den Umschlag schrieb, bedankte sich eine Dame von Welt – eine *femme d'esprit*!

3
ROM

Maggie und Zoltan ließen sich noch ein kleines bisschen Zeit, um ihren Triumph auszukosten, ehe sie Paris wieder verließen. Am Morgen nach ihrem Siegesdiner im Chez l'Ami Louis klopfte Zoltan zaghaft an die Zimmertür seiner Chefin. Die saß derweil noch entspannt im Bett und nippte an ihrem Tee. Ihr Russell Hobbs-Kessel begleitete sie auf sämtliche ihrer Reisen – gemeinsam mit der Urne, in der sich Jeremys Asche befand.

»Hier, sehen Sie mal«, sagte Zoltan und deponierte einen dicken Stapel Zeitungen auf Maggies Bett. Allerorten hatte man sich über Delphines Missgeschick ausgelassen, ebenso wie über dessen Konsequenzen. Vom amerikanischen Außenminister war eine formelle Beschwerde eingegangen, und auch der arme Leroy wurde von allen Seiten mit Kritik beschossen. Allem Anschein nach stand er kurz davor, seine Anstellung bei Antenne 2 zu verlieren. Zudem kursierten Zitate, in denen man vage andeutete, es handle sich um einen Sabotageakt eines osteuropäischen Geheimdienstes. Doch niemand nahm diese Verdächtigungen ernst. Die Mehrheit der Franzosen fand die peinliche Episode überaus amüsant – wenngleich man sich offiziell natürlich in unterwürfigster Weise für das Vorkommnis entschuldigte. Schließlich nahmen *les Américains* sich für gewöhnlich dermaßen wichtig, dass ihnen dieser kleiner Seitenhieb in die Rippen sicherlich ganz recht geschah, *n'est-ce pas?* In jedem Fall aber schien es ganz so, als ob Delphines hübsches Gesicht für eine Weile vom Fernsehbildschirm verschwände. Schließlich hätte sie die Nachrichten, die sie verkündete, vor Sendestart zumindest einmal flüchtig durchlesen müssen, stattdessen jedoch habe sie im Aufnahmestudio dekorativ auf ihrem Stühlchen gesessen und sich ausschließlich auf ihr Make-up konzentriert. Ein konkurrierender Fernsehsender zeigte Delphines seltsame Nachrichten gleich mehrmals und in Zeitlupe, während Le Canard Enchaîne sich in fast schon niveauloser Art und Weise über ihren Ausrutscher ausließ. Ein leiser Stolz bemächtigte sich Maggies, als sie sich bewusst machte, dass *sie* die treibende Kraft hinter diesem kleinen Skandal war, der sich zu einer wahren *cause célèbre* auszuwachsen schien. Nichtsdestotrotz drängte es sie, Frankreich beizeiten zu verlassen, bevor man ihr und Zoltan noch auf die Schliche kam.

Früh am nächsten Morgen beglich Maggie an der Hotelrezeption die Rechnung, während Zoltan ihre Koffer nach unten beförderte. Sorgfältig verstaute er die Gepäckstücke, die bis zum Rand gefüllt waren mit Maggies neuen Errungenschaften aus Paris, im Kofferraum des Wagens. Ihr nächster Weg sollte sie nach Süden führen, sodass Zoltan eine modisch verspiegelte Sonnenbrille aufgesetzt hatte. Anlässlich ihrer Reise hatte er sogar ein etwas farbenfroheres Outfit gewählt. Maggie stand gerade auf den Stufen, die zum Hoteleingang hinaufführten, und erteilte Zoltan eine Reihe wenig hilfreicher Anweisungen, was das Einräumen des Kofferraums anging, als sie auf dem gegenüberliegenden Bürgersteig eine vertraute Gestalt entdeckte.

»*Ce n'est pas vrai, ça!*«, rief der Comte de Bosquières aus und eilte auch schon über die Straße. »Bitte, sagen Sie jetzt nicht, dass Sie Paris schon wieder verlassen?«

»Doch, Modome und ich reisen heute weiter – nach Rom«, erklärte Zoltan ungefragt, aber dafür in gewichtigem Ton.

»Nach Rom! Das nenne ich aber einen Zufall! Ich selbst habe nämlich ebenfalls in ein paar Wochen in Rom zu tun. Ich muss dort meinen Sohn abholen. Er macht da zurzeit einen Sprachkurs. Danach will er an der Universität ein Studium der neuzeitlichen Philologie beginnen.«

»Ich danke Ihnen vielmals für den Käse«, erklärte Maggie leicht verlegen. »Solch einen wundervollen Käse habe ich in meinem ganzen Leben noch nicht genossen.«

»Ah, ja, und dabei müssen Sie wissen, dass das nur einer von vielen wunderbaren Käsesorten ist, die dieses fantastische kleine Geschäft vertreibt. Es ist wirklich eine Schande, dass Sie schon abreisen. Ich hätte Ihnen den Laden zeigen können! Und war es nicht de Gaulle, der einst gesagt hat, dass es unmöglich sei, ein Land zu erobern, das so viele verschiedene Käsesorten zu bieten hat wie Frankreich?«

Zoltan hatte unterdessen auch den letzten der Koffer in Maggies Volkswagen verstaut und stand nun erwartungsvoll mit den Autoschlüsseln in der Hand neben der Wagentür.

»Ja, es ist wirklich eine Schande, da gebe ich Ihnen recht«, sagte Maggie. »Aber wir haben wirklich wichtige geschäftliche Angelegenheiten zu erledigen.«

»Aber ja, natürlich«, entgegnete Luc. »Das Import-Export-Geschäft. Wo werden Sie beide denn in Rom residieren?«

»Modome wird im Hotel d'Angleterre wohnen, und ich übernachte bei Freunden«, rief Zoltan und nahm damit demonstrativ auf dem Fahrersitz Platz.

»Das Hotel d'Angleterre! Das ist eine angemessene Unterkunft! Ich muss Ihnen unbedingt noch meine Karte überreichen.« Luc durchsuchte sämtliche seiner Taschen, ehe er eine Visitenkarte hervorbeförderte, die schon einmal bessere Tage gesehen hatte. »*Je regrette*, eine andere Karte habe ich leider nicht mehr. Und das hier«, damit tippte er auf die Telefonnummer ganz unten auf der Karte, »ist meine Nummer in der Dordogne. Vorher müssen Sie natürlich die 0033 wählen, das ist die Ländervorwahl von Frankreich.«

»Vorher die 0033 wählen«, wiederholte Maggie fast schon automatisch.

»Und dann lassen Sie die eine Null in der Vorwahl für die Dordogne weg. Das heißt, sofern Sie von außerhalb Frankreichs anrufen.«

»Eine Null weglassen.«

»Andererseits... Vielleicht wäre es weniger kompliziert, wenn Sie einfach meine Mobilfunknummer wählen. Irgendwo habe ich doch ein Handy...« Abermals klopfte er sämtliche Taschen ab, die seine Kleidung zu bieten hatte. »Hier, sehen Sie!«

Maggie starrte ein wenig verwirrt auf die lange Reihe vieler kleiner Ziffern, die auf der Visitenkarte prangten.

»Aber wenn Sie mich über das Mobiltelefon anrufen, müssen Sie natürlich auch zuerst die 0033 wählen!«

»Ich verstehe. Immer zuerst die 0033.« Maggie wurde vor lauter Zahlen schwindelig. »Also dann. Auf Wiedersehen«, rief sie und glitt auf den Beifahrersitz.

»*Au revoir, bon voyage!*«

Ein letzter kurzer Blick über die Schulter zeigte ihr und Zoltan einen mit beiden Armen winkenden Luc. Dann verschwand der Volkswagen um die Ecke.

Schweigend lenkte Maggies Chauffeur den Wagen aus Paris, sein Gesichtsausdruck hinter der verspiegelten Sonnenbrille war wie versteinert. Maggie hing ihren Gedanken nach. Vielleicht sollte sie Zoltan zu Weihnachten ein Paar Schuhe schenken? Italienische Schuhe natürlich!, dachte sie und linste auf die ausgetretenen Spitzen der blassgrauen Flechtledermokassins, mit denen ihr Chauffeur Gas und Kupplung betätigte. Da er, was Delphine anging, eine Glanzleistung hingelegt hatte, könnte ein solches Weihnachtsgeschenk vielleicht ganz passend sein. Ohne ihn, das wusste Maggie, wäre sie verloren gewesen.

Wie sich herausstellte, war Zoltan mit ihrer Reise in die Ewige Stadt nicht etwa bloß einverstanden, sondern er freute sich sogar sehr darauf, an diesen Ort zurückzukehren. Denn auch Zoltan hatte während Jeremys Dienstjahren in Rom dort eine Freundin gehabt, zu der er weiterhin engen Kontakt gehalten hatte. Dementsprechend plante Zoltan nun, sich für die Dauer von Maggies anstehendem dritten Rachefeldzug bei dieser Dame einzuquartieren. Er ging sogar so weit, ganz freimütig vor seiner Chefin einzugestehen, wie sehr ihm dieses Wiedersehen mit seiner einstigen Freundin am Herzen lag. Und in der Tat: Zoltans sonst so düstere Laune hellte sich bei dieser Aussicht merklich auf.

Zwischenzeitlich hatte Maggie auch die dritte Kiste mit der Sammelaufschrift »Unterlagen – Jeremy« durchforstet, und es hatte sich herausgestellt, dass der schlimmste Aspekt an Jeremys römischer Affäre für sie war, dass es sich bei Jeremys italienischer Freundin um eine Person handelte, die Maggie sogar persönlich kannte. Seite an Seite hatte sie mit ihrer Widersacherin in Komitees geschuftet, hatte an deren Stand beim jährlichen British Women's Bazaar ausgeholfen, hatte gemeinsam mit ihr so manchen langweiligen Botschaftsempfang durchlitten und sie gelegentlich sogar zu sich zum Tee eingeladen. Somit war der Betrug, den Jeremy an Maggie begangen hatte, für diese ein Betrug im doppelten Sinne. Immerhin hatte sie Arabella Stuart Watson damals zu ihren Freundinnen gezählt. Diese war zu jener Zeit die Schulleiterin der Holy Mary Asquith School for Girls gewesen, eine exklusive Einrichtung für die Töchter der gesellschaftlichen Elite und für jene, die sich gerne an Erstere anschmeicheln wollten. Zuweilen, nach eigenhändiger und akribischer Überprüfung, gewährte Arabella Stuart Watson gnädigst einer jener ehrgeizigen Töchter der Nicht Elite den dringlichen Wunsch, in den erlauchten Zirkel der Holy Mary Asquith School for Girls aufgenommen zu werden. Letzteres natürlich erst, nachdem ein großzügig bemessener Spendenbetrag auf das Konto der Einrichtung eingegangen war. Arabella war Maggie immer wie die Verkörperung der klassischen Oberschichtsdamen erschienen, ein Tugendbild an moralischer Rechtschaffenheit, eine Frau, die man sich zwar durchaus auf dem Rücken eines edlen Pferdes vorzustellen vermochte, bei der man sich aber lieber nicht allzu deutlich ausmalen wollte – allein die bloße Idee verursachte Maggie Übelkeit –, wie diese auf einem Mann saß.

Arabella war zwar ein paar Jahre jünger als Maggie, aber als hübsch konnte man sie beim besten Willen nicht bezeichnen. Und diesen Punkt fand Maggie an Jeremys Betrug besonders verletzend: Eine grobknochige Frau mit großer Nase und lauter Stimme war ihm lieber gewesen als seine treue, kleine Maggie. Mausie und ganz besonders Delphine waren schön gewesen und obendrein weiblich und überaus begehrenswert. Aber Arabella ... Arabella besaß einfach nichts dergleichen. Allerdings, und diese Erkenntnis versetzte Maggie einen weiteren empfindlichen Stich, hatte Arabella einen sehr speziellen und ganz eigenen Stil. Könnte es also sein, dass Jeremy sich deswegen zu dieser Schulleiterin hingezogen gefühlt hatte, weil er instinktiv spürte, dass er und sie der gleichen gesellschaftlichen Schicht entstammten? Genau genommen hatte Maggie es doch schon bei ihrer Hochzeit begriffen: Obwohl ihre Aussprache von Anfang an über jeden Zweifel erhaben gewesen war und sie eine angeborene Sensibilität besaß, die sie in absolut jeder Situation angemessen feinfühlig reagieren ließ, so besaß sie doch nicht jene selbstsichere Gelassenheit, die offenbar allein jenen zu eigen war, deren Familien schon seit Generationen auf Debütantinnenbällen tanzten und seit ewigen Zeiten ihre Ferien auf den vornehmen Landsitzen verbrachten. Trotz fünfundzwanzig Jahren als Ehefrau eines Diplomaten neigte Maggie noch immer dazu, in einen Raum nicht selbstbewusst hineinzuschreiten, sondern vielmehr unauffällig durch die Tür zu schlüpfen. Im Stillen verglich Maggie sich bei solchen Gelegenheiten mit einem kleinen Boot, das zwar zügig, aber doch stets nur ganz leise über die glatte Oberfläche des Meeres zu gleiten pflegte. Arabella dagegen war so etwas wie ein stromlinienförmiger Einer, der sich forsch durch eine Regatta kämpfte und mit dem Westwind im Spinnaker die Wogen durchpflügte.

Maggie und Zoltan waren übereingekommen, zum Abend hin eine Pause in Südfrankreich einzulegen, um dort Camilla und Geoffrey Hendersons freundliche Einladung anzunehmen und bei ihnen zu übernachten. »Ach, wie herrlich!«, hatte Camilla ausgerufen, als Maggie sie telefonisch über ihren Besuch informierte. »Wir freuen uns so darauf, dich wiederzusehen.«

»Und du kommst mit deinem Chauffeur? Na, wenn das kein großer Auftritt ist!«, war Camilla fortgefahren. »Natürlich kann er ebenfalls gerne bei uns übernachten. Wir haben ja schließlich ein großes Haus, wie du weißt.«

Camilla und Geoffrey lebten in einem renovierten Bauernhaus nahe Seillans im Var. Maggie und Jeremy hatten ihre Freunde das letzte Mal während der Osterfeiertage des Vorjahres besucht. Jeremy hatte es damals tatsächlich geschafft, sich mal für ein Weilchen von seinen Verpflichtungen zu lösen. Maggie liebte den Süden Frankreichs und hatte so manches Mal mit dem Gedanken gespielt, es ihren Freunden nachzutun und sich später dort mit ihrem Ehemann zur Ruhe zu setzen. Sie hätte dann die Lavendelfelder gemalt – Bilder über Bilder voller Lavendel –, während Jeremy sich gleich um die Ecke auf dem Achtzehn-Loch-Golfplatz vergnügte. Zu einem späteren Zeitpunkt hatte Jeremy dann aber begonnen, mehr und mehr von einem eventuellen Altersruhesitz in einem der Weinanbaugebiete längs der Donau zu fantasieren, einer Gegend, von der aus man mit dem Auto binnen Kurzem wieder in Wien gewesen wäre. Was, so fragte Maggie sich, von neuerlichem Zorn erfüllt, ist damals eigentlich der wahre Grund für Jeremys plötzliche Liebe zum Donaugebiet gewesen? War es, weil Jeremy auch im Alter gerne in der Nähe von Mausie bleiben wollte?

Camilla und Geoffrey warteten bereits auf der Treppe des alten steinernen Bauernhauses. Seltsamerweise schienen sie trotz ihrer kürzlichen Begegnung mit Maggie und ihrem frechen neuen Haarschnitt bei der Dinnerparty der

Fairchilds noch immer davon auszugehen, nun eine bitter betrübte kleine Frau im Witwenkleid aus dem Wagen steigen zu sehen. Entsprechend entgeistert schauten sie drein, als Jeremys Ehefrau nun strahlend und gut gelaunt vom Beifahrersitz sprang, gekleidet in einen Farbton, den die Verkäuferin ihr als »*eau de Nil*«, als »Wasser des Nils« angepriesen hatte. Und auch der mindestens ebenso breit grinsende Zoltan, der, angetan mit Spiegelsonnenbrille und grellem Karohemd, seiner Chefin folgte, trug nicht dazu bei, die Bestürzung der Gastgeber zu mildern. Natürlich bestand er noch immer darauf, Maggie ausschließlich mit »Modome« anzusprechen, doch die gemeinsam durchstandenen Eskapaden sowie die langen Stunden, die sie Seite an Seite im Wagen durch Europa gebraust waren, hatten eine gewisse Vertrautheit zwischen ihnen beiden entstehen lassen, die manchen Außenstehenden doch sehr ungewöhnlich anmutete. Schließlich war Maggie keine Geringere als die Witwe eines alt gedienten Botschafters und Zoltan lediglich ihr Chauffeur. Wenngleich Letzterer sich selbstverständlich mit einem Essen in der Küche in Gesellschaft der Köchin begnügte und keineswegs versuchte, sich in den erlauchten Kreis von Maggies Freunden hineinzudrängen, so hatte er doch im Laufe seiner Komplizenschaft mit Maggie einen Teil seiner sonst so selbstverständlichen Anonymität eingebüßt – eine Veränderung, die Camilla und Geoffrey mit Missfallen zur Kenntnis nahmen, wie Maggie an dem leicht unterkühlten Ton erkannte, in dem ihre alten Freunde sie begrüßten.

Als Maggie einige Zeit später zum Abendessen hinunterkam, saßen ihre Gastgeber bereits schweigend auf dem großen Chintzsofa. Ein kleiner Mann mit einer akkurat gebundenen Fliege und einem wahren Wust weißen Haares erhob sich, als sie den Raum betrat.

»Oh, Maggie, meine Liebe«, begann Camilla in betont jovialem Tonfall, »ich möchte dir gern unseren Nachbarn vorstellen, Dr. Franklin Stern. Er ist erst kürzlich in den Ruhestand getreten. Dr. Stern stammt übrigens aus New York.«

»Das muss aber eine sehr große Veränderung für Sie gewesen sein«, nahm Maggie die Unterhaltung auf.

Begierig schloss Dr. Stern gleich beide Hände um Maggies Rechte. »Ja, zuweilen nimmt das Leben eine sehr abrupte Wendung.« Tief senkte er seinen glühenden Blick in ihre Augen. »Aber das Entscheidende daran ist doch stets«, fuhr er mit weiser Stimme fort, »mit welcher inneren Haltung man diesen Veränderungen begegnet!«

»Ja, ja, ganz gewiss«, stimmte Maggie ihm ein wenig überrascht zu.

»Wie wäre es jetzt erst einmal mit einem Glas Orangensaft für dich?«, fragte Camilla mit aufgesetzter Herzlichkeit.

Maggie blickte zu dem Tablett mit den verschiedenen Aperitifs hinüber. »Also, ein kleiner Sherry wäre mir eigentlich lieber.«

Pflichtschuldigst brachte Geoffrey ihr ein kleines kristallenes Glas und stellte es vorsichtig auf einem Untersetzer ab. Maggie spürte genau, wie alle sie argwöhnisch beobachteten, während sie den ersten kleinen Schluck kostete.

»Dr. Stern hat ein wunderhübsches Bauernhaus auf der anderen Seite des Hügels erstanden«, erklärte Camilla, darum bemüht, die Unterhaltung wieder in Gang zu bringen.

»Jeremy und ich hatten auch schon daran gedacht, uns eines Tages in dieser Gegend niederzulassen«, erwiderte Maggie wie aus der Pistole geschossen.

Sofort breitete sich ein betretenes Schweigen im Raum aus. Schließlich erbarmte Dr. Stern sich und ergriff abermals das Wort: »Wenn ich richtig informiert bin, so haben Sie erst kürzlich einen schmerzlichen Verlust erlitten?«

»Ja, allerdings«, stimmte Maggie ihm zu. »Ich war verheiratet mit einem von Geoffreys ältesten Freunden.«

»In Zeiten wie diesen sind Freunde eine unschätzbare Hilfe«, erklärte Dr. Stern mit freundlichem Nicken.

»Oh, ja.« Maggie nahm einen weiteren Schluck, wohl wissend, dass wiederum sämtliche Anwesenden sie argwöhnisch beobachteten.

»Wie wär's«, rief Camilla betont fröhlich in die Runde, »wenn wir uns nun ins Esszimmer begäben?«

Sie servierte ihren Gästen eine *vichyssoise* und Lammbraten, dem ein etwas kürzerer Aufenthalt im Ofen sicherlich nicht geschadet hätte. Die Minze in der Minzsoße stammte im Übrigen, wie Camilla ihren Gästen nicht ohne Stolz verkündete, aus ihrem eigenen Garten.

»Gehe ich recht in der Annahme, dass Sie in der jüngsten Vergangenheit offenbar viel herumgekommen sind?«, wandte Dr. Stern sich erneut an Maggie, während er tapfer auf einem sehnigen Stück Fleisch herumkaute.

Was weiß der eigentlich sonst noch alles über mich?, überlegte Maggie im Stillen, erwiderte dann aber höflich: »Ja, das ist richtig. Ich hatte gehofft, dadurch ein klein wenig Ablenkung zu erfahren.« Verstohlen nahm sie einen Schluck von dem Rotwein.

»Oftmals«, berichtigte Dr. Stern sie sogleich, »kann eine Reise den inneren Schmerz ein wenig betäuben, das ist wohl wahr. Aber der unvermeidlichen Erkenntnis kann man damit nicht entfliehen!«

»Richtig, auch das habe ich bereits bemerkt«, entgegnete Maggie.

»Ich hoffe, der Wein schmeckt Ihnen«, mischte Geoffrey sich in das Gespräch ein und drängte sich dicht an den Ellenbogen des Arztes heran. »Es war in der Botschaft von Paris, als wir ihn das erste Mal gekostet hatten. Er wird von einem Freund des dortigen Botschafters gekeltert.«

»Ich fürchte, was Weine angeht, bin ich keine nennenswerte Autorität«, versuchte Dr. Franklin, einer Diskussion über die Qualität des Weines vorsichtig auszuweichen. »Genauer gesagt trinke ich aus Prinzip nur sehr wenig Alkohol.«

»... Und dann habe ich doch tatsächlich ein paar Flaschen davon in einem dieser kleinen Läden in Seillans aufgestöbert«, fuhr Geoffrey unbeirrt fort. »Der Wein war da zwar erstaunlich billig, aber Camilla und ich mögen ihn trotzdem, nicht wahr, Camilla?«

Maggie hatte schon des Öfteren beobachtet, dass Paare, die besonders lange miteinander verheiratet waren, dazu neigten, einander stets um Bestätigung des soeben Gesagten zu bitten. Grübelnd versuchte sie sich zu erinnern, ob sie und Jeremy sich wohl genauso gebärdet hatten.

»Hättest du den Wein vorher nicht besser in eine Karaffe umfüllen sollen?«, fragte Camilla ihren Ehemann neckisch.

Prompt fiel Maggie wieder ein, dass Jeremy sich hinter Geoffreys Rücken immer ein bisschen über seinen alten Freund lustig gemacht hatte, denn laut Jeremys Urteil hatte Geoffrey nicht die geringste Ahnung davon, was einen wirklich guten Wein ausmachte. Dennoch spielte dieser gerne den Connaisseur, ganz so, als ob er damit die Eintrittsberechtigung zu irgendeinem gewichtigen Club erwürbe.

»Aber nein«, entgegnete der selbst ernannte Connaisseur sogleich, »das hier ist doch schließlich noch ein ganz junger Wein.«

Es ist schon merkwürdig, dachte Maggie, wie Lucs Wein mich in dieser Phase meines Lebens geradezu zu verfolgen scheint. »Ich kenne den Mann, der diesen Wein keltert, sogar persönlich«, versuchte sie, sich wieder in das Gespräch mit einzubringen. »Er heißt Luc de Bosquières.« Alle wandten ihr die Köpfe zu und starrten sie an. »Ich habe ihn in Paris kennengelernt.«

Geoffrey stand noch immer am Kopfende des Tisches, die Weinflasche in der Hand, und schaute mit einem Mal ein wenig verdattert drein. Maggie dagegen fühlte sich kurzzeitig wie ein kleines Genie, das es verstanden hatte, der Hauptperson des Abends die Pointe zu klauen.

»Nun, er ist ein Freund der Fairchilds, das stimmt«, bemühte Camilla sich in verbindlichem Tonfall, den unterschwelligen Wettstreit zu schlichten.

»Ich meinte eher, dass ich ihn in einem Restaurant kennengelernt habe. Privat.«

»In einem *Restaurant?*«

»Ja. Wir tranken gerade eine Flasche von seinem Wein, und da saß er zufällig am Nachbartisch und beugte sich zu uns herüber, um zu fragen, wie uns sein Wein denn schmecken würde.«

Camillas Gesichtsausdruck verriet, wie sie sich verzweifelt bemühte zu erraten, wen Maggie denn bloß mit »wir« meinen könnte. »Also«, entgegnete sie schließlich, »das hört sich für mich aber ziemlich aufdringlich an…«

»Oh, aber nein, im Gegenteil. Ihr kennt Luc eben nicht«, widersprach Maggie. Urplötzlich war ihre Stimmung von »gelangweilt« in »aufgekratzt« umgeschlagen. »Luc ist einfach ein Mensch, der Konventionen nicht so schrecklich viel Bedeutung beimisst. Er ist…« Maggie suchte nach einer passenden Metapher, mit der sie ihren neuen Freund beschreiben könnte. »Er ist eine Naturgewalt.« Was, um Himmels willen, erzählte sie denn da bloß? Maggie wunderte sich über sich selbst. Wie konnte sie nur derart persönlich von einem Menschen sprechen, den sie in Wahrheit kaum kannte? Widerstrebend musste sie sich eingestehen, dass sie soeben ganz schön aufgetrumpft hatte mit ihrer Bekanntschaft mit Luc de Bosquières.

»Ich verstehe«, versuchte Camilla abermals, das Thema »Luc« seinem Ende zuzuführen. »Schön, dann ist es jetzt wohl an der Zeit für den Nachtisch.«

Maggie nahm noch einen Schluck von Lucs Wein und wandte sich an Dr. Stern. »Waren Sie in New York als praktischer Arzt tätig?«, fragte sie.

»Oh nein«, widersprach ihr Tischnachbar. »Ich besitze zwar auch den Doktortitel der Allgemeinmedizin, aber die Praxis, die ich in Manhattan geleitet habe, war eine Facharztpraxis für Psychiatrie.«

»Dann hoffe ich, dass Ihnen das Leben hier nicht zu langweilig wird? Ich meine, nachdem Ihr bisheriger Wirkungskreis quasi am Nabel der Welt lag…« Langsam begann Maggie, sich in ihrer Haut unwohl zu fühlen.

»Oh, aber nein. Ich versichere Ihnen, dass es für jemanden aus meinem Berufsstand auch hier eine wahre Flut an Studienmaterial gibt!« Fest heftete Dr. Stern seinen geradezu hypnotischen Blick auf ihr Gesicht.

Das leichte Unwohlsein, das Maggie verspürte, steigerte

sich zu einer ausgewachsenen Panik. »Tja, sicherlich, da mögen Sie wohl recht haben. Und dennoch glaube ich, dass die Menschen auf dieser Seite des Atlantiks an viele Probleme anders herangehen als die in Ihrer Heimat.«

»Ah«, erwiderte Dr. Stern plötzlich überaus nachdenklich. »Und wie genau verarbeiten die Menschen hier, Ihrer Meinung nach, die Probleme des täglichen Lebens?«

»Nun, hier widmet man sich ...«, Maggie merkte, wie sie langsam die Kontrolle über das Gespräch verlor, »... man widmet sich zum Beispiel dem wundervollen Essen. Oder man genießt einen guten Wein.« Damit leerte sie geradezu rebellisch mit einem einzigen Zug ihr Glas. »Oder aber man gibt sich der Liebe hin.« Maggie bemerkte, wie Camilla und Geoffrey alarmierte Blicke tauschten.

»Und dennoch sind das doch alles bloß... nun, sagen wir, es sind bloß Betäubungsmittel, meine Liebe. Nichts anderes als Betäubungsmittel.«

»Tja, darüber soll jeder denken, was er will. Nun, da Sie hier Ihre Zelte aufgeschlagen haben, sollten Sie vielleicht auch einmal das eine oder andere ›Betäubungsmittel‹ erproben.« Damit beendete Maggie in entschiedenem Ton die leidige Diskussion.

Abrupt sprang Camilla von ihrem Platz auf. »Und wir gehen jetzt besser hinüber ins Wohnzimmer und widmen uns dort unserem Kaffee.«

Später am Abend, als alle sich zur Nachtruhe auf ihre Zimmer zurückzogen, wurde deutlich, dass Camilla sich gewappnet hatte, ihrer langjährigen Freundin eine Schulter zum Anlehnen zu bieten. »Ich habe dir diesmal ein anderes Zimmer herrichten lassen als zu den Zeiten, als du noch mit Jeremy hier zu Besuch warst«, sagte sie betont mitfühlend. Ganz offensichtlich erwartete Camilla ob ihres ausgesuchten Taktgefühls überschwängliches Lob. »Geht es dir denn mittlerweile wieder ein bisschen besser?«, fuhr sie fort, während sie einladend auf die in typisch provenzalischem Muster gehaltene Tagesdecke klopfte.

Maggie bemühte sich verzweifelt, wieder in die Rolle der trauernden Witwe zu schlüpfen, stellte jedoch fest, dass sie diese Farce nicht mehr lange würde fortführen können. »Ach, weißt du«, erklärte sie, »ich denke, erst wenn ich wieder in London angekommen bin, werde ich so richtig merken, was sich für mich mit Jeremys Tod eigentlich alles verändert hat. Vielleicht ist das auch der Grund, weshalb ich noch immer kreuz und quer durch Europa reise.«

»Ja, vielleicht ist das der Grund«, stimmte Camilla ihr mit geradezu überkorrekt bemessenem Mitgefühl zu.

»In jedem Fall ist es furchtbar lieb von euch, euch derart aufopferungsvoll um mich zu kümmern«, erklärte Maggie in dem Versuch, ihre angebliche Dankbarkeit zu bekunden. Ihre Stimme klang jedoch eigentümlich gereizt. »Aber ich denke doch«, wies sie jegliche weiteren Bemühungen ihrer Gastgeber ein für alle Mal entschieden zurück, »es geht mir im Großen und Ganzen schon wieder ganz gut. Ja, wirklich, ich komme gut allein zurecht.«

Camilla schürzte entrüstet die Lippen. »Nun, wie du weißt, lag dein verstorbener Mann uns sehr am Herzen. Ihn und Geoffrey verband sehr vieles.«

»Richtig. Wie konnte ich das bloß vergessen. Ach, es war eben alles furchtbar traurig.« Und in der Tat: Es war *wahrhaftig* alles furchtbar traurig. Zumindest, was diesen Punkt betraf, schaffte Maggie es, glaubwürdig zu klingen.

In jener Nacht träumte Maggie, dass sie wieder im Chez l'Ami Louis säße, jenem Restaurant, in dem sie mit Zoltan ihren Sieg über Delphine gefeiert hatte. Und genauso, wie es sich auch real ereignet hatte, genoss sie auch im Traum gemeinsam mit Zoltan wieder einige zarte, rosige Scheibchen *foie gras*. Plötzlich öffnete sich die Tür des Lokals und Camilla und Geoffrey rauschten herein, setzten sich aber nicht zu Maggie, sondern nahmen an einem anderen Tisch Platz. Und sogar Dr. Franklin Stern war in Maggies Traum mit von der Partie: Er erschien als Küchenchef mit einer langen, weißen Schürze und balancierte ein Tablett mit kleinen Hefebrötchen.

»Ich glaube, ich nehme dazu etwas Marmite«, erklärte Camilla und warf Maggie einen missbilligenden Blick zu.

Eiligst kehrte Dr. Stern mit einem großen Glas Marmite-Brotaufstrich zurück. Plötzlich erklang aus der Küche »God Save the Queen«, und alle bis auf Zoltan sprangen von ihren Stühlen auf. Maggie versuchte verzweifelt, auch ihren Chauffeur zum Aufstehen zu bewegen, als sie mit einem Ruck erwachte und Camilla entdeckte: Mit freundlichem Lächeln beugte sich ihre Gastgeberin über sie, um ihr auf einem kleinen Tablett den traditionellen Morgentee zu servieren.

Später am Tage, als Maggie und Zoltan abreisten, drehte Maggie sich noch einmal auf dem Beifahrersitz herum, um ihren Gastgebern zum Abschied zu winken. Steif und reglos standen diese vor ihrem von Kletterpflanzen umrankten Bauernhaus. Maggie war unbeschreiblich erleichtert, dass ihr Aufenthalt dort vorüber war. Und überhaupt war sie doch nun die *neue* Maggie, jene beinahe schon verruchte Dame, der die Regeln der sogenannten feinen Gesellschaft mittlerweile schnurzpiepegal waren! Leise vor sich hinschmunzelnd gab sie sich einem raschen Rückblick auf den Besuch bei Jeremys alten Freunden hin. Wie spießig Geoffrey und Camilla doch waren! Wieso war ihr das eigentlich nicht schon eher aufgefallen?, grübelte sie, während Zoltan den Wagen um die Kurve und aus dem Blickfeld ihrer Gastgeber lenkte.

Einen Moment später ertappte Maggie sich dabei, wie sie ihren Chauffeur verstohlen vom Beifahrersitz aus musterte. Zum ersten Mal, seit sie ihn kannte, betrachtete sie ihn nicht als Fahrer, sondern als männliches Wesen. Während ihrer Ehe mit Jeremy hatte sie nur höchst selten eine Person des anderen Geschlechts als Mann wahrgenommen. Fraglos und ohne nach links und rechts zu blicken, hatte Maggie sich in ihre Rolle als Diplomatenehefrau hineingefügt. Und wenn sie dann doch einmal trotz der sprichwörtlichen Dornenhecken, die sie um ihre Person herum errichtet hatte, diese gewisse, fast schon animalische Anziehung zu einem Mann verspürte, dann hatte sie diesen Gedanken sofort als ihrer nicht würdig wieder verdrängt und aus ihrem Bewusstsein gestrichen. Allein Gilberto hatte Maggies wohl geordnetes Weltbild mitsamt ihren brav einstudierten Manieren ins Wanken gebracht – allein Gilberto hatte gewusst, wie man den Deckel von dem kleinen Einmachglas mit Stachelbeeren löste, als das Maggie lange Jahre ihr Herz betrachtet hatte. Zoltan jedenfalls, so entschied Maggie in diesem Augenblick, war im Grunde gar nicht so unattraktiv. Vorausgesetzt, er rasierte sich mal diesen lächerlichen Schnurrbart ab! Auch sein leicht gräulich-fahler Teint, den Maggie seltsamerweise grundsätzlich mit Menschen aus dem östlichen Europa assoziierte, fand nicht ihr uneingeschränktes Gefallen, obwohl ihre Mutter ihr von Kindesbeinen an eingeschärft hatte, dass eine zu gesunde Hautfarbe ohnehin vulgär wäre. Jeremy war, was diesen Punkt anbelangte, eindeutig ein Mann gewesen, wie er weißer nicht hätte sein können, was für Maggies Mutter wiederum ein willkommener Anlass war, stets aufs Neue vor ihren Freundinnen damit zu prahlen, wie »distingué« ihr Schwiegersohn doch sei. Maggie musste zudem eingestehen, dass Zoltan trotz seines eher schmalen Körperbaus recht sehnig war, was ihm noch einen zusätzlichen Hauch von Männlichkeit verlieh. Trotzdem: Wie töricht von Camilla und Geoffrey, ihr, Maggie, zu unterstellen, dass sie mit ihrem Chauffeur eine Affäre verbände! Allein der Gedanke an eine solche Verbindung hätte Jeremy schon in Angst und Schrecken versetzt, denn damit hätte Maggie das gesellschaftliche Protokoll geradezu mit Füßen getreten. Alles in allem war Maggie ihrem Fahrer einfach bloß überaus dankbar dafür, dass er sich so bereitwillig zwischen sie und jenen gähnenden Abgrund geschoben hatte, der sich seit Jeremys Tod vor ihr aufgetan hatte. Seine Gegenwart vermittelte ihr ein Gefühl der Sicherheit. Und in der Zwischenzeit, ehe sie wieder in ein geregeltes Leben und ihre noch ganz und gar unstrukturierte Zukunft zurückkehren müsste, wollte sie sich noch ein bisschen in der ewigen Stadt vergnügen und Rom – wie hatte Dr. Stern es doch gleich genannt? – ganz bewusst als »Betäubungsmittel« missbrauchen!

»Rom?« Shirleys Stimme hatte keine Ähnlichkeit mehr mit jenem ehrerbietigen Flüstern, das sie unmittelbar nach Jeremys Tod gegenüber der frisch verwitweten Maggie angeschlagen hatte.

»Ja, nun, ich dachte, ich besuche dort ein paar alte Freunde«, entgegnete Maggie. »Ich wollte Ihnen ja auch bloß Bescheid geben, wo ich mich aufhalte, damit Sie eventuell für mich eingehende Mails oder Briefe an das Hotel d'Angleterre weiterleiten können.«

»Das d'Angleterre? Ist das nicht eine ziemlich teure Unterkunft?«, hakte eine eindeutig wenig begeisterte Shirley nach.

»Ach, man hat mir einen Sonderrabatt eingeräumt. Wir befinden uns ja in der Nebensaison. Und Zoltan übernachtet sowieso bei Freunden.«

»Oh, dann ist Zoltan also noch immer bei Ihnen, verstehe ich das richtig?«

»Aber ja, er fährt doch den Wagen. Erinnern Sie sich nicht mehr? Ich hatte Ihnen bereits erzählt, dass …« Maggie hatte das ungute Gefühl, sich mit jedem weiteren Wort nur noch tiefer in den Schlamassel hineinzureiten.

»Wie dem auch sei – richten Sie ihm bei dieser Gelegenheit doch bitte aus, dass er sich bei mir melden soll«, beendete Shirley abrupt das Gespräch. »Die italienischen Behörden haben uns bereits wegen seines Visums kontaktiert.«

Im Übrigen hatte Maggie, was ihre Besuche bei römischen Freunden betraf, keineswegs gelogen. So kannte sie hier unter anderem eine gewisse Guinevere, die mit einem einfachen italienischen Staatsdiener verheiratet war und als Leiterin eines Obdachlosenheimes arbeitete, für das Maggie während ihrer Zeit in Rom regelmäßig Spenden gesammelt hatte. Im Gegensatz zu Maggies anderen italienischen Bekannten war Guinevere sogar noch unter ihrer alten Telefonnummer zu erreichen. Sie trafen sich zur

Teestunde im Babington, wo Maggie sofort in den Genuss eines ausführlichen Berichts über all jene Dinge kam, die sich seit ihrem Wegzug nach Paris und der anschließenden Weiterreise Richtung Wien bei Guinevere ereignet hatten. Wie sich herausstellte, hatte die englische Gemeinde in Rom noch weniger lange Bestand gehabt als die Clubs der Exil-Briten in all den anderen Städten, die Maggie kennengelernt hatte, sodass die meisten ihrer ehemaligen Bekannten die Ewige Stadt bereits wieder verlassen hatten. Zudem hatte es noch einen Todesfall gegeben sowie diverse Scheidungen. Und nicht zuletzt war der aktuell amtierende Botschafter offenbar alles andere als beliebt. Den Großteil seiner Zeit verbrachte er den Gerüchten nach auf Reisen und zeigte sich somit nur höchst selten auf den verschiedenen Festlichkeiten, die das Kalenderjahr der Briten schmückten, was so manchen regelrecht verstimmte. Eine Person jedoch, da konnte Guinevere ihre alte Freundin beruhigen, verharrte noch immer eisern an Ort und Stelle.

»Arabella Stuart Watson? Oh, ja, und ob die noch hier lebt! Man kommt quasi gar nicht umhin, ihr immer wieder zu begegnen… Denn, weißt du, zu ihren elitären Schülerinnen zählen nun sogar die Töchter eines echten Scheichs! Und Arabella lässt wahrhaft keine Gelegenheit aus, einem diese ehrenvolle Tatsache immer wieder unter die Nase zu reiben.«

Maggie hatte Rom damals regelrecht geliebt. Während der ersten vierundzwanzig Stunden nach ihrer und Jeremys Ankunft hatte der Verkehrslärm sie noch irritiert, und auch der Abfall, der aus dem Mülleimern hervorquoll, und die mageren Katzen, die durch die Stadtviertel strichen. Dann jedoch, nach einigen Tagen, war sie mehr und mehr dem Zauber der Ewigen Stadt verfallen. An einem ihrer ersten Abende waren Maggie und ihr Mann zu Gast in einer *trattoria* gewesen: Sie hatte an einem der kleinen, auf dem Campo dei Fiori platzierten Tische gesessen und sich ganz der pfirsichfarbenen Liebkosung des römischen Sonnenunterganges hingegeben, als plötzlich die altmodischen Straßenlaternen angingen und kleine Lichtkegel auf das ockerfarbene Pflaster malten. Und auch die antiken Mauern mit ihren abbröckelnden Gesimsen und die mit steinernen Platten gepflasterten Gehwege beeindruckten, waren sie doch echte Altertümer und zugleich so alltäglich, dass sie sich ihrer Würde gar nicht so recht bewusst zu sein schienen. Genauso wie die Römer selbst vollkommen unbeeindruckt wirkten von ihrer jahrhundertealten Umgebung. Das kann doch keine reale Stadt sein, hatte Maggie damals voller Verwunderung gedacht. Das muss eine Theaterkulisse sein, und früher oder später würde jemand diese verblassten grünlichen Fensterläden aufstoßen, und eine Frau würde sich mit wogendem Busen auf das Fensterbrett über der Wäscheleine stützen und lauthals eine Arie anstimmen. Ein kleiner Junge kam damals an Maggies und Jeremys Tisch getreten und bot Maggie eine Rose an, die Jeremy ihr in einer für ihn vollkommen untypischen Geste tatsächlich kaufte. »Die stehlen die Rosen von den Friedhöfen«, hatte er ihr anschließend verschwörerisch zugeraunt und dabei so unglaublich attraktiv ausgesehen, wie er Maggie da in so lässiger Haltung gegenübersaß und die *grissini* durch seine eleganten Finger spielen ließ… Eine sanfte Brise hatte die Ecke des Tischtuchs angehoben, während sie genießerisch Weißwein aus Weinkelchen tranken, an denen die Kondensationströpfchen wie kleine Juwelen schimmerten. Ganz verliebt hatte sie sich damals über den Tisch gebeugt, Jeremys Hand ergriffen und geflüstert: »Danke, dass du mich an diesen wunderbaren Ort gebracht hast.«

Rom war Maggie der liebste von Jeremys Dienstorten gewesen. Sie hatte sich von der steten Wärme, die diese Stadt ausstrahlte, umfangen gefühlt wie von einer liebevollen Umarmung. Und sie liebte auch die italienischen Menschen, die Ladenbesitzer und sogar die Passanten, die zuweilen anerkennend den Blick über ihre Beine schweifen ließen. »Che bona!«, erklärten sie mit einem fröhlichen Pfeifen, während sie an Maggie vorüberschlenderten. So etwas war ihr in Ledbury oder Budapest, ja, selbst in Paris nicht passiert. Die Italiener wussten eben, wie man einer Frau das Gefühl gab, eine Frau zu sein. Sogar die Minister und die Staatssekretäre, die regelmäßig in der Botschaft verkehrten, waren auf ihre sehr formelle Art und Weise sehr galant gewesen. Nach einem Empfang hatten sie Maggie zumeist herzlich die Hand gedrückt oder sich sogar zu einem Handkuss hinabgebeugt, ehe sie die Gesellschaft wieder verließen. Natürlich wusste Maggie, dass sie sich das wahrscheinlich bloß einbildete, und dennoch hatte sie manchmal das Gefühl gehabt, als ob diese Herren sie aufrichtig attraktiv fänden und in ihr eben nicht bloß eine Diplomatengattin sähen, sondern eine echte Frau.

Andererseits hatten die italienischen Politiker sie auch immer ein bisschen an Tauben erinnert, die eifrig nach Krumen pickend um Maggies groß gewachsenen Ehemann herumgelaufen waren. In den meisten Fällen reichten sie ihm noch nicht einmal bis zur Schulter, sodass Jeremy sich zur Begrüßung jedes Mal mit seinem leicht verächtlichen Lächeln zu ihnen hinabbeugen musste. Die

Damen dagegen, die sich in ihren eleganten Kostümen auf den Wohltätigkeitsveranstaltungen drängten, dabei stets ein Tässchen Tee in den Händen balancierend und mit viel zu viel Schmuck behängt, wirkten mitunter wie Charaktere aus einem Kinderlied: Mit Schellen an den Fingern und Glöckchen an den Füßen und einer lustigen Melodie, die sie begleitete, wo immer sie auch auftauchten. Vor allem hatten diese Frauen eine echte Schwäche für schwere goldene Ketten, die sie dann zumeist gleich mehrreihig um den Hals geschlungen trugen, ganz ähnlich den Madonnenfiguren, die in vielen römischen Kirchen hinter ihren schützenden Glasstürzen zu bewundern waren. Maggie dagegen hatte man im Laufe ihrer Erziehung noch beigebracht, dass es geschmacklos wäre, mehr als ein edles Schmuckstück gleichzeitig zu tragen. Doch ihre italienischen Freundinnen waren auch ansonsten etwas auffälliger als Maggie, wenn sie sich in den Salons Roms unter den wohl unvermeidlichen Kronleuchtern auf den Damastsofas niederließen, lebhaft plauderten und dabei wild mit den Händen gestikulierten, woraufhin ihre Armreife nur noch eindringlicher klirrten, und sie Maggie überschwänglich »Maggie, *cara*« riefen. Diese Frauen hatten eine solch überaus weibliche Art an sich, wie Maggie sie sich noch nicht einmal im Traum zugestanden hätte. Denn in den dunklen Augen dieser Damen lag so ein gewisses verschmitztes Glitzern, ein Wissen, welches, da war Maggie sich ganz sicher, sie niemals mit ihr teilen würden. Selbst ihre Brüste, die sich unter den Kaschmirtwinsets abzeichneten, schienen ein wenig weicher als die von Maggie. Wahrscheinlich hing das auf irgendeine Weise mit der Luft zusammen, die sie in Rom atmete, entschied Maggie. Diese überaus typische Luft, die so sanft war und zugleich so aromatisch, wenn die Sonne mit apricotfarbenem Glanz hinter dem Horizont versank und die Menschen durch die Straßen der Stadt schlenderten, als wäre diese ein einziger großer *salotto*.

Zu dieser Stunde am frühen Abend trugen die Frauen Stühle auf die Straße hinunter und stellten sie vor ihre Haustüren, um der täglichen Prozession beizuwohnen, wenn halb Rom seine traditionellen *vasche* pflegte, also den gemächlichen abendlichen Spaziergang zelebrierte. Fast konnte man dabei den Eindruck gewinnen, als ob die Römer sich in ihren eigenen vier Wänden eingekerkert fühlten und darum am Ende des Tages unbedingt noch einmal vor die Tür treten mussten, um dann am besten mit sämtlichen Bewohnern Roms gleichzeitig zu tratschen. Während der besonders heißen Sommernächte kam es sogar vor, dass komplette Familien sich um die steinernen Simse der Springbrunnen versammelten, die Männer in ihren Unterhemden, während die Frauen sich mit kleinen Fächern ein wenig Luft zuwedelten und die Kinder wild-fröhlich über den Platz rannten. Überhaupt: in Rom schien es vor Kindern nur so zu wimmeln.

Maggie liebte den gemächlichen Rhythmus, mit dem man in Rom seinen Tag zu begehen pflegte, liebte die ausgedehnten Mahlzeiten und genoss das Fehlen jeglicher Hast – ein Zustand, den andere nur im Urlaub genossen, der in Rom aber wie selbstverständlich Teil des täglichen Lebens war.

Sogar Jeremy hatte sich von dem lässigen Charme des römischen Daseins anstecken lassen und war heiterer und entspannter gewesen, als Maggie ihn jemals sonst erlebt hatte. Manchmal hatten sie zur Mittagszeit einen kleinen Ausflug nach Ostia gemacht, waren über mit staubigem

Oleander gesäumte Schnellstraßen gebraust, um sich dann am Strand von Bagno Marinella zwei Liegestühle samt Sonnenschirmen zu mieten. Jeremy legte sich zwar niemals direkt in die pralle Sonne – seine Haut war für dieses fast schon tropische Klima einfach zu empfindlich –, dafür jedoch sprang er regelmäßig ins Wasser, um dann mit kühnen Zügen bis weit hinaus ins offene Meer zu schwimmen, erfrischt zurückzukehren und sich mit seinen schlanken Fingern das Haar aus dem Gesicht zu streichen. Maggie dagegen hatte in Rom zum ersten Mal in ihrem Leben eine Hautfarbe bekommen, die sie gerne als »keksbraun« bezeichnete. Das Leben am Meer von Ostia war so viel anders als die Strandaufenthalte, die sie als kleines Kind erlebt hatte. Damals hatten ihre Schwester Sue und sie sich in ihren Fair Isle-Wollmützen hinter einem Windschutz verkrochen, um dann, ausgerüstet mit Eimerchen und kleinen Spaten, auf die Rückkehr des Wassers zu warten, das sich regelmäßig an irgendeinen geheimen Ort hinter dem Horizont zurückgezogen hatte. Im Mittelmeerraum dagegen gab es keinen nennenswerten Gezeitenwechsel, sodass die Kinder den ganzen lieben Tag lang ins Wasser springen konnten und wieder heraus, wie es ihnen gefiel. Wie wunderbar musste es wohl sein, in einem Land aufzuwachsen, in dem den ganzen Tag die Sonne schien? Diese Kinder hatten niemals echte Kälte zu spüren bekommen, sie hatten niemals vor Sonnenaufgang an einer zugigen Straßenecke auf den Doppeldeckerbus warten müssen – die Wintersonnenaufgänge in Herefordshire hatten sich stets sehr viel Zeit gelassen! –, um dann hinter frostblinden Scheiben zur Schule zu fahren. Infolgedessen erfüllte es Maggie immer wieder aufs Neue mit einer seltsamen, fast schon ungläubigen Belustigung, wenn sie und

Jeremy auf der Piazza Navona am Bernini-Brunnen saßen und in der lauen Abendluft ein Eis genossen: Konnte es tatsächlich sein, dass Menschen dieses wunderbare Lebensgefühl nicht bloß genossen, wenn sie in Urlaub waren, sondern jeden einzelnen Tag ihres Lebens?

Später dann, wenn sich die Mittagspause wieder ihrem Ende zuneigte und Jeremys und Maggies Rücken von dem festgetrockneten Salz kribbelten, brausten sie in der Hitze des Nachmittags zurück in die Innenstadt von Rom, damit Jeremy wieder in sein Büro einkehren konnte, um sich dort abermals seinem Dienst zu widmen. Leider hörte mit dieser Rückfahrt der Zauber des klitzekleinen Strandurlaubes zumeist auch schon wieder auf, denn wie üblich drängten um diese Zeit noch andere Wagen zurück in die Innenstadt, sodass Maggie und ihr Mann regelmäßig umgeben waren von einem Meer laut hupender Autos, die Jeremy wiederum zur Weißglut trieben. Es versetzte Maggie jedes Mal einen kleinen Stich, wenn sie sah, wie wenig ihr Mann die Italiener in sein Herz geschlossen hatte. Denn obwohl ihre gemeinsame Zeit in Rom sehr schön gewesen war, hielt er »den Italiener an sich« doch weiterhin für überaus unorganisiert und korrupt; vor allem aber die Neigung der Italiener, alle Dinge erst auf den allerletzten Drücker zu erledigen, verärgerte Jeremy. Folglich hielt er sie am Verhandlungstisch auch nicht wirklich für gleichrangige Gesprächspartner und nahm es schließlich mit großer Erleichterung entgegen, als man ihm eröffnete, dass seine neuen Verhandlungspartner fortan die Wiener seien. Einmal, erinnerte Maggie sich, war Jeremy sogar regelrecht aus der Haut gefahren, als er mit einem Herrn mit ausgeprägten Hängebacken, der an einem Tischchen vor einer der römischen Bars lehnte, aneinandergeriet:

»Könnten Sie mir bitte sagen, wo es hier zum Pantheon geht?«, hatte Jeremy diesen Mann in seinem makellosen Italienisch wie aus dem Berlitz-Sprachführer gefragt.

Der Befragte reagierte leider deutlich weniger gewandt, rollte lediglich einmal mit seinen unter schweren Schlupflidern verborgenen Augen und drehte den Kopf fast unmerklich ein kleines Stückchen nach links. Als Jeremy das als Antwort offenbar noch nicht genügte, fügte der Bargast noch ein gelangweiltes »*appresso*« hinzu.

»*Appresso?*«, hatte Jeremy geschrien, wobei sich seine Gesichtsfarbe in ein sehr unschönes Rot verwandelte. »*Appresso!* Hast du das gehört? Der Kerl hat doch tatsächlich nichts anderes zu Stande gebracht als ›in der Nähe‹!«

Maggie war sich wohl bewusst, dass ihr Aufenthalt im d'Angleterre, dem wohl exklusivsten Hotel der Stadt, in der Tat ein wenig extravagant war, sodass sie darauf bedacht war, möglichst nicht noch irgendwelche Extras zu ordern. So verzichtete sie beispielsweise auf den Wäschedienst und wusch ihre Unterwäsche im Handwaschbecken, um sie dann nachts über die Heizkörper zu drapieren.

Die ersten Tage ihres neuerlichen Aufenthalts in Rom verbrachte Maggie damit, durch die halbe Stadt zu spazieren. Sie stieg die Spanische Treppe hinauf, wandelte durch die Gärten der Villa Borghese und legte hier und da an Orten, die ihr bereits bekannt waren, eine kleine Pause ein. Im Gegensatz zu ihrem Aufenthalt in Paris wollte sie in Rom – das hatte sie sich fest vorgenommen! – nicht in die verführerischen Boutiquen entlang der Via Condotti einkehren. Nur dem exquisiten Schuhladen Ferragamo wollte sie einen Besuch abstatten. Dies nicht zuletzt deshalb, weil der auf Liebesurlaub mit Mausie in Rom weilende Jeremy sich im Tagebuch so schwärmerisch über Mausies Schuhwerk verbreitet hatte, das einen schmalen Fuß mache. Nach reiflicher Überlegung entschied Maggie sich für ein Paar geschmeidig weicher Winterstiefel, die sich höchst schmeichelhaft um ihre Waden schlossen, und im Stil ganz anders waren als jene praktische Fußbekleidung, die sie während der Wochenenden auf dem Lande zu tragen pflegte, zu denen ihr Mann sie zuweilen eingeladen hatte. Und sogar Zoltan konnte sie dazu überreden, sich von ihr ein Paar jener Schnürschuhe schenken zu lassen, die Jeremy zu besonderen Anlässen für gewöhnlich getragen hatte. Der Hinweis auf Jeremy war dann auch das überzeugende Argument für Zoltan, Maggies Geschenk nicht auszuschlagen. Unterdessen formte sich in Maggies Hinterkopf langsam ein neuer Racheplan.

Längst befielen Maggie nicht mehr die Attacken von Angst und Einsamkeit, von denen sie in den ersten Wochen ihres Witwendaseins nach dem Aufwachen regelmäßig heimgesucht worden war. Ihr Zorn über Jeremys Untreue war jedoch ungebrochen. Und jede neue Entdeckung, was dieses leidige Thema anging, traf sie wie ein Pfeil mitten ins Herz – bis sie sich irgendwann schon fühlte wie jener San Sebastiano, dessen Bildnis mit dem dramatischen, himmelwärts gerichteten Blick sie einmal an der Seite von Jeremy in einer Kirche in Florenz bewundert hatte. Ihre Rachefeldzüge in Wien und Paris hatten ihren Schmerz noch nicht ausgelöscht, sondern nur in begrenztem Maße gelindert. Sie verstand mittlerweile, warum Angehörige der Opfer von Kapitalverbrechen in den Vereinigten Staaten oft nicht eher ruhten, bis man ihnen erlaubte, der Hinrichtung des Täters beizuwohnen. Das einzige Problem an Maggies gegenwärtiger Situation war bloß, dass ihre Rache doch stets nur die Komplizinnen ihres Gatten treffen würde, jedoch niemals den untreuen Jeremy selbst.

»Wie wundervoll, Sie wiederzusehen«, plapperte Arabella bei ihrem ersten Treffen mit Maggie sogleich drauflos, während sie hinter ihrem Schreibtisch in der Holy Mary Asquith School for Girls thronte. »Wir waren ja alle so furchtbar erschüttert, als wir erfuhren, dass Jeremy dahingeschieden war. Und dann auch noch so plötzlich! Es muss ein ganz entsetzlicher Schock für Sie gewesen sein.« Neugierig schaute Arabella Maggie an, denn der Anblick der neuen Maggie, die sich aus ihrem altvertrauten Kokon gelöst zu haben schien, war zweifellos eine echte Überraschung. »Und wie kommen Sie mit der neuen Situation zurecht?«

»Oh, na ja, den Umständen entsprechend«, entgegnete Maggie und fiel dabei für einen kurzen Augenblick zurück in ihre alte Rolle. »Aber wie Sie schon sagten – es kam ja alles so plötzlich.«

Arabella antwortete mit einem betont mitfühlenden Seufzer. »Also, meine Liebe, wie kann ich Ihnen behilflich sein? Meine Sekretärin erzählte mir, Sie hätten Nichten, die eventuell interessiert wären, unsere Einrichtung zu besuchen?«

»Richtig, meine Nichten«, sagte Maggie. Endlich wandte sich die Unterhaltung wieder einem etwas weniger verfänglichen Thema zu. »Daisy und Janet. Die eine ist vierzehn, die andere sechzehn, und meine Schwester ist der Ansicht, dass ihnen ein wenig kontinentaler Benimm sicherlich nicht schaden könnte.«

»Aber ganz gewiss«, pflichtete Arabella ihr bei, womit

sie augenblicklich wieder in ihre berufliche Rolle als Schulleiterin zurückfiel. »Selbstverständlich haben wir, wie Sie sicherlich wissen, nur sehr wenige freie Plätze zu vergeben. Aber da es hier ja um Jeremys Nichten geht, so wird sich ganz bestimmt eine Möglichkeit finden. Natürlich, das muss man dazu sagen, wird die letztendliche Auswahl der Bewerberinnen nicht von mir allein, sondern von einem Gremium getroffen.«

Maggie malte sich aus, wie entsetzt ihre Nichten wohl reagieren würden, könnten sie mit anhören, mit welcher Niedertracht ihre Tante gerade zu Werke ging – Daisy mit ihren durchstochenen Ohrläppchen und Janet mit ihrem Tattoo, das gerne so vorwitzig durch eines der Löcher in ihren Jeans blitzte.

»Haben die Mädchen irgendwelche sportlichen Interessen?«

»Oh, ja«, log Maggie. »Janet ist eine passable Tennisspielerin, und Daisy ...«, sie hielt einen Moment inne, bis ihr das vermeintlich Passende einfiel, »Daisy liebt Krocket.« War sie da etwa zu weit gegangen?

»Nun ja, ich fürchte, einen Krocketrasen können wir Ihrer Daisy nicht bieten«, entgegnete Arabella mit einem gezierten kleinen Lachen, »aber wir fahren mit unseren Mädchen einmal die Woche zum Golfplatz, und einige von ihnen üben sich sogar im Reiten.«

»Meiner Schwester ist vor allem daran gelegen, dass die beiden ein gewisses Maß an kultureller Bildung erfahren – aus erster Hand, sozusagen«, entgegnete Maggie lammfromm.

»Aber selbstredend! Kunstgeschichte gehört sogar zu unseren Schwerpunktfächern, und die Mädchen werden regelmäßig in die Museen und durch die Ausgrabungsstätten geführt. Unser Hauptanliegen bei der Erziehung unserer Zöglinge«, fuhr Arabella voller Enthusiasmus fort, »ist jedoch die Ausbildung ihres Charakters, wozu vor allem das Heranreifen eines grundsoliden Moralkodex in einem jeden unserer Mädchen zählt. Ein Unterfangen, dessen Bedeutung besonders heute und angesichts des totalen Verfalls der familiären Werte sowie in Anbetracht der zahlreichen Schwangerschaften im Teenageralter und überhaupt des frühzeitigen Geschlechtsverkehrs«, Arabella schnappte nach Luft, »nicht zu unterschätzen ist.«

Was für ein Gewächs!, hörte Maggie im Geiste ihre Nichte Janet sagen.

»Ach, wie recht Sie doch haben«, pflichtete sie stattdessen eifrig ihrer Rivalin bei. »Heutzutage ist die Erziehung eine so ganz andere als die, die wir damals noch genossen haben, nicht wahr?« Mit einem süßlichen Lächeln blickte sie Arabella an.

»Darf ich Ihnen dann vielleicht das Schulgelände zeigen?«, erbot diese sich daraufhin geschmeichelt.

Arabella führte Maggie durch die mit Marmor ausgelegten Korridore. Einige Male blieben sie vor den Glasscheiben in den Klassentüren stehen und schauten in die Unterrichtszimmer hinein. »Zurzeit werden bei uns die Schuljahresendprüfungen abgenommen«, flüsterte Arabella, während sie und Maggie diverse junge Mädchen dabei beobachteten, wie diese angestrengt zur Tafel hochblickten und an ihren Bleistiften kauten. Alle Schülerinnen trugen blaue Röcke und weiße Blusen mit blau-rot gestreiften Krawatten. »Die Farben der Holy Mary Asquith School«, informierte Arabella leise ihre Begleitung.

Maggie trottete folgsam hinter der Schulleiterin her, die sich im Laufe der vergangenen Jahre offenbar nur wenig verändert hatte. Andererseits, so dachte Maggie mit einem boshaften Grinsen, sieht Arabella jetzt doch ein kleines bisschen anders aus als zu Jeremys Zeiten: Ihr Äußeres schien sich nämlich noch mehr der Physiognomie eines Pferdes angeglichen zu haben. Maggie malte sich aus, was für ein Vergnügen es wohl sein müsste, mit ihren neuen Ferragamo-Stiefeln in Arabellas ziemlich aus der Form geratenen Po zu treten… Vor ihrem Besuch in der elitären Schule hatte sie sich noch für ein Weilchen auf ihr Hotelzimmer zurückgezogen und war dort Seite für Seite Jeremys Aufzeichnungen durchgegangen. Maggie wusste nun mehr über Arabella als jemals zuvor. Vor allem war es schmerzhaft für sie gewesen zu lesen, dass Jeremy mit Arabella regelmäßig über Politik diskutiert hatte, ebenso wie über aktuelle kulturelle Ereignisse und sogar über Themen der Philosophie. Arabella und Jeremy hatten gemeinsam im Fernsehen politische Talkshows verfolgt und den Quartetten von Beethoven gelauscht. Und überhaupt schienen sie sich fast nur über richtig gewichtige Themen unterhalten zu haben, wobei Jeremy des Öfteren Arabellas glasklare Gedankengänge pries und sie sogar hier und da um Rat fragte. Mit Maggie dagegen hatte Jeremy nie irgendetwas in der Art diskutiert. Nie war zwischen ihnen das Gespräch auf die sogenannten »zentralen Fragen« gekommen, wie Jeremy derlei wichtige Belange gerne zu betiteln pflegte, wobei er das »z« stets mit besonderer Schärfe zu betonen wusste. Maggie war immer der Ansicht gewesen, dass diese sogenannten »Belange« ohnehin Teil jener streng vertraulichen dienstlichen Angelegenheiten waren, über die Jeremy mit Außenstehenden nicht hatte sprechen dürfen. Andererseits aber, und auch das hielt Maggie sich nun vor Augen, hatte Jeremy auch sie, seine Ehefrau, so manches Mal um ihre Meinung gebeten, immer dann nämlich, wenn es sich um Dinge handelte, die das Botschaftspersonal im ganz Allgemeinen betrafen, beziehungsweise wenn es um das Miteinander seiner Diplomatenkollegen ging. In dieser Hinsicht zumindest hatte er ihren feinen Instinkt für alles Zwischenmenschliche immer zu schätzen gewusst. Was jedoch die weltpolitischen Themen betraf oder gar die Frage nach dem Sinn des Lebens, so war er nicht an Maggies Meinung interessiert gewesen. Hatten Arabella und Jeremy womöglich auch über sie, Maggie, gesprochen und über das Leben, das Jeremy an ihrer Seite führen musste? Allein die bloße Vorstellung war Maggie bereits unerträglich.

Arabella führte Maggie unterdessen in die Turnhalle hinein, wo einige verwaiste Ringe von der Decke hingen und Barren ihrer Turnerinnen harrten. In einer Ecke der großen Halle erhielten einige Mädchen soeben eine Ballettstunde. »Schön weitermachen, Mädchen«, dröhnte Arabella mit ihrer militärisch-strengen Stimme. »Macht weiter eure Übungen.« Zwei rundliche kleine Mädchen, um deren Gesichter sich dunkle Locken bauschten, bemühten sich, ihre auf der Stange abgelegten Zehen zu strecken. »Das sind die Töchter Seiner Exzellenz Ibn Daoud von Dubai«, erklärte Arabella Maggie leise, aber mit unverhohlenem Stolz in der Stimme und schenkte ihren Schützlingen dabei ein aufmunterndes Lächeln. »Wir ermuntern die Mädchen regelmäßig zu körperlicher Ertüchtigung. *Mens sana in corpore sano.*«

»Plié«, befahl derweil eine schallende Stimme vom entgegengesetzten Ende der Turnhalle, und die beiden kleinen Mädchen versuchten unter erbärmlichem Schwanken und Wackeln, ihr Standbein zu beugen.

»Natürlich unterrichten wir auch Gesellschaftstänze«, fuhr Arabella fort. »Es ist schließlich wichtig für unsere Schülerinnen, dass sie sich später, wenn sie in die große weite Welt hinausziehen, bei den diversen gesellschaftlichen Anlässen von den anderen Damen unterscheiden – und zwar durch ihr sicheres Auftreten auf dem Parkett. Am Ende eines jeden Schuljahres findet sogar ein gemeinschaftlicher Ball mit den Jungen aus der Jesuitenschule statt. Natürlich unter strengster Aufsicht, wie ich Ihnen wohl nicht noch extra zu versichern brauche. Mädchen sollten, wenn sie aufwachsen, einen ungezwungenen Umgang mit dem anderen Geschlecht erlernen. Andererseits achten wir darauf, jegliche Anflüge von Promiskuität energisch zu unterbinden.«

»Ich bin sehr erleichtert, das zu hören«, stimmte Maggie ihrer Widersacherin und deren schier nicht enden wollendem Sermon zu.

Zurück im Büro der Schulleiterin machte Maggie erste Anstalten, sich von Arabella zu verabschieden. »Ich werde meiner Schwester alles genauestens berichten«, erklärte sie. »Wenn Sie vielleicht noch eine Broschüre über die Schulgebühren und dergleichen hätten …«

Arabella marschierte hinüber zu dem Bücherregal, in dem ein ordentlich gestapelter Packen Infoheftchen neben mehreren mindestens ebenso ordentlichen Stapeln druckfrischer, in Maroquin gebundener Büchlein lag. »In Kürze findet übrigens unser alljährliches Schulfest statt«, informierte Arabella Maggie noch rasch, während sie die verlangten Informationsbroschüren zusammenstellte. »Zu diesem Anlass überreichen wir unseren Mädchen stets eine kleine Anerkennung in Form eines Büchleins – natürlich ausschließlich Exemplare der erbaulichen Literatur. Diese dienen quasi als Belohnung für ihre Leistungen im vergangenen Schuljahr.« Selbstgefällig hielt Arabella Maggie eines der Bücher hin. Es war eine mit einem Schmuckeinband versehene Ausgabe von *Little Women*.

Maggie schlug das Vorsatzblatt des Buches auf, wo in offenkundig teuren, goldenen Lettern geschrieben stand, dass dieses Exemplar Theodora Schellenberg gewidmet sei als Auszeichnung für ihr vorbildliches Betragen.

»Ah, ja«, erklärte Arabella, als sie einen raschen Blick über Maggies Schulter warf, »das ist die Tochter des österreichischen Botschafters.«

Maggie starrte die Stapel von Büchern an, die man im Bücherregal platziert hatte. »Bekommt jede Schülerin solch ein Buch?«, fragte sie verwundert.

»Aber selbstverständlich! Wir halten nicht viel davon, die Mädchen zum Wetteifern um materielle Güter zu ermutigen«, wies Arabella Maggie mit beinahe schon überheblichem Tonfall zurecht. »Jede unserer Schülerinnen hat eine ganz spezielle Gabe. Und dafür sollte auch jede von ihnen eine kleine Belohnung erhalten. Es werden also sämtliche unserer derzeit dreiundachtzig Schülerinnen einen solchen Band bekommen.«

Plötzlich klingelte das Telefon, und während Arabella zu ihrem Schreibtisch hinüberging, um das Gespräch anzunehmen, ließ Maggie verstohlen Theodoras Ausgabe von *Little Women* in ihre Tasche gleiten. Dann schweifte ihr Blick ein letztes Mal über Arabellas ausladendes Hinterteil.

Die Schulleiterin sprach in fließendem Italienisch – wenngleich mit einem starken Cheltenham-Englisch-Akzent – ins Telefon. Sie winkte Maggie noch einmal zu und flüsterte, die Hand über die Sprechmuschel gelegt: »Wir sehen uns auf der Schulfeier!«

»Das wird eine ziemlich teure Angelegenheit, Modome«, stellte Zoltan fest. Es war der Tag nach ihrem Besuch in der Holy Mary Asquith School for Girls, und Maggie hatte sich mit Zoltan in einer unauffälligen kleinen Bar auf halbem Weg die Via Cavour hinunter verabredet. Zoltan hatte zu diesem Treffen seine frühere Freundin, Simona, mitgebracht. Es war das erste Mal, dass Maggie die Dame sah. Zoltan dagegen, das war leicht zu erkennen, hatte während seines damaligen dienstlichen Aufenthalts im Rom offenbar sehr viel Zeit mit seiner Simona verbracht, so vertraut gingen die beiden auch heute noch miteinander um. Simona schenkte Maggie ein aufmunterndes Lächeln, während ihre Augen unter den wasserstoffblonden Ponyfransen fröhlich blitzten. »Und um diese Sache durchzuziehen«, erklärte Zoltan, »braucht es mehr als bloß uns beide. Simona wird uns tatkräftig unterstützen. Sie könnte uns als Späher dienen. Aber ich musste auch ihren Bruder mit ins Vertrauen ziehen: Von uns dreien hier kennt sich keiner mit Alarmanlagen aus, Simonas Bruder aber arbeitet in einer Gebäudeüberwachungsfirma.«

»Und ich habe hier in Rom eine Zeit lang in einer Privatdetektei namens Tom Ponzi gearbeitet«, fügte Simona eifrig hinzu.

»Ich dachte, du wärst in der Buchhaltung tätig gewesen?« Zoltan wirkte geschockt über diese plötzliche Enthüllung.

»Ja, aber das heißt doch nicht, dass ich nicht gleichzeitig auch etwas über die anderen Vorgänge in der Agentur gelernt hätte. *Ainsi!*«, gab Simona prompt zurück und streckte dem armen Zoltan frech die Zunge heraus.

»Auf jeden Fall, nur um das noch mal zusammenzufassen, können wir die Sache nur zu viert durchziehen.« Eindringlich wackelte Zoltan mit vieren seiner Finger.

»Mir ist nicht wohl dabei, Sie alle in ein solch brenzliges Unterfangen mit einzubinden«, wandte Maggie besorgt ein.

»Ach, ich habe in meinem Leben schon wesentlich riskantere Sachen gemacht«, entgegnete Zoltan leichthin.

»Das Gleiche gilt für mich.« Simona lächelte.

»Aber diesmal brechen wir ganz klar das Gesetz!«, versuchte Maggie auf die Gefahren hinzuweisen. »Haben Sie sich überhaupt schon einmal überlegt, was passiert, wenn wir geschnappt werden?«

»Modome«, entgegnete Zoltan und zupfte dabei mit selbstgefälliger Geste an seinem Schnurbart. »Ich habe den Kommunismus überlebt. Da werde ich mich wohl kaum von ein paar Carabinieri einschüchtern lassen.«

Maggie allerdings fand diese Aussage weniger beruhigend, als Zoltan es beabsichtigt hatte. Zumal sie sich auch nicht sicher war, wie sie selbst reagieren würde, wenn man sie auf frischer Tat dabei ertappte, wie sie ein – womöglich sogar schweres – Verbrechen beging. Sollte sie tatsächlich in die Lage geraten, unter einer nackten Glühbirne sitzend einem der blau uniformierten Beamten Rede und Antwort stehen zu müssen, dann, so befürchtete Maggie, würde sie wahrscheinlich sofort einknicken und alles gestehen. »Wie kompliziert ist diese Alarmanlage eigentlich?«, hakte sie nach.

»Tja, das kann ich Ihnen leider nicht sagen. Genau darum brauchen wir ja Simonas Bruder. Der weiß, wie man eine Alarmanlage außer Gefecht setzt.«

»Aber patrouillieren auf dem Schulgelände zusätzlich zur Alarmanlage nicht auch regelmäßig Wachleute?«

»Auch das wird Simonas Bruder für uns herausfinden«, erklärte Zoltan voller Zuversicht. »Er kennt die Sicherheitsfirma.«

»Und was ist mit der Buchbinderei?«

»Ich habe da einen Freund …«

»Also gut«, gab Maggie sich schließlich geschlagen. »Aber wir müssen alle sehr vorsichtig sein. Und vergessen Sie nicht, dass uns bis zur Schulfeier nicht einmal mehr ein ganzer Monat bleibt.«

Dicke Tropfen prasselten auf Maggies Regenschirm, als diese ins Hotel zurückmarschierte und sich fragte, auf was sie sich da bloß eingelassen hatte. Dann aber dachte sie an Arabella und deren scheinheilige Predigten über die moralischen Ideale, und schon fielen sämtliche noch verbliebenen Skrupel von Maggie ab. Gemeinsam mit den Regentropfen klatschten sie auf Nimmerwiedersehen in den Rinnstein. Auch Arabella sollte ein Stündlein schlagen, das sie nie vergessen würde.

Auf halbem Weg zum Hotel legte Maggie noch einen kleinen Zwischenstopp in einer internationalen Buchhandlung ein. Eines nach dem anderen inspizierte sie die Bücherregale, wobei sie ausschließlich nach den reißerischen Titeln Ausschau hielt. Von Zeit zu Zeit holte sie dabei verstohlen ihre Ausgabe von *Little Women* aus der Tasche. Dennoch dauerte es geschlagene fünfundvierzig Minuten, bis sie endlich das perfekte Gegenstück gefunden hatte. Doch die Mühe hatte sich wirklich gelohnt, denn das Buch, das sie ausgewählt hatte, entsprach nicht nur in Größe, Dicke und Papierart exakt Arabellas viel gepriesener »Erbauungsliteratur«, auch der Titel des erst kürzlich auf den Markt gebrachten Exemplars übertraf Maggies kühnste Erwartungen. Sie kaufte das Buch, bemüht, dabei so gelangweilt wie möglich dreinzuschauen, während sie das gute Stück über den Tresen schob. Doch ihre Sorge war vollkommen überflüssig, denn zweifellos war das Verkaufspersonal bereits daran gewöhnt, Damen in mittleren Jahren ziemlich dubiose Literatur zu verkaufen. Fröhlich summend und mit Unschuldsblick wartete Maggie darauf, dass die Verkäuferin das Buch in eine Tragetasche gleiten ließ.

Was technische Angelegenheiten betraf, hatte Maggie noch nie sonderlich viel Sachverstand bewiesen. Sie hatte nie gelernt, einen Computer zu bedienen, und entsprechend beklommen betrat sie nun zum ersten Mal in ihrem Leben ein Internetcafé.

»Ob Sie mir wohl bitte helfen könnten?«, fragte sie schüchtern. »Ich würde gerne eine Bestellung bei Amazon aufgeben.«

Ein freundlicher junger Mann mit einem kleinen Pferdeschwänzchen im Nacken erklärt Maggie geduldig und Schritt für Schritt, was sie tun müsse, sodass es ihr – nach ein paar fehlgeschlagenen Versuchen – tatsächlich gelang, exakt dreiundachtzig Bücher in das Hotel d'Angleterre zu ordern.

»Eine Dame wartet bereits auf Sie in der Lounge«, informierte man Maggie, als diese im Hotelfoyer ihren Regenschirm zusammenfaltete.

»Eine Dame?« Neugierig marschierte Maggie an dem Empfangstresen vorbei und in die Lounge des d'Angleterre.

Dort, auf einem der Sofas, hockte eine zusammengesunkene und ganz in Schwarz gekleidete kleine Gestalt, auf den Knien eine dicke Handtasche und gleich neben ihrem Ellenbogen einen übergroßen Koffer. Als Maggie den Raum betrat, schaute die kleine Frau auf: »Dona Margarida!«, entfuhr es ihr.

Sprachlos vor Verblüffung ließ Maggie sich von ihrer ehemaligen Haushälterin in eine energische Umarmung zerren. »Wie schön, Sie wiederzusehen«, stammelte sie, obgleich sie sich in diesem Augenblick nicht so sicher war, ob ihre Freude tatsächlich echt war. Zunächst einmal bestellte Maggie für sie beide einen Kaffee und lauschte den weitschweifigen Erklärungen, mit denen Esmeralda nun ihr Erscheinen in Maggies Hotel rechtfertigte.

Der neue Botschafter in Wien – Esmeralda hob verzweifelt den Blick zu der mit Fresken bemalten Decke des Hotel d'Angleterre – sei alles andere als ein Gentleman. Er hätte überhaupt keinen Benimm, und Esmeraldas Essen hätte er auch nicht zu würdigen gewusst. Am wenigsten von allem – und das musste man sich einmal vorstellen! – hätte er ihren *bacalhau* gemocht. Außerdem – Esmeralda senkte ihre Stimme zu einem verschwörerischen Flüstern – hätte sie entdecken müssen, dass der Botschafter, noch einmal seine Strümpfe auszog, wenn er zu Bett ging, und bei jenen Strümpfen handele es sich nicht etwa um elegante blaue Kniestrümpfe, wie Maggies seliger Ehemann sie getragen hatte, sondern um ganz ordinäre, mit Mustern geschmückte Herrensocken. Und dann hatte Esmeralda im Traum eine Vision von ihrem verstorbenen Ehemann, Luis, gehabt. Der hätte sich nämlich eines Nachts wie aus dem Nichts über sie gebeugt und ihr ins Ohr geflüstert: »Dona Margarida braucht dich.« »Und, tja«, schloss Esmeralda ihren Bericht, »hier bin ich.«

Maggie tauschte ihr kleines Einzelzimmer gegen ein Doppelzimmer und beobachtete, wie Esmeralda die Schränke mit all ihren Habseligkeiten zu füllen begann, von denen ein beträchtlicher Teil dem leiblichen Wohl galt. Da tauchten zahlreiche Alentejo-Weinflaschen auf, die Esmeralda aus ihren riesigen Nachthemden wickelte, sowie diverse, Maggie nicht ganz unbekannte, Tupperware-Dosen. In diesem Augenblick stellte Maggie fest, dass sie im Grunde ihres Herzens doch recht froh war, Esmeralda wieder zu sehen. Denn Esmeralda, mit ihrem riesigen, konturlosen Busen unter der weißen Schürze, war eine Art Mutterfigur geworden; eine Mutter, die Maggie nie beeindrucken oder gegenüber der sie gar ein schlechtes Gewissen haben müsste.

In all den Jahren mit Jeremy und mit den ständigen Umzügen an neue Orte, hatte Maggie einfach keine Zeit gehabt, allzu innige Freundschaften zu schließen. Ihre Rolle als Diplomatengattin hatte sie zudem vom Rest der Welt abgeschottet, und jene wenigen Frauen, die sie ehrlich sympathisch fand, waren ebenfalls Diplomatenfrauen und mussten ihre Zelte wieder abbrechen, um sich auf einem anderen Kontinent in ein neues Leben zu fügen. Eine Weile lang schickte man sich dann zwar noch alljährlich eine Weihnachtskarte, und doch gab es unter diesen Bekannten nicht eine Einzige, der Maggie nun ihr Gefühlsleben offenbart oder gar ihre Geheimnisse verraten hätte. Alles in allem, so erkannte Maggie jetzt, waren die Mitglieder des »Bestattungsdienstes«, wie ihre Nichte Janet den diplomatischen Dienst einmal aus Versehen genannt hatte, rechte Langweiler. Dazu bestimmt, unentwegt kreuz und quer durch die Weltgeschichte zu gondeln, um an immer neuen Orten »für ihr Land zu lügen« – war es nicht sogar Talleyrand gewesen, der dies einmal so ausgedrückt hatte? –, waren diese Menschen in ihrem Privatleben zumeist genauso unaufrichtig und genauso wenig spontan. Sie existierten wie hinter einer dicken Schutzmauer, und gaben sich niemals aufgeknöpft oder redeten sich gar ihren Kummer von der Seele. Nein, eher würden sie allen Tatsachen zum Trotz auch weiterhin hartnäckig davon schwärmen, in welch perfekter Welt sie doch lebten, um sich damit als geflissentliche Diener ihrer absolut untadeligen Regierung und ihres wahrhaft idyllischen Landes zu beweisen. Entsprechend würde eine echte Diplomatenfrau sich auch niemals über irgendetwas beschweren. Selbst im dunkelsten Afrika und während der weniger fröhlichen Zeiten in Osteuropa standen diese Frauen mit unerschütterlichem Lächeln an der Seite ihrer Männer, untereinander vereint in der geradezu verschwörerischen Ansicht, dass alles genauso war, wie es sein sollte. Und zumindest, was das Aufrechterhalten des schönen Scheins betraf, hielten die Gattinnen der Diplomaten in der Tat zusammen wie echte Blutsschwestern, und waren darin den Frauen aus der Generation von Maggies Mutter ziemlich ähnlich, die auch niemals zugeben würden, dass die Geburt eines Kindes eben keine Kleinigkeit war, sondern einem wahrlich höllische Schmerzen bereitete. Maggie grübelte darüber nach, ob sie selbst wohl genauso langweilig gewesen war… Fest stand zumindest, dass sie die vergangenen fünfundzwanzig Jahre damit zugebracht hatte, die Rolle einer Frau zu spielen, die sie in Wirklichkeit gar nicht war.

In Esmeralda, so wurde Maggie klar, fand sie eine echte Freundin und Vertraute. Die sozialen Barrieren zwischen Arbeitgeberin und Angestellter brachen ohnehin bereits in sich zusammen, und sofern Maggie nicht gerade in wichtigen strategischen Sitzungen mit ihren Komplizen steckte, saß sie gemeinsam mit Esmeralda auf einer Bank in den Gartenanlagen der Villa Borghese oder in einem der herrlichen Cafés und plauderte mit ihr über dies und das und vor allem über das eine …

»Männer«, erklärte Esmeralda und tätschelte Maggie aufmunternd den Arm, »sind ganz einfach anders, als Sie oder ich es sind. Sie haben andere Bedürfnisse. Und der Botschafter hat Sie aufrichtig vergöttert. Das weiß ich mit Sicherheit. Sie beide hatten doch auch so viel Spaß zusammen. Vergessen Sie das nicht. Ich habe Sie oft miteinander scherzen hören, wenn Sie sich spät am Abend nach unseren Gesellschaften ins Obergeschoss zurückgezogen haben.«

»Ja, aber wenn er mich tatsächlich vergöttert hat, und wenn ich ihn ehrlich zum Lachen gebracht habe, warum hatte er dann trotzdem noch das Bedürfnis, so viel Zeit mit all diesen anderen Frauen zu verbringen?«

»Männer«, sagte Esmeralda, »werden im Grunde nie erwachsen. Nehmen Sie zum Beispiel meinen Luis. Der konnte auch nie einem hübschen Gesicht widerstehen. Aber als er dann im Sterben lag, da war ich es, die er sehen wollte. Er hat mit der Hand meine Finger umschlossen und sie die ganze Zeit fest gedrückt, bis zu jenem Moment, als er starb …«

»Aber *ich* war nicht bei Jeremy, als er starb.«

»Und dennoch können Sie sich sicher sein, dass er sich gewünscht haben wird, Sie wären bei ihm. Diese Mrs Morgenstern – das hat Fatima mir erzählt – war eine ganz und gar langweilige Frau. *Chata, muito chata.*« Esmeralda brach in vergnügtes Kichern aus. »Aber dass wohl Sie hinter dieser verrückten Idee mit dem Fisch steckten, das hat sie schon begriffen. Fatima hat mir erzählt, dass sie zuerst sogar vorhatte, Sie zu verklagen, aber dann wurde ihr klar, dass sie dabei wohl eine ziemlich lächerliche Figur abgeben würde. Sie haben ja keine Ahnung«, fuhr Esmeralda fort, »was für einen Skandal Sie mit dieser Geschichte losgetreten haben! Die gesamte Nachbarschaft hatte schon angefangen, sich über den Geruch zu beschweren, und erst, als sie den Klempner riefen, kamen sie darauf, was die wahre Ursache für den Gestank war. Fatima brauchte Wochen, um den fauligen Fischgeruch aus Mrs Morgensterns Garderobe und von den Schränken zu waschen. Und die Schuhe, die Mrs Morgenstern besaß, konnte sie allesamt wegwerfen! Den Teppich im Esszimmer musste sie auch austauschen lassen. Dabei hatte der solch eine schöne Farbe gehabt. Aber die Oktopoden hatten ja alles mit ihrer Tinte vollgeblutet. Und das feine Edelholzfurnier des Esstisches war natürlich auch komplett hinüber. Oh, war diese Mrs Morgenstern wütend! Die Versicherung wiederum hat überhaupt nichts von dem Schaden getragen, weil es ja keinerlei Anhaltspunkte für einen Einbruch gab. Und dann dieser Karpfen! Der war, als Mrs Morgenstern wieder nach Hause zurückkehrte, bereits komplett vergammelt!« Esmeralda kratzte mit dem kleinen Plastiklöffel über den Boden des Pappbechers, in dem sich bis vor kurzem noch eine gehörige Portion Pistazieneis befunden hatte. »Oh, Dona Margarida, Sie sind eine wirklich durchtriebene Frau!«

Zoltan rief Maggie in unregelmäßigen Abständen an, um ihr kurz Bericht über den Stand ihres Vorhabens zu erstatten. Dabei drückte er sich so verklausuliert aus, dass man fast schon hätte meinen können, ihre beiden Mobiltelefone würden abgehört. »Modome«, berichtete er, »ich habe die Besprechung mit Matthew Raven, um die Sie mich gebeten hatten, für morgen um zwanzig vor neun *post meridiem* arrangiert.«

Matthew Raven war der Deckname, den Zoltan seinem Freund, dem Buchbinder, verliehen hatte. Eine kleine Anlehnung, so vermutete Maggie, an Matthias Corvinus' historische Bibliothek in Budapest. Die Werkstatt des Matthew Raven lag in einem Teil der Stadt, der, um es einmal vorsichtig auszudrücken, deutlich weniger erquicklich war als das Viertel, in dem das Hotel d'Angleterre sich befand. Dennoch empfing der Buchbinder Maggie und deren Komplizen mit freundlichem Nicken in seinem kleinen Büro, wo sie sich unter weißlich-grellem Neonlicht um einen Kiefernholztisch scharten. Matthew Raven war ein kleiner Mann, der ein wenig an eine Ratte erinnerte, und dessen eines Augenlid beständig zuckte. Dafür aber wusste er, wie er Menschen für sich gewinnen konnte, und schaffte es, in nahezu vollkommen unverständlichem Romanaccio, selbst die größten Probleme zu nichts weiter als ein paar nebensächlichen Lappalien zu zerreden. Dabei fuchtelte er ständig mit den Händen und vollführte alle möglichen pantomimischen Gesten, die trotz der sprachlichen Barriere sogar Maggie begriff. Zuweilen strich er sich auch in verschwörerischer Geste mit dem Daumennagel über die Wange, klopfte sich zur Betonung des gerade Gesagten gegen die Nase oder rieb demonstrativ Daumen und Zeigefinger aneinander, eine Geste, die Maggie ebenfalls sofort verstand, war das doch das internationale Zeichen für Geld. Einmal tat der Buchbinder sogar so, als ob er sich die Lippen mit Nadel und Faden zusammennähen würde. Vor allem aber eine rasche Bewegung, bei der er sich mit dem Zeigefinger über die Kehle fuhr, jagte Maggie einen kleinen Schauer über den Rücken, wenngleich auf diese Geste zum Glück sofort ein anzügliches Zwinkern folgte.

Trotz des Engagements ihrer Mitstreiter fühlte Maggie sich nach diesem Treffen leider nicht sonderlich beruhigt oder gar in ihrem Vorhaben bestärkt.

Alles, was Maggie in dieser Phase des Racheplans zu tun brauchte, war warten. Um die Zeit totzuschlagen, schlenderten sie und Esmeralda gemeinsam durch die Straßen Roms und verbrachten so manche Stunde in den großen Kaufhäusern, die Esmeralda den kleinen Boutiquen vorzog. Außerdem nahm Maggie ihre Freundin mit ins Colosseum, und natürlich warfen sie auch jede eine Münze in die Fontana di Trevi. »*Que lindo*«, schnaufte Esmeralda zuweilen, trottete aber tapfer hinter Maggie drein. Zum Mittagessen kehrten sie gerne in eine kleine *trattoria* in Trastevere ein, jenen zauberhaften Stadtteil, durch den Maggie und Jeremy zuweilen an lauen Sommerabenden spaziert waren und wo wirklich jeder mit eingestimmt hatte, wenn die Gruppen von Wandermusikern ihre Instrumente stimmten und man *stornelli* sang. In Rom hatte Jeremy so manchen Abend frei gehabt, um ihn mit Maggie zu verbringen. Als hochrangiger Botschaftsangehöriger war er tagsüber zwar stark in seine Arbeit eingespannt gewesen, dafür aber hatten er und seine Frau an den Abenden nur wenige offizielle Verpflichtungen zu erfüllen. Und wenn Maggie dann in den Refrain der Musiker mit einstimmte, pflegte Jeremy regelmäßig seine Hand auf die ihre zu legen, um ihr mit liebevoller, aber leicht tadelnder Miene zu erklären: »Ich bin mir nicht ganz sicher, ob das für deine Ohren geeignet ist, mein altes Mädchen.« Im Gegensatz zu Maggie war Jeremy überaus sprachbegabt gewesen, was sich in seiner Karriere als großer Vorteil erweisen sollte. Zuweilen pflegte er vor seinen italienischen Bekannten Dante zu zitieren und Montesquieu vor den Franzosen, und selbst einem Deutschen konnte Jeremy in wahrlich beeindruckend authentischer Aussprache Passagen aus den Werken Rilkes wiedergeben.

Maggie führte Esmeralda in ihr und Jeremys damaliges Lieblingsrestaurant. Das kleine Lokal war an einem wunderhübschen Platz gelegen, in dessen Mitte ein Brunnen plätscherte, über den schier unzählige steinerne Schildkröten kletterten. Die Kellner, die Maggie und Jeremy damals bedient hatten, waren alle nicht mehr da, und auch die Inneneinrichtung war eine andere. Ein wenig betrübt erkundigte Maggie sich nach Giuseppe, doch niemand von der Belegschaft des Restaurants konnte ihr sagen, was aus ihm geworden war. Nach dem Essen besuchten sie den Markt auf dem Campo dei Fiori, wo Esmeralda ganz begeistert vom einen Stand zum anderen watschelte und sich auf Portugiesisch entzückt über die Berge von Pilzen ausließ, die zarten kleinen Salatköpfe, die *puntarelle*, sowie das sogenannte »römische Lamm«, das *abbacchio*, das Esmeralda liebend gern während ihrer Zeit als Köchin in Wien verarbeitet hätte. Gemeinsam statteten sie dem Obdachlosenheim von Guinevere einen Besuch ab, wo sie auf diverse ältere Herren trafen, die sich noch gut an Maggie erinnern konnten und folglich darauf bestanden, ihr galant die Hand zu küssen – kitzelnd glitten deren harte Kinnstoppeln über Maggies Haut.

»Sie müssen ein bisschen mehr *peperoncino* in die Suppe geben«, belehrte Esmeralda unterdessen den Küchenchef, einen jungen Immigranten, während sie prüfend einen Löffel in den riesigen Kessel tauchte. »Und Sie gehen sich erstmal die Hände waschen, ehe Sie zu essen anfangen«, wies sie gleich darauf Gino an, der seine Tage unter einer Brücke verlebte; zur allgemeinen Verblüffung fügte der sich lammfromm in Esmeraldas Befehl und zog sich in den Waschraum zurück.

Anfang Dezember wurde schließlich auf der Piazza Navona der Weihnachtsmarkt eröffnet, und Esmeralda jauchzte und klatschte wie ein Kind begeistert in die Hände, als sie die neapolitanischen Krippen mitsamt den kleinen Hirtenfiguren und den Mühlen entdeckte, unter deren Rädern winzige Bächlein plätscherten, während im Hintergrund mit rosigem Schimmer die Sonne unterging.

Eines harschen Wintertages – es war schon mehr als drei Wochen her, seit sie in Rom angekommen war – wanderte Maggie an der Seite von Esmeralda durch das historische Forum, als Letztere sich unvermittelt auf eine der umgestürzten Säulen niedersinken ließ. Ungefragt mussten die steinernen Pfosten, an denen im Alten Rom Senatoren in Togen gelehnt und die bewegenden Fragen ihrer Zeit erörtert hatten, nun das Gewicht von Esmeraldas Hinterteil stützen. Energisch kramte diese, kaum dass sie sich gesetzt hatte, in ihrer großen Handtasche nach Pfefferminzbonbons und bot eines davon Maggie an.

»Wissen Sie, Dona Margarida, ich habe nachgedacht. Vielleicht ist es nun an der Zeit, Cäsar zu begraben.«

Irritiert lutschte Maggie an ihrem Pfefferminzbonbon.

»Es ist an der Zeit«, fuhr Esmeralda nach einer kurzen Pause fort, »dass Sie mit der Vergangenheit endlich abschließen und sich einem neuen Lebensabschnitt zuwenden. Sie sind doch eine attraktive Frau, und dann haben Sie ja auch noch all diese neuen Sachen«, damit ließ sie den Blick von Kopf bis Fuß über Maggie schweifen. »Da findet sich doch garantiert der Mann, der Sie genauso lieben wird, wie Sie es verdient haben.«

Maggie jedoch schüttelte nur wortlos den Kopf.

»Und ob das so passieren wird! Ganz bestimmt sogar!«, widersprach Esmeralda. »Es ist jetzt an der Zeit, die kleinen Fehltritte Ihres Gatten zu vergessen« – Esmeralda bekreuzigte sich und küsste ihre Fingerspitzen – »und ihm zu vergeben. Schluss mit dieser … Vendetta!« Damit erhob sie sich wieder und klopfte sich den Staub von ihrem Po.

»Sie verstehen das nicht«, seufzte Maggie traurig. »Wenn ich das mit seinen Affären herausgefunden hätte, als er noch lebte, dann hätten wir darüber sprechen können. Ich hätte ihn wahrscheinlich angeschrien und getobt und vielleicht sogar mit den Fäusten auf ihn eingeschlagen, und er hätte eine Erklärung abgegeben oder es zumindest versucht. Jetzt aber ist all das nicht mehr möglich, und genau das ist der Grund, warum ich einfach keinen Frieden finde. Es ist alles so entsetzlich unfair!«

Maggies Gedanken schweiften zurück zu jenen Momenten, in denen sie Arabella und Jeremy einträchtig miteinander hatte plaudern sehen und dennoch nie den geringsten Verdacht geschöpft hatte. In ihrer Naivität hatte sie stets geglaubt, die Gespräche, zu denen die beiden auf Botschaftsempfängen die Köpfe zusammensteckten – Arabella war um ein gutes Stück größer als Maggie –, hätten mit der Holy Mary Asquith School for Girls zu tun. Und Maggie erinnerte sich auch, dass in den Ausgaben des Economist, den Jeremy regelmäßig las, zuweilen ganze

Passagen von Hand unterstrichen waren. Sie war immer der Ansicht gewesen, dies sei das Werk seiner Sekretärin, die für ihn eine Vorauswertung der Presse vorgenommen hatte. Nun aber war Maggie sich nicht mehr so sicher, wer denn nun in Wahrheit den Text markiert hatte. Manchmal hatte Arabella sogar persönlich in der Botschaftsvilla angerufen, worüber Maggie sich ebenfalls nie Gedanken gemacht hatte, denn es gab ja keinen Grund, warum Arabella nicht bei ihnen sollte anrufen dürfen – sie waren doch schließlich befreundet.

»Ob ich wohl mal kurz mit Jeremy sprechen könnte?«, pflegte Arabella zu fragen. »Ich hab hier ein kleines Problem die Schule betreffend, und da hätte ich gerne seinen Rat gehört.«

Beseelt von dem unverbrüchlichen Vertrauen, das Maggie zu jener Zeit noch in ihren Ehemann gehabt hatte, leitete sie die Nachricht prompt weiter. Wie naiv und einfältig sie doch gewesen war! Vielleicht hatte Jeremy Arabella ja sogar anvertraut, dass er und seine Frau sich niemals über besagte, stets mit scharfem »z« artikulierte »zentralen Fragen« berieten, woraufhin Arabella Maggie dann sicherlich verächtlich als eine Art »intellektuelle Analphabetin« belächelt hatte. Gütiger Himmel, das war einfach zu viel für Maggie!

Langsam strebten sie und Esmeralda wieder dem Ausgang des Forum Romanum entgegen. »Aber denken Sie bitte wenigstens noch einmal darüber nach«, beschwor Esmeralda Maggie. »Sie haben doch nie etwas davon gewusst, haben doch nie auch nur das Geringste geahnt. Der Botschafter und Sie haben so viele glückliche Jahre miteinander verlebt. Sie dürfen über all dem Kummer auch das Schöne nicht vergessen. Sie müssen abwägen …«

Doch mit dieser wohlgemeinten Ermahnung hatte Esmeralda bei Maggie leider genau deren wunden Punkt getroffen, denn ausgerechnet das Abwägen der Vorteile gegenüber den Nachteilen war ihr nach fünfundzwanzig Ehejahren mit dem geizigen Jeremy zuwider. »Sie verstehen das nicht!«, widersprach Maggie vehement. »Diese Frauen haben mir mein Leben gestohlen!«

Es war der erste Adventssonntag, und seit Maggies Ankunft in Rom war mittlerweile fast ein ganzer Monat verstrichen, als Esmeralda darauf bestand, gemeinsam eine Heilige Messe zu besuchen. Energisch und ohne Rücksicht auf die anderen Besucher, die sich aufgrund Esmeraldas Körpermasse in ihren Kirchbänken platt wie Flundern machen mussten, schob Esmeralda Maggie auf einen guten Platz im Petersdom. Maggie reckte den Hals, um den kunstvollen himmelwärts strebenden Riesenbau in all seiner Pracht zu bewundern. Beeindruckt betrachtete sie die breiten Bahnen von verschiedenfarbenem Marmor, die majestätische Stuckatur, die vergoldeten Schnörkelwerke sowie die aufwändigen Fresken. Das Gesamtbild, das sich ihr bot, erinnerte sie an eine Art monumentales Dessert, jene Sorte von Nachtisch, welchen ihre Mutter gern als »oh-pulent« zu bezeichnen pflegte. Die Säulen, die das kunstvoll verzierte stilisierte Himmelszelt trugen, erinnerten Maggie an die Klippen bei Brighton, der Stuck wirkte wie die Sahneverzierung auf einem Kuchen und einige mit grünlichem Marmor ausgekleidete Nischen riefen ihr die sogenannten *gobstoppers* in Erinnerung, jene riesigen Dauerlutscher nämlich, die Maggie sich als Kind auf dem Rückweg von der Schule in dem örtlichen Süßwarenladen gekauft hatte.

Maggie war in der religiösen Weltsicht der Anglikanischen Kirche erzogen worden, wenngleich für ihre Mutter die Religion weniger eine Glaubenssache gewesen war als vielmehr eine Tradition, die man pflegte, weil einem dies unter den Mitmenschen einen gewissen Respekt einbrachte. Entsprechend hatte ihre Mutter die Papisten auch stets nur als »anders« betitelt. Als Menschen an sich ließ sie diese selbstverständlich gelten, und dennoch galten sie als, nun ja, »eben irgendwie anders als wir«. Es war Maggies Mutter sehr wichtig, sich mit ihren Kirchgängen in der anglikanischen Tradition als »eine von uns« herauszustellen, als Angehörige jener wenig spezifizierten Gruppe also, deren Mitglieder sich alle an den gleichen Wertvorstellungen orientierten und ganz einfach »wussten«, was man zu tun hatte und was man besser ließ. Maggie war also immer brav zum Sonntagsunterricht in die Dorfkirche gegangen und hatte auch alljährlich ihrer Mutter und deren Freundinnen dabei geholfen, den Altar für das Erntedankfest herzurichten. Und als kleines Mädchen hatte sie regelmäßig an ihrem Bett gekniet und ihr Nachtgebet aufgesagt. »Wenn ich sterbe, ehe ich erwache«, so hatte sie allabendlich gebetet, »so bitt ich Gott, dass Er über meine Seele wache.« Kaum, dass sie jedoch unter ihre Bettdecke geschlüpft war, hatte sie mit ebenso schöner Regelmäßigkeit hinzugefügt: »Aber bitte, lieber Gott, lass mich jetzt noch nicht sterben.«

Auch später noch, dann jedoch an der Seite von Jeremy, hatte sie in den diversen Städten die Gottesdienste der Anglikanischen Kirche besucht. Einzig in Budapest waren diese Kirchenbesuche sehr spärlich ausgefallen, da der Kaplan dafür eigens aus Wien anreisen musste, was dieser nur zu zwei oder drei Gelegenheiten im Jahr tat.

Gemäß ihrem sozialen Status saßen Maggie und ihr Ehemann natürlich in der vordersten Reihe, und laut schallte Jeremys kräftiger Bariton, wenn die kirchlichen Hymnen angestimmt wurden. Maggie hatte zudem alljährlich am Weihnachtssingen teilgenommen. »Ding-dong merrily on high«, intonierte sie dann gemeinsam mit ihren Chorschwestern, wobei ihre Freude jedoch eher von dem Singen an sich herrührte als von der Tatsache, dass Weihnachten war. Denn Weihnachten war für Maggie schon immer eher ein Fest für Kinder gewesen und weniger ein Fest für Erwachsene. Für sie und Jeremy waren die Feiertage also kaum mehr als ein weiterer öffentlicher Termin, den sie wahrzunehmen hatten und zu dessen Anlass sie mal wieder die Herrlichkeit von Großbritannien und natürlich des britischen Commonwealth im Allgemeinen preisen mussten.

Der Petersdom war dagegen schon eine ganz andere Erfahrung. Vorsichtig ließ Maggie den Blick hinüberschweifen zu Esmeralda, die ganz verzückt dasaß, den Mund leicht geöffnet, während sie die Schar Prälate musterte, die den Hauptaltar säumten, welcher von unzähligen brennenden Kerzen erhellt war. Die Musik, die ertönte, war feierlich und Ehrfurcht gebietend und so gar nicht wie der kindlich-fröhliche Singsang der Anglikanischen Gottesdienste. Diese Musik hier gewann eine regelrechte Eigendynamik, als sie sich mit den duftenden Wolken von Weihrauch in die hoch aufstrebende Kuppel über ihren Köpfen emporschwang. Natürlich, so dachte Maggie, ist das ganze Brimborium geradezu lächerlich pompös. Nichtsdestotrotz fühlte sie sich plötzlich deutlich beschwingter und irgendwie beseelt. Zum ersten Mal seit jenem Tag, als Jeremy verstorben war, spürte sie, wie der dumpfe Druck, der auf ihrem Herzen lastete, ein wenig nachließ. Und dann – für einen winzigen Moment – vergaß sie sogar, weshalb sie überhaupt nach Rom gekommen war, und versank in flüchtigen Betrachtungen über das wohl nie zu entschlüsselnde Wunder der Unendlichkeit.

Als sie wieder in den Wintersonnenschein hinaustraten, drückte Esmeralda kurz Maggies Arm. »Ich habe ein Gebet für den Botschafter gesprochen«, flüsterte sie.

»Ja, ich glaube, ich habe auch ein kleines Gebet für ihn gesprochen«, sagte Maggie. »Diese Kirchgänge hier sind doch vollkommen anders als die, die ich aus England kenne ...«

»Nein, Dona Margarida«, erklärte Esmeralda ihr mit geduldiger Stimme, als sie sich ihren Weg durch die Menge bahnten. »Denn so ein Kirchgang ist auch nichts anderes als ein Empfang in einer Botschaft. Manche Botschaften machen da ein bisschen mehr Tamtam drum herum, andere weniger. Aber am Ende geht es doch immer nur um das Eine, nämlich darum, einen verehrten Gast willkommen zu heißen.«

Die Schulfeier an der Holy Mary Asquith School for Girls rückte näher und näher, und Maggie wurde zunehmend nervöser, während sie auf die Ankunft der bestellten Bücher wartete. Dann jedoch, als ihre Anspannung bereits kurz davor war, in Panik umzuschlagen, lieferte Amazon ordnungsgemäß die bestellte Ware, welche in mehreren dicken Stapeln an der Rezeption auf Maggie wartete, als diese und Esmeralda von einer ihrer römischen Erkundungstouren zurückkehrten.

Esmeralda marschierte geradewegs auf ihr gemeinsames Zimmer hinauf, um sich auszuruhen, während Maggie kritisch den Inhalt eines der Päckchen begutachtete, als hinter ihr plötzlich ein lautes Rumpeln zu hören war, gefolgt von hektischem Zeitungspapierrascheln. Gleich darauf ertönte das helle Klirren von Porzellan, als ob eine Kaffeetasse umgestoßen würde, und ein abschließendes, dumpfes Poltern ließ vermuten, dass einige schwere Gegenstände auf den Boden gefallen waren. Verwundert wollte Maggie sich nach dem Geschehen hinter ihrem Rücken umschauen, da hörte sie auch schon eine ihr nur allzu vertraute Stimme.

»Da sind Sie ja endlich!« Luc löste sich aus dem ihn umgebenden Chaos und eilte auf Maggie zu. »Ich dachte schon, Sie würden nie mehr ins Hotel kommen! Wissen Sie, ich habe nämlich bloß noch ein paar Stunden, ehe ich meinen Sohn vom Sprachkurs abholen muss.«

Maggie war überaus erfreut, Luc wiederzusehen.

»Aha«, fuhr dieser sogleich fort, während er auf den Bücherstapel klopfte. »Import-Export!«

»Ja, nun ja …« Maggie drängte Luc zurück zu dessen Tischchen in der Lobby, stellte seine Kaffeetasse wieder auf und sammelte die verstreuten Seiten der Le Monde ein.

»Ich hoffe, es kommt Ihnen nicht ungelegen, dass ich Sie hier aufgesucht habe«, sagte Luc mit plötzlich vollkommen ernster Stimme, als wäre er sich mit einem Mal nicht mehr sicher, ob ihre Reaktion auf sein Erscheinen tatsächlich pure Freude ausdrückte. »Sie sind die einzige Person, die ich hier in Rom unbedingt sehen wollte, und ich dachte, wir könnten vielleicht zusammen zu Mittag essen?« Luc hatte einen entwaffnend jungenhaften Charme an sich, wie er so dastand und sich nervös mit den Fingern durch seinen leicht zerzausten Schopf fuhr. Flehentlich blickte er Maggie in die Augen. »Natürlich nur, wenn Sie nicht schon mit irgendjemand anderem verabredet sind.«

Wie es der Zufall wollte, hatte Maggie tatsächlich noch keine Verabredung getroffen. Für einen Augenblick dachte sie darüber nach, ob es nicht vielleicht ein wenig »infra-drig« wäre, wie ihre Mutter es genannt hätte, die Essenseinladung eines fremden Mannes anzunehmen. Dann aber verbannte sie diesen Gedanken rasch wieder aus ihrem Kopf. Schließlich konnte sie Luc mittlerweile kaum mehr als »Fremden« bezeichnen. Im Gegenteil: Luc war einer jener Menschen, mit denen man sich schon nach der ersten Begegnung verbunden fühlte. Und hatte sie Geoffrey und Camilla nicht sogar zu verstehen gegeben, dass Luc jemand wäre, dem ohnehin jegliche Konventionen schnurzpiepegal seien? Nun, die neue Maggie kümmerte sich ebenfalls nicht mehr darum, was »schicklich« war und was nicht, sodass sie fröhlich an Lucs Seite marschierend das Hotel d'Angleterre verließ. Gemeinsam schritten sie hinein in eine Stadt, die im Wintersonnenschein zu glitzern schien vor lauter Versprechungen und Verheißungen.

Luc entführte Maggie in das sogenannte Ghetto von Rom, einen Teil der Stadt, den Maggie noch nicht kennengelernt hatte, in dem man aber Lucs aktuelles Leibgericht bekam, *carciofi alla giudea*, kleine in Sterne geschnittene und frittierte Artischockenscheiben. »Sie müssen nämlich wissen«, erklärte er seiner Begleiterin, während sie durch die schmalen Gassen schlenderten und Maggies Absätze sich immer wieder in dem Kopfsteinpflaster verfingen, »dass meine Großmutter eine Jüdin war. Und ich weiß noch ganz genau, dass sie uns jedes Mal, wenn wir sie in ihrem Haus in Neuilly besuchten, stets nur traditionelles jüdisches Essen serviert hat. Ihre *cholent* werde ich nie vergessen. Und freitags zündete sie immer eine kleine Kerze an, und jeder von uns sprach ein Gebet. Wir Kinder jedoch wurden als *catholiques* aufgezogen.«

Maggie, die in Ledbury aufgewachsen war, hatte in ihrer Jugend kaum einen Juden zu Gesicht bekommen. Es hatte damals in ihrem Ort zwar einen gewissen Mr Ross gegeben, der Schneider war und am Ende der High Street lebte, doch alles, was Maggie über diesen Herrn gewusst hatte, war, dass er auf irgendeine Weise »anders« wäre als der Rest der Bewohner der kleinen Stadt. Das zumindest hatte ihre Mutter sie gelehrt, in dem sie jedes Mal, wenn sie gemeinsam an Mr Ross' kleinem Laden vorbeigingen, Maggie mit leiser Stimme zugeraunt hatte: »Das sind Juden, weißt du.« Und was Jeremy anbetraf, so lautete seine Meinung über die Juden – die er im Übrigen auch auf alle Ausländer ausdehnte –, dass man für diese im diplomatischen Dienst andauernd irgendwelche Extrawürstchen braten und alle Hühneraugen zudrücken müsse.

Luc und Maggie hatten in einer kleinen *trattoria* Platz genommen, und als sie sich so gegenübersaßen, hatte Maggie das Gefühl, als kenne sie diesen leicht untersetzten und ein klitzeklein wenig nachlässig gekleideten Mann, der lachte, mit Händen und Füßen sprach und seinen Wein genoss, schon ihr Leben lang. In seiner Gegenwart fühlte Maggie sich rundum wohl. Ihm brauchte sie nichts vorzumachen, brauchte ihn nicht in irgendeiner Weise zu beeindrucken, denn Luc schien sie genau so zu mögen, wie sie war, und er akzeptierte sogar ihre kleinen Fehler vorbehaltlos als Teil ihres Charmes.

Wie sich herausstellte, war es für die Artischocken leider

noch nicht die richtige Jahreszeit. Stattdessen, so schlug Luc vor, sollte Maggie aber unbedingt die gegrillten Pilze an *nepitella* kosten. »Ich gehe oft selbst auf Pilzsuche. Ich bin recht geschickt darin, sie aufzuspüren«, rühmte Luc sich beiläufig und blickte dabei zugleich so verlegen drein wie an jenem Tag, als er sich mit seiner preisgekrönten Zuchtsau gebrüstet hatte. »Aber, nun ja, ich hab nun mal schon als kleines Kind ein gutes Auge für die kleinen *chanterelles* gehabt. Sie sind aber auch wirklich sehr schüchtern und verstecken sich am liebsten unter den Wurzeln der großen Bäume. Trotzdem muss ich mich meistens nur einmal flüchtig umschauen und – HAH! – schon hab ich wieder welche gefunden!« Aufgeschreckt von Lucs stimmgewaltiger Schilderung blickte das amerikanische Pärchen vom Nebentisch zu ihnen herüber.

Es verging einige Zeit, bis Maggie und Luc ihr gemeinsames Mittagessen beendet hatten. Dann aber fiel Luc mit einem Mal siedendheiß wieder ein, dass er ja eigentlich seinen Sohn abholen wollte und sich bereits arg verspätet hatte – kurzerhand setzte er Maggie in das nächste Taxi, nahm sich aber trotz der Eile noch die Zeit, dem Fahrer eindringlich zu erklären, wohin dieser Maggie fahren solle. Abschließend langte Luc mit seiner großen Hand durch das Wagenfenster und drückte noch einmal hastig Maggies Arm: *»A bientôt«*, verabschiedete er sich von ihr.

Etwas später am Nachmittag winkte Maggie abermals ein Taxi heran, wuchtete die Pappkartons mit den Büchern in den Kofferraum des Wagens und ließ sich dann zu ihrem gewohnten Treffpunkt, der Bar in der Via Cavour, fahren.

Zoltan blickte an diesem Tage noch ernster drein als sonst und begrüßte Maggie mit der zwar knappen, dafür aber gewichtig vorgetragenen Bemerkung: »Modome, alles läuft wie geplant.« Es schien, als ob er es geradezu als seine Lebensaufgabe betrachtete, Maggies Rachsucht zu stillen. Zudem hatte ihn ganz offensichtlich der Ehrgeiz gepackt, und er versuchte, mit jedem neuen Plan noch ein Stückchen weiter über sich hinauszuwachsen.

Simona unterstrich Zoltans Aussage derweil auf ihre ganz eigene Weise, indem sie mit selbstbewusster Geste ihren blondierten Haarschopf in den Nacken warf. Überhaupt war sie einer jener Menschen, die das Leben nicht allzu ernst nahmen und immer ein kleines Lachen auf den Lippen hatten – unabhängig davon, ob die gegenwärtige Situation nun zum Lachen war oder auch nicht. Darüber hinaus lachte sie auch nicht etwa bloß mit ihrem Mund oder den lebhaften braunen Augen, nein, wenn Simona lachte, dann schien sich alles an ihr zu amüsieren: Ihre Schultern zuckten, ihre kurzen, aber flinken Finger ballten sich zu kleinen Fäusten, und sogar ihre Beine, die aus den spitzen Cowboystiefeln herausragten, gingen amüsiert ein kleines Stückchen in die Knie. Sie nannte Maggie auch ihren »Racheengel« und stupste diese wiederholt wohlmeinend in die Rippen. »Das ist unser Deckname für Sie!«, klärte sie Maggie – unter Lachen – auf. »Und sehen Sie mal da«, fuhr sie gleich darauf in dem klangvollen Tonfall der Römer fort, »Sie scheinen bereits eine Eroberung gemacht zu haben. Ja, wirklich, der hat es ernsthaft auf Sie abgesehen.« Damit deutete sie auf einen der Ecktische, an dem ein kräftiger Mann saß, der offenbar Berufskraftfahrer war.

Missbilligend schaute Zoltan seine Freundin an, doch sein grimmiger Blick machte auf Simona nicht den geringsten Eindruck.

»Jetzt, da, gucken Sie hin – nun lächelt er!«, plapperte diese unbeirrt weiter. Und in der Tat: Besagter Kraftfahrer setzte seine Kaffeetasse ab und schaute mit einem sehr unschönen, bleckenden Grinsen genau in Maggies Richtung.

Was Zoltan anging, schien Simona es wirklich ernst zu meinen. Während der vergangenen Jahre hatten sie sich zwar nur sehr unregelmäßig sehen können, doch die gegenseitige Zuneigung, die beide noch immer füreinander empfanden, war stark, das konnte jeder spüren. Früher, so hatte Simona Maggie gestanden, war sie verheiratet gewesen. Doch ihr Ehemann war ein *figlio di puttana*, der sie einer anderen Frau wegen sitzen gelassen hatte, als ihr gemeinsamer Sohn acht Jahre alt gewesen war. Simona hatte ihren Sohn alleine aufziehen müssen, und mittlerweile war ihr Sprössling knappe zwanzig Jahre alt, machte eine Lehre als Mechaniker und lebte mit seiner Freundin in einem Vorort von Rom. Theoretisch, das heißt, falls sie Lust dazu verspüren sollte – verschwörerisch drückte Simona Zoltans Arm – könnte sie ihrem Geliebten also an jeden Ort der Welt folgen.

»Ich danke Ihnen allen vielmals«, sagte Maggie, nachdem sie die Pakete in Simonas Fiat verstaut hatten. »Dann sehen wir uns also am Montag – zur Kostümprobe!« Nach einer kritischen Durchsicht ihres Kleiderschranks hatte Maggie nämlich feststellen müssen, dass ihre neu erstandene Pariser Garderobe für das unrechtmäßige Eindringen in die Holy Mary Asquith School for Girls vollkommen ungeeignet war. Sie ging also los, um sich Jeans und ein Paar Turnschuhe zu kaufen, Kleidungsstücke, die sie zuletzt als Teenager getragen hatte. Aufmerksam musterte sie sich im Spiegel der kleinen Ankleidenische ihres Hotelzimmers – und mit einem Mal war sie regelrecht entsetzt über ihr Vorhaben. Plötzlich schien Maggie alles nur noch fürchterlich absurd. Vielleicht hatten Camilla und Geoffrey ja recht gehabt, und sie verlor tatsächlich langsam den Verstand …

Am folgenden Montag besuchten Zoltan und Simona Maggie wie verabredet in deren Hotel. Ein Treffen, das Zoltan geheimnisvoll als »Etappenziel« betitelte. Den weiteren Plan, den sie bei diesem Treffen schmiedeten, nannte er unterdessen »Aufklärungsflug«. Auch Simonas Bruder war mitgekommen, der auf Zoltans eindringliches Beharren hin unter dem Decknamen »der Terminator« arbeitete.

»Und Sie, Modome«, instruierte Zoltan Maggie in einem Ton, der keine Widerrede duldete, »werden genau an der Ecke warten, wo die beiden Straßen sich kreuzen. Falls Sie einen Polizeiwagen oder sonst etwas Verdächtiges bemerken, müssen Sie sofort dreimal kräftig pfeifen.«

»Aber ich kann doch gar nicht pfeifen«, wandte Maggie zaghaft ein.

»Dann besorge ich Ihnen eine Trillerpfeife«, löste Zoltan ohne Umschweife das Problem.

Im Übrigen, so erklärte er Maggie, habe der meteorologische Dienst für den Abend vor dem Schulfest gutes Wetter vorhergesagt. Man ginge von einem wolkenbedeckten Himmel aus – was bedeutete, dass kein verräterischer Mondschein sie enttarnen würde. Regnen solle es hingegen nicht. Außerdem müsste Maggie auf ihrem Weg zum Zielort ein öffentliches Verkehrsmittel benutzen. Nach Zoltans Ansicht war das nämlich die einzig richtige Herangehensweise, wenn man verhindern wollte, dass womöglich irgendwelche Zeugen beobachteten, wie Maggie vor dem Hotel in ein Taxi stieg, um dann am Tatort den Wagen wieder zu verlassen. Um exakt einundzwanzig Uhr habe jeder auf seinem Posten zu sein.

Maggie ging im Geiste noch einmal ihren gemeinsamen Plan durch. »Aber ist neun Uhr nicht noch ein bisschen zu früh?«, fragte sie.

»Aber nein«, widersprach Zoltan. »Um diese Uhrzeit ist es draußen dunkel, und die meisten Anwohner sitzen vor dem Fernseher und schauen die Europameisterschaft an.« Es schien, als habe er wirklich an alles gedacht.

Um genau neun Uhr abends postierte Maggie sich mit einer kleinen Trillerpfeife in der Hand an der vereinbarten Straßenecke. Ihre männlichen Mitverschwörer hatten sich im Schulgarten versteckt, während Simona gleich um die Ecke im Auto wartete – ihrem »Fluchtwagen«, wie Zoltan das kleine Fahrzeug seiner Freundin unbedingt nennen wollte. Es war dunkel, doch aus sämtlichen Fenstern der umliegenden Häuser strahlte Licht, und in einigen glaubte Maggie sogar, das Flackern eines Fernsehbildschirms zu erkennen. Aber natürlich! In dem Moment fiel es Maggie wieder ein. Heute ist ja das Fußballspiel! Sie selbst hatte sich nie sonderlich für diese »kollektive Hysterie« interessiert, und Jeremy war ohnehin der Ansicht gewesen, dass Fußball ein Proletariersport wäre.

Wie gerne hätte Maggie nun ein einziges Mal in ihre Trillerpfeife geblasen, nur um zu sehen, ob sie auch wirklich funktionierte. Doch dafür war es jetzt zu spät, auf die Idee hätte sie eher kommen müssen. Und war es nicht sogar Humphrey Bogart gewesen, der Lauren Bacall einmal eine Pfeife geschenkt hatte mit dem Kommentar, sie brauche einfach nur hineinzupusten, wenn sie ihn sehen wollte, und schon würde er erscheinen? Ach, wie wunderbar es doch wäre, wenn Maggie ebenfalls bloß leise zu trillern bräuchte, und schon käme Luc um die Ecke, wie immer voller Enthusiasmus und erfüllt von jener geradezu überschäumenden Energie, deren belebende Wirkung auch ein wenig auf Maggie übergegriffen hatte. Im Stillen fragte sie sich, was Luc wohl über ihren aktuellen Rachefeldzug denken würde. Was Jeremy davon gehalten hätte, wusste sie jedenfalls genau.

Maggie war entsetzlich nervös und trat fortwährend von einem Fuß auf den anderen. Auch ihr Atem ging nicht ruhig, sondern glich mehr einem verhaltenen Keuchen. Wenn doch bloß schon alles ausgestanden wäre! Dann hörte sie hinter sich plötzlich verdächtige Schritte. Angestrengt versuchte sie, trotz der Dunkelheit die Schulfassade zu erkennen, doch das Einzige, was sie sah, war das Licht der Straßenlaterne, das sich in den Schiebefenstern des Gebäudes spiegelte, sowie einige dunkle Schatten, die umherhuschten. Dann hörte sie abermals hastige Schritte.

»Warten Sie auf jemanden?«, ertönte plötzlich eine fremde Stimme dicht neben Maggie. Nur mit größter Mühe unterdrückte sie einen erschrockenen Aufschrei und entdeckte schließlich einen knappen Meter von sich entfernt einen mageren kleinen Mann, der sie aufmerksam von Kopf bis Fuß musterte.

»Ähm, ja, ich warte auf meinen Mann.«

»Der sollte Sie an solch einem Abend wie heute aber besser nicht allein lassen.« Der Fremde grinste anzüglich. »Sie sind wohl keine Italienerin, wie?«

»Nein, bin ich nicht«, entgegnete Maggie, von leichter Panik ergriffen. Wie sollte sie dieses Kerlchen bloß wieder loswerden? »Mein Mann ist nur eben fortgegangen, um das Auto zu holen. Er muss mich ins Krankenhaus fahren«, log sie. »Ich habe nämlich hohes Fieber.«

Das Interesse des kleinen dünnen Mannes begann merklich nachzulassen.

»Ich glaube, ich bekomme …« Maggie wusste nicht, wie das italienische Wort für »Mumps« lautete, sodass sie einfach die Hände unter das Kinn legte und die Wangen aufblies. »Ich muss mich wohl bei meinem Sohn angesteckt haben.« Männer, das wusste Maggie genau, hatten geradezu höllische Angst vor Mumps.

»*Orecchioni, mamma mia. Buonanotte*«, verabschiedete sich das Kerlchen endlich und schlurfte wieder davon.

Kurze Zeit später hörte Maggie hinter sich abermals Schritte.

»Modome!«, ertönte kurz darauf ein gequältes Flüstern, das von irgendwo hinter dem Zaun kam, der das Schulgelände umschloss. »Wir brauchen Hilfe!« Zoltan wuchtete einen prallgefüllten Stoffsack über den Zaun und rannte, kaum, dass Maggie ihm seine Last abgenommen hatte, los, um einen weiteren zu holen.

Flüchtig hatte Maggie erkennen können, als sie nach dem Sack griff, wie Simonas Bruder sich aus dem Fenster von Arabellas Büro beugte. Glücklicherweise war dieses im Erdgeschoss gelegen.

»Hier«, zischte Zoltan. »In nur sieben Minuten machen die *vigilantes* ihre nächste Runde!«

Hinter sich hörte Maggie das geradezu erschreckend laute Aufheulen eines Automotors. Dann, als sie den nächsten Sack in Empfang nahm, folgte dem Aufheulen ein herzhaftes Knirschen und schließlich diffuses Geschepper. Darauf herrschte wieder Stille.

Zoltan schaute Maggie über den Zaun hinweg mit beinahe schon entschuldigendem Blick an. »Das ist Simona«, flüsterte er leise. »Sie war noch nie sonderlich geschickt im Umgang mit Autos.«

Man hätte fast glauben können, dass der kleine Fiat an Schluckauf leide, so erbärmlich klang sein Prusten. Nur leider bewegte sich der Wagen dennoch nicht vom Bordstein fort. Alarmiert rannte Maggie zu dem Auto hinüber. »Lassen Sie mich mal versuchen«, wies sie Simona an, zerrte diese aus deren eigenem Wagen und ließ sich schwungvoll auf den Vordersitz plumpsen. Hastig ruckelte Maggie an der Gangschaltung, die irritierenderweise rechts von ihr platziert war. Dann aber, nach drei kleinen Hopsern, sprang der Wagen unter leisem Grummeln endlich an.

In der nächsten Sekunde riss Zoltan auch schon den Kofferraum auf und warf die Büchersäcke hinein. »Sie können jeden Augenblick hier aufkreuzen«, flüsterte er mit heiserer Stimme und wollte gerade den letzten Sack in den Wagen hieven. Da riss der große Stoffbeutel an der Seite, und Bücher über Bücher klatschten in den Rinnstein. Simona und ihr Bruder bückten sich, um die guten Stücke wieder einzusammeln, als auch schon zwei Lichtkegel am Ende der Straße erschienen. »Die *vigilantes*!«, quiekte Zoltan und sprang ins Auto.

Langsam lenkte Maggie den Wagen vom Bordstein fort. Simona und deren Bruder ließ sie einfach stehen. Es war keine Zeit, um abzuwarten, bis diese alle Bücher wieder aufgelesen hätten. Immerhin beherrschte Maggie sich, was das Tempo ihrer Flucht betraf. Selbst in ihrer panischen Angst konnte sie noch so klar denken, dass sie begriff, wie unklug es wäre, nun mit quietschenden Reifen davonzubrausen. Geschmeidig nahm sie in genau dem Augenblick die Kurve, als der Wagen des Wachpersonals sie passierte und weiter in Richtung Schule fuhr. Im Inneren des fremden Wagens machte Maggie zwei Uniformierte aus, die aufmerksam zu dem dunklen Schulgebäude blickten. Dann – wie ein rascher Blick durch die Heckscheibe Maggie verriet – hielten die beiden Wachleute bei Simona und deren Bruder an, welche sich alle Mühe gaben, möglichst unschuldig zu tun, eben wie zwei harmlose Passanten, die es in dunkler Nacht rein zufällig in eine der einsamsten Straßen Roms verschlagen hatte. Genau in diesem Moment ertönte aus den erleuchteten Fenstern der Nachbargebäude ohrenbetäubender Jubel, und plötzlich war die Nacht von kollektivem Lärmen erfüllt.

»Italien hat ein Tor geschossen«, erklärte Zoltan Maggie das Getöse. »Jetzt werden sich die Wachleute bestimmt nicht mehr für Simona interessieren. Weiter geht's!« Damit hieb er energisch auf das Armaturenbrett. Maggie blieb keine andere Wahl, als gehorsam weiterzufahren, den Kofferraum voller gestohlener Bücher, während sie Simona und »den Terminator« ihrem Schicksal überließ.

Doch ihre Sorge um die braven Komplizen war überflüssig, denn, wie Simona ihren Mitstreitern wenig später in ihrem Stammlokal berichtete, hatte diese die Situation natürlich in null Komma nichts im Griff gehabt. Ausführlich und mit amüsiertem Prusten und Kichern unterlegt, erzählte Simona, wie sie den beiden Wachmännern vorgelogen hatte, eine Prostituierte zu sein, die einen Freier mit zu sich nach Hause nähme. Dabei habe sie so überzeugend mit dem Po gewackelt und überhaupt dermaßen glaubwürdig gewirkt, dass die *vigilantes* ohne weitere Fragen einfach weitergefahren seien! Simona war unverkennbar stolz auf ihre kleine Vorstellung.

Maggie dagegen stand unter Schock. Es war das erste Mal in ihrem Leben, dass sie so abscheulich gegen das Gesetz verstoßen hatte. Ausgerechnet sie, die nicht einmal bei Prüfungen oder Klassenarbeiten geschummelt hatte, geschweige denn ohne Fahrschein einen Bus bestiegen hätte. Und dann hätte man sie beinahe auch noch auf frischer Tat ertappt! Maggie konnte nicht glauben, was sie getan hatte. Schemenhaft traten ihr alle Bekannten vor Augen – Hilary Mackintosh und Shirley, Geoffrey und Camilla und Elizabeth Fairchild –, und sie malte sich aus, wie diese auf die Nachricht reagieren würden, dass man Jeremys Witwe hinter Gitter gesperrt habe, weil sie in die Holy Mary Asquith School for Girls eingebrochen sei.

»Sie brauchen einen Drink«, stellte Zoltan fest und kam kurz darauf mit einem Glas zurück, in dem sich eine dunkle und offenbar beängstigend hochprozentige Flüssigkeit befand. »Das ist ein sogenannter Husaren-Cocktail!«, verkündete er stolz. »Danach werden Sie sich besser fühlen.«

Maggie spürte, wie eine angenehme Wärme ihre kalten Glieder durchströmte. Dann zog sie ihre Trillerpfeife heraus und blies einmal kräftig hinein. Natürlich tauchte kein Luc wie aus dem Nichts vor ihr auf, andererseits schien sich auch niemand an ihrem schrillen Pfiff zu stören. Nur wenige Barbesucher drehten sich nach ihr um, und einige grinsten sogar. In jedem Fall zog niemand irritiert die Augenbrauen hoch, ein kleiner Pfiff schien also durchaus erlaubt – zumal Italien gerade ein wichtiges Spiel gewonnen hatte.

Zoltan, Simona und ihr Bruder brüteten derweil bereits über der nächsten Phase ihres Planes. Man brauchte jetzt die flinken Finger des Buchbinders, um dann, nach fünf Uhr dreißig, wenn die *vigilantes* ihre letzte Runde gedreht hätten, ohne Maggie wieder zur Schule zurückzukehren.

Nachdem man den Plan ein letztes Mal Schritt für Schritt durchgegangen war, fuhren Zoltan, Simona und »der Terminator« Maggie zurück ins Hotel, wo diese sich sofort in ihr Bett fallen ließ und einschlief. Doch ihr Schlaf war unruhig, und in ihren Träumen wimmelte es nur so von Husaren auf wilden Pferden, die sich ihre hohen roten Hüte unter die Arme geklemmt hatten und lauthals brüllten: »Guten Morgen, Bauersleut'!« Im Morgengrauen ließ ihr eigener Angstschrei sie aus dem Schlaf hochschrecken: Die Husaren in ihrem Traum hatten sich plötzlich in aufgebrachte, in Trillerpfeifen blasende Carabinieri verwandelt. Mit verquollenen Augen starrte Maggie ins Leere.

»Dona Margarida!«, murmelte Esmeralda, die im Nachbarbett gelegen hatte und von Maggies Schreien aus ihrem seligen Schlummer gerissen worden war. »Alles wird gut.«

Dennoch lag Maggie noch eine ganze Weile wach und stellte sich vor, wie abermals das Schiebefenster in Arabellas Büro geöffnet würde und die Bücher zurück in ihre angestammten Regale wanderten. Was, wenn Simona es diesmal wieder nicht schaffen würde, den Wagen zu starten?

Die bewegte Nachtruhe führte dazu, dass Maggie erst viel zu spät am Vormittag aufwachte und sich arg beeilen musste, um noch rechtzeitig zum Schulfest zu erscheinen. Dennoch achtete sie natürlich darauf, ihr bestes Pariser Kostüm anzuziehen, schließlich war sie mit einigen der Eltern der Schülerinnen – fast allesamt Töchter der »britischen Diaspora« – noch gut bekannt. Anmutig neigte sie den Kopf, als ihre alten Freunde ihr erklärten, wie bestürzt sie doch gewesen seien, als sie von Jeremys Tod erfuhren. Zudem machte man ihr so manches Kompliment über ihr Aussehen. Vor allem aber schienen nicht wenige ehrlich erfreut, Maggie wiederzusehen. Dennoch konnte diese sich kaum auf die kleinen Plaudereien konzentrieren, solch ein Tohuwabohu herrschte in ihrem Kopf. Zoltan hatte sein Mobiltelefon ausgeschaltet – zweifellos, damit er und Simona endlich ihr nächtliches Schlafdefizit nachholen konnten –, sodass Maggie wiederum keine Möglichkeit mehr gehabt hatte, sich bei ihm nach dem Ausgang ihres geheimen Vorhabens zu erkundigen.

Innerlich aufgewühlt, ließ sie sich auf einen der Stühle in der hintersten Reihe sinken und blickte wie gelähmt vor Anspannung einfach nur geradeaus. Rechts und links von ihr nahmen derweil feierlich gekleidete Eltern ihre Plätze ein, oftmals begleitet von den Großmüttern und jüngeren Geschwistern der Schülerinnen.

Die Dame unmittelbar links neben Maggie zog verstohlen einen kleinen Fächer aus ihrer Handtasche und lächelte ihr zu. »Besucht Ihre Tochter ebenfalls diese Schule?«, erkundigte sie sich.

Wieder einmal spürte Maggie den ihr vertrauten Schlag in die Magengrube und entgegnete, dass sie leider keine Kinder habe und lediglich zu dem Schulfest erschienen sei, weil ihre Nichten sich eventuell im kommenden Jahr dort anmelden wollten.

»Oh, Ihren Nichten wird es hier gefallen, Sie werden sehen«, antwortete die Dame und fächelte sich ein wenig frische Luft zu. »Unsere Mathilde kann es jedes Mal kaum erwarten, dass die Schulferien endlich wieder ein Ende nehmen.«

Doch Maggie hörte ihr kaum zu. Was, dachte sie nervös, wenn doch noch irgendetwas schiefgegangen ist? Was, wenn in der Zwischenzeit der Schwindel entdeckt wurde?

Zunächst verlief die Eröffnungszeremonie der diesjährigen Schulfeierlichkeiten wie am Schnürchen: Eine im ganzen Land bekannte Dame der besseren italienischen Gesellschaft hielt eine flammende Rede über die vielfältigen Möglichkeiten, die die Welt den Frauen heutzutage böte, und betonte eindringlich, wie sehr es gerade in den verantwortungsvolleren Positionen des Einsatzes der Frauen bedürfe. Die Welt bräuchte Frauen in den Regierungen, bräuchte Frauen, die große Konzerne leiteten, und natürlich bräuchte die Welt Frauen – damit wandte die Dame sich mit schmeichelndem Lächeln an Arabella, die gleich neben der Rednerin auf dem Podium saß –, die den Beruf der Lehrerin ergriffen.

Irgendwann kletterte das Schulorchester auf die Bühne und formierte sich unter lautem Stühlerücken, hektischem Geflüster und unmelodischem Instrumentestimmen zu einem Halbkreis. Der Musiklehrer war ein blasser junger Mann, der mit flatternden Rockschößen und einer neckisch in die Stirn fallenden Haarsträhne offenbar dem an der Mailänder Scala tätigen Dirigenten Daniel Harding nachzueifern versuchte. Dann, endlich, stimmte das Orchester die etwas seltsam anmutende Interpretation eines Stückes von Monteverdi an, um nach einem stürmischen Applaus und mit vorgetäuschtem Widerwillen noch eine Ouvertüre von Schubert zum Besten zu geben. Anschließend boten die Töchter von Ibn Daoud einen Pas de deux, und auch ihnen wurde am Schluss natürlich eifrig applaudiert, wenngleich dieser Beifall in erster Linie von den Herrschaften in der vordersten Reihe zu stammen schien – allem Anschein nach eine Delegation aus Dubai.

Zum krönenden Abschluss erhob Arabella Stuart Watson sich zu ihrer traditionellen erbaulichen Ansprache, in der wie gewohnt die jungfräulichen Tugenden und familiären Werte die tragende Rolle spielten. Zu diesem Anlass hatte Arabella sich in einen marineblauen Hosenanzug gezwängt und eine weiße Bluse gewählt, das Haar zu einem strengen Chignon geschlungen – eben von Kopf bis Fuß eine echte Schulleiterin. Dieses Schuljahr sei ein außergewöhnlich erfolgreiches gewesen, hob sie hervor, ein Jahr, während dessen das Hockeyteam der Holy Mary Asquith School for Girls eine ganze Reihe von Siegen errungen habe und nicht weniger als zwölf Schulabgängerinnen ein Universitätsstudium begönnen. Im Übrigen dürfe ihre Einrichtung sich nun rühmen, sage und schreibe dreizehn verschiedene Nationalitäten zu beherbergen, sodass Arabella die Holy Mary Asquith School for Girls manchmal gar – an dieser Stelle entsandte sie ein strahlendes Lächeln an die Gäste in der vordersten Reihe – wie ein klitzekleines Abbild der Vereinten Nationen erscheine!

Nun, fuhr Arabella fort, wolle sie die Mädchen eines nach dem anderen auf das Podium rufen, um ihnen die Belohnung für ihr eifriges Streben zu überreichen. Damit nahm sie das erste der Bücher von dem dicken Stapel auf dem Tisch und rief mit kräftiger Stimme: »Isabelle Devereux.«

Ein kleines Mädchen mit Ringellöckchen und geröteten Wangen stieg schüchtern die Stufen zum Podium hinauf. »Als Anerkennung für hervorragende Leistungen in der Elementarmathematik«, fügte Arabella für alle hörbar hinzu, woraufhin das Mädchen höflich knickste und mit dem Buch unter dem Arm auf ihren Platz zurückkehrte.

»Magdalene Goodson… Petronella von Heinrich…«

Zunächst verlief alles reibungslos und ohne jegliche Zwischenfälle, da nur die wenigsten Schülerinnen und Eltern in den Büchern weiterblätterten als bis zu jenem Vorsatzblatt mit dem Namen ihrer Tochter. Gegen Ende der Buchverleihung allerdings schien der kleine Bruder einer Schülerin von den Feierlichkeiten so gelangweilt, dass er in Ermangelung einer anderen Ablenkung begann, wahllos durch das Buch seiner Schwester zu stöbern. Das Ganze spielte sich – zu Maggies großem Entzücken – in der Sitzreihe unmittelbar vor der ihren ab.

»Mama, sieh dir das hier mal an«, drang ein raues Flüstern an Maggies Ohr. Der Junge starrte auf eine kunstvolle Federzeichnung, die nur wenig der Fantasie überließ.

Maggie beobachtete, wie die Mutter ihrem Sohn das Buch förmlich aus den Händen riss und ihrem Ehemann irgendetwas zuzischte.

Unterdessen setzte auch in der vordersten Reihe aufgeregtes Raunen ein, und schließlich erfüllte Gemurmel den gesamten Saal. Das Elternpaar zu Maggies Rechten flüsterte wütend miteinander in einer Sprache, die sie nicht kannte, um sich dann abrupt von seinen Plätzen zu erheben, die Mäntel und Taschen aufzunehmen und mit energischen Schritten die Veranstaltung zu verlassen.

»Alors là!«, rief die Dame mit dem Fächer zu Maggies Linken sogar ganz unverhohlen aus, erhob sich und stampfte nach einem kräftigen Tritt auf Maggies Zehen ebenfalls bis ans Ende der Sitzreihe, gefolgt von Mathilde und einem Herrn mit Turban – vermutlich der Ehemann

der Dame mit dem Fächer. Andere folgten ihrem Beispiel.

Arabella fuhr unterdessen unbeirrt und voller Enthusiasmus mit ihrer Rede fort. »… und darum bin ich über alle Maße erfreut«, verkündete sie stolz, »behaupten zu dürfen, dass unsere Mädchen nun bereit sind und gewappnet mit einer ehernen Rüstung, um sich mutig den vielfältigen, heimtückischen Gefahren zu stellen, die heutzutage auf unsere Jugend lauern. Unsere Mädchen wissen, welchen Wert sie besitzen, und sie verlassen unsere Schule als eine Schar tugendhafter kleiner Soldatinnen, die in den Krieg ziehen gegen die Mächte der Dekadenz und der Verschwendung …« Immer mehr Menschen strebten dem Ausgang entgegen, und dann – endlich – geriet auch Arabella ins Stocken. Offenbar wusste die Gute ausnahmsweise einmal nicht, wie sie fortfahren, wie sie diese seltsame Situation meistern sollte, sodass sie sich dazu entschloss, ihre Rede einfach rasch zu einem Ende zu bringen: »Und damit möchte ich die Gelegenheit ergreifen, mich an dieser Stelle noch einmal herzlich bei Ihnen allen für Ihr Kommen zu bedanken. Mein Schulkollegium und ich freuen uns schon sehr darauf, Sie im kommenden Jahr wieder begrüßen zu dürfen.«

»Das bliebe erst noch abzuwarten …«, entgegnete ein rotgesichtiger Herr, der, wie alle anderen auch, auf den Ausgang zusteuerte.

Hastig bahnte auch Arabella sich einen Weg zur Tür, die in der Massenflucht inzwischen weit aufgestoßen worden war. Ein wütender Mann in einem steifen hohen Kragen, wie ihn für gewöhnlich nur die Pfarrer trugen, drückte Arabella ein Exemplar von *Little Women* in die Hand. Verwirrt schlug sie es auf und blätterte durch die Seiten, bis sie auf die Titelseite stieß. »Kama Sutra«, las sie laut vor. »Eine bebilderte Einleitung in die Liebeskünste des Orients.«

Eine kreischende Italienerin beschimpfte Arabella in gebrochenem Englisch und trat demonstrativ das in Maroquin gebundene Exemplar ihrer Tochter mit Füßen. »Eine Schande!«, stimmte ein sehr distinguiert wirkender Herr, der leicht Theodoras Vater hätte sein können, ihr zu. Die dubaischen Delegierten gehörten mit zu den Letzten, die die Aula verließen. Zu einer kompakten Gruppe formiert und dabei angestrengt Arabellas irritiertem Blick ausweichend, strebten sie an ihr vorbei. Arabella Stuart Watson blieb allein zurück, während sie schwer atmend und aus allen Poren schwitzend das schändliche Buch an ihre Brust presste – sie stand eindeutig unter Schock.

Die Allerletzte, die den Saal verließ, war Maggie. Gelassen ging sie auf Arabella zu und tätschelte ihr in scheinbar tröstender Geste den Arm. »Sie haben mir ja nie verraten, dass Sexualkunde ebenfalls Teil des Lehrplans ist.« Dann, ganz im Stil von Matthew Raven, fuhr sie in geradezu dramatischer Geste einmal mit dem Daumennagel über ihre Wange und zischte: »Ich bin mir sicher, Jeremys Nichten wären Ihnen für diesen Unterricht überaus dankbar.« Ein letztes Mal starrte sie ihrer einstigen Widersacherin frontal in die Augen und schloss das Duell dann mit einem anzüglichen kleinen Zwinkern nach Art des Buchbinders.

Man war übereingekommen, den Sieg über Arabella bei einem Mittagessen in einem Restaurant etwas außerhalb von Rom zu feiern. Zoltan kannte dort, in den Castelli Romani, ein ausgezeichnetes Lokal. Simona brachte ihren Bruder und den Buchbinder mit, welche ununterbrochen miteinander redeten und sich auf Romanaccio unanständige Witze erzählten, die Maggie zum Glück nur halb verstand. Esmeralda fühlte sich bei diesem Zusammentreffen ganz in ihrem Element und lachte und weinte und fiel vor lauter Freude allen Mitwirkenden an Maggies kleinem Coup der Reihe nach um den Hals. Man aß so viel, wie die Mägen fassen konnten, und auch der riesige Berg *abbacchio scottadito*, den man an ihren Tisch trug, war rasch wieder verschwunden. Simona leckte sich das Fett von den Fingern, während sie an einem zarten Lammrippchen knabberte, und selbst Zoltan schien dieses Menu ausnahmsweise zu munden. Der goldgelbe Wein wurde in dickwandigen Glaskrügen serviert, in die jeweils ein ganzer Liter passte, und das Mahl schien eine wahre Ewigkeit zu dauern. Schließlich gesellte sich noch ein Wandermusiker an ihren Tisch, und begleitet von dessen Akkordeon ließ der Buchbinder sich zu einigen *stornelli* hinreißen, die er mit derbem Gelächter untermalte. Doch auch so mancher Toast wurde ausgesprochen und mit reichlich Wein begossen.

»Auf unseren Racheengel, Maggee!«, jauchzte Simona.

»*Hasta la vista*, baby!«, grölte »der Terminator«, der zwischenzeitlich seine Jacke ausgezogen hatte und nun seine blau tätowierten Arme zur Schau stellte. »Viva Maggee!«

»Viva Maggee, viva Maggee!«

Ihre übermütige Ausgelassenheit zog die Neugier der an den Nachbartischen Sitzenden auf sich. »Viva Maggee«, riefen plötzlich auch vollkommen Fremde und hoben ihre Gläser mit dem kräftig gelben Wein, die lachenden Gesichter mit den geröteten Wangen allesamt in Maggies Richtung gewandt.

Im Laufe des Essens ließen es sich die Mitglieder von Maggies kleiner Verschwörertruppe zudem nicht nehmen, haarklein noch einmal die verschiedenen Phasen des Coups Revue passieren zu lassen, angefangen bei der Tüftelei, mit der sie die Alarmanlage ausgeschaltet hatten, über die Geschichte, als Simonas Bruder sich am Schultor die Hose aufriss, bis hin zu dem geplatzten Büchersack und der riskanten Begegnung mit den *vigilantes*. Abgeschlossen wurde die Rückschau von Simona, die erneut lebhaft zum Besten gab, wie sie den Wachleuten ihren eigenen Bruder als »Freier« verkauft hatte, während dieser sich verzweifelt bemühte, das Loch in seiner Hose zu verbergen. Anschließend wurde Maggie auch in jene Dinge eingeweiht, die sich ereignet hatten, als sie frühmorgens bei Sonnenaufgang an den Ort ihres Verbrechens zurückgekehrt waren. Da hatte es einen kurzen, aber schrecklichen Moment lang so ausgesehen, als ob die Wachleute zu einer außerplanmäßigen allerletzten Runde zurückgekehrt wären, noch ehe Zoltan und seine Mitstreiter ihr Werk vollendet hatten. Zum Glück aber entpuppten die Störenfriede sich dann als ein paar volltrunkene Jugendliche auf dem Heimweg von der Disko. Außerdem war Zoltan über eine Bank gestolpert und unter lautem Poltern zu Boden gestürzt, woraufhin im Nachbargebäude das Licht anging. Nun, bei einem gemütlichen Essen, lachten alle über dieses Missgeschick und darüber, dass Zoltan, als sie schließlich allesamt im »Fluchtwagen« Platz genommen hatten, die Autoschlüssel nicht wiederfand. Im Nachhinein schien all das nur noch zum Kreischen komisch.

Auch der Buchbinder gab seinen Teil der Geschichte zum Besten. Die ganze Nacht über war er auf den Beinen gewesen, um *Little Women* gegen *Kama Sutra* auszutauschen und zwischen die Buchdeckel zu bannen. Um seine Anstrengungen zu veranschaulichen, fuhr er sich mit schwungvoller Geste über die Stirn, um dann energisch mit den Händen einen imaginären Lappen auszuwringen. So viel Schweiß hatte ihn diese Aktion gekostet. Gegen Ende, so erzählte der Buchbinder, wäre er an seinem Schreibtisch eingeschlafen und erst wieder aufgewacht, als Zoltan auftauchte, um ihm zu sagen, dass die Komplizen sich bereits auf dem Weg befänden. Entsprechend erhielt der Buchbinder von Maggie zum Dank auch den dicksten Umschlag von allen, denn wie Zoltan schon gesagt hatte, war dies ein recht kostspieliges Unterfangen gewesen. Im Übrigen schien in dieser Nacht niemand ein Auge zugemacht zu haben. Angespannt hatte man darauf gewartet, die präparierten Bücher wieder in Simonas Auto laden zu können, um sie dann, vor Morgengrauen, zurück in ihre Regale in der Holy Mary Asquith School for Girls zu stopfen. Erst als sich limonengelb die Sonne hinter den Kuppeldächern von Rom erhob, hatten sie ihr Werk vollendet.

Bin das wirklich ich, die biedere Maggie aus Ledbury?, fragte Maggie sich im Stillen, während sie ebenso lauthals lachte wie ihre Komplizen. Was hätte wohl Jeremy zu alledem gesagt? Dann aber kehrten ihre Gedanken zurück zu der abscheulichen Arabella, der römischen Muse ihres Gatten, und schon spürte Maggie in sich wieder die Gewissheit, das Richtige getan zu haben. Entschlossen bestellte sie einen weiteren Sambuca.

Die kleine Gesellschaft löste sich erst auf, als die romanische Szenerie hinter den großen Panoramascheiben wieder verblasste und der Abend sich über das Land breitete. Maggie war mehr als nur ein bisschen beschwipst, als sie mit der scherzenden Simona und dem unermüdlich Witze reißenden Buchbinder durch den Feierabendverkehr zurück in die Stadt fuhr, und Esmeralda die ruckelnde Heimfahrt mit leisem *fado*-Gesang untermalte – die ehemalige Haushälterin hatte sich neben Maggie auf die Rückbank gequetscht.

Der *Kama Sutra*-Skandal war indessen zu *dem* Gesprächsthema in der römischen Ausländergemeinde geworden, und die örtliche englischsprachige Zeitung hatte ihm sogar einen kompletten Artikel gewidmet. Auch Guinevere kannte kein anderes Thema, als Maggie sich mit ihr einige Tage später abermals im Babington zum Tee traf. Seine Exzellenz Ibn Daoud von Dubai war sogar so weit gegangen, seine Töchter auf der Stelle von der Holy Mary Asquith School for Girls zu nehmen, und eine ganze Reihe von Eltern schienen seinem Beispiel folgen zu wollen. Arabellas offizielle Stellungnahme zu dem Vorfall lautete, dass das Ganze bloß das Werk eines rachsüchtigen Elternteils gewesen sei, der nicht akzeptieren wollte, dass seine Tochter nicht auf der Schule angenommen worden sei. Nichtsdestotrotz, so vertraute Guinevere Maggie an, gäbe es natürlich gewisse Gerüchte …

»Was denn für Gerüchte?«, hakte Maggie mit Unschuldsmiene nach.

»Nun ja«, entgegnete Guinevere, »allem Anschein nach hatte Arabella trotz ihrer salbungsvollen Reden über die ›Jungfräulichkeit‹ und so weiter wohl eine Affäre mit einem verheirateten Mann gehabt.«

»Nein!«

»Oh doch! Kannst du dir das vorstellen? Hinter diesem grimmigen Gesicht und all dem scheinheiligen Geplapper muss wohl ein inneres Feuer von den Ausmaßen eines Waldbrandes gelodert haben.«

»Also so was! Wer hätte das gedacht?« Maggie schüttelte scheinbar betroffen den Kopf.

»Man munkelt also, dass das Ganze nicht etwa von irgendeinem rachsüchtigen Elternteil inszeniert worden sei, sondern von einer gewissen Dame mit *le corna*«, erklärte Guinevere ihr ganz aufgebracht – in Italien sprach man jemandem, der von seinem Ehepartner betrogen worden war, einen Satz »Hörner« zu, die dieser oder diese dann angeblich auf dem Kopf trugen.

»Du liebe Güte«, hauchte Maggie leise.

In der Zwischenzeit war Maggie zu dem Entschluss gekommen, dass sie Zoltan und Simona gerne mit ihrem, Maggies, Volkswagen zurück nach England schicken wollte – gemeinsam mit Maggies Habseligkeiten und Esmeraldas Gepäck sowie natürlich mit jenen unseligen Tagebüchern, die noch immer unter dem unscheinbaren Titel »Unterlagen – Jeremy« verpackt waren. Maggie und Esmeralda wollten mit dem Flugzeug reisen, um Zoltan und Simona dann in Jeremys einstiger Junggesellenwohnung in der Ebury Street wieder zu treffen. Denn nach allem, was diese Menschen für sie getan hatten, glaubte Maggie, ihnen zumindest einen kleinen Urlaub in London schuldig zu sein.

Ehrlich gesagt fürchtete sie sich davor, nach so vielen Jahren im Ausland wieder ganz allein in ihre frühere Heimat zurückzukehren. Ihren ursprünglichen Plan, sich auch an Jeremys einstiger Geliebten in Budapest zu rächen, hatte sie vorläufig auf Eis gelegt. Zwar hatte sie sich keineswegs in die Rolle der gehörnten Witwe gefügt, und ihre Wut loderte noch genauso hell wie zu Beginn ihrer Entdeckungen von Jeremys Untreue, doch musste sie wohl oder übel anerkennen, dass sämtliche Rachepläne gegen die ungarische Widersacherin vermutlich ins Leere laufen würden: Selbst nach sorgfältigster Durchsicht von Jeremys »Budapester Aufzeichnungen« hatte sie keinerlei Hinweis darauf gefunden, wo diese Dame wohl zu finden sei.

Für Maggie war nun also der Zeitpunkt gekommen, den Tatsachen ins Gesicht zu blicken und zu erkennen, dass sie fortan eine Frau war, die auf sich selbst gestellt war und deren Zukunft allein in ihren Händen lag. Die Verschnaufpause war beendet; der Hiatus zwischen der Vergangenheit und der Zukunft überwunden.

Ehe Maggie und Esmeralda aber aus Rom abreisten, gingen sie noch ein letztes Mal in »ihre« kleine *trattoria* in Trastevere. Am Ende des Mahles erklangen abermals die obligatorischen *stornelli,* und Maggie stimmte gedankenverloren summend in den Refrain mit ein – eine der Strophen übersetzte sie sogar, woraufhin Esmeralda in kreischendes Gelächter ausbrach.

»Oh, Dona Margarida«, sagte sie daraufhin leise. »Sie werden schon noch sehen, vor Ihnen liegt eine ganz und gar wundervolle Zeit. Und sollte es mit den langweiligen Engländern nicht klappen, dann suchen wir Ihnen einfach einen Portugiesen!« Vollkommen unsensibel für die Ungeheuerlichkeit, die sie da soeben ausgesprochen hatte, fing Esmeralda abermals an zu lachen.

Als sie zurückwanderten durch die Via della Lungara, vorbei an dem römischen Gefängnis Regina Coeli, dachte Maggie daran, wie sie eines Abends mit ihrer Mutter über den Gianicolo oberhalb des Gefängnisses spaziert war. Damals hatten sie die Verwandten der Gefangenen gehört, die sich auf dem höchsten Punkt des kleinen Hügels versammelt hatten und den Insassen in den Zellen zuriefen. *»Ahoi, Mario«*, konnte man dort hören, *»semmo quà* – zünde ein Streichholz an, wenn du uns hörst!«

»Das gefällt mir nicht«, hatte Maggies Mutter gesagt und ihren Schritt sofort beschleunigt. »Das gefällt mir überhaupt nicht, Maggie.«

Die Eskapaden ihrer Tochter aber, zu denen diese sich in den vergangenen ein oder zwei Monaten hatte hinreißen lassen, hätten ihr wohl noch viel weniger gefallen. Reumütig dachte Maggie über ihre Taten nach.

Schließlich winkte sie für sich und Esmeralda ein Taxi heran, während die altmodischen Straßenlaternen sie mit ihrem bernsteinfarbenen Glanz übergossen. In diesem Augenblick wurde ihr schlagartig bewusst, dass es ihr sehr viel schwerer fallen würde, Rom wieder zu verlassen, als sie ursprünglich gedacht hatte.

In der Nacht hatte Maggie einen schrecklichen Albtraum. Es war wieder einmal der Tag der Schulfeier an der Holy Mary Asquith School for Girls, und Arabella Stuart Watson verteilte abermals ihre kleinen Belohnungen. Doch diesmal trug sie statt des Hosenanzugs ein Gewand mit einem steifen weißen Kragen, das irgendwie an die Kleidung der Geistlichen erinnerte. Auf ihrem Kopf saß seltsamerweise ein Dreispitz, und neben ihr auf dem Podium hatten ihre Bekannten aus dem Golfclub Platz genommen. In der vordersten Reihe thronte der Scheich von Dubai und dessen Entourage, und das Gesicht des Scheichs, das unter seiner traditionellen Kopfbedeckung hervorschaute, hatte die gleichen Züge wie Jeremys, außer dass der Scheich zusätzlich einen schmal zulaufenden Kinnbart und einen buschigen Schnäuzer trug. Seine Sitzhaltung wiederum glich der von Jeremy: Die Spitzen der langen, schlanken Finger hatte er aneinandergelegt, und an dem kleinen Finger der einen Hand prangte ein Siegelring. Alle Anwesenden wurden nach und nach auf das Podium gerufen, um sich ihre Auszeichnung abzuholen.

»Jedes unserer Mädchen soll für ganz persönliche Leistungen mit einer kleinen Auszeichnung belohnt werden«, posaunte Arabella Maggie ins Ohr, welche ebenfalls darauf wartete, ihre Belohnung in Empfang nehmen zu dürfen. Maggie kannte viele der anwesenden Personen, und alle bekamen den ihnen gebührenden Preis. Da wurde Hilary Mackintosh auf das Podium zitiert, gefolgt von Shirley, und zu Maggies großer Überraschung erhielt sogar der weibische Friseur vom Place de la Concorde ein in Maroquin gebundenes Büchlein. Dann war die Zeremonie beendet, und alle hielten stolz ihre Belobigung in den Händen – alle bis auf eine. Maggie war am Boden zerstört, als sie den anderen hinaus in das Atrium folgte, wo Arabella bereits auf sie wartete und ihren Golfschläger – ein Eisen sieben – schwang.

»Warum hab ich denn keine Auszeichnung bekommen?«, fragte Maggie mit schwacher Stimme.

Ruhig ließ Arabella einmal den Blick über die gesamte versammelte Gesellschaft schweifen, das Gesicht zu einer hochmütigen Grimasse verzogen. Der Scheich von Dubai und dessen Familie verabschiedeten sich bereits von den Feierlichkeiten. Im Hinausgehen warf er Maggie aber rasch noch einen knappen Blick zu, gemeinsam mit einem fiesen und schiefen kleinen Grinsen. Shirley dagegen schnaubte bloß verächtlich, als sie durch die Tür stolzierte, und Hilary Mackintosh wandte gar ganz den Blick von Maggie ab.

»Für eine Auszeichnung hätten Sie Ihrem Ehemann eben ein bisschen mehr Liebe schenken sollen«, erklärte Arabella mit strenger Miene. Elegant holte sie zum Schlag nach einem Golfball aus, der auf einem kleinen Tee geruht hatte, das irgendwer mitten im Schulhof in den Boden gerammt hatte. Ein kurzer Knall ertönte, und als wäre der Golfball bloß ein Ballon gewesen, wich mit kläglichem Zischen die Luft aus ihm heraus. »Was hatten Sie denn erwartet?«

Maggies Herz raste, als sie aus dem Traum erwachte. Esmeralda, die im Nachbarbett lag, schnarchte leise und gleichmäßig. Neben der Tür standen ihre bereits fix und fertig gepackten Koffer. Kurze Zeit später wurden draußen auf der Straße schon die ersten Autos angelassen, und Maggie hörte Reifen über den nassen Asphalt der Straßen Roms quietschen. Sie hörte die eiligen Schritte der Frühaufsteher, die auf ihrem Weg zur Arbeit das Hotel passierten; das Klack-klack ihrer Schuhe auf dem Gehweg schien ungewöhnlich laut. Gedankenverloren sah Maggie das Licht von Autoscheinwerfern über die Zimmerdecke gleiten.

Selbstverständlich habe ich Jeremy geliebt, dachte sie empört. Und überhaupt: Wie wollte man eigentlich bemessen, wie sehr jemand einen anderen liebte? Angestrengt grübelte sie über diese Frage nach. Natürlich gab es gewisse Abstufungen in der Intensität der Gefühle, die man einem Menschen entgegenbrachte. Man konnte zum Beispiel für jemanden schwärmen oder auch bis über beide Ohren in ihn verliebt sein, und man konnte jemanden tief und aufrichtig lieben. Manchmal verschmolzen diese Gefühle zu einem einzigen Gefühlswirrwarr, und manchmal waren sie auch klar voneinander zu trennen. Und dann gab es natürlich noch die von ganzem Herzen kommende wahre Liebe, von der der irische Dichter Yeats – das hatte Maggie sich genau gemerkt, als sie damals in der Schule seine Werke durchgenommen hatten – seinen Lesern aufs Entschiedenste abgeraten hatte. Und schließlich, zu guter Letzt, gab es noch diese Emotion, die man im Allgemeinen schlicht als »Zuneigung« bezeichnete, die aber zuweilen sogar eine richtig tiefe Verbundenheit ausdrückte, ja, manchmal gar eine *innigste* Seelenverwandtschaft. Es schien also ganz so, als ob die Liebe sich im Laufe der Jahre wandelte. Als ob sie nicht ewig dieses alles verzehrende Feuer bliebe, das sie am Anfang zumeist war, sondern sich langsam weiterentwickelte zu einem beständigeren und gesetzteren Gefühl. So war es doch ganz sicherlich, oder etwa nicht? Maggie nahm sich fest vor, am Morgen Esmeraldas Antwort auf diese Frage einzuholen. Aber irgendwie ahnte sie bereits jetzt, während sie sich bemühte, noch ein wenig Schlaf zu finden, dass der Begriff der »gesetzteren Zuneigung« im Portugiesischen höchstwahrscheinlich keine Entsprechung fände.

4
LONDON

Mutlos drehte Maggie den Schlüssel in der Tür zu Jeremys Apartment. Zu ihrer Verwunderung sah noch alles genauso aus, wie sie es erinnerte. Aber was *konnte* sich in der Zwischenzeit schon groß verändert haben... Im Geiste schüttelte Maggie den Kopf über sich selbst und fragte sich, was sie eigentlich erwartet hatte. Da war nun also wieder der altbekannte Salon, die Wände geschmückt mit den traditionellen und viel zu hoch aufgehängten Drucken englischer Jagdszenen. Da war Jeremys Schreibtisch, wie immer exakt zwischen den beiden großen Fenstern stehend, und an den Salon schmiegte sich das Esszimmer mit seinen Chippendale-Stühlen und der geradezu bedrohlich wuchtigen Anrichte. In den letzten Jahren hatte Jeremy seine Wohnung immer mal wieder an diverse Kollegen aus dem Außenministerium vermietet, doch die meisten von ihnen hatten kaum bis keine Spuren hinterlassen. Maggie und Jeremy hatten das Apartment nur für sehr kurze Zeit ganz zu Beginn ihrer Ehe bewohnt und während einiger Stippvisiten, wenn sie sich gerade zwischen zwei Auslandsstationierungen befanden. Am meisten von allen Zimmern, die sich nun vor Maggie ausdehnten, fürchtete sie das Schlafzimmer mit der edlen Tagesdecke aus gestepptem Chintz und dem strengen hölzernen Bettgestell. Auch vor Jeremys Ankleidezimmer mit all seinen kleinen Erinnerungen, Habseligkeiten und dem über allem schwebenden Duft seiner geliebten Floris-Seife grauste es ihr.

Esmeralda dagegen war ganz in ihrem Element. »Keine Angst, Dona Margarida, das bisschen Sortieren, Ausmisten und Putzen geht doch im Handumdrehen«, erklärte sie mit fröhlicher Stimme und drückte Maggies schwachen Körper mit einem aufmunternden Ruck kurz an sich. Kaum, dass sie dies gesagt hatte, begann sie auch schon geschäftig durch die Wohnung zu eilen und die Koffer zu verstauen, die Staubhüllen von den Sesseln zu reißen, sämtliche Lampen anzuschalten und prüfend mit dem Finger über die staubigen Oberflächen der Mahagonimöbel zu fahren. Zudem fühlte Esmeralda sich in dem kleinen Zimmer hinter der Küche, in dem sie schlafen sollte, nach eigenen Angaben sofort wie zu Hause. Die erste Amtshandlung in ihrem Interimsheim war jedoch, Maggies Bettdecken aus den weit geöffneten Fenstern zu hängen und anschließend Maggie selbst mit frischem Bettzeug, einer Wärmflasche und einem leckeren kleinen Abendessen ausgerüstet ins Schlafzimmer zu verbannen.

Es war das Geräusch des Staubsaugers, das Maggie schließlich wieder weckte, und es dauerte eine kleine Weile, ehe sie begriff, warum sich das Fenster in diesem Raum an einer ganz anderen Stelle befand als im Hotel d'Angleterre.

»Wo soll Zoltan schlafen?«, fragte Esmeralda und zog dabei geräuschvoll die Nase hoch. Nach einer kurzen Diskussion kam man überein, dass es am besten sei, wenn man das Wohnzimmer für ihn räumte. »Zumal wir ja fürs Erste wohl sowieso keine Abendgesellschaften mehr geben, nicht wahr?«, schloss Esmeralda in bestimmendem Ton die Besprechung.

Maggie fragte sich derweil im Stillen, ob sie wohl überhaupt jemals wieder Gäste zum Abendessen laden würde. Still beobachtete sie, wie Esmeralda ohne Zögern Jeremys wertvollen Esszimmertisch zerlegte. Anschließend trugen sie das Möbel gemeinsam und Stück für Stück hinab in den Keller. Es schien beinahe so, als ob die gesamte Wohnung mit einem energischen Ruck wieder zum Leben erwachte, während die Waschmaschine rumpelte und der Staubsauger dröhnte und der Duft von Bienenwachs mit dem Geruch von Esmeraldas heiß geliebtem Bleichmittel konkurrierte. Maggie hatte sich gemütlich im Morgenmantel in einen Sessel gesetzt und nippte an ihrem Tee, erfüllt von einer tiefen Dankbarkeit dafür, dass sie nicht alleine in dieser Wohnung war.

Wenige Tage später war Maggies Crew wieder vereint, und das Zusammenleben der kleinen Gemeinschaft unter einem Dach erwies sich binnen Kurzem als überaus harmonisch. Zoltan und Simona verbrachten den Großteil ihrer Tage mit Besichtigungstouren und brachten davon allerlei seltsame Souvenirs mit. Und Esmeralda kochte die Mahlzeiten, welche man dann gemeinsam und mit dem Teller auf dem Schoß einnahm. Mit ihren Gläsern hinterließen Maggies Gäste so manchen Feuchtigkeitsring auf Jeremys Kaffeetisch, bei deren Anblick sie innerlich jedes Mal empfindlich zusammenzuckte. Simona hatte wie immer ein fröhliches Lachen auf den Lippen, während Zoltan sich mit seinem langen Fingernagel durch den Schnurrbart strich und zu immer neuen Schilderungen der Höhepunkte ihrer diversen Rachezüge ansetzte – noch immer genoss er ihre gemeinsamen Triumphe. Schließlich hatte Maggie sich sogar so weit an ihre Mitbewohner gewöhnt, dass sie gemeinsam mit ihnen auf Jeremys kleinem Fernseher die Fußballübertragungen verfolgte und Bier aus Dosen trank. Trotzdem fragte sie sich im Stillen immer wieder, was Jeremy wohl von ihrem neuen Lebenswandel gehalten hätte.

Nach etwa einer Woche in ihrer alten Heimat wurde Maggie plötzlich von einer wachsenden Unruhe geplagt. »Wissen Sie«, wandte sie sich eines Morgens beim Frühstück ganz unvermittelt an Zoltan, »eigentlich möchte ich meine Rachepläne an Jeremys ungarischer Geliebter – an dieser Ilonka – doch noch nicht ganz begraben. Ich finde, wir sollten im kommenden Jahr einen kurzen Abstecher nach Budapest machen und versuchen, die Dame vielleicht doch aufzuspüren. Mir persönlich scheint die Geschichte von Jeremys Betrügereien sonst nicht recht abgeschlossen.«

»Da ist natürlich etwas Wahres dran«, erwiderte Jeremys ehemaliger Chauffeur nachdenklich. »Auch ich habe mich schon manchmal gefragt, was wohl aus ihr geworden ist.« Dennoch schien Zoltan seltsamerweise keineswegs erpicht darauf, dies nun endlich herauszufinden.

»Tja, dann könnten Sie ja nach Ihrer Rückkehr nach Budapest vielleicht schon einmal damit beginnen, ein paar diskrete Erkundigungen über sie einzuholen«, entgegnete Maggie ein klein wenig verstimmt über den mangelnden Enthusiasmus ihres einst so treuen Komplizen.

Weihnachten rückte immer näher, und Maggie wurde bewusst, dass sie schon bald wieder allein sein würde. Zoltan würde in Richtung Budapest abreisen, Simona nach Rom und Esmeralda nach Portugal. Betrübt rief Maggie ihre Schwester in Ledbury an.

»Aber selbstverständlich darfst du zu uns kommen! Wir rechnen doch bereits fest mit dir«, antwortete Sue, während im Hintergrund lautes Hundegebell ertönte und das Gedröhne irgendeiner landwirtschaftlichen Maschine ihre Worte fast erstickte.

Wenige Tage später saß Maggie stolz hinter dem Lenkrad ihres neuen kleinen Wagens und brauste in Richtung Herefordshire. Zu Zoltans großem Verdruss hatte sie nämlich, kaum dass sie nach England zurückgekehrt war, ihren geräumigen Volkswagen gegen ein kleineres und rechtsgesteuertes englisches Fabrikat eingetauscht. Den Kofferraum hatte sie mit Jeremys alter Kleidung gefüllt, von der sie hoffte, dass sie Sues Ehemann, Jim, passen könnte. Ursprünglich waren die Kleidungsstücke zwar bereits auf dem Speicher gelandet, doch nach einiger Überlegung hatten Esmeralda und Maggie die Sachen wieder hervorgezerrt, gemeinsam mit ein paar Utensilien, die sie aus der großen Küche in Wien mitgenommen hatten, denn Esmeralda war mit der spärlichen Ausstattung von Jeremys Junggesellenküche alles andere als zufrieden.

Es war schon eine geraume Weile her, seit Maggie das letzte Mal über die Landstraßen ihrer Kindheit gefahren war, und ihre Rückkehr an jenen Ort, der einst ihre Heimat war, erfüllte sie mit einer seltsam tröstlichen Ruhe. Maggies Schwester bewohnte ein altes reetgedecktes Cottage, und hell strahlte das Licht aus den kleinen Fenstern Maggie entgegen, als diese auf die Auffahrt einbog. Im nächsten Augenblick sprangen auch schon zwei ausgelassene Hunde an den Wagenfenstern hoch, und aus der Haustür kamen Maggies Nichten gestürmt.

»Wow, das ist ja ein cooler neuer Haarschnitt!«, begrüßte Janet ihre Tante – Janets eigene Haarfarbe war mit den Jahren in ein recht unschönes Orange übergegangen. Alle umarmten Maggie und drückten sie, und sogar ihr Schwager zog sie mit geradezu feierlicher Geste an seine breite Brust. Ganz unerwartet fühlte Maggie sich schließlich ganz von einer Woge der Zuneigung und Wärme umfangen.

Dann musterte Maggie ihre Schwester: Sue schien dünner, als sie sie in Erinnerung gehabt hatte, und sie wirkte müde, wie sie so dastand in ihrem alten Sweatshirt und der Jeans. Dennoch aber strahlte ihr Gesicht vor Glück. Augenblicklich hatte Maggie das Gefühl, in ihrem schicken Pariser Kostüm ein bisschen lächerlich zu wirken. Doch in ihrer Familie galt sie nun einmal als »die Karrierefrau«, als jene Tochter, die es geschafft hatte, einen Diplomaten zu heiraten, um an dessen Seite fremde Länder zu erforschen und in den Salons von Kontinentaleuropa zu brillieren. Zumindest war das das Bild, das Maggies Mutter gern von ihrer erfolgreichen Tochter zeichnete. Damit verglichen schien Sue natürlich die weitaus schlechtere Partie gemacht zu haben: Sie hatte »bloß« den bodenständigen, ehrlichen und fast schon hausbackenen Filialleiter einer örtlichen Bank geheiratet. Sue kümmerte sich, während Jim auf der Arbeit war, um das Haus und den Garten und züchtete Hühner. Außerdem kochte sie die Mahlzeiten der Familie noch immer auf einem jener altmodischen Aga-Herde mit den vielen Klappen und Türchen an der Vorderseite und besuchte nur selten einmal ein schickeres Ambiente als den nächstgelegenen Pub. Ab und zu lud sie vielleicht noch ein paar Freunde zum Abendessen ein oder begleitete Jim zu einer Filialleiterversammlung, doch das war es dann auch schon an gesellschaftlicher Aktivität für Sue.

Das Cottage, in dem sie mit ihrer Familie lebte, war warm und gemütlich, und Daisy und Janet hatten bereits den Weihnachtsbaum geschmückt. Irgendwo stand ein Radio, aus dem das altbekannte »Away in the Manger« erklang, als Jim Maggie auch schon einen Drink reichte und die Katze des Hauses sich schnurrend auf ihrem Schoß niederließ. Die Mädchen hatten rechts und links von Maggie Platz genommen und löcherten sie mit Fragen. War es wirklich wahr, dass der Popsänger Sting sie in der Botschaft besucht hatte, als Maggie mit Jeremy in Wien lebte? Und hatte Maggie tatsächlich einen eigenen Butler gehabt und sah der allen Ernstes so aus wie der Diener in dem altmodischen Film »Upstairs, Downstairs«?

Sue trug derweil den schweren Truthahn an den Tisch, und Jim sprach mit schlichten Worten das Tischgebet. Maggie hatte fast schon vergessen, wie gut eine hausgemachte englische Fleischsoße schmeckte. Ganz still saß sie da und beobachtete, wie der Dampf von dem Truthahn aufstieg, während Jim die Brust des Tieres aufschnitt und Sue Maggie etwas Rosenkohl auf den Teller löffelte. Sanft stupste einer der beiden Hunde sie mit der Nase gegen das Bein, woraufhin Maggie ihm freundlich den Kopf tätschelte. Sie und Jeremy hatten niemals einen Hund gehabt. Jeremy war allergisch gewesen gegen jegliche Art von Tieren, und zwar so schlimm, dass sie nicht einmal eine einzige Nacht in einem Haus übernachten konnten, in dem es einen Hund gab. Langsam ließ Maggie den Blick über ihre Familie schweifen, die sich rund um den Tisch versammelt hatte. Zu ihrem Entsetzen musste sie plötzlich feststellen, dass sie leise weinte.

»O nein, bitte nicht weinen, Tante M.«, sagte Daisy und legte ihr tröstend den Arm um die Schultern.

Maggie wusste selbst nicht, warum sie eigentlich in Tränen ausgebrochen war – aber in jedem Fall weinte sie nicht um Jeremy, das stand schon mal fest.

Nach dem Abendessen öffnete Jim eine Flasche Brandy, und die Mädchen rösteten Kastanien über dem offenen Feuer. Maggie suchte sich unterdessen aus einer großen

Black Magic-Schokoladenschachtel ihre Lieblingssorte aus.

Als Weihnachtsgeschenk hatte sie ihrer Schwester ein Hermès-Tuch aus Paris mitgebracht, welches Sue immer wieder ehrfürchtig zusammenlegte und wieder auseinanderfaltete. »Was für eine wundervolle Seide«, staunte sie.

Jim, der Jeremys Kleidung in den Händen hielt, schien unterdessen ein wenig unschlüssig, wie er auf dieses unerwartete Geschenk reagieren sollte. »Bitte, tu dir keinen Zwang an. Probier die Sachen einfach mal an«, forderte Maggie ihn auf.

Mit leicht geröteten Wangen, zugleich aber auch sehr ansprechend gekleidet, kam Jim kurz darauf wieder ins Wohnzimmer. Jeremys Nadelstreifenanzug, den ein bekannter Londoner Herrenschneider angefertigt hatte, stand ihm ausgesprochen gut. »Damit bin ich dann wohl der am besten gekleidete Kerl der gesamten Bank«, verkündete er stolz, und alle brachen in fröhliches Gelächter aus.

»Für jemanden wie dich ist unser Weihnachtsfest wahrscheinlich ziemlich unspektakulär«, sagte Sue mit einem Seitenblick auf Maggie in fast schon entschuldigendem Tonfall, als sie alle ihre Esskastanien schälten und die Mädchen ihre Geschenke auspackten.

»Oh, aber nein!«, entgegnete Maggie. »Nein, wirklich! Wenn du das glaubst, dann hast du irgendetwas gehörig falsch verstanden. Von solch einem Weihnachtsfest wie diesem träume ich schon seit langem. Und ich bin wirklich, wirklich glücklich, hier sein zu dürfen.«

Plötzlich schrillte im Nebenzimmer das Telefon. »Wer kann das sein?«, fragte Jim, und Maggie konnte hören, wie er sich mit erstaunter Stimme bei dem Anrufer erkundigte, was dieser wolle. »Es ist für dich, Maggie«, rief er wenig später ins Wohnzimmer hinein. »Ein Anruf aus Übersee.«

»*Boldog karácsonyt*, Modome!«, begrüßte Zoltan sie. Und tatsächlich, seine Stimme schien sehr weit entfernt. »Fröhliche Weihnachten! Außerdem wollte ich Ihnen sagen, dass ich vor kurzem Ilonka getroffen habe – genauer gesagt, bin ich geradezu in sie hineingerannt.«

Wieder in London, marschierte Maggie als Erstes in die Abstellkammer von Jeremys Wohnung und zerrte die älteste der Kisten mit der Sammelaufschrift »Unterlagen – Jeremy« hervor. Sie wollte seine Aufzeichnungen noch einmal von Anfang an durcharbeiten. Es war schließlich schon eine geraume Zeit her, dass sie in Budapest gelebt hatten, und vor einem neuerlichen Besuch in dieser Stadt wollte Maggie ihre Erinnerungen gern ein wenig auffrischen. Zu ihrer Lektüre öffnete sie eine Flasche recht lieblichen Champagners – Zoltans Abschiedsgeschenk – und ging abermals eines nach dem anderen die kleinen Büchlein durch, bis sie, wie schon einmal, schließlich ermattet auf dem Sofa einnickte.

Maggies und Jeremys erster gemeinsamer Auslandseinsatz war in Washington gewesen, und in dieser Stadt hatte Jeremy auch damit begonnen, regelmäßig Tagebuch zu führen; nur von dem ersten Jahr ihrer Ehe, das sie noch in London verbracht hatten, gab es keinerlei Aufzeichnungen.

Als angehender Botschafter hatte Jeremy damals täglich zwischen Washington und dem benachbarten Alexandria pendeln müssen, wobei seine junge Frau wochentags allein in ihrem kleinen Bungalow geblieben war – einem sehr trist eingerichteten Haus im Übrigen, das ihnen die Regierung gestellt hatte. Selbst Maggies und Jeremys paar persönliche Habseligkeiten, die sie aus London mitgebracht hatten, konnten ihm nur wenig Wohnlichkeit verleihen. Zudem erwirtschaftete Jeremy damals noch kein nennenswertes Einkommen, mit dem man die Wohnsituation hätte verbessern können. Schließlich stand er damals erst am Anfang seiner Karriere … In jedem Fall verbrachte Maggie ihre Tage zumeist damit, in ihrem kleinen Garten herumzuwerkeln und die verschiedenen Maschinen in ihrem Haus laufen zu lassen – am liebsten alle gleichzeitig, denn es war das erste Mal, dass ihr ein Wäschetrockner zur Verfügung stand, von der Eismaschine und dem Müllschlucker ganz zu schweigen. Außerdem fuhr sie einen kleinen Mazda, den Jeremy und sie sich gleich nach ihrer Ankunft gekauft hatten und auf dessen Automatikgetriebe ein »D« prangte für »*drive*« sowie ein »S« für »*stop*«. Oftmals fuhr Maggie in ihrem kleinen Auto zu einer der riesigen Einkaufspassagen, wo sie stundenlang und ein wenig einsam an schier unendlichen Reihen von T-Shirts entlangschlenderte, deren Vorderseiten mit allen möglichen seltsamen Sinnsprüchen bedruckt waren. »Das macht dann noinzehnnoinunnoinzich«, wurde man dann an der Kasse von einem zumeist recht stämmigen und etwas schläfrig dreinblickenden schwarzen Mädchen informiert, das mit trägen Bewegungen und krallenartigen, silbern lackierten Nägeln das T-Shirt vom Bügel nahm und in eine Tüte packte.

Rückblickend war die Zeit in Washington die traurigste in Maggies gesamtem Leben gewesen. Die Briefe, die sie ihrer Mutter schickte, hatten natürlich allesamt einen enthusiastischen Tenor, und Maggies Mutter ließ es sich nicht nehmen, diese Schilderungen dann noch einmal ein bisschen auszuschmücken, wenn sie sie ihren Freundinnen weitererzählte. Und Jeremy hatte eines Tages sogar die Bekanntschaft des Präsidenten der Vereinigten Staaten machen dürfen. Seite an Seite hatten sie gestanden, als die britische Botschaft ihren Empfang zu Ehren des Geburtstags der Königin gab. Maggie dagegen musste sich damit begnügen, mit den anderen Diplomaten-Gattinnen Kurse in der Kunst des Blumensteckens zu belegen – und gewann dabei einmal sogar den ersten Preis.

Gelegentlich wurde Jeremy auch schon zu einer größeren Veranstaltung eingeladen, wo er Maggie einmal einer ganzen Horde von Nebenrollenschauspielern vorstellte, die sich vor allem über die Initialen ihrer Arbeitgeberfirmen identifizierten. »Mr Hogart von SPQR und Anthony Bigelow, ehemaliger Präsident der RIP«, hieß es dann dort, was Maggie aber nur noch mehr verwirrte. Und einmal, ganz zu Beginn von Jeremys Diplomatenlaufbahn in Washington, war Maggie sogar bei der Frau des damaligen Botschafters, Lady Smythe, zum Tee geladen. Die Botschaftsvilla war ein überaus eindrucksvolles Gebäude gewesen, erbaut von keinem Geringeren als Lutyens. Anschließend hatte sie ihre Gastgeberin noch auf einen kleinen Spaziergang zwischen deren Staudenrabattenbeeten hindurch begleiten dürfen – ein Erlebnis, auf das Maggie in ihren wöchentlichen Briefen nach Ledbury mehr als einmal zu sprechen kam.

An den Wochenenden kehrte Jeremy nach Hause zurück und mähte den Rasen, während Maggie sich um den Sonntagsbraten kümmerte. Den Rest der Woche begnügte sie sich damit, in ihrer Mikrowelle jene köstlichen kleinen Fertiggerichte zu erhitzen, die sie erst kurz zuvor im örtlichen Safeway-Supermarkt entdeckt hatte. Das war noch zu jener Zeit gewesen, ehe Jeremy seine Vorliebe für die *haute cuisine* entwickelte. Im Übrigen verbrachte er seine Sonntagnachmittage schon damals zumeist damit, die redaktionellen Beiträge der New York Times zu sichten.

Zwischenzeitlich lernte Maggie, aus zahlreichen Fertigkuchenmischungen, die man ebenfalls überall in den Supermärkten erstehen konnte, *cup cakes* zu zaubern, also jene kleinen runden Kuchen, die so typisch amerikanisch waren. Und sie lernte auch die charakteristische Floskel *»Have a nice day!«*, um sie nach nur wenigen Monaten zu *»Have a nice day, now!«* zu vervollkommnen. Außerdem saß sie stundenlang vor dem Fernseher, schaute fast sämtliche bekannten Fernsehserien aus den Siebzigern an und kannte die Spots in den Werbeunterbrechungen bald auswendig. Irgendwann jedoch begann Jeremy, sich über ihren Müßiggang zu beschweren, besonders an jenem Abend, als Maggie ihm beim Essen erklärte, das Hühnchengericht sei wirklich *»finger lickin' good«*. »Meinst du nicht, dass du in deiner freien Zeit etwas Sinnvolleres anstellen solltest, als bloß fernzusehen?«, hatte er sie erbost gefragt.

Gehorsam kaufte Maggie sich also einen himmelblauen Trainingsanzug und meldete sich zu einem Aerobic-Kurs an. Außerdem bat sie ihre Mutter, ihr sämtliche Bände von »A Dance to the Music in Time« zu schicken. Doch das, so hatte Jeremy sie in leicht verärgertem Tonfall belehrt, genügte noch lange nicht; schließlich war es unter den amerikanischen Frauen gang und gäbe, sich in mindestens einem karitativen Projekt zu engagieren. Also adoptierte Maggie auch noch einen Baum. Brav erschien sie im Rock Creek Park zu seiner Einpflanzung und stattete ihm auch in der Folgezeit noch den einen oder anderen Besuch ab. Und sie gesellte sich zu den anderen Diplomatengattinnen, die in der Botschaft *Cake-Bakes*, also Kuchenbacktage zugunsten verschiedener Wohltätigkeitsveranstaltungen organisierten. Dies war im Übrigen *die* Gelegenheit für Maggie, ihre neu erworbenen Talente in punkto Backen mitsamt den wunderbaren Backmischungen aus dem örtlichen Supermarkt zu erproben.

Gleich nebenan von Maggie wohnte zudem eine gewisse Delia, eine nervlich ziemlich erschöpfte Mutter von zwei Söhnen, deren Ehemann im Pentagon arbeitete. Trotzdem war Delia eine sehr fröhliche Person, mit der Maggie sich rasch anfreundete und deren Gesellschaft sie schon bald schätzen lernte. Früher einmal musste Maggies Nachbarin ein sehr hübsches Mädchen gewesen sein. Mit den Jahren jedoch war sie regelrecht fettleibig geworden – eine Tatsache, die Delia aber keineswegs zu verbergen suchte, wie man an ihren knappen Shorts und den knallengen Oberteilen erkannte. Das Gewicht, das sie während der Schwangerschaften mit den beiden Jungs zugenommen hatte, so gestand sie Maggie eines Tages, wäre sie bedauerlicherweise nie wieder losgeworden. Von Diäten allerdings – über die Delia im Übrigen etwa mit dem gleichen Enthusiasmus sprach, wie Maggie von dem Opus von Anthony Powell schwärmte – hielt sie überhaupt nichts. Diese und ähnliche Gesprächsthemen waren es, mit denen Maggie und Delia sich die Zeit vertrieben, während sie Karamell-Brownies mit einer großen Tasse Tee genossen.

Gelegentlich beaufsichtigte Maggie auch Delias Jungs, damit ihre Freundin sich mal ein Weilchen freinehmen konnte, um »in den Laden« zu gehen, wie sie die örtliche Mall nannte. Maggie saß dann zumeist zwischen den Jungs auf dem Sofa, trank mit ihnen Softdrinks und schaute sich Cartoons im Fernsehen an. Irgendwann, wenn die Kinder müde waren, sanken ihre kurz geschorenen Köpfe gegen Maggies Schulter, oder sie legten gedankenverloren eines ihrer Händchen auf ihr Knie – Maggie spürte dann jedes Mal ein körperliches Gefühl des Wohlbefindens. Einmal, die Jungs übernachteten bei ihrer Großmutter, hatten Maggie und Delia auf der Veranda Platz genommen, lauschten dem spätabendlichen Zwitschern der Spottdrosseln und tranken Bloody Marys, als plötzlich ein übellauniger Jeremy vorbeigerauscht kam, um Maggie mit nach Hause zu nehmen. Dabei waren Maggie und ihre Freundin beileibe noch nicht wirklich betrunken gewesen, sondern lediglich ein bisschen beschwipst und vielleicht ein klein wenig zu redselig.

Zur Weihnachtszeit – die in den Staaten unmittelbar nach dem letzten Farbenfeuerwerk der Herbstblätter einzusetzen schien – waren rotnasige Rentiere über das schlichte kleine Rasenstück stolziert, das Delia etwas prahlerisch »ihren Vorgarten« nannte, und die flackernden Lichtchen auf ihren Geschirren hatten die ganze Nacht gebrannt. Maggie hatte dann ganz still in ihrem Bett gelegen und beobachtet, wie über ihre Zimmerdecke die kleinen Lichtfunken des Vorgartenschmucks ihrer Nachbarin tanzten, und sich im Stillen gefragt, ob ihr Dasein in diesem fremdartigen Land – manchmal hatte Maggie sich dort wie auf einem anderen Planeten gefühlt – wohl jemals ein Ende finden würde.

Entsprechend Maggies eher tristen Erinnerungen an ihre Zeit in Washington fand sich auch in Jeremys Tagebuchaufzeichnungen aus jenen Jahren nur wenig Interessantes.

Als einer der jüngsten Mitarbeiter im Botschaftsteam war der Platz, den er damals in der sozialen Hackordnung der amerikanischen Hauptstadt besetzt hatte, naturgemäß sehr bescheiden gewesen, und es war nur höchst selten vorgekommen, dass eine hübsche junge Sekretärin ihm einmal ein Lächeln schenkte, geschweige denn, dass gar einer der Lobbyisten das Gespräch mit ihm suchte. Denn ganz gleich, wie wichtig die Arbeit auch gewesen sein mochte, die er quasi hinter verschlossenen Türen erledigte, auf dem gesellschaftlichen Parkett hatten er und Maggie nur sehr wenig gezählt. Stattdessen waren es der Botschafter und dessen Frau gewesen, welche die Reichen und Mächtigen dieser Welt zu ihren Bekannten zählten und die auf Farbfilm gebannt wurden, während sie sich mit Herrschaften vergnügten, die quasi mit jedem einzelnen ihrer Atemzüge Geschichte schrieben. Jeremy wiederum hatte in seinen Tagebüchern lediglich eine Reihe von Zusammenkünften mit Kollegen festgehalten, wozu unter anderem verschiedene Barbecues zählten, bei denen man das Fleisch auf der Veranda briet, die Gastgeber sich gern in Küchenschürzen mit lustigen Sprüchen präsentierten und die Gäste Hawaiihemden und Shorts trugen. Amerikaner, besonders jene, die sich in den Vororten der großen Städte angesiedelt hatten, waren geradezu besessen von dem Gedanken, es sich stets möglichst bequem zu machen. Das zumindest war Maggies Einschätzung. Entsprechend hatten ihre Nachbarn auch zumeist Kleidung getragen, die Maggie normalerweise nur im Gymnastikkurs oder bestenfalls auf dem Sportplatz getragen hätte, zumal ihre Freunde, wo immer diese auch auftauchten, grundsätzlich auch noch eine große Flasche mit Wasser oder Saft und einem Plastiksauger bei sich hatten. Die Amerikaner schienen Maggie alles in allem also ein freundliches, aber auch ein etwas kindliches Volk zu sein. »Where are you *from?*«, pflegten sie Maggie gerne voller Verwunderung zu fragen. Und entsprechend war auch die Art und Weise, mit der diese Menschen dem Leben im ganz Allgemeinen begegneten, für Maggie von geradezu entwaffnender Naivität. Manchmal hatte sie den Eindruck gehabt, als ob diese Leute wirklich alles glaubten, was man ihnen erzählte – vielleicht hätten sie es ihr sogar abgenommen, wenn sie behauptet hätte, dass sie in Wahrheit eine Verwandte vom Weihnachtsmann und dessen Rentieren sei? In jedem Fall war man während Maggies Zeit in Washington stets überaus freundlich zu ihr gewesen und lächelte, sobald man ihr auf der Straße oder im Supermarkt begegnete. *»Take care«*, rief sie ihren Bekannten dann fröhlich zu, während sie zurücklächelte, und eines Tages klebte sie sogar einen *»Keep Smiling«*-Sticker auf die Stoßstange des kleinen Mazda, der sie so brav zwischen der Mall und ihrem Zuhause hin- und herkutschierte.

Eines Nachmittags ging Maggie, wie so oft, auf einen spontanen Besuch zu ihrer Nachbarin hinüber, musste dann aber zu ihrem Entsetzen feststellen, dass diese noch ihr Nachthemd trug und das Haar fettig an ihrer Stirn klebte. Außerdem waren Delias Augen rot und geschwollen; sie hatte offensichtlich sehr viel geweint. Die beiden Jungs saßen unterdessen mit gekrümmten Schultern vor dem Fernseher und schauten sich »Woody Woodpecker« an. »Was ist denn passiert?«, fragte Maggie erschrocken und folgte Delia in die Küche, wo diese erschöpft auf einem Stuhl zusammenbrach.

»Es ist wegen Dan«, schluchzte sie. »Ich habe herausgefunden, dass er eine Affäre hat.«

Delia habe gerade seine Hosen aufgehängt, als aus einer der Taschen ein kleiner Zettel gefallen sei. Sie wollte das Stückchen Papier schon zusammenknüllen und einfach wegwerfen, als ihr der Gedanke kam, vielleicht doch besser einmal auf den Zettel zu schauen, ob vielleicht etwas Wichtiges draufstände. Hastig kramte sie nun in der Tasche ihres Morgenmantels nach dem Corpus Delicti, fand es und reichte es Maggie. Diese entfaltete vorsichtig den Zettel, der aussah wie eine zusammengeknüllte Seite aus einem Notizbuch. »Komm heute Nachmittag um vier. Ich bin dann allein zu Hause. Helen.« Unschlüssig drehte Maggie den Zettel in ihren Händen, ihr Herz raste wie wild.

»Aber das ist doch noch kein abschließender Beweis«, entgegnete sie vorsichtig, doch man hörte ihrer Stimme deutlich an, dass sie im Grunde selbst nicht an das glaubte, was sie da gerade sagte.

»Und ob das ein Beweis ist, denn als Dan nach Hause kam, habe ich ihn ja gleich damit konfrontiert«, schluchzte Delia. »Zuerst habe ich das Ganze noch als Witz dargestellt und gesagt, dass das ja wohl nicht das sein könne, wonach es aussieht. Aber dann wurde er plötzlich ganz ernst und meinte, dass er es mir eigentlich schon längst hätte sagen wollen, aber dass er noch nicht den passenden Moment dazu gefunden hätte …«

»Um dir was zu sagen?«

»Dass er sich in eine Kollegin verliebt hat, und dass er die Scheidung will.« Schwer ließ nun auch Maggie sich auf einen der Küchenstühle fallen.

»Oh, Delia«, sagte sie leise und von ehrlichem Mitgefühl mit ihrer Freundin erfüllt. Im Stillen grübelte sie aber bereits darüber nach, ob so etwas vielleicht auch ihr passieren könnte, um dann voller Erleichterung zu dem Ergebnis zu kommen, dass so etwas in ihrer Ehe vollkommen undenkbar sei. Einen Augenblick später schob sie ihre persönlichen Überlegungen wieder beiseite und bereitete Delia einen Kaffee, während sie ununterbrochen irgendwelche – vermeintlich tröstenden – Plattitüden von sich gab: Vielleicht würde Dan es sich noch einmal überlegen? Vielleicht war das nur eine vorübergehende Phase? Vielleicht würde er wieder zu Delia zurückkehren? Nein, ganz bestimmt sogar würde er wieder zu ihr zurückkehren! Und was sollte ohne ihn eigentlich aus den beiden Jungen werden? Das alles konnte Dan doch sicherlich nicht einfach so aufgeben … Doch noch während Maggie es sagte, wusste sie in ihrem Herzen bereits, dass Dan das alles durchaus aufgeben konnte und dass er genau das auch tun würde. Delia zerknüllte ihr Kleenex zu einem feuchten Ball, den sie dann Stückchen für Stückchen zerrupfte. Den noch immer aus ihrer Nase rinnenden Schleim wischte sie an ihrem Handrücken ab. Gemeinsam tranken Maggie und Delia ihren Kaffee, während Letztere ununterbrochen weinte. Irgendwann war es an der Zeit, dass Dan von seiner Arbeit heimkehren würde, und Maggie schlüpfte leise zur Haustür hinaus.

Schon am nächsten Tag verließ Delia ihren Bungalow, um sich mit ihren Söhnen bei ihrer Mutter einzuquartieren. Ein letztes Mal streichelte Maggie den beiden sanft über die weichen Stoppelköpfe. Dann stellte sie sich auf den Bürgersteig vor Delias und Dans Bungalow und winkte ihrer Freundin hinterher. In den kommenden Wochen wuchs das Gras im nachbarlichen Vorgarten immer höher und höher, und unmittelbar an der Rasenkante stand plötzlich ein Schild mit der Aufschrift »zu verkaufen«. Traurig klirrten die kleinen Weihnachtsglöckchen, die Delia einfach an der Veranda hatte hängen lassen, im Wind. Am darauffolgenden Weihnachten hatten keine Rentiere mehr auf dem Rasen gestanden, und keine lämpchengeschmückten Geschirre hatten ihre Lichtreflexe über Maggies Schlafzimmerdecke geschickt. Gemütlich auf der rechten Seite des Ehebettes – Jeremys Seite – liegend, hatte Maggie ihren Kopf an dessen Arm gekuschelt und sich so unglaublich geborgen gefühlt in dem Glauben, dass derartige Sorgen und Entgleisungen, wie Delia sie hatte ertragen müssen, in ihre und Jeremys Welt sicherlich niemals Einzug halten könnten.

Delias Unglück – an dem Jeremy schon damals nur wenig Interesse gezeigt hatte – wurde in dessen Aufzeichnungen mit keinem Wort erwähnt. Überhaupt waren seine Notizen aus jener Zeit in der Regel in sehr nüchternem Stil verfasst und drehten sich meist nur um Berufliches. Eine Reihe von Mittagessen wurde skizziert sowie ein Abendessen, die Jeremy jeweils mit einer gewissen Jessica eingenommen hatte, doch schien sich aus dieser Bekanntschaft nichts Nennenswertes entwickelt zu haben. Jeremy war schon immer sehr ehrgeizig gewesen, und sein Aufenthalt in Washington war zweifellos einer der ganz großen Sprünge in seiner Karriere; entsprechend dienten auch seine Tagebücher fast nur der minutiösen Beschreibung seiner tagtäglichen Arbeit.

Der Karton, in dem sich die Erinnerungen an Jeremys und Maggies Zeit in Budapest befanden, war dagegen – wie Maggies Mutter es wohl ausgedrückt hätte – »schon eine ganz andere Kiste Fisch«.

5
BUDAPEST

Gleich im Anschluss an seine Zeit in Washington hatte man Jeremy nach Budapest beordert. Damals war Ungarn noch ein kommunistisch regiertes Land gewesen, und auch die Hoffnung, dass sich dies jemals ändern könnte, war zu dieser Zeit sehr gering. Entsprechend enttäuscht war Maggies Mutter über den wenig glamourösen Einsatzort ihres Schwiegersohnes und versuchte gegenüber ihren Freundinnen, diesen Abschnitt von Jeremys Karriere ein wenig zu beschönigen, indem sie immer wieder betonte, wie »überaus verantwortungsvoll« seine Aufgaben dort doch seien. Und tatsächlich hatte man Jeremy gleich im Anschluss an Washington bereits zum Zweiten Botschaftsrat berufen – ein zweifellos nicht unwesentlicher Karrieresprung. In seiner neuen Stellung musste er sich erstmals auch mit dem politischen Aspekt des Botschaftswesens befassen, und das war im Osteuropa jener Tage ein sehr sensibles Thema.

Budapest war Maggie zunächst als eine sehr eintönige und regelrecht hässliche Stadt erschienen. Die Straßen, die sie entlangspazierte, waren zumeist unbeleuchtet, und die rußbeschmutzten Fassaden der Häuser trugen noch die pockenartigen Narben des Krieges und der 56er-Revolution. Maggie hatte ihre Einkäufe damals vorzugsweise in den an die Botschaft angegliederten Geschäften erledigt, doch was die Dinge des unmittelbaren täglichen Bedarfs betraf, musste sie wohl oder übel zuweilen auch die trübseligen Märkte besuchen, auf denen krumme und dreckverkrustete Mohrrüben angeboten wurden, lieblos hingeworfen neben einen Haufen Salatköpfe. In den Warteschlangen standen in der Regel alte, seelisch gebrochene Menschen, die stoisch ausharrten, bis sie an der Reihe waren, am Handgelenk eine leere Plastiktüte baumelnd. In Budapest hatte Maggie sich zum ersten Mal in ihrem Leben wirklich reich und privilegiert gefühlt, und damals war sie auch zu der Erkenntnis gekommen, dass dies nicht unbedingt immer eine angenehme Erfahrung war. Wenn sie aus dem Botschaftswagen stieg, wandten die Leute die Köpfe nach ihr um und starrten sie an, als ob sie Grace Kelly sei, zumal der Botschaftswagen damals der einzige Daimler in ganz Budapest war. Und wenn Zoltan sie die finsteren Boulevards hinunterkutschierte, huschten die kleinen Trabants ihnen sogleich eilfertig aus dem Weg, während sie stinkende braune Abgaswölkchen ausstießen. In Budapest war Maggie eine der Reichen in einem ganzen Land voller Armut gewesen, und es hatte sie regelrecht angewidert, als sie erkannte, wie manifest dieses Elend doch war. Regelmäßig kaufte sie kleine Blumensträußchen von den in Kopftücher gehüllten alten Frauen, die draußen in der Kälte vor den U-Bahn-Stationen ausharrten. »*Aranyos*«, hatten sie ihr dann zugeflüstert, während Maggie ihnen eine Münze in die Hand drückte. »Machen Sie sich darüber mal nicht so viele Gedanken«, hatten Maggies Diplomatenfreundinnen, die schon länger in Budapest lebten und gegen derlei Anblicke immun geworden waren, ihr geraten. »Mit der Zeit gewöhnt man sich irgendwie daran. Ja, doch, bestimmt, nach einer Weile nimmt man das Ganze gar nicht mehr wahr. Und überhaupt: Wenn Sie echtes Elend sehen wollen, dann sollten Sie erst einmal nach Rumänien reisen.«

Eines Tages war es dann tatsächlich so weit, und Maggie

begleitete Jeremy auf einen kurzen Erkundungsbesuch nach Rumänien. Sie musste zugeben, dass ihre Freundinnen recht hatten. Niemals hätte Maggie sich vorstellen können, dass eine europäische Nation derart unter einem totalitären Regime dahinsiechte. Fast schon glaubte man, nicht mehr in Europa zu sein, sondern irgendwo auf Haiti unter der Knute des Diktators »Papa Doc«. Binnen vierundzwanzig Stunden war auch Maggies Stimme nur mehr ein leises Flüstern, und wie ein unheimlicher Nebel schien die Angst um die Ecken zu streichen und unter den Türritzen hindurch. Zugleich schien dem rumänischen Beamtentum etwas geradezu Unheilverkündendes anzuhaften: Die Männer und Frauen im Dienste des Staates schienen stets das gleiche, honigsüße Lächeln auf den Lippen zu tragen, während der Blick ihrer Augen so undurchschaubar war wie die milchigen Fenster eines Krankentransporters. »Lass uns wieder nach Hause fahren«, hatte Maggie Jeremy gebeten, während sie im Badezimmer ihres Hotels – einer Art Betonbunker – stand und der brackige Strom aus dem Wasserhahn trotz voll aufgedrehter Hähne binnen kurzer Zeit wieder versiegte. Ceauşescus Macht war damals noch ungebrochen, und über der Skyline der Stadt propagierten große Banner seine Errungenschaften, während riesige Gaspipelines sich durch die graue Stadtlandschaft schoben wie die Arme eines bösartigen Polypen. Zurück in Budapest hatte Maggie dann endlich wieder das Gefühl gehabt, in einem zivilisierten Land zu leben.

Nur wenige Diplomaten machten sich damals die Mühe, die ungarische Sprache zu lernen, eine Sprache, die wahrhaft verworren war. Jeremy dagegen beherrschte sie schon nach kurzer Zeit perfekt. So oder so aber war es den westlichen Diplomaten nicht erlaubt, sich mit Mitgliedern der einheimischen Bevölkerung anzufreunden. Das gesellschaftliche Leben der Botschaftsmitarbeiter beschränkte sich also auf gelegentliche Treffen mit anderen westlichen Diplomaten und deren Frauen, und sie alle gaben ihr Bestes, um die gemeinsame Misere wenigstens halbwegs erträglich zu gestalten. Maggie und Jeremy wurden also zu recht förmlichen kleinen Abendgesellschaften geladen, bei denen man in strahlend hell erleuchteten Apartments höfliche Konversation pflegte. Intimere Gedankenaustausche waren leider nicht möglich, da die Botschaftsmitarbeiter stets und ständig und ganz gleich, wohin sie gingen, damit rechnen mussten, abgehört zu werden. »Nehmen Sie sich vor den Klageweibern in Acht«, hatte die Ehefrau des damaligen Botschafters Maggie einmal gewarnt, kaum, dass diese in ihrer neuen Heimat angekommen war. Gemeint waren mit diesem wenig wertschätzenden Ausdruck jene Diplomatengattinnen, die es nicht mehr fertigbrachten, die »schöne Fassade« zu wahren, und unverhohlen über ihr Leben in diesem Land klagten. Dieser vermutlich gut gemeinte Ratschlag erinnerte Maggie sehr an das Verhalten ihrer eigenen Mutter: »Natürlich gab es Frauen im Krankenhaus, die bei der Geburt ihrer Kinder schrien«, hatte diese einst Sue erklärt, bevor deren erste Tochter Janet zur Welt kam. »Aber diese Frauen waren auch ausnahmslos Mitglieder der Unterschicht.«

Was Maggies Freizeitgestaltung in jener Zeit anging, so freute sie sich am meisten auf die Wochenenden, dann nämlich ritt sie regelmäßig über die akaziengesäumten Alleen und die ebenen Felder am Rande der Puszta. Ihre Reitgruppe bestand aus einigen ebenfalls im diplomatischen Dienst beschäftigten Hobby-Reitern, die eine von Maggies Freundinnen regelmäßig zu kleinen Ausflügen zusammentrommelte. Meistens legten sie bei ihren Ausritten eine kleine Rast auf einer Lichtung ein, wobei die Pferdeburschen sich um die Tiere kümmerten, während in großen eisernen Kesseln über offenem Feuer ein kräftiges Gulasch brodelte. Gemeinsam nahmen sie auf simplen Heuballen Platz und ließen sich strohgelben Wein aus Plastikkanistern kredenzen. So ähnlich, dachte Maggie auf dieser Art Ausflügen regelmäßig, muss wohl das Leben der Oberschicht in Indien zur Zeit der britischen Regierung ausgesehen haben. Dass Maggie nur eine recht mittelmäßige Reiterin war, behinderte sie nicht, da die Pferdeburschen stets darauf achteten, ihr nur die besonders ruhigen Stuten zuzuteilen, die wie angemauert stehen blieben, wenn Maggie sich unbeholfen in den Sattel hievte. Und niemals schlugen diese braven Tiere eine schnellere Gangart an als einen sanften Kanter. Manchmal begleitete Jeremy seine Frau auf diesen Ausflügen. Früher, als ganz junger Mann, war er bei jenen klassischen englischen Jagden mitgeritten, bei denen man hoch zu Ross und umgeben von einer Meute Hunde dem Wild hinterherhetzte. Entsprechend wählte er auf den Ausritten durch die Puszta lieber die etwas temperamentvolleren Pferde mit den muskelbepackten Hinterläufen; riesige Staubwolken stoben durch die Luft, wenn Jeremy auf ihnen über das Land preschte, und Maggie blieb regelmäßig weit hinter ihm zurück. Im Winter wählten sie dann keine Reitpferde mehr, sondern einen Schlitten, in dem sie durch die schneebedeckte Landschaft sausten, dicke wollene Decken auf den Knien, während man sich, um warm zu bleiben, hin und wieder einen kräftigen Schluck *pálinka* gönnte.

Maggie und Jeremy hatten zu jener Zeit in einem sehr eigenwilligen, fast schon würfelförmigen Haus in einer der vornehmen Wohngegenden von Buda gelebt. Das Haus war umschlossen von einem großem Vorgarten und einem noch größeren hinteren Garten, also wie geschaffen, um darin eine Handvoll Kinder und einen Golden Retriever herumtollen zu lassen. Leider jedoch waren Maggie weder Kinder noch ein Hund vergönnt. Ihre ganze Seele hatte Maggie damals in ihr Vorhaben, endlich schwanger zu werden, hineingelegt, und stets war sie von einem Gefühl der glücklichen Gewissheit erfüllt gewesen, bis das Einsetzen der monatlichen Unpässlichkeit ihre Hoffnungen jedes Mal wieder aufs Neue zerschlug.

Die Winter in Ungarn waren sehr lang, und schier ununterbrochen fiel Schnee. Nur in der Stadt verfärbte sich das Weiß fast umgehend in ein unschönes Braun, und irgendwann entschied Maggie, dass auch der Kommunismus nicht etwa grau war, sondern braun: braun wie der Schnee an den Stümpfen der laublosen braunen Bäume, braun wie der alles durchdringende Geruch nach Braunkohle, braun wie der Smog, der über der Stadt lag, braun wie die braunen Vorhänge vor den Fenstern und braun wie die dunkelbraunen Möbel in den wenigen internationalen Hotels.

Dann, endlich, machten sich die ersten Regungen der Demokratie im Lande bemerkbar. Maggie und Jeremy waren auch dabei, als in Berlin die Mauer fiel und die Menschenmassen sich in die Straßen ergossen und im Kerzenschein andächtige Nachtwachen hielten. Sie waren dabei, als von den Häuserfassaden die roten Sterne gerissen wurden, und sie waren dabei, als die Helden der 56er-Revolution endlich ihr Ehrengrab erhielten. Es war eine geradezu berauschende Zeit gewesen, und Maggies Briefe in die Heimat waren von echtem Enthusiasmus erfüllt – schließlich war sie zum ersten Mal in ihrem Leben leibhaftig Zeugin, als Geschichte geschrieben wurde. Und auch auf das Verhältnis zwischen ihr und Jeremy hatten diese Ereignisse einen sehr positiven Einfluss gehabt, brachten die politischen Umwälzungen sie einander doch sehr nahe, sodass zumindest für Maggie diese Wochen und Monate zu den glücklichsten in ihrer gesamten Ehe zählten. Nicht im Traum hätte sie sich vorstellen können, dass ausgerechnet in jener Zeit Ilonka auf der Bildfläche erschien und das Idyll beschmutzte.

Im Übrigen war Maggies Erinnerungsvermögen an jene Zeit – und an Ilonka – trotz der Jahre, die verstrichen waren, noch überaus präzise. Die Botschaftsmitarbeiter waren damals einer rigorosen Überwachung ausgesetzt gewesen, und zwar sowohl von Seiten des britischen Geheimdienstes als auch von Seiten der ungarischen Geheimpolizei. Gizineni, die damals für Maggie und Jeremy kochte und putzte, war von außen betrachtet scheinbar nichts weiter gewesen als der ganz harmlose, klassisch mütterliche Typ Frau; nichtsdestotrotz durchwühlte sie regelmäßig Maggies und Jeremys Papierkörbe und beobachtete jede ihrer Bewegungen mit Argusaugen. Entsprechend hatte der britische diplomatische Dienst seine Mitarbeiter angewiesen, grundsätzlich keine Unterlagen finanzieller Natur offen auf Schreibtischen liegen zu lassen, geschweige denn ohne Begleitung ihrer Ehepartner durch das Land zu reisen. Selbstverständlich gaben auch ihre Telefone stets ein leises Tickern von sich, sobald man den Hörer aufnahm.

Ilonka hingegen musste die zahlreichen Sicherheitsüberprüfungen der diversen Geheimdienste irgendwie allesamt anstandslos passiert haben, denn als eine von ganz Wenigen besaß sie das Privileg, die Privathaushalte der Botschaftsmitarbeiter aufsuchen zu dürfen, um dort die verkrampften Muskeln der Diplomaten zu massieren beziehungsweise sich um die Zehen und überflüssigen Härchen der Diplomatengattinnen zu kümmern. Pünktlich jeden Mittwochnachmittag führte ihre Runde sie zu Jeremy und Maggie. Stets mit einem leicht entschuldigenden Lächeln und einer alten Plastiktüte voller Arbeitsutensilien in der Hand pflegte Ilonka auf der Fußmatte zu stehen. Anschließend hängte sie ganz bescheiden ihren Mantel in der Garderobe auf, stellte darunter fein säuberlich ihre Schuhe ab und nahm den wollenen Hut vom Kopf. Um nicht etwa Straßenschmutz in die Räumlichkeiten ihrer Dienstherren zu tragen, hatte Ilonka immer ein Paar Hausschuhe dabei und legte zum Arbeiten stets einen sauberen weißen Hauskittel an. Jeremy zog sich für gewöhnlich ins Schlafzimmer zurück, um dort seinen schmerzenden Rücken zu entspannen, und gelegentlich ließ Ilonka ihm auch noch eine Maniküre seiner ovalen, rosigen Nägel angedeihen. Maggie dagegen gönnte sich zuweilen eine Pediküre, da sie oftmals schmerzende Füße hatte von dem langen Stehen bei offiziellen Empfängen. Folglich war Ilonka auch eine jener wenigen Personen, die Maggie regelmäßig zu ihren kleinen Weihnachtsabenden einlud, bei denen sie ihren Gästen nicht nur Glühwein und Kuchen servieren ließ, sondern jedem der Geladenen auch ein kleines Päckchen unter den Weihnachtsbaum legte. Maggie konnte sich noch gut an diese kleinen Festlichkeiten erinnern, und ihr fiel auch wieder ein, dass ihre ungarischen Gäste ihre Geschenke grundsätzlich nicht vor den Augen der anderen geöffnet hatten, sondern sie, begleitet von einer höflichen Dankesfloskel, rasch in ihre obligatorischen

Plastiktüten hatten fallen lassen. Noch nicht einmal bei einer späteren Gelegenheit und unter vier Augen waren sie noch einmal auf das Geschenk zu sprechen gekommen. Befremdlich war dies Verhalten für Maggie auch darum gewesen, weil sie sich hinterher jedes Mal gefragt hatte, ob ihr Geschenk vielleicht ein bisschen zu sparsam ausgefallen sei oder womöglich gar zu groß?

Ilonkas entschuldigende Miene war indessen nicht halb so ehrlich gemeint, wie es zunächst schien, da Jeremys Massagen regelmäßig darin gipfelten, dass Ilonka ihm ihre wahrhaft grandiosen Fertigkeiten auf dem Gebiet der Erotik demonstrierte. Das zumindest hatte Maggie – trotz Jeremys nüchterner Ausdrucksweise – aus seinen Tagebuchaufzeichnungen herausgelesen. Auch waren die Treffen in Jeremys und Maggies Residenz nicht die einzigen geblieben. Ergänzend kam es nämlich, während Ilonkas Ehemann auf der Arbeit war, auch noch zu verschiedentlichen Begegnungen in deren winzig kleiner Wohnung, bei denen Ilonkas geschickte Finger Maggies Ehemann Reaktionen zu entlocken vermochten, die selbst diesen erstaunten.

Maggies Erinnerungen an die Momente, wenn Jeremy und sie sich geliebt hatten, waren stets sehr schöne gewesen. Hinterher hatte sie sich mit der Wange gerne an seine Brust gekuschelt, gedankenverloren mit den dortigen spärlichen Härchen gespielt und seinem Herzschlag gelauscht, während dieser langsam wieder einen gemächlicheren Rhythmus annahm. »Meine süße kleine Maggie«, hatte Jeremy dann zumeist gemurmelt und ihr liebevoll einen Kuss auf den Scheitel gedrückt. In jenen Augenblicken hatte Maggie oftmals von dem Kind geträumt, das sie eines Tages gewiss haben würden: Natürlich würde es ein Junge werden, so viel stand fest, und selbstverständlich würde dieser eines Tages ein ebenso groß gewachsener Mann sein wie sein Vater, und sie würden ihn Edward nennen, nach Maggies Vater, der leider bereits verstarb, als Maggie noch ein kleines Mädchen war. Maggie hatte den Jungen schon förmlich vor sich gesehen, wie er in seiner Schuluniform und mit seinem Schulranzen auf dem Rücken zum Unterricht eilte. Und eine der wenigen hitzigen Debatten, die Maggie jemals mit ihrem Mann geführt hatte, drehte sich darum, ob ihr bis dato noch immer rein hypothetischer Spross später einmal ein Internat besuchen würde oder nicht. Jeremy war dafür gewesen, ihn gleich nach der Geburt für Eton anzumelden, während Maggie standhaft die Ansicht vertreten hatte, dass Kinder im Schoße der Familie aufzuwachsen hätten.

»Aber wie soll das funktionieren, wenn ich zum Beispiel irgendwo im Orient eingesetzt werde? Oder man mich gar zum Dienst an der Hohen Pforte beruft?«, hatte Jeremy eingewandt.

»Das sehen wir dann, wenn es so weit ist«, hatte Maggies Standardantwort auf derlei Einwände gelautet. »In jedem Fall kann ich unmöglich mit der Vorstellung leben, dass unser Sohn irgendwann einen Zusammenbruch erleidet, nur weil wir ihn in ein Internat abgeschoben haben. Stell dir doch mal vor, er sitzt heulend in der Umkleidekabine, und wir sind nicht da.«

»Aber, aber, meine Liebe«, hatte Maggies Ehemann sie dann gerne geneckt, »er ist doch noch nicht einmal geboren. Und trotzdem machen wir uns bereits Gedanken darüber, dass er vielleicht einmal heulend in der Umkleidekabine sitzen könnte?«

»Dann willst du also behaupten, dass diese vielen kleinen Streiche und Bosheiten, die sich in den Jungsschulen abspielen, bloß eine Erfindung sind?«, hatte Maggie ihn zornig angefahren.

»Ach, darauf willst du also hinaus?«, hatte Jeremys wenig emotionale Antwort gelautet. »Nun, das gehört zum Prozess des Erwachsenwerdens ganz einfach dazu ...« Anschließend hatte er sich genüsslich im Bett umgedreht, die Augen geschlossen und mit einem gemurmelten »Schlaf jetzt, altes Mädchen, es ist schon spät« die Diskussion beendet.

Bedrückt ging Maggie Seite für Seite Jeremys Budapester Aufzeichnungen durch, während ihr Herz sich anfühlte, als sei es in tausend Stücke zerschlagen. Was, so fragte sie sich in diesem Augenblick, hat diese Ilonka meinem ach so seriösen, konservativen englischen Ehemann bloß bieten können, das ich nicht auch zu bieten hatte? Ilonka – mit ihrer trübseligen Wohnung, in der nichts weiter als ein brauner Vorhang die Küche vom Schlafzimmer trennte und über allem der Geruch nach Kohl hing?

»Hallo, Zoltan«, sprach Maggie in den Hörer. »Morgen um zwölf Uhr fünfzehn komme ich in Budapest an. Ich fliege mit der Malev-Fluggesellschaft.«

»Ich werde da sein, Modome«, versprach Zoltan. »Und ... Simona und ich ... wir haben Sie vermisst.«

Ehe Maggie London wieder verließ, machte sie allerdings noch einen kurzen Abstecher in die Dessousabteilung von Selfridges. Jedoch investierte sie dieses Mal nicht mehr in jene züchtige Sorte von Unterwäsche, die ihre Mutter ihr damals – herrje, wie lange war das schon her – samt sittenstrengem Moralkodex für die Aussteuer zusammengestellt hatte. Die Spiegel in dieser Abteilung waren genauso gnadenlos wie eh und je, sodass Maggie vorsichtshalber ihren Bauch einzog, während sie sich seitwärts gedreht im Spiegel betrachtete. Zu ihrer Beruhigung stellte sie aber fest, dass das Fleisch an ihrem wohl geformten Po noch erstaunlich fest aussah, und überhaupt schien sie sogar ein wenig an Gewicht verloren zu haben, seit sie nicht mehr an den diversen Abendveranstaltungen des diplomatischen Kreises teilzunehmen hatte. Falls es tatsächlich dazu kommen sollte, dass sie sich noch einmal von Ilonka massieren ließe, so würde sie dieser nun zumindest als ebenbürtige Gegnerin gegenübertreten. Im Übrigen war die Verwandlung von Maggies äußerem Erscheinungsbild jetzt, mit der schicken neuen Unterwäsche, wohl endgültig abgeschlossen. Ob damit jedoch auch die Revolution in Maggies Seele ihren Zenit erreicht hatte, nun, das bliebe wohl erst noch abzuwarten.

Sowohl Zoltan als auch Simona waren am Flughafen erschienen, um Maggie zu begrüßen, wobei Zoltan stolz seinen neuen Wagen, einen Fiat Punto, präsentierte. Bibbernd saß Simona in dem kleinen Auto und beklagte sich bitterlich über die Kälte in Zoltans Heimatland. Ihr unechter Leopardenfellmantel schien nur wenig Wärme zu spenden. Dennoch blitzte wie gewohnt ein fröhliches Lachen unter ihrem langen, gelb gefärbten Pony hervor. »Und, Maggie, wie geht es Ihnen?«, rief sie ihrem Gast munter entgegen, während sie das Wagenfenster hinunterkurbelte und eine ihrer langen, schlanken Zigaretten entzündete. »Dann ist unser Racheengel also zurückgekehrt, um sein Werk zu tun!«

Zoltan schien vor allem darauf erpicht, Maggie die vielfältigen Veränderungen zu zeigen, die sich in den vergangenen zehn Jahren im Stadtbild von Budapest vollzogen hatten. Und dann machte er auch noch eine überraschend positive Bemerkung über das Wetter: »Der meteorologische Dienst meint, die Aussichten für den heutigen Tag seien gut.«

Im Übrigen zeigte das aktuelle Budapest tatsächlich ein ganz anderes Gesicht als noch vor wenigen Jahren: Die Straßen waren von zahlreichen Laternen hell erleuchtet, in den Schaufenstern der Geschäfte glitzerte der Luxus, und überhaupt schien sich an fast jeder Ecke ein Restaurant oder zumindest eine Bar zu befinden. Allerdings hatte auch der Verkehr geradezu Grauen erregende Ausmaße angenommen, und durch sämtliche Durchgangsstraßen schienen westliche Autos zu drängen. Die Schusslöcher, die Maggie einst in den Fassaden der Häuser entdeckt hatte, suchte sie nun vergebens: Sämtliche Fronten waren frisch verputzt. Und auch das Erscheinungsbild der Menschen hatte sich stark gewandelt. Alle schienen deutlich besser gekleidet, und niemand trug mehr eine einfache Plastiktüte in der Hand. Sogar der Smog war weniger geworden, und kühl und blau spiegelte sich der winterliche Himmel in der Donau.

Zoltan hatte Maggie ein Zimmer in einem kleinen Hotel reserviert, von dem aus man den Fluss bewundern konnte und in dem sämtliche Räume ausschließlich in sanften Pastelltönen gehalten waren. Das einst so verbreitete Braun war endgültig verschwunden.

»Wie wunderschön Budapest mit einem Mal ist«, rief Maggie erstaunt aus, woraufhin sich auf Zoltans ohnehin schon stolz grinsendem Gesicht noch eine leichte Röte ausbreitete.

Er selbst lebte in einem der riesigen Betonwolkenkratzer am Rande der Stadt, und Simona, so kündigte Zoltan Maggie bereits an, würde ihnen am Abend ihre berühmten *spaghetti alla carbonara* zubereiten.

Simona aber lachte nur und erklärte, dass er sich da besser keine allzu großen Hoffnungen machen solle, da man hier nicht die Zutaten bekäme wie in ihrer Heimat. Aber ein Stück echten *parmigiano* habe sie ergattern können. Und an einem kleinen Stand in einer der Markthallen habe sie auch den Schinken gesehen, welchen sie eigentlich so gerne für ihre Spaghettisoße verwendet hätte, doch der Preis, den man hierzulande für derlei Delikatessen verlangte, sei einfach horrend gewesen, sodass sie schweren Herzens auf den Originalschinken verzichtet hatte.

Auch Maggie sollte schon bald begreifen, um wie viel teurer das Leben in Budapest geworden war.

Dem Anlass entsprechend versammelten sich die drei Verschwörer am Abend in Zoltans winziger Küche und feierten ihr Wiedersehen mit großen Tellern voll *carbonara* und einer Flasche ungarischen Weins, den Zoltan mit fast schon ehrerbietiger Geste entkorkte. Im Anschluss an das kleine Festmahl machte ihr Gastgeber sich daran, Maggie *en detail* zu erläutern, aus welcher Straßenbahn er gerade gestiegen sei und welche Straße er anschließend passiert habe, als er plötzlich und ganz unvermittelt mit Ilonka zusammenstieß. Jeremys und Maggies einstige Masseurin habe sich im Laufe der Jahre stark verändert, daran ließe sich nichts beschönigen, und dennoch habe er, Zoltan, sofort erkannt, wen er dort angerempelt hatte. Spontan hatte er sie zu einem Kaffee in einer Bar gleich an der Ecke eingeladen. Ilonka habe sich natürlich sogleich nach

Jeremy erkundigt, um dann auf Zoltans Auskunft hin, dass dieser verstorben sei, ein betrübtes Gesicht aufzusetzen. Grimmig biss Maggie die Zähne zusammen.

Ilonka, so erzählte Zoltan weiter, hätte mittlerweile ihren eigenen Schönheitssalon – mitten auf der Margit Körút. Simona habe sich auch schon in den Salon hineingewagt, um sich eine Gesichtsbehandlung und eine Maniküre zu gönnen. Und natürlich sei Ilonka eine unglaublich dumme Kuh – eine unglaublich *verabscheuungswürdige* dumme Kuh sogar – aber, so hätte Simona zugeben müssen, der Salon sei doch recht schön gewesen. Es habe Unmengen von blassrosé Handtüchern gegeben, beruhigende Musik sei erklungen, und die kleinen Umkleidekabinen seien auch sehr luxuriös. Zwar habe nicht Ilonka selbst Simonas Gesicht massiert, sondern eine von deren Angestellten, dafür aber habe Simona Maggies einstige Widersacherin in einer Ecke hinter dem Empfangstresen hocken sehen. Ilonka trage mittlerweile eine dicke Hornbrille! Ab und zu hätten die dort angestellten Mädchen ihre Chefin um einen kurzen Rat gebeten, wenn es zum Beispiel um eine besonders hartnäckige Gesichtsbehaarung oder um einen außergewöhnlich dicken Pickel ging, ansonsten aber habe Ilonka sich darauf beschränkt, über ihr kleines roséfarbenes Königreich zu herrschen und in überschwänglichem Ton ihre Kundschaft zu begrüßen. Natürlich, auch das gehörte zu Ilonkas persönlicher Note, begrüßte sie die Herrschaften stets in deren Muttersprache. Laut Simonas Schilderung habe Ilonka sogar ein bisschen Italienisch gesprochen und Ersterer zu deren Handtasche gratuliert – ein Stück, auf das Simona in der Tat stolz war und das sie erst kurz vor ihrer Abreise nach Budapest in Rom erstanden hatte. Anschließend hätten sie gleich für den nächsten Tag einen Termin für Maggie vereinbart. »Unter falschem Namen, versteht sich«, fügte Zoltan verschwörerisch hinzu.

Im Anschluss an das Abendessen fuhr Zoltan Maggie zurück ins Hotel. Maggie war müde, und die meiste Zeit schwiegen sie, während Zoltan sie stolz in seinem kleinen Fiat Punto durch die Stadt kutschierte. Die Straßen waren um so vieles heller erleuchtet als zu jener Zeit, in der Maggie noch hier gelebt hatte.

Vor dem Hotel hatte Maggie kaum die Wagentür geöffnet, als ihr plötzlich eine überaus drängende Frage durch den Kopf schoss. »Woher wussten Sie eigentlich, dass es sich bei der Frau, in die Sie hineingerannt sind, um Ilonka handelte?«, erkundigte sie sich verwundert. »Ich hatte immer gedacht, Sie wären dieser Frau nie begegnet.«

Betretenes Schweigen herrschte im Wagen. Zoltan und Simona tauschten einen raschen Blick miteinander. »Ach, genau genommen war es sogar sehr einfach, sie wiederzuerkennen«, entgegnete Zoltan schließlich mit Grabesstimme. »Wissen Sie, ich hatte Ihnen das bisher zwar nie erzählt... Der Botschafter höchstpersönlich hatte mir das Versprechen abgenommen, Ihnen nichts davon zu sagen... Aber Ilonka war früher einmal meine Frau!«

Nach dieser Offenbarung fiel es Maggie schwer, einzuschlafen. Sie erinnerte sich noch gut daran, was Zoltan ihr alles über seine Ehe anvertraut hatte, damals, als Maggie und er gerade auf dem Weg durch Frankreich waren, um sich an Delphine zu rächen. Und auch seine Schilderung jenes Augenblicks, als er nach Hause kam und seine Ehefrau mit einem anderen Mann vorfand, hatte sie noch gut im Gedächtnis. War dieser andere Mann also etwa *Jeremy* gewesen? In Gedanken wanderte sie zurück in jene Zeit, als sie Zoltan zum ersten Mal begegnet war, und mit einem Mal sah sie die Geschehnisse in einem vollkommen anderen Licht: Jeremy war eines Tages von der Arbeit nach Hause zurückgekehrt, im Schlepptau diesen schmalen, sehnigen Mann. Bedrückt, den Blick auf seine Schuhe geheftet und die Hände fest verschränkt, hatte Zoltan auf der Fußmatte gestanden. »Das ist Zoltan«, hatte Jeremy seinen neuen Mitarbeiter ganz lapidar vorgestellt. »Er ist ab sofort mein Chauffeur. Ich bin zu dem Entschluss gekommen, dass ein Chauffeur die beste Lösung ist, nun, da meine Augen nicht mehr so recht wollen.«

Maggie hatte natürlich bereits von Jeremys nachlassendem Sehvermögen gewusst. Einmal hatten sie sogar gemeinsam in einem trostlosen Korridor der Budapester Augenklinik ausgeharrt, umgeben von Menschen in Morgenmänteln und mit traurigen Mienen, die sich nur in verhaltenem Flüsterton miteinander zu unterhalten wagten. Sie alle hatten auf den einen oder anderen Spezialisten gewartet, der ihnen das Urteil über ihre weitere Augengesundheit verlesen würde. Was Jeremys Augenleiden anbetraf, so handelte es sich um eine angeborene Erkrankung, die sich mit dem Alter noch weiter verschlimmern könnte. Eventuell aber würde die Krankheit auch in dem derzeitigen Stadium verharren – so genau könne man das zum gegenwärtigen Zeitpunkt eben noch nicht sagen. Zunächst einmal solle Jeremy sich darauf einstellen, dass er, wenn er erschöpft wäre, zur Doppelsichtigkeit neigen könne, und von Nachtfahrten solle er vorsichtshalber auch besser absehen. Bei einem späteren Arztbesuch in London hatte ein hoch gerühmter Ophthalmologe in der Harley Street die Diagnose noch einmal Wort für Wort bestätigt. Dennoch konnte Maggie sich noch gut daran erinnern, dass die Diagnosen der diversen Ärzte zu keinem Zeitpunkt derart dramatisch geklungen hatten, als dass Jeremy sich unbedingt gleich einen Chauffeur hätte zulegen müssen.

Sicherlich, Männer sind, wenn es um ihre körperlichen Gebrechen geht, grundsätzlich ein bisschen empfindlich, dachte Maggie jetzt niedergeschlagen. Und doch war es eigentlich so ganz und gar gegen Jeremys Prinzipien, sich einen Fahrer zu gönnen. Eine solche Extravaganz hatte selbst damals, als das Monatsgehalt eines ungarischen Chauffeurs das Budget eines Diplomaten nur unmerklich touchierte, nicht den Grundsätzen ihres Ehemanns entsprochen. Hatte Zoltan Jeremy also etwa erpresst, um an diesen Job zu kommen? Plötzlich begriff Maggie: Ja, im Zweifelsfall traute sie Zoltan sogar eine Erpressung zu. Schließlich war die Anstellung als Chauffeur eines Diplomaten damals geradezu ein Geschenk des Himmels. Zumal mit diesem Job für Zoltan auch die Aussicht auf diverse Auslandsreisen und natürlich verschiedene fremdländische Währungen verbunden gewesen waren. Andererseits passte es nicht zu Jeremy, sich von einem Individuum wie Zoltan erpressen zu lassen. Doch wäre Jeremys Liaison mit Ilonka ans Licht gekommen, so hätte das für einen gehörigen Skandal gesorgt, der sich zweifellos höchst negativ auf Jeremys steile Karrierekurve ausgewirkt hätte. Denn wenn es Diplomaten schon nicht erlaubt war, mit den Mitgliedern des Warschauer Pakts rein freundschaftlich-platonische Beziehungen zu unterhalten, so durften sie doch wohl erst recht nicht mit ihnen ins Bett. Bereits verschiedentlich hatte es in der Vergangenheit derartige Fälle gegeben, die sich schließlich sogar zu wahren Spionageskandalen ausgewachsen hatten und dementsprechend reißerisch in der britischen Boulevardpresse breitgetreten worden waren. Und da besonders Jeremy schon immer überaus ehrgeizig gewesen war, hätte sicherlich gerade er größten Wert darauf gelegt, derartige Vorkommnisse aus seiner Karriere auszuklammern. Nun, im Nachhinein, fiel Maggie auch wieder ein, dass ihr das Verhältnis zwischen Zoltan und Jeremy schon damals recht unterkühlt erschienen war. Ursprünglich war sie zwar davon ausgegangen, dass dies lediglich auf Jeremys übliche Umgangsformen mit jenen Menschen zurückzuführen war, die er als sozial weniger bedeutend betrachtete, doch rückblickend ergaben dieses Verhalten sowie noch ein weiterer Umstand einen ganz neuen Sinn: Diese eigentümliche Verbindung zwischen Jeremy und Zoltan würde nämlich auch endlich erklären, warum Letzterer – von der finanziellen Belohnung für seine Mühen einmal abgesehen – so überaus begierig darauf war, Maggie bei deren Racheaktionen zu unterstützen.

Schon früh am nächsten Morgen, als die Sonne gerade den Nebel hinter dem Parlamentsgebäude zu durchdringen begann, erwachte Maggie aus ihrer kurzen Nachtruhe. Schier unzählige Male hatte sie stundenlang unter dem gleißenden Golddekor und den farbenfrohen Gemälden der Kuppel des ungarischen Parlamentsgebäudes ausgeharrt und endlosen Vorträgen gelauscht. Und jedes Mal hatten diese Vorträge damit geschlossen, dass man gemeinsam die ungarische Nationalhymne sang; das wohl traurigste Lied, das Maggie jemals gehört hatte. Außerdem hatte damals auch noch ein riesiger roter Stern über dem Gebäude geprangt, das zudem – wie ihre ungarischen Gastgeber Maggie gegenüber immer wieder beteuerten –

den britischen Houses of Parliament nachempfunden sei, alles in allem jedoch zwanzig Zentimeter mehr mäße.

Schwungvoll erhob Maggie sich aus ihrem Bett und ging hinüber zu ihrem Kleiderschrank. Mit großer Sorgfalt, besonders was die Unterwäsche anbetraf, wählte sie ihr Ensemble für den Tag. Schließlich sollte dieser Tag in ihrem Leben eine nicht unwesentliche Bedeutung erlangen. Das zumindest war Maggies Wunsch.

An der Hotelrezeption rief man Maggie ein Taxi, das sie zur Margit Körút fahren sollte, doch erst, als Maggie sich durch den Verkehr chauffieren ließ, fiel ihr auf, dass der Name der Prachtstraße zwischenzeitlich offenbar geändert worden war. Damals hatte sie noch Mártirok utca geheißen, doch augenscheinlich dachte man jetzt, dass die in dem einstigen Straßennamen erwähnten Märtyrer für eine Sache gestorben seien, die man heute nicht mehr so uneingeschränkt gutheißen konnte. Etwas später entdeckte Maggie, dass nach dem Fall des alten Regimes auch zahlreiche andere Straßen eine neue Identität angenommen hatten.

Der Schönheitssalon von Ilonka hatte eine sehr tief hängende Raumdecke, und es duftete nach einem Potpourri aus kosmetischen Essenzen, in denen der Geruch nach geschmolzenem Wachs die bestimmende Note zu sein schien. Vasen mit künstlichen exotischen Blumen akzentuierten das luxuriöse Interieur, und hinter einem Tischchen mit spindeldürren Beinen saß, ganz, wie Simona es vorausgesagt hatte, mit einer Hornbrille auf der Nase Ilonka.

Maggie fragte sich ernsthaft, ob sie in dieser untersetzten Dame mittleren Alters tatsächlich jenes schlanke junge Mädchen wiedererkannt hätte, als das Ilonka vor vielen Jahren auf Maggies Fußmatte gestanden hatte. Doch nicht nur Ilonka, sondern auch die meisten anderen ungarischen Frauen waren als junge Mädchen wunderschön und achteten penibel auf ihre Haut, sodass sich selbst unter dem Regime der Kommunisten an fast jeder Straßenecke ein *kozmetika* befunden hatte. Selbst damals, in den wohl dunkelsten Tagen dieses Landes, hatten die ungarischen Frauen ein Erscheinungsbild besessen, das Maggies Mutter gerne als *»soignay«* lobte. Doch die Schönheit dieser Frauen verblasste zumeist auch rasch wieder, vielleicht aufgrund der harten Arbeit, die sie zu leisten hatten, vielleicht aber auch als Folge der ungesunden Ernährung in diesem Staat. Ilonka allerdings hatte noch immer eine wunderbar glatte Haut, und ihr Haar hatte augenscheinlich von einem erst kürzlich zurückliegenden Besuch beim *fodrász* profitiert, wie man die Friseure hierzulande zu nennen pflegte. Maggie hatte einmal der Neugier halber – und doch vergeblich – nach einem Wort in der ungarischen Sprache gesucht, das sich in irgendeiner Variante vielleicht auch in einer anderen Sprache wiederfände.

Das Lächeln, mit dem Ilonka Maggie empfing, war sehr formell und bar jeglicher Wärme. Geflissentlich eskortierte sie Maggie in die Umkleidekabine und reichte ihr ein Paar Slipper und ein blassroséfarbenes Kleid ohne Träger, das Maggie nach einigem Ausprobieren wie ein Handtuch unter den Achseln und über ihren Brüsten trug. Dann wurde sie auch schon von einem gertenschlanken blonden Mädchen abgeholt, das sie in den Raum für die Gesichtsbehandlung führte.

Maggie legte sich auf eine Massageliege, und sorgfältig strich man ihr das Haar hinter ein schützendes roséfarbenes Stirnband zurück. Dies war das erste Mal in Maggies Leben, dass sie sich eine professionelle Gesichtsbehandlung gönnte, ein Luxus, den wohl weder ihre Mutter noch Jeremy mit Wohlwollen betrachtet hätten – und tief in ihrem Innersten glaubte auch Maggie, dass es sich bei dieser Behandlung um eine geradezu frivole und vor allem grundsätzlich unnötige Geldausgabe handelte. Entsprechend verkrampft und unbeholfen streckte sie sich in ihrem rosé Kleid auf der Liege aus. Sie fühlte sich beinahe so, als hätte sie sich auf eine Bahre im Leichenschauhaus gebettet. »Entspannen Sie sich«, versuchte das junge Mädchen – das im Übrigen aussah, als wäre es Ilonkas Tochter – Maggie etwas von deren Nervosität zu nehmen, während ihr junger Atem nach Pfefferminz duftete.

Langsam liebkoste sie mit den Fingern Maggies Kehle und den Hals, fuhr mit leicht klopfenden Bewegungen über die Wangen, strich energisch um ihre Kinnpartie und glitt dann mit sanften, kreisenden Bewegungen über ihre Augenlider, um schließlich, begleitet von zarten Strichen, die Falten von Maggies Stirn fortzuzaubern. Das Gefühl, das Maggie bei dieser Behandlung durchdrang, war so köstlich, dass sie nach und nach in eine fast schon meditative Stimmung abglitt, in der sie den Eindruck hatte zu schweben, während ihre Hände schwer neben ihrem Körper ruhten. Plötzlich spürte Maggie, dass nicht mehr die sanften Hände des jungen Mädchens über ihre Haut glitten, sondern eine neue Kosmetikerin hinzugetreten war, eine Dame mit kräftigeren und wärmeren Fingern, welche nun Maggies Schultern und ihren Nacken massierten. Die Zeit schien für Maggie nicht mehr existent, und die Streicheleinheiten, mit denen die Finger ihre Haut kneteten, nahm sie nicht mehr im Einzelnen wahr – bis diese Finger mit einem Mal innehielten und warm und fest gegen Maggies Brustkorb pressten.

»Sind wir uns nicht schon einmal begegnet?«, fragte eine Stimme dicht an ihrem Ohr. Abrupt öffnete Maggie die Augen und war mit einem Mal wieder hellwach. Kopfüber starrte Ilonka mit strengem Blick über die Ränder ihrer Hornbrille von oben herab in Maggies Gesicht. Sie war so nahe, dass Maggie sogar Ilonkas Poren erkennen konnte.

»Ich denke, nicht«, erwiderte sie dann in bewusst vagem Tonfall.

Energisch rieb Ilonka die überschüssige Creme von Maggies Wangen. »Darf ich Ihnen eine Gesichtsmaske auftragen?«, führte sie das Gespräch höflich wieder auf die geschäftsmäßige Ebene zurück.

Gleich darauf wurde Maggie eine Paste auf die Haut gestrichen, die entfernt an Spinat erinnerte und langsam zu erhärten schien, wobei Nase, Mund und Augen frei blieben.

»Es kann sein, dass die Maske zunächst ein wenig brennt«, fügte Ilonka erklärend hinzu.

Und in der Tat, die Maske brannte ein wenig, begann schließlich sogar entsetzlich zu jucken, und Maggie wünschte sich, sie hätte diesen Teil der Schönheitspflege ausgeschlagen, zumal ihr die Maske schließlich so grob wieder vom Gesicht genommen wurde, dass sogar ein Teil der flaumigen Behaarung ihrer Wangen verschwand. Entsetzt schnappte Maggie nach Luft. Dann entdeckte sie, dass die erhärteten Masken alle an der gegenüberliegenden Wand aufgereiht wurden.

»Möchten Sie Ihre Maske gerne signieren?«, fragte Ilonka mit zuckersüßer Stimme und hielt Maggie einen Filzstift hin.

Einen Augenblick lang war Maggie völlig perplex. Sie konnte sich nicht mehr erinnern, auf welchen Decknamen Zoltan und Simona sich für sie geeinigt hatten. Den Stift umklammernd, blickte sie hilflos in Ilonkas Gesicht. Am Ende verwendete sie jenen Namen, der ihr als Erster durch den Kopf schoss.

»Pandora?«, fragte Ilonka mit einem nicht minder verwirrten Ausdruck auf dem Gesicht.

»Das ist mein Spitzname«, log Maggie, während sie von der Liege kletterte und nach ihren Slippern suchte. »So hat mein Mann mich immer genannt.«

Zum Mittagessen traf Maggie ihre Komplizen in einem Restaurant, das Zoltan für sie ausgesucht hatte und im Souterrain eines großen Hauses gelegen war. In dem Lokal roch es eindringlich nach Zwiebeln und Paprika. Zoltan war in seinem Element und bestellte für sie alle sogleich Paprika mit Hühnerfleisch.

»Ahoh, Maggee, Sie sehen ja fabelhaft aus!«, rief Simona erstaunt aus. »Mindestens zehn Jahre jünger«, fuhr sie begeistert fort, während Zoltan Maggie mit seinem glühenden Blick fast verschlang. »Ich meine, nicht, dass Sie das nötig gehabt hätten, dass irgendjemand Sie zehn Jahre jünger macht – Gott, oh Gott, was rede ich denn da bloß für Unsinn?«, berichtigte Simona sich hastig und widmete sich mit übertriebener Konzentration ihrer Suppe.

»Das muss wohl an der Maske liegen«, entgegnete Maggie ein wenig nachdenklich.

Sofort blitzte wieder das gewohnte Lachen über Simonas Züge. »Sie meinen die grüne? Als ich in dem Salon zu Besuch war, haben sie mich so lange mit diesem Ding auf dem Gesicht liegen lassen, dass ich mich schließlich schon fragte, ob sie es mir wohl überhaupt noch mal abnehmen wollten. Und dann der Schmerz – *grauenhaft*!«

Später, bei Pfannkuchen mit Schokoladencreme, wandte die Unterhaltung der drei Verschwörer sich ihrem neuen Racheplan zu. »Mit dem Salon hat Ilonka sich ein wahres Vermögen erwirtschaftet«, erklärte Zoltan zwischen zwei Bissen. »Sie wohnt jetzt in einer richtigen Villa – mit Schwimmbecken. Und das auch noch gleich an der Rószadomb.«

»Tatsächlich? Mit Schwimmbecken?«, hakte Maggie ungläubig nach, während sie sich an die ausgesprochene Armut erinnerte, in der die Ungarn damals, zu Zeiten des Kommunismus, hatten leben müssen.

»Ja, wir haben heute viele reiche Leute in unserem Land«, bestätigte Zoltan in einem Ton, dem man nicht eindeutig zu entnehmen vermochte, ob er mit dieser Information nun angeben wollte oder ob er sich seiner zu Reichtum gekommenen Landsleute nicht vielmehr schämte. »Auch Ilonkas Kundinnen gehören allesamt zu diesen Reichen mit zu viel Geld. Also nimmt Ilonka höhere Preise als irgendein anderer Salon in Budapest.«

Es stimmte, auch Maggie war geschockt gewesen, als sie hörte, welche Summe Ilonka ihr ins Ohr flüsterte, als die Zeit gekommen war, die wohlige Oase wieder zu verlassen. Im gleichen Augenblick aber entschied sie, dass sie nun, da sie ihre erste professionelle Gesichtsbehandlung erhalten hatte, nie wieder auf diesen kleinen Luxus verzichten wollte. Und die Maske – wenngleich sie wahrhaft schmerzhaft gewesen war – hatte ihre Wirkung nicht verfehlt. Maggies Wangen fühlten sich nun wieder fest und jugendlich an, und sie sah aus, als ob man ihr tatsächlich zehn Lebensjahre einfach aus dem Gesicht gezaubert hatte. Vielleicht würde sie sich beim nächsten Mal sogar die Augenbrauen korrigieren und die Wimpern schwarz einfärben lassen, genau wie die Dame, die auf der Massageliege neben ihr geruht hatte. Diese etwas übergewichtige Person hatte während der Behandlung offenbar eine so vollkommene Entspannung erlangt, dass sie in Tiefschlaf gesunken war und sogar ein lautes, rhythmisches Schnarchen aus ihrer Kehle drang.

»Was würde wohl passieren«, fragte Maggie plötzlich ihre Komplizen, »wenn wir in eine dieser Cremes ein bisschen Juckpulver mischten?«

Bewundernd schauten Zoltan und Simona Maggie an.

»Dafür brauchen wir aber einen ausgebildeten Chemiker«, wandte Zoltan sogleich belehrend ein und übernahm damit die weitere Debatte ihres neuesten Racheplanes. »Das anschließende Austauschen der Cremetiegel wiederum dürfte kein Problem sein.«

Wohl wahr, dachte Maggie daraufhin ein wenig wehmütig, das Austauschen der Cremes dürfte wohl tatsächlich kein Problem sein. Schließlich waren sie und ihre Mitstreiter zwischenzeitlich echte Profis geworden, wenn es darum ging, die Gesetze zu brechen. »Aber wo finden wir einen solchen Chemiker?«, wandte Maggie ein.

Doch wie gewohnt hatte Zoltan auch darauf eine passende und bewährte Antwort: »Ich habe da einen Freund …«

»Prima«, schloss Simona mit energischer Stimme die Diskussion, »ich denke, die Idee mit dem Juckpulver ist exzellent. Daran sollten wir festhalten.«

Am darauffolgenden Samstagnachmittag machte das Trio einen kleinen Ausflug zum Balatonsee. Dort nämlich hatte Zoltans Freund, der lange Jahre in einem pharmazeutischen Unternehmen gearbeitet hatte, seinen Altersruhesitz. Besagter Chemiker lebte mit seiner Frau in einem kleinen reetgedeckten Haus, das in einem Dorf ein Stückchen oberhalb des Sees gelegen war. Im Winter ist dieser See ein richtig romantischer Ort, dachte Maggie, als sie am Nordufer entlangfuhren. Sie selbst hatte den Balatonsee nur im Sommer kennengelernt, als Horden ostdeutscher Touristen seine Ufer bevölkerten, bis er aussah wie ein mitteleuropäisches Blackpool. Nun jedoch spiegelte sich hohes Schilfgras in seiner graugrünen Wasseroberfläche und Moorhühner staksten an seinem Ufer entlang, das Gefieder zum Schutz gegen die Kälte dick aufgeplustert.

Es dauerte ein Weilchen, bis Zoltan und seine beiden Begleiterinnen Dénes' Häuschen ausfindig gemacht hatten, da offenbar gleich mehrere Dörfer an diesem See den gleichen Namen trugen. Am Ende zeigte ihnen die Nachbarin von Zoltans Freund – die Frau schien geradewegs wie aus einem Bilderbuch entstiegen, wie sie da mit ihrem roten Kopftuch und einem engelsgleichen Lächeln in ihrem Gemüsegarten werkelte –, wo dieser zu finden sei.

Kurz darauf saßen Zoltan, Simona und Maggie mit ihren Gastgebern vor dem Herdfeuer in deren Küche und genossen eine stark gebrannte *pálinka*, während aus dem kleinen Ofen Düfte drangen, dass einem das Wasser im Munde zusammenlief: Zu Ehren ihrer Gäste hatte Dénes' Frau eine Gans zubereitet. Und seitlich neben dem Ofen stand ein kleinerer Kochtopf, in dem eine grünliche Paste auskühlte. Augenscheinlich war Zoltan in seiner Beschreibung sehr präzise gewesen. Ehe Maggie und ihre Komplizen wieder aufbrachen, wurde die Paste sorgsam in eine kleine Tupperware-Dose umgefüllt, die Maggie sofort an Esmeralda erinnerte.

Gut gesättigt kletterten sie zurück in den kleinen Fiat Punto, diesmal jedoch übernahm Simona das Steuer, da Zoltan deutlich unter den Nachwirkungen des Pflaumenschnapses litt.

Maggie konnte sich noch gut erinnern, wie streng die Gesetze gegen Alkohol am Steuer in Ungarn waren, wenngleich man Jeremy und sie in ihrer Eigenschaft als Diplomaten ohnehin für nichts hätte belangen können. Entsprechend hatte die Polizei von vornherein darauf verzichtet, jemals einen der Wagen mit den hellblauen Nummernschildern und dem Kürzel »DT« anzuhalten. In der Botschaft hatte man sogar gewitzelt, dass »DT« in Wahrheit für *»Delirium Tremens«*, also »nachhaltiges alkoholbedingtes Delirium« stand.

Mit fröhlichem Winken verabschiedete man sich von Dénes und dessen Frau. Sogar bei der kleinen alten Dame, die aussah wie einem Märchenbuch entstiegen, hielten sie noch einmal an und sagten Auf Wiedersehen, woraufhin sie von dieser prompt noch ein paar nestwarme Eier in die Hände gedrückt bekamen. Die Dunkelheit war schon lange hereingebrochen, als sie wieder in Budapest ankamen und Simona Maggie vor deren Hotel absetzte.

Am nächsten Morgen – Maggie war noch im Dämmerschlaf gewesen – scheuchte das Klingeln des Telefons sie auf. »Na endlich!«, ertönte am anderen Ende der Leitung die Stimme von Shirley, welche sich keinerlei Mühe mehr gab, das chronisch Vorwurfsvolle in ihrem Ton zu überspielen. »Ich versuche schon seit Ewigkeiten, Sie zu erreichen. Esmeralda sagte mir, Sie wären jetzt in *Budapest*?«

»Richtig«, entgegnete Maggie verschlafen. »Ich hatte Sie aber darüber informiert, dass ich in der nächsten Zeit noch ein paar Reisen unternehmen wollte.«

»Aha. Nun, an unsere Botschaft wurde eine Steuerrückzahlung für Jeremy geschickt, und ich wusste beim besten Willen nicht, wohin ich den Scheck nun weiterleiten sollte.«

»Es dauert ja nicht mehr lange, bis ich wieder in London bin«, beruhigte Maggie Jeremys einstige Mitarbeiterin. »Sie können den Scheck also gerne dorthin schicken, sofern Ihnen das nicht zu viele Umstände bereitet.«

»In Ordnung. Ach, und da wäre noch etwas«, fuhr Shirley fort. »Gestern war bei uns der argentinische Außenminister zu Besuch. Und er hat sich nach Ihnen erkundigt.«

»Nun ja, ich nehme an, er kennt Jeremy noch von den Nachverhandlungen in der Falklandproblematik. Mein Mann hat damals sehr eng mit den Argentiniern zusammenarbeiten müssen.«

»Von der Falklandsache hat er aber nichts gesagt …«, widersprach Shirley. »Er sagte vielmehr, dass er Ihnen einmal beigebracht hätte, wie man Tango tanzt. Offenbar war er als Botschafter in Paris eingesetzt, als auch Sie und Jeremy dort lebten.«

»Oh – *den* Botschafter meinen Sie«, erwiderte Maggie ein wenig verdutzt.

»Ja, ich denke, es wird wohl *der* Botschafter gewesen sein«, bestätigte Shirley, ehe sie mit einer knappen Verabschiedung das Telefonat beendete.

Ach du liebe Güte, dachte Maggie. Das hört sich ja fast so an, als ob man mich mittlerweile für eine dieser flatterhaften Frauen halten würde, die sich weniger um ihre

Ehemänner gekümmert haben als um ihr eigenes Vergnügen. Kein Wunder, dass Jeremy Affären hatte …

Auch Zoltan meldete sich früh an diesem Tag. »Simona möchte, dass Sie zu uns kommen, um die neue Maske auszuprobieren.«

Diese Nachricht ließ Maggie vollends wach werden. »Alles klar«, entgegnete sie hastig. »Lassen Sie mir bitte nur noch genügend Zeit für eine kleine Tasse Tee. Danach mache ich mich unverzüglich auf den Weg.«

Manchmal hatte Maggie das Gefühl, als ob ihr die Kontrolle über ihre diversen Rachepläne aus den Händen gerissen würde, als ob die Vorhaben binnen Kurzem ihr eigenes Wesen entwickelten, das ohne fremdes Zutun seinen Weg ging, ähnlich einem Flaschengeist, der nicht vorhatte, sich jemals wieder in sein kleines Gefängnis bannen zu lassen. In jedem Fall aber scheint es doch ganz so, überlegte Maggie, als sie in das Taxi stieg, das sie an den Stadtrand von Budapest bringen sollte, als ob all diese kleinen Racheaktionen ganz einfach passieren *sollen.* Und was Jeremys vermeintliche Meinung zu diesen Unternehmungen anging, nun, das war eine Sache, die Maggie schon lange nicht mehr interessierte.

Freudig öffnete Simona Maggie die Tür zu Zoltans Wohnung, in der Hand einen Teller mit einer gewissen spinatgrünen Paste, in deren Mitte ein kleiner Löffel steckte. »Ich hatte gehofft«, begrüßte sie ihren Gast, »dass Sie mir dabei behilflich sein könnten, die Creme aufzutragen.«

»Aber Simona, warum wollen denn ausgerechnet *Sie* das Versuchskaninchen spielen?«, fragte Maggie ernsthaft besorgt. »Wir können die Paste doch auch auf meinem Gesicht ausprobieren.«

»Ach, an mein Gesicht hatte ich in diesem Zusammenhang auch gar nicht gedacht«, widersprach Simona mit einem belustigten Kichern. »Ich wollte die Creme eher auf meinen Po auftragen!«

Bäuchlings lag Simona in Zoltans Doppelbett, während Maggie vorsichtig eine kleine Menge von der grünlichen Substanz auf deren rosige Pobacken auftrug. »Sie müssen das Zeug dicker auftragen«, schimpfte Simona, als sie neugierig über ihre Schulter spähte. »Sonst können wir doch nicht mit Sicherheit sagen, wie es wirkt.«

»Und Sie sind sich wirklich sicher, dass Sie das auch ganz bestimmt vertragen werden?«, fragte Maggie, ehe sie die Schlafzimmertür schloss.

Sie ging zurück in die kleine Küche, wo Zoltan dabei war, eine Kanne Kaffee zu kochen. Anschließend trug er diese vorsichtig auf einem kleinen Tablett in das Wohnzimmer, in dem ein Sofa und ein Sessel um den begrenzten Platz vor dem riesigen Fernseher zu wetteifern schienen. Zudem blieb der Fernseher praktisch den ganzen Tag über angeschaltet. In diesem beengten kleinen Zimmer nahmen Zoltan und Maggie nun Platz, um sich die aktuelle Folge einer ungarischen Reality-Show anzusehen. Das ist also offenbar auch ein Teil des neuen Ungarn, überlegte Maggie missbilligend angesichts des dargebotenen Fernsehprogramms und setzte ihre Kaffeetasse auf dem kleinen Beistelltisch vor dem Sofa ab. Exakt in der Mitte des Tischchens lag ein gehäkeltes Spitzendeckchen, auf dem sich ein kleines Arrangement künstlicher Blumen befand. Mit fast schon ritueller Geste und dreimaligem Durch-den-Aschenbecher-Kreisen löschte Zoltan seine Zigarette.

»Wie sehen eigentlich Ihre Pläne für die Zeit nach unserer letzten kleinen Racheaktion aus?«, erkundigte Maggie sich vorsichtig. Nachdenklich kratzte Zoltan sich mit seinem langen Fingernagel an der Nase.

»Ich hatte daran gedacht, ein eigenes Geschäft zu eröffnen«, antwortete er mit bedeutungsschwangerer Stimme. »Ich habe da einen Freund, der mit gebrauchten Reifen handelt.«

Maggie versuchte, möglichst begeistert auszusehen. »Er handelt mit gebrauchten Reifen?«

»Ja«, bestätigte Zoltan, »und der ungarische Markt für gebrauchte Reifen ist wirklich vielversprechend.«

Schweigend nippte sie an ihrem Kaffee. Hoch oben an der Wand – zu hoch oben, für ihren Geschmack – hing ein Gemälde mit einem typischen Pusztamotiv: Es zeigte einen traditionellen Bauernhof mit einem Brunnen in der Mitte, über dem sich ein riesiger Querbalken befand, und um den Brunnen herum watschelten einige Gänse. »Dann verspüren Sie also kein Bedürfnis, wieder in die Gänseleberpasteten-Produktion einzusteigen?«, hakte Maggie nach.

»Oh, nein, Gott steh mir bei! Beileibe nicht! Mit einem solchen Geschäft wären für mich viel zu viele Erinnerungen verbunden.« Gedankenverloren starrte Zoltan aus dem Fenster hinaus. »Ich glaube, es wird bald schneien«, wechselte er mit düsterer Stimme das Thema.

Plötzlich ertönte aus dem Nebenzimmer ein gellender Schrei. *»Li mortacci tua!«*, rief eine zornige Simona. Kurz darauf erschien Simona auch schon splitterfasernackt im Rahmen der Wohnzimmertür. »Holt dieses Zeug von meinem Hintern!«

Mit Schwung warf sie sich auf das Sofa, und sofort bemühten Maggie und Zoltan sich, vorsichtig die grüne

Maske von Simonas Kehrseite zu lösen. Zoltan setzte zu diesem Zweck sogar seinen langen Fingernagel ein. Doch die Maske blieb augenscheinlich unlösbar an Simona kleben.

»Versuchen wir es mit ein bisschen Wasser«, schlug Maggie vor, woraufhin Zoltan in die Küche eilte. Nur wenige Augenblicke später kehrte er mit einem Kochtopf voll warmen Wassers und einer Bürste zurück. Abermals versuchten er und Maggie, die Paste von Simonas Hinterteil zu lösen, leider ohne Erfolg. »Vielleicht klappt es ja mit etwas Creme?«, fragte Maggie besorgt die anderen, huschte in das handtuchgroße Badezimmer und kramte in Simonas Toilettenartikeln. Behutsam strichen sie und Zoltan dann eine großzügige Portion Oil of Olaz auf die hartnäckige Kruste. Anschließend warteten sie einige Minuten, ob die harte Schicht dadurch ein wenig aufweichte.

Simona wurde unterdessen regelrecht unwirsch. »*Ma, insomma*«, fuhr sie Zoltan an, »worauf wartest du denn noch?«

»Es tut mir so leid«, beteuerte Maggie zerknirscht, »ich wusste schon, warum ich gesagt hatte, dass ich die Creme lieber an mir selbst ausprobieren wollte.« Mittlerweile war auch offensichtlich, dass wohl keines der Hausmittelchen Simonas »Rückenpanzer« noch von ihr lösen würde.

»Ich fürchte, wir müssen dich ins Krankenhaus fahren«, seufzte Zoltan. »Am besten ins János Kórház. Ich habe dort einen Freund …«

Maggie hatte auf einem Stuhl neben Simonas Bett Platz genommen. Scham und Schuldgefühle zermürbten sie. Simona, deren wunde Gesäßpartie man mit einem riesigen Verband abgedeckt hatte, schlief. Man hatte ihr ein leichtes Beruhigungsmittel verabreicht. Wie konnte ich das bloß zulassen?, fragte Maggie sich im Stillen. Ganz offensichtlich hatte sie in ihrem Rachebestreben jeglichen Bezug zur Realität verloren. Das musste man sich mal vorstellen: Nur ihretwegen war Simona nun sogar im Krankenhaus gelandet! Und das alles bloß, um sich an einer Person zu rächen, die Maggie vor mehr als fünfzehn Jahren Unrecht zugefügt hatte …

Der schlimmste Teil des Krankenhausbesuches war jedoch gewesen, als sie dem Arzt halbwegs plausibel erklären mussten, was geschehen war. »Das ist eine italienische Anti-Cellulitis-Kur«, hatte Zoltan gelogen, woraufhin Simona prompt kreischte: »Aber ich habe gar keine Cellulitis!«

»Oh, doch, Liebling«, versuchte Zoltan sie hastig zu beruhigen, während er ihr die Hand streichelte. »Du hast sogar eine außergewöhnlich schwere Form der Cellulitis – einverstanden? Denn das ist doch schließlich auch der Grund, weshalb du dir diese italienische Creme auf den Po geschmiert hast.« Simona schwieg, doch der Blick, mit dem sie sowohl Zoltan als auch den behandelnden Arzt bedachte, sprühte regelrecht vor Zorn. Der Dermatologe hingegen schaute sie lediglich mit leicht verständnisloser Miene an. Insgesamt dauerte es dann gute zwei Stunden, bis man schließlich auch die letzten Reste der grünen Kruste von Simonas Po gerupft hatte.

Maggie harrte nun schon den ganzen Tag bei Simona im Krankenhaus aus. Ab und zu war sie aufgestanden und die Korridore auf- und abgewandert, die in einem seltsamen, ungesund wirkenden Gelbton gestrichen waren. Die Farbe erinnerte sie an unreife Bananen … Doch Maggies Ausflüge in die Krankenhausflure dauerten nicht lange, da die Menschen, die sich in ihren Morgenmänteln auf den Bänken entlang der Wände aufgereiht hatten, sie so eindringlich musterten, dass Maggie unwohl wurde in ihrer eigenen Haut. Eine ältere Dame schien es ganz besonders auf Maggie abgesehen zu haben und bewegte sich mit ihrer Gehhilfe, die eher an eine Art kleinen Metallkäfig auf Rädern erinnerte, langsam auf sie zu. Maggie plagten Schuldgefühle; Schuldgefühle, dass sie so gesund und wohlhabend war, vor allem aber, dass sie die Dreistigkeit besessen hatte, die unterbezahlten und überarbeiteten Schwestern der Klinik mit etwas so Lächerlichem wie Simonas grün verkrustetem Hinterteil zu belästigen. Denn in letzter Konsequenz war für dieses Malheur allein Maggie verantwortlich.

Noch während Maggie bei diesen wenig erbaulichen Gedanken verharrte, öffnete Simona träge ein Auge. »Maggee«, murmelte sie mit schläfriger Stimme.

»Simona«, flüsterte Maggie. »Es tut mir ja so entsetzlich leid. Das alles hier ist ganz allein mein Fehler. Und wir werden das Vorhaben hiermit auf der Stelle abbrechen. Ich weiß wirklich nicht, was ich mir eigentlich dabei gedacht habe …«

Abrupt riss Simona beide Augen weit auf. »Machen Sie Witze?«, fragte sie. »Gerade jetzt, da die Sache anfängt, so richtig Spaß zu machen!« Ein erschöpftes, aber herzhaftes Lachen drang aus ihrer Kehle. »Außerdem ist Zoltan doch bereits auf dem Weg zum Balatonsee und zu Dénes, damit der die Formel für die Paste noch einmal ein bisschen abändert.«

»Nein, das geht zu weit, das kann ich wirklich nicht zulassen«, widersprach Maggie entschlossen.

»Aber ja, und ob Sie das können«, entgegnete Simona

und brach in so lautes Gelächter aus, dass man ihnen vom Nachbarbett aus missbilligende Blicke zuwarf. »Außerdem sind beim nächsten Mal *Sie* diejenige, die die Creme ausprobiert!«

Pünktlich um sechs Uhr kam die Krankenschwester mit einem Servierwagen, auf dem sich das Abendessen befand. Jeder Patient bekam ein großes weißes Brötchen und ein Stückchen Fleisch.

Ungläubig starrte Simona auf ihren Teller. »Ich verstehe die Leute in diesem Land einfach nicht«, erklärte sie. »Wenn man in Rom so etwas einem Patienten zum Abendessen vorsetzen würde, käme tags darauf seine gesamte Familie, um den Koch zu lynchen.«

Glücklicherweise kehrte in genau diesem Moment Zoltan von seiner Reise an den Balatonsee zurück ins Krankenhaus. Vorsichtig öffnete er ein großes Plastikbehältnis, in dem sich eine gebratene Gänsekeule, ein gutes Stück Landbrot und etwas eingelegtes Gemüse befanden. Das Essen war ein kleiner Gruß von Dénes' Frau. Dann zog Zoltan aus seiner Tasche schließlich auch noch eine kleine Flasche *pálinka* hervor.

»Na, das ist doch schon eher nach meinem Geschmack«, bestätigte Simona und biss herzhaft in die Gänsekeule. Dann aber schaute sie voller Schuldgefühle zu ihrem Nachbarbett hinüber und fragte die dort liegende Dame: »*Volete favorire?*«

Die neu angerührte Creme sollte in der kommenden Woche abholbereit sein. Zoltan war indessen oftmals außer Haus, fest entschlossen, seinen Handel mit gebrauchten Autoreifen ins Rollen zu bringen, sodass Maggie und Simona viel Zeit miteinander verbrachten.

»Was könnten wir denn heute unternehmen?«, fragte Simona, während sie aus einem der kleinen Fenster von Zoltans Wohnung in einen wolkenschweren Himmel starrte, der wieder einmal reichlich Schnee versprach. »Außer essen und trinken gehen, scheint man in diesem Land nicht viel unternehmen zu können.« Sie hielt einen Moment inne. »Nicht, dass mir das etwas ausmachen würde«, fügte sie mit einem ihrer berühmten schallenden Lachen hinzu.

»Wir könnten zur Abwechslung mal in eines der Thermalbäder gehen«, schlug Maggie vor.

Energisch öffnete Maggie die schwere Tür zum Atrium der Gellért-Badeanstalten, als Simona plötzlich ebenso energisch Maggies Arm drückte. »Oh, Maggee, das macht ja solchen Spaß!«, jauchzte sie. »Wir gehen tatsächlich in ein Thermalbad – Sie und ich zusammen!« Es war eine von Simonas charakteristischen Angewohnheiten, ständig entweder Maggies Wange zu streicheln oder vertraulich einen Arm um ihre Taille zu legen oder ihre Schulter zu drücken. Maggie dagegen war dieses Benehmen zunächst vollkommen fremd. Dennoch, mit der Zeit kam sie zu der Erkenntnis, dass ihr diese physische Vertrautheit vielleicht doch nicht so unangenehm war. Sie musste sich nur erst daran gewöhnen, denn in ihrer Familie waren solche Demonstrationen gegenseitiger Zuneigung selten gewesen. Mehr als ein knapper Kuss auf die Wange, wenn man sich begegnete oder sich wieder voneinander verabschiedete, war nicht üblich gewesen. Simona hingegen schlang manchmal ganz ohne jeden Grund und einfach bloß aus reinem Überschwang beide Arme um Maggies Hals und drückte sie an sich, sodass Maggie schließlich – und damit zum ersten Mal in ihrem Leben – das Gefühl bekam, auch sie gehöre zu jener riesigen, einander herzenden, umarmenden und drückenden Gemeinschaft von Menschen, bei denen das Wort »Gemeinschaft« tatsächlich noch gelebt wurde.

In den Badehallen angekommen, stattete man Simona und Maggie mit jenen kleinen Schürzen aus, die zwar teilweise die Vorderseite des Körpers bedeckten, nicht jedoch den rückwärtigen Bereich, denn dort blieb man vollkommen nackt, woraufhin Simona mal wieder in lautes Gekicher ausbrach. Was Simonas Figur anging, so gehörte sie wohl am ehesten zu jener Sorte Frau, die man im Allgemeinen als »appetitlich« bezeichnete: ein paar kleine Speckröllchen hier und da, doch stets an den richtigen Stellen. Amüsiert blickte sie Maggie an, die sich in ihrem Schürzchen ganz entsetzlich genierte. »Tolle Brüste«, lobte Simona Maggie aufmunternd und mit unverhohlener Bewunderung. Tja, das stimmt wohl, überlegte Maggie im Stillen und war sogar ein wenig stolz. Andererseits jedoch hatte sie ja auch nie ein Kind gestillt, sodass ihr Busen in der Tat noch so aussah wie der eines jungen Mädchens. Sogar Jeremy, dachte sie nun etwas wehmütig, scheint meine Brüste geliebt zu haben. Zumindest hatte er oft genug sein längliches aristokratisches Gesicht in ihrem Dekolleté vergraben.

Aufrecht und die Gesichter einander zugewandt, saßen sie auf den Saunabänken, als Simona plötzlich anfing, seltsame Grimassen zu schneiden. »*Ammazzate* – ist das heiß hier!«, erklärte sie mit lauter Stimme und fächelte sich mit ihrer Schürze, die in der feuchten Hitze ohnehin nur mehr ein schlaffer Lappen war, etwas Luft zu. Eine große kräftige Frau mit einem Damenbart hatte Simona schon seit geraumer Zeit mit finsterem Blick beäugt. Nun zischte diese mit wütender Stimme: »Schschsch!« Simona aber ließ sich nicht einschüchtern, sondern drehte sich um und entgegnete angriffslustig: »Ahoh!« Empört erhob die Dame mit dem Bart sich von ihrem Platz, und Maggie konnte beobachten, wie nicht wenige, nass geschwitzte Fettrollen an deren Leib von der Schwerkraft überwältigt nach unten sackten. Dann stolzierte die Dame an ihr vorbei und aus der Sauna hinaus, wobei ihre Hinterbacken entrüstet wabbelten. Simona blinzelte Maggie verschwörerisch zu und vollführte einen angedeuteten Fußtritt in Richtung des davonwackelnden Pos.

Im Stillen musste Maggie zugeben, dass ihr noch vor Kurzem eine Begleitung wie Simona peinlich gewesen wäre. Sie war so ganz anders als die Menschen, mit denen Maggie sich normalerweise umgab, und sie war ganz sicher nicht »eine von uns«. Doch mittlerweile verglich Maggie die Gesellschaft von Simona eher mit jenem wohligen Gefühl, das einen durchströmte, wenn man endlich seine qualvoll engen Pumps ausziehen durfte und in ein schlichtes, aber gut eingelaufenes Paar Slipper schlüpfte. Simona dagegen hatte Maggie von Anfang an vorbehaltlos und im besten Geiste einer echten, zu nichts verpflichtenden Kameradschaft einfach als die angenommen, die sie war. Simonas Gegenwart war für Maggie also ein Labsal in jeglichem Sinne. Und überhaupt, so entschied Maggie, war diese Freundschaft doch bloß eine weitere Facette jener vielen Freiheiten, die nun fester Bestandteil ihres neuen Lebens waren! Denn jetzt war Maggie ja nicht nur Herrin über ihre Zeit, sondern nun durfte sie auch ihren Freundeskreis ganz nach Belieben selbst auswählen. Jeremys Meinung oder gar die der Exildiplomaten von

Großbritannien und des British Commonwealth zählten nicht mehr. Dies und mehr ging Maggie durch den Kopf, während sie mit Simona in der Sauna ausharrte. Als sich auf ihrem Körper ein dünner Schweißfilm zu bilden begann, wurde Maggie zudem bewusst, dass sie ein völlig neues Lebensgefühl entwickelt hatte und sie sich außerdem richtig wohl fühlte in ihrer Haut.

So ereignisreich ihre Tage auch waren, ihre Abende verbrachte Maggie grundsätzlich allein. Sie bestellte sich beim Zimmerservice ein Sandwich und legte sich wenig später ins Bett, um CNN zu schauen. Zeitweise fühlte sie sich recht einsam. Besonders an jenem Abend, der auf ihren Nachmittag mit Simona im Thermalbad folgte. Der Taxifahrer, der sie nach ihrem Ausflug nach Hause gefahren hatte, war überaus unfreundlich, ja, geradezu unflätig zu ihr gewesen. Und das bloß, weil sie den horrenden Preis dieser Taxifahrt infrage gestellt hatte. Er hatte es ganz eindeutig zu seinem Vorteil ausgenutzt, dass sie eine Frau war und eine Ausländerin noch dazu. Derlei Dinge waren ihr an der Seite von Jeremy nie passiert, und das Erlebnis hatte einen sehr schalen Nachgeschmack hinterlassen. Zurück im Hotel begann sie, darüber nachzugrübeln, was sie überhaupt in Budapest zu suchen hatte, ganz auf sich allein gestellt, ohne jegliche Gesellschaft in ihrem Hotelzimmer und weit weg von allem, was ihr noch im Entferntesten vertraut war. Überhaupt hatte sie Hotelzimmer noch nie wirklich gemocht und Einzelzimmer schon gar nicht: Alles war so eng und das Bett so schmal. Wenn sie mit Jeremy unterwegs gewesen war, hatte man ihnen immer eine der Suiten zugewiesen.

Teilnahmslos öffnete sie die Minibar. Sie war auf der Suche nach einer Flasche Mineralwasser, als ihr Blick plötzlich auf das oberste Ablagefach des kleinen Kühlschranks fiel und auf die dort aufgereihten kleinen Fläschchen. Ein Brandy muss her, dachte sie traurig. Ich habe mir jetzt wirklich einen Brandy verdient! Müde ließ Maggie sich in den einzigen Sessel im Raum fallen, schleuderte ihre Schuhe von den Füßen und trank das starke Getränk direkt aus der Flasche. Der Effekt allerdings war, dass sie sich nur noch einsamer fühlte als zuvor: Zoltan und Simona waren ausgegangen, um sich mit seinem Bruder zum Abendessen zu treffen, und ganz allgemein unterschied sich das Leben in Budapest überdeutlich von dem, das Maggie gewohnt war. Wenn sie doch bloß irgendjemanden hätte, mit dem sie reden könnte.

Träge langte sie nach ihrem Adressbuch und rief in Ledbury an. In der Leitung ertönte das typisch englische und so herrlich beruhigende »Ring-Ring« ... Lange durfte Maggie diesem Klang lauschen. Dann, irgendwann, wurde der Hörer endlich abgenommen. Janet war am Apparat, und aus dem Hintergrund ertönte dröhnende Musik. Ganz in der Nähe des Telefons brach gerade jemand in schrilles Gelächter aus.

»Oh, Tante Maggie«, rief Janet. »Wie geht es dir? Mum ist leider nicht da. Sie und Dad sind rübergegangen zu den Hicksons. Die beiden sind dort zum Abendessen eingeladen.«

Wer sind denn bloß die Hicksons?, fragte Maggie sich betrübt, als ihr mit einem Mal Lucs Karte ins Auge stach. Damals, in Paris, hatte sie das leicht beschmutzte Stück Karton einfach nur achtlos in ihr Adressbuch gesteckt. Nun jedoch war Maggie hocherfreut, die Visitenkarte zu finden. Wie wundervoll es wäre, jetzt Lucs Stimme zu hören. Hastig leerte sie auch noch den Rest aus der kleinen Brandyflasche und wählte die 0033, gefolgt von der Nummer von Lucs Mobiltelefon.

»Sie sind in Budapest?« Luc schien geradezu entzückt über Maggies Anruf. *»Mais j'arrive!«*

»Oh, nein, nein, nein«, entgegnete Maggie. Panik breitete sich in ihr aus.

»Aber ja. Ich hatte für die kommende Woche ohnehin eine Reise nach Budapest geplant«, widersprach Luc, der sich offenbar gerade in einem Restaurant befand. Man hörte das gedämpfte Gluckern, mit dem irgendwo im Hintergrund Wein eingeschenkt wurde, sowie das Klirren von Tellern, die aufeinandergestapelt wurden. »Ich komme, um mein neues Schwein in Empfang zu nehmen. Und als Unterkunft hatte ich mir das Hotel Gellért ausgesucht.«

Etwas später in derselben Woche fanden Maggie, Simona und Zoltan sich in der Lobby von Maggies Hotel zu einer kleinen konspirativen Zusammenkunft ein.

»Das hier«, erklärte Zoltan und zog mit eleganter Geste einen kleinen Topf hervor, »ist die besagte Creme. Verteilen Sie sie auf Ihrem Gesicht und lassen Sie sie ungefähr eine Stunde lang einwirken. Anschließend nehmen Sie die Creme damit« – Zoltan holte eine kleine Plastikflasche mit einer Lotion hervor – »wieder ab.« Laut Dénes sollte die Lotion den Juckreiz stillen. Aufmerksam lauschte Maggie Zoltans Worten, während sie zaghaft an ihrem Tee nippte, beziehungsweise an dem, was einem in Kontinentaleuropa üblicherweise als »Tee« verkauft wurde. Zoltan dagegen trank einen dunklen Likör namens Unicum, der ihm offenbar außerordentlich gut zu schmecken schien.

Simona schlenderte unterdessen kreuz und quer durch

die Lobby – das Sitzen fiel ihr noch immer schwer – und rauchte ihre schlanken Zigaretten. »Ich war gestern in Ilonkas Salon und konnte ein paar leere Cremetöpfchen stehlen«, berichtete sie. »Und ich habe uns auch gleich einen neuen Termin machen lassen. Morgen früh ist es so weit.«

Na denn, auf ein Neues, dachte Maggie wenig begeistert.

Später am Abend saß sie auf ihrem Bett und beobachtete, wie der Himmel jenseits der spitzen Silhouette des Parlamentsgebäudes ein sanftes Rosa annahm. Sorgsam verteilte sie die Creme auf ihrem Gesicht und massierte diese dann genauso, wie sie es sich in Ilonkas Schönheitssalon abgeschaut hatte, in ihre Wangenpartien ein. Anschließend legte sie sich hin und wartete. Doch Maggie war ziemlich müde, sodass sie schon bald in einen sanften Schlummer sank – bis sie plötzlich, etwa vierzig Minuten später, von einem unkontrollierbaren Juckreiz geweckt wurde. Noch ehe Maggie wieder richtig wach war, wusste sie bereits, dass ihr Gesicht und Hals in Flammen standen. So fühlte es sich zumindest an. Mit einem Satz sprang sie aus dem Bett, die Hände vor das schmerzende Gesicht geschlagen. Sie verspürte den dringenden Wunsch, kurzerhand aus dem Fenster in die eisigen Fluten der Donau zu springen, welche mächtig und schwarz unter ihrem Zimmerfenster entlangströmte. Das Jucken war wahrlich unerträglich. Maggie rannte ins Bad, schnappte sich die Flasche mit der Lotion und schüttete hastig eine großzügige Portion davon auf einen Wattebausch, um ihr Gesicht von der Creme zu reinigen. Anschließend spritzte sie sich große Mengen kalten Wassers in das Gesicht. Vorsichtig wagte sie einen ersten Blick in den Spiegel. Das Jucken hatte zwar nachgelassen, doch ihre Haut sah rotfleckig und aufgedunsen aus, und auf ihrer Stirn und dem Kinn bildeten sich bereits erste schuppige Stellen. Zurück im Schlafzimmer langte Maggie nach dem Telefon und rief Zoltan an. »Die Creme wirkt, daran gibt es keinen Zweifel«, berichtete sie. »Aber was wäre passiert, wenn ich nicht die Lotion gehabt hätte?«

»Ach, Dénes meint, es funktioniert mit jeder adstringierenden Lotion.«

»Nun gut, ich will nicht, dass irgendeine von Ilonkas Kundinnen einen bleibenden Schaden davonträgt …«

»Keine Sorge, Modome, vertrauen Sie mir«, erwiderte Zoltan unbekümmert.

Im Anschluss an das Telefonat bestellte Maggie sich wie jeden Abend ihr Sandwich und schaltete den Fernseher ein. Es lief gerade eine Dokumentarsendung über Schweine, die gierig schnaufend ihre Schnauzen in einen Futtertrog steckten. Plötzlich klingelte das Telefon. »Da ist ein Herr in der Leitung. Er ruft aus dem Gellért Hotel an.« Maggie fuhr mit einem Ruck aus ihrem Bett hoch und starrte prüfend in den Spiegel über dem kleinen Schminktisch an der gegenüberliegenden Wand. Ein gerötetes und verquollenes Gesicht blickte ihr aus dem Spiegel entgegen. »Bitte sagen Sie ihm, dass ich ausgegangen bin«, hauchte Maggie voller Panik in den Telefonhörer. »Sagen Sie, ich sei geschäftlich unterwegs, morgen Abend aber in jedem Fall wieder zurück.«

»Oh, Pandora, guten Morgen«, begrüßte Ilonka Maggie an der Tür ihres Schönheitssalons und nahm ihr den Mantel ab. Simona war bereits angekommen und spähte mit verschwörerischem Zwinkern zwischen den Vorhängen ihrer Umkleidekabine hervor. Maggie tat natürlich so, als würde sie es nicht bemerken.

»Meinem Terminkalender nach haben Sie sich für eine Maniküre eintragen lassen?«, erkundigte Ilonka sich in geschäftsmäßigem Plauderton, als sie plötzlich innehielt: »Aber ... aber was ist mit Ihrem Gesicht passiert?« Und in der Tat zeigten sich noch immer wunde rote Flecken auf Maggies Wangen, und die Haut auf ihrer Nase löste sich in feinen länglichen Streifen. »Bitte, kommen Sie doch einmal mit ans Licht«, sagte Ilonka besorgt und zog Maggie bis fast ins Schaufenster hinein. »Seht euch das bloß an«, rief sie den beiden jungen Mädchen zu, die bei ihr angestellt waren. Geflissentlich verließen diese ihre Kundinnen und kamen zu ihrer Chefin geeilt, um Maggies Gesicht zu begutachten. »Wann sind die Beschwerden erstmals aufgetreten?«, erkundigte Ilonka sich.

Aus den Augenwinkeln konnte Maggie sehen, wie Simona auf Zehenspitzen aus ihrer Kabine schlich, in der Hand ihre voluminöse italienische Tasche. Blitzschnell huschte sie hinüber zu dem Tresen, der sich hinter den Ruheliegen für die Kundinnen befand, griff sich ein paar Tiegel aus dem Regal und ersetzte sie durch diejenigen in ihrer Handtasche. Zufrieden und mit einem vorsichtigen Seitenblick verfolgte Maggie den Austausch der Cremetöpfe, während Ilonka und deren Angestellte weiter Maggies Haut inspizierten.

»Einen Tag nach meiner Gesichtsbehandlung bei Ihnen begann meine Haut plötzlich fürchterlich zu jucken«, log Maggie, »und an den folgenden Tagen wurde es sogar noch schlimmer. Ich glaube, ich bin gegen die Creme, die Sie verwendet haben, allergisch.«

»Ich will sehen, was ich da machen kann«, bot Ilonka ihre Hilfe an und geleitete Maggie in eine der Behandlungskabinen. »Zu meinem Sortiment gehört schließlich auch eine Creme speziell für Allergiker.«

Später saß Maggie in einer der Ecknischen in dem eleganten Salon und ließ ihre Fingerspitzen in einer kleinen Schale mit Seifenwasser einweichen. Plötzlich, mit einem schmerzlichen Stich, fiel ihr ein, dass ihre letzte professionelle Maniküre am Tag vor ihrer Hochzeit gewesen war. Jeremy hatte Nagellack stets abgelehnt, sodass Maggie ihre Nägel in aller Regel selbst feilte, um sie dann mit einem kleinen Gamslederkissen zu polieren. Pediküren dagegen hatte sie schon des Öfteren über sich ergehen lassen – diese waren angesichts der Schuhe, die Maggie für gewöhnlich zu tragen hatte, einfach eine schmerzhafte Pflicht.

Die Mitarbeiterinnen von Ilonka waren wieder zu ihren Kundinnen zurückgekehrt, und auch Simona lag bereits auf einer der Liegen, die gelben Ponyfransen mit einem rosa Haarband aus der Stirn gestrichen. Das Mädchen, das aussah wie Ilonkas Tochter, beendete gerade eine Massageeinheit, woraufhin Ilonka die Kundin übernahm. Zuvor hatte sie eine große Portion der neu angemischten Creme zwischen ihren Händen verteilt.

Kurz darauf erschien auch die zweite von Ilonkas Mitarbeiterinnen, ein schlankes dunkelhaariges Mädchen, und tauchte ebenfalls die Fingerspitzen in den neu geöffneten Cremetiegel. »Entspannen Sie sich«, erklärte sie mit weicher Stimme einer recht üppigen Dame in einem roséfarbenen Bademantel.

Im Hintergrund spielte leise Musik. Maggies Blick wanderte wieder und wieder zu der Uhr an der pfirsichfarbenen Wand. Es war eine jener altmodischen Uhren, bei denen mit jeder vollen Minute ein leises Klicken ertönte und der Minutenzeiger einen winzigen Ruck vorwärts tat. Einer der Damen wurde unterdessen bereits die spinatgrüne Maske aufgetragen. Sorgsam wusch das blonde Mädchen sich nach dieser Anwendung die Finger und ging dann hinüber zu Maggie. Vorsichtig hob sie eine von Maggies Händen aus der Schüssel mit Seifenwasser, nahm sie zwischen ihre eigenen kühlen Hände und trocknete sanft Maggies Finger an einem roséfarbenen Frottiertuch. Ja, genauso hat Ilonka früher einmal ausgesehen, dachte Maggie, während ihr Blick auf dem nach vorn geneigten blonden Schopf ruhte. Hinter Ilonkas Tochter konnte Maggie beobachten, wie Simona gerade die letzten kleinen Tupfer jener gewissen grünen Gesichtsmaske aufgetragen wurden. Hinter dem Rücken des jungen Mädchens, das sie bediente, erhob Simona mit verschwörerischer Siegesgeste Zeigefinger und Mittelfinger ihrer rechten Hand. Die Zeiger der Uhr wanderten derweil tickend weiter. Und wieder wurde eine neue Kundin im Salon willkommen geheißen und in ein rosé Massagekleid gehüllt. Maggies Nägel wurden inzwischen wahrhaft meisterlich gefeilt und poliert.

»Nagellack?«, wurde sie daraufhin gefragt.

»Ja, bitte ein möglichst kräftiges Rot«, antwortete Maggie.

Zu der Maskensammlung an der Wand gesellte sich ein weiteres Exemplar, während man einer anderen Kundin in den Mantel half und sie zur Tür geleitete. Inzwischen lagen nicht weniger als sieben Kundinnen auf den Massageliegen, alle in unterschiedlichen Stadien ihrer Behandlung. Maggie wedelte mit ihren Händen durch die Luft, damit der Nagellack schneller trocknete.

Nach einer Weile begann die Dame unmittelbar links neben Simona, sich unruhig auf ihrer Liege zu drehen und zu wenden. Sie fing an, nervös zu gestikulieren und hilflos an ihrer spinatgrünen Maske zu ziehen. Irritiert erhob Ilonka sich von ihrem Platz und eilte auf die Kundin zu. »Es juckt ganz schrecklich«, erklärte die Dame unter ihrer harten Maske mit erstickter Stimme und fügte dann von echter Angst gepeinigt hinzu: »Nehmen Sie sie ab!« Schwungvoll riss Ilonka die Maske herunter, und zum Vorschein kam ein krebsrotes Gesicht. Wütend schnappte die Kundin nach Luft, betrachtete entsetzt ihr Spiegelbild und zischte Ilonka zu: »Nun unternehmen Sie doch endlich was!«

In genau dem Moment wurde auch schon die Tür des Salons aufgestoßen, und die Kundin, die Ilonkas Institut gerade eben erst verlassen hatte, kam hereingestürmt. Auch sie schnaubte vor Zorn. »Helfen Sie mir! Das ist ja nicht zum Aushalten!« Damit schleuderte sie ihren Mantel in die Ecke, marschierte auf Ilonka zu und rang die Hände, ganz so, als könnte sie sich nur mit größter Mühe davon abhalten, sich kurzerhand die Haut vom Gesicht zu reißen.

Mit einem abscheulichen Aufheulen schoss auch Simona von ihrer Liege hoch – ein Heulen, das Maggies Meinung nach in erster Linie gespielt war –, und mit einem Mal herrschte in dem Salon pure Anarchie. Eine Dame nach der anderen sprang von ihrer Liege, während unter den grünen Masken ein grauenhaftes Gejaule ertönte. Ilonka und die Mädchen rannten hin und her, rissen die Masken von den Gesichtern ihrer gepeinigten Kundinnen und legten kühlende Kompressen auf.

»La polizia«, gellte Simona unterdessen. »Ich rufe *la*

polizia!« Das Mädchen mit den Wattebäuschen tupfte noch hektischer auf Simonas Gesicht herum, doch Simona fuhr in ihrer Litanei fort und schrie: »Alles brennt!« Damit rannte sie los und sauste wie ein Derwisch durch den Salon. Die anderen Damen taten es ihr in einer Art irrwitzigem, multilingualem Chor nach.

Maggie verharrte derweil in ihrem Sessel und wedelte mit ihren rot lackierten Fingernägeln. Sie wusste nicht, ob sie herzhaft lachen oder vor lauter Bestürzung weinen sollte. Eine der Damen in dem Salon – wie sich herausstellte, war es die Frau des türkischen Botschafters – kroch sogar auf allen Vieren bis in die hinterste Ecke und begann zu schluchzen. Von Gewissensbissen geplagt, stand Maggie auf, schnappte sich ein feuchtes Handtuch und trug es zu ihr hinüber. »Warten Sie noch eine Minute, dann lässt der Juckreiz wieder nach«, erklärte sie und presste der Dame das nasse Tuch ins Gesicht. Dann kramte sie hastig die adstringierende Lotion aus ihrer Handtasche. Allmählich breitete sich auf dem Gesicht der türkischen Dame wieder ein etwas entspannterer Ausdruck aus. Dann nahm Maggie die Lotion, rannte hinüber zu Ilonka und hielt ihr das Fläschchen unter die Nase. »Hier, das ist es, was Sie jetzt brauchen«, erklärte sie mit rauer Stimme.

Unterdessen waren zwei weitere Kundinnen in den Salon getreten. Unschlüssig standen sie da, die Mäntel noch über den Schultern, und betrachteten die seltsame Szene. Überall saßen rotgesichtige Damen, die sich hektisch die Wangen rieben, sich das Dekolleté zerkratzten und einander mit ungläubigen Blicken anstarrten. Wie kleine Stacheln standen hinter den roséfarbenen Stirnbändern ihre Haare von den Köpfen ab, während Reste der spinatgrünen Masken noch immer an ihren Gesichtern klebten, und über allem vibrierte ein Gewirr aus den unterschiedlichsten Sprachen. Ilonka, die zwischenzeitlich sowohl die Kontrolle über die Situation als auch über ihre sorgsam ondulierte Frisur verloren hatte, schloss mit einem lauten Knall die Ladentür und hängte ein Schild ins Fenster: »*Zárva*«. Simona beschmierte ihr Gesicht unterdessen großzügig mit der dargebotenen Lotion und reichte die Flasche dann an ihre voluminöse Nachbarin zur Linken weiter, die bereits heftig hyperventilierte. Es dauerte eine geraume Weile, ehe die Situation sich langsam wieder beruhigte.

Maggie und Simona verließen den Salon, ohne ihre Rechnungen zu begleichen. Bezeichnenderweise waren Maggies Gewissensbisse, was die nicht beglichene Rechnung anging, deutlich ausgeprägter als ihre Skrupel darüber, was sie der Frau des türkischen Botschafters angetan hatte, beziehungsweise was Ilonkas »fiese Viertelstunde« anbelangte.

Um ihren Sieg gebührend zu feiern, bestand Maggie darauf, dass sie am Abend alle zusammen essen gingen, und zwar in das beste Restaurant, das Budapest zu bieten hatte. Gehorsam reservierte Zoltan einen Tisch im Gundel. Gerade in dem Moment, als Maggie den Fahrstuhl verließ und in die Hotellobby hinaustrat, entdeckte sie mit einer seltsamen Mischung aus Freude und Bestürzung an der Rezeption eine gewisse, ihr recht vertraute Person. Hilflos fuchtelte der Herr mit den Händen durch die Luft und versuchte, dem Concierge irgendetwas zu erklären. Dann, plötzlich, entdeckte er Maggie.

»Oh, *bonsoir, bonsoir!*«, rief Luc ihr überschwänglich entgegen. »Ich wollte Ihnen einen Besuch abstatten! Ganz spontan! Aber das war dem Herrn da an der Rezeption ja leider beim besten Willen nicht verständlich zu machen …«

»*Bonsoir*«, erwiderte Maggie ein wenig wortkarg. Lucs Erscheinen hatte ihr schier die Sprache verschlagen.

»Ich hoffe sehr, Sie haben noch keine Verabredung zum Abendessen?«, fuhr Luc auch schon fort. »Ich bin gerade erst aus der Puszta zurückgekehrt. Natürlich nicht ohne mein Prachtschwein.«

»Also, eigentlich bin ich gerade auf dem Weg zu einem kleinen Abendessen mit Zoltan«, erwiderte Maggie ein wenig unsicher. »Sie wissen schon – mein Geschäftspartner.«

»… und Sie machen sich keine Vorstellung, um was für ein prachtvolles Tier es sich dabei handelt!«, plapperte Luc zunächst unbeirrt weiter, bis er schließlich begriff, was Maggie ihm soeben geantwortet hatte. Enttäuscht schaute er sie an. »Ach, dann haben Sie also keine Zeit? Wie schade, denn, wissen Sie, morgen reise ich ja schon wieder ab …«

In Lucs Blick lag so viel echte Enttäuschung, dass Maggie Mitleid mit ihm bekam. Sicherlich, eigentlich hatte sie es satt, die Dinge immer so zu arrangieren, dass niemand sich ausgeschlossen fühlte und alle zufrieden waren; das hatte sie ihr ganzes Leben lang getan. Und nicht wenige Male hatte sie hinterher auch noch Schelte dafür bekommen, besonders von Jeremy, bloß weil sie es einfach nicht übers Herz brachte, auch mal »Nein« zu sagen. Andererseits … Was wäre schon so schlimm daran, wenn Luc einfach mitkäme?

»Hätten Sie vielleicht Lust, uns Gesellschaft zu leisten? Wir essen im Gundel«, platzte es aus ihr heraus.

»Also, wenn es Ihnen wirklich recht ist, würde ich mich sehr gerne anschließen. Es dauert nur noch ein Weilchen«, entgegnete Luc. »Ich muss noch ein paar Anrufe erledigen und ein paar Sachen aus meinem Hotel abholen. Aber dann … Ja, das Gundel, eine exzellente Wahl!«

Maggie betrat das Restaurant und entdeckte auch schon Simona, die auf einem hohen Stuhl an der Bar Platz genommen hatte, in der Hand eine Champagnerflöte. Ihre Aufmachung war noch überladener und auffälliger als sonst. Doch auch Zoltan, der lässig am Tresen lehnte, hatte sich in Schale geworfen und trug seinen besten Anzug. Jenes gute Stück also, das er aus seinen Tagen als Botschaftschauffeur aufbewahrt hatte. Dazu hatte er die italienischen Schuhe gewählt, die Maggie ihm geschenkt hatte. Letztere sahen im Übrigen noch derart glänzend und neu aus, dass Maggie davon ausging, dass dies wohl die erste Gelegenheit war, zu der Zoltan sie trug.

»In der Lobby meines Hotels bin ich Luc de Bosquières begegnet. Er hat zurzeit geschäftlich in der Stadt zu tun«, erklärte Maggie. »Ich hoffe, es macht Ihnen nichts aus, dass ich ihm angeboten habe, mit uns zu Abend zu essen.«

Simonas schmal gezupfte Augenbrauen schossen unter ihrem Stirnpony in die Höhe. »Oh, Maggee!«, rief sie mit lautem Kichern, Zoltan dagegen sagte nichts. Wenige Augenblicke später schlenderten sie in den Restaurantbereich. Verschwörerisch blinzelte Simona Maggie zu, als der Ober ihr den Stuhl zurechtrückte. Zoltan bestellte bereits einen kräftigen Rotwein aus der Eger-Region und wählte eine Gulaschsuppe, gefolgt von Gans, die, wie er später betonte, beinahe genauso gut sei wie das legendäre Gänsegericht seiner Mutter. Er hatte ganz offensichtlich Spaß, und selbst auf die abwesende Esmeralda wurde ein Toast ausgesprochen. Irgendwann trat eine kleine Zigeunerkapelle an ihren Tisch und fiedelte Maggie ihre wehmütigen Melodien ins Ohr. Als die Männer sich schließlich Simona zuwandten, wechselte der Vorgeiger des Orchesters zu einer sehr viel schwungvolleren Weise, und lustig stimmten seine Kollegen in den Refrain mit ein.

»Das Lied handelt von braunen Augen«, erklärte Zoltan, während er Simona einen liebevollen Blick zuwarf. »Alle sagen, blaue Augen sind am schönsten, doch die Augen meiner Liebsten sind braun.‹«

Da kam Luc in den Saal gestürmt und winkte Maggie bereits von der Tür her freudestrahlend zu. Offensichtlich hatte er sich einige Mühe gegeben, was sein Aussehen anbelangte, und doch kam Maggie nicht umhin, kaum, dass Luc sich neben sie setzte, ein kleines Hälmchen Stroh in seinem Haar zu entdecken.

»Ich komme sozusagen direkt aus der Puszta«, berichtete er ihnen. »Aus« – er fischte ein kleines Stückchen Papier aus seinen ausgebeulten Tasche – »Kiskunfélegyháza. Ist das nicht ein ganz und gar unmöglicher Name, was meinen Sie?«

»Ach, wenn man den Namen mal übersetzt, klingt er eigentlich gar nicht mehr so merkwürdig«, klärte Zoltan ihn auf. »Übersetzt heißt er so viel wie ›Der kleine Stammesbruder, der nur ein halbes Haus bewohnt‹.«

»Ah, c'est génial ça!«, rief Luc sogleich begeistert. »Wie dem auch sei, jedenfalls hat mir der kleine Stammesbruder in dem halben Haus ein absolut umwerfendes Schwein verkauft. Hier, ich werde Ihnen das Tier einfach mal zeigen.« Damit zog er eine kleine Digitalkamera aus einer

seiner Taschen hervor. Er hatte das Tier auf Video gebannt, wie es durch einen matschigen Schweinekoben geradewegs auf ihn zugewackelt war und damit immer größer und größer wurde, bis seine Schnauze schließlich die gesamte Linse ausfüllte. Und in der Tat war dieses Schwein ganz anders als alle anderen Schweine, die Maggie je gesehen hatte: Dieses Tier war vom Kopf bis zu den Zehen von dichtem rotblondem Haar bedeckt und erinnerte damit fast schon an einen Airedale Terrier. »Das ist ein Mangaleeca-Schwein«, verkündete Luc stolz.

»*Mangalica*«, berichtigte Zoltan ihn, wobei er die Betonung eindringlich auf die erste Silbe legte, während er das »c« eher wie ein »ts« aussprach.

»Genau das habe ich doch gerade gesagt«, erwiderte Luc wenig beeindruckt. »Mangaleeca.«

»Jedenfalls ist das ein sehr schönes Schwein«, bestätigte Zoltan. Zweifellos betrachtete er Luc mit ganz neuem Respekt.

»*Che schifo*«, rief Simona unterdessen mit einem leichten Schaudern aus.

Geschmeichelt wandte Luc sich der Speisekarte zu und entdeckte zu seiner großen Freude schon bald ein Schneckengericht, das er mit einem Soufflé als Nachtisch abzurunden gedachte. Dann rief er noch einmal die Zigeuner an ihren Tisch zurück und ließ sie einen *Csárdás* nach dem Komponisten Monti aufspielen. »Hören Sie doch bloß mal – ein kleiner Vogel!«, raunte er Maggie zu, als einer der Musikanten eine wirklich virtuose Darbietung auf der E-Saite bot. Anschließend bat Luc noch um ein Lied aus dem »Zigeunerbaron«. »Wer uns getraut …«, intonierte er mit schwerem Tenor und schaute Maggie dabei tief in die Augen. »Die beiden Charaktere, um die es in dem Lied geht, wurden durch die Vögel miteinander getraut«, erklärte er ihr und orderte eine Runde Cognac für alle. Nachdem er sich noch eine sehr beißend riechende Zigarre angezündet hatte, hob er sein Glas und rief: »Auf mein neues Schwein und« – erneut warf er einen raschen Blick auf seinen kleinen Zettel – »Kiskunfélegyháza!«

»Egészégédre!«, stimmte Zoltan mit ein.

»*Cin-cin*«, erklärte Simona.

»*Cheers*«, schloss schließlich auch Maggie sich dem Toast an.

»Und, wie läuft es mit dem Import-Export?«, erkundigte Luc sich mit einem Augenzwinkern.

»Ich überlege, ob ich in das Gebraucht-Reifen-Geschäft einsteigen sollte«, entgegnete Zoltan in todernstem Tonfall.

»Gebrauchte Reifen?«, wiederholte Luc ungläubig und schaute dabei zweifelnd Maggie an.

Die brach daraufhin in schallendes Gelächter aus und erwiderte beschwichtigend: »Ach, das ist doch nur Zoltans Nebenerwerb.«

Nach dem Abendessen verabschiedeten sich alle voneinander, doch als Maggie Zoltan als Anerkennung seiner Dienste den üblichen Umschlag reichen wollte, lehnte dieser mit würdevoller Geste ab. »Dieser kleine Streich ging aufs Haus«, erklärte er mit einem Grinsen.

Simona dagegen klammerte sich einen Moment lang regelrecht an Maggie fest; Maggie hatte ihren Rückflug bereits früh für den nächsten Morgen gebucht.

»Ich werde Sie vermissen, Maggee«, sagte sie. »Ja, das werde ich wirklich.«

»Und ich werde Sie beide vermissen«, bestätigte Maggie.

»Aber ich hoffe doch, dass wir uns schon bald einmal wiedersehen.«

Luc bot Maggie an, sie zu ihrem Hotel zu bringen. »Ich bin noch nicht bereit, mich schon wieder von Ihnen zu verabschieden. Lassen Sie uns doch noch einen Kaffee im Gellért zu uns nehmen, und anschließend begleite ich Sie auf einem kleinen Spaziergang zurück zu Ihrem Hotel.«

»Aber wird so ein Spaziergang nicht ziemlich kalt?«, wandte Maggie ein und ließ ihren Blick über den frisch gefallenen Schnee schweifen.

»Ich leihe Ihnen eine meiner Jacken«, versprach Luc. »Außerdem ist es doch bloß ein kurzer Fußmarsch von meinem Hotel bis zu Ihrem.«

Im Foyer des Gellért wimmelte es von Herrschaften in Abendkleidung. Offensichtlich fand in Budapest gerade eine große Tagung statt. Luc und Maggie setzten sich am Rande der Halle auf ein Sofa, er mit seinem Kaffee in den Händen, sie mit einem kleinen Kräuterlikör. In freundschaftlichem Schweigen musterten sie die Leute und machten nur dann und wann eine kleine Bemerkung über die Paare, die durch die große Flügeltür hereinströmten oder die Halle verließen.

»Das da sind Engländerinnen«, flüsterte Maggie und deutete mit einem knappen Nicken auf zwei Damen, die nahe dem Springbrunnen Posten bezogen hatten.

»Oder auch Deutsche …«, erwiderte Luc. »Aber eines ist sicher: Die beiden da sind Franzosen.« Besagtes Pärchen diskutierte gerade wortreich mit dem Concierge.

»Und der da mit dem Schnurrbart?«, fragte Maggie. »Ich würde sagen, das ist ein Mexikaner, oder?«

»Ach, wissen Sie«, wechselte Luc mit einem Seufzen das Thema: »Ich suche ja noch immer ganz verzweifelt nach einem Namen für mein Schwein. Der Gute soll auf jeden Fall einen ungarischen Namen bekommen, schließlich ist er aus Kiskunfélegyháza!«

»Wie wäre es mit ›Attila‹?«, schlug Maggie spontan vor.

»Mais c'est parfait!«, rief Luc begeistert aus.

Maggie bemühte sich, ein Gähnen zu unterdrücken.

»Sie sind müde, *mon amie*«, sagte Luc leise. »Warten Sie. Ich gehe rasch nach oben und hole die Jacke, die ich Ihnen versprochen hatte.« Damit steuerte er auf den Fahrstuhl zu, und auch Maggie erhob sich von ihrem Sofa und schlenderte langsam in Richtung der Flügeltüren.

»Maggie!«, ertönte plötzlich eine Stimme ganz in ihrer Nähe. Verdutzt schaute sie sich um und sah Geoffrey und Camilla durch die Tür eintreten. Energisch stampften die beiden mit den Füßen auf, um den Schnee an ihren Absätzen loszuwerden. Auch sie trugen Abendkleidung. »Was für eine Überraschung!«

»Ja, was für eine Überraschung ...«, erwiderte Maggie.

»Wir sind wegen der Tagung hergekommen«, erklärte Camilla sogleich ihr Erscheinen. »Man war an Geoffrey herangetreten mit der Bitte, ob er nicht einen Vortrag halten könnte. Er ist noch immer sehr gefragt, musst du wissen.«

»Ja, ich bin mir sicher, dass er das ist«, stimmte Maggie ihrer einstigen Freundin zu. Schweigen trat ein – nun war eindeutig sie an der Reihe, den Grund für ihre Anwesenheit in Budapest zu erläutern. Exakt in diesem Moment kam Luc aus dem Fahrstuhl, über dem Arm eine Art Fliegerjacke. Ohne Zögern trat er auf Maggie zu und legte ihr behutsam die Jacke um die Schultern.

»Ich glaube nicht, dass wir einander schon vorgestellt wurden«, meldete sich mit träger Stimme nun auch Geoffrey zu Wort.

»Oh, ja, aber natürlich, tut mir leid«, stotterte Maggie. »Darf ich euch Luc de Bosquières vorstellen? Er ist ein alter Freund von mir und Jeremy. Ich war mir also sicher, dass ihr euch kennen würdet.«

Den Blick direkt in Lucs Augen gerichtet, deutete Geoffrey eine leichte Verbeugung an. »Ich fürchte, ich kann mich nicht erinnern ...«

Mit jovialem Schwung gab Luc Geoffrey unterdessen die Hand und hob anschließend Camillas widerstrebende Finger an seine Lippen. Geoffrey war ein groß gewachsener Mann und mit seinem schwarzen Schlips natürlich dem Anlass entsprechend makellos gekleidet, das ergrauende Haar sorgsam an den Schädel geklebt und vom Scheitel bis zur Sohle das Paradebeispiel des Diplomaten außer Dienst. Nicht zuletzt blitzte an seinem Revers natürlich ein dezenter, aber sehr dekorativer Verdienstorden. Camilla unterzog Luc derweil einer scharfen Musterung, beginnend bei den Spitzen seiner abgewetzten Schuhe, über die saloppe Hose bis hin zu seiner nichtssagenden Krawatte, die im Laufe des Abends zudem zu einem wenig kleidsamen Lappen zerknautscht worden war.

»Wir sind Geschäftsfreunde«, ergriff Luc die Initiative. »Import-Export«, fügte er dann mit einem verwegenen kleinen Blitzen in seinen Augen hinzu.

»Das ist sicherlich ein völlig neues Betätigungsfeld für dich, wie, Maggie?« Misstrauisch schaute Geoffrey Maggie an.

»Wir importieren Schweine«, erklärte Luc, augenscheinlich völlig unberührt von Geoffreys scharfer Hinterfragung.

»Sehen Sie hier, ich zeige es Ihnen ...« Damit zerrte er abermals die Kamera aus seiner Tasche hervor. In der dünnen Schlaufe fürs Handgelenk hatte sich jedoch leider so mancherlei Kleinkram verfangen: ein Zigarrenfauteuil, eine zerdrückte Schachtel Streichhölzer und sogar ein kleines Bündel ungarischer Banknoten. Leicht wie Federn segelten Letztere eine nach der anderen auf den Boden. Luc schien all das nicht zu bemerken. Er war bereits dabei, hektisch einige Knöpfe seiner winzigen Videokamera zu drücken. »Sehen Sie hier!«, rief er dann triumphierend aus, und präsentierte Geoffrey und Camilla die letzte Sequenz, in der Attilas neugierig kreisende schwarze Schnauze den gesamten Bildschirm ausfüllte, während unter seinem rotblonden Pony ein Paar wütende Äuglein blitzten.

Camilla wich einen Schritt zurück. Abwehrend presste sie ihre Abendtasche mit beiden Händen an die Brust. »Geoffrey«, erklärte sie dann mit hochmütiger Stimme, »es war ein langer Tag.«

»Richtig«, stimmte dieser ihr sofort zu. »Ich denke, es ist jetzt an der Zeit, dass wir uns zu Bett begeben und Schäfchen zählen. Oder von mir aus auch Schweine, wenn Ihnen das lieber sein sollte«, rief er Maggie und Luc mit einem letzten scharfen Blick über die Schulter zu.

Maggie befürchtete schon fast, einen Lachkrampf zu bekommen, als sie und Luc hinaustraten in die kalte Nacht.

»Also ich muss schon sagen, Maggie, Sie sind wirklich eine sehr mysteriöse Frau«, bemerkte Luc, während er mit freundlichem Lächeln in ihr Gesicht hinabschaute. Langsam gingen sie über den *rakpart,* wie die Ungarn den Kai am Ufer des Flusses nannten. »Ich meine, was Ihren Zoltan angeht und Ihr Import-Export-Geschäft und natürlich Ihre – *collet monté* – englischen Freunde.«

»Ich weiß«, entgegnete Maggie leise. »Von außen betrachtet muss das wohl tatsächlich alles ganz merkwürdig erscheinen. Eines Tages werde ich es Ihnen erklären.«

Sie blieben stehen und schauten bewundernd auf die rasch dahinströmenden schwarzen Fluten der Donau. Im Wasser sah man die Reflexionen der Straßenlaternen, die wie kleine, nur aus Licht bestehende Schlangen über die Wasseroberfläche sausten.

»Es ist schon aufregend, wie schnell der Fluss seinen Weg nimmt, nicht wahr?«, staunte Luc.

»Ja«, stimmte Maggie ihm zu. »Sie machen einem sogar fast ein bisschen Angst, diese dahinbrausenden Wassermassen.« Sie erschauderte leicht.

Luc nahm ihre beiden Hände in die seinen und wärmte sie. »Wo sind denn Ihre Handschuhe?«, schimpfte er sanft. Doch er hatte ja vollkommen recht: In ihrer Garderobe befand sich in der Tat kein einziges Paar Handschuhe mehr. Dann tat er einen tiefen Seufzer. »Ich glaube, Maggie, ich muss Ihnen nun etwas sagen. Als ich in dem kleinen Dorf war, Sie wissen schon, das Dorf des kleinen Stammesbruders, der nur ein halbes Haus bewohnt, da habe ich nochmals gründlich über uns beide nachgedacht. Und ich bin zu dem Ergebnis gekommen, dass es wohl besser wäre, wenn wir uns nicht wiedersehen würden.« Echte Trauer schwang in seiner Stimme mit.

Maggie, die gerade begonnen hatte, seinen festen Griff um ihre Hände zu genießen – und die Wärme, die seinen Fingern entströmte und langsam ihre Arme hinaufkroch –, war entsetzt. Sie hatte buchstäblich das Gefühl, dass ihr Herz einen Schlag lang aussetzte. »Aber wie kommen Sie denn bloß darauf?«

»Weil ich nun mal ein altmodischer Mann bin, müssen Sie wissen. Ich bin jetzt seit mehr als fünfundzwanzig Jahren verheiratet. Und das mit einer ganz und gar liebreizenden Frau. Ich gebe zu, als wir, Sie und ich, uns das erste Mal begegneten, da dachte ich, zwischen uns beiden könnte sich vielleicht eine *amitié amoureuse* entwickeln, wie wir Franzosen es nennen. Mittlerweile aber fürchte ich, dass wir beide eher so etwas wie a*moureux tout court* werden könnten.« Mit seelenvollem Blick schaute er Maggie in die Augen. Sie konnte seine Zigarre riechen und den Hauch von Knoblauch, der an seinem Schneckengericht gewesen war, sowie diesen beruhigend maskulinen Duft nach Leder, Tweed und sauberem Schweiß. Sie wusste beim besten Willen nicht, was sie entgegnen sollte. »Morgen früh reise ich wieder ab. Mit nichts als meinen Erinnerungen«, ergriff abermals Luc das Wort, und als er dies sagte, sah er so unendlich traurig aus, dass Maggie plötzlich überhaupt nicht mehr an ihre eigene Enttäuschung dachte, sondern nur noch das Ziel hatte, ihr Gegenüber wieder ein wenig aufzumuntern.

»Kommen Sie, Luc, so ganz stimmt das ja nicht«, tröstete sie ihn. »Sie haben ja noch Ihr Schwein.«

»Ja, richtig, Attila. Er wird mich auf ewig an Sie erinnern.«

Plötzlich musste Maggie ehrlich amüsiert lachen. »Ich bin mir nicht sicher, ob ich das als Kompliment verstehen darf!«

Wenig später erreichten sie den Eingang von Maggies Hotel. Luc schloss Maggie in seine Arme und drückte sie fest an sich, ehe er, ohne noch einen einzigen Blick zurückzuwerfen, mit schnellen Schritten davonging. Langsam wandte Maggie sich um in Richtung Hoteleingang und wollte hineingehen, als ihr mit einem Mal bewusst wurde, wie eisig kalt diese finstere Winternacht war, und sie erschauderte am ganzen Körper. Erst, als sie fast an ihrem Zimmer angelangt war, merkte sie, dass sie noch immer Lucs Fliegerjacke trug.

6

ZURÜCK IN LONDON

Maggie war schwer ums Herz, als sie die Stufen zu Jeremys Apartment in der Ebury Street hinaufstieg. Jetzt fange ich wohl an zu spinnen, dachte sie, als sie den Schlüssel ins Schloss steckte und glaubte, hinter der Eingangstür Staubsaugergeräusche und das Lärmen eines Fernsehers zu hören. Dann aber, als sie die Tür zu Jeremys einstiger Wohnung aufstieß, stellte sie fest, dass sie sich keineswegs geirrt hatte und dass im ganzen Apartment die Lichter brannten. Jede einzelne Lampe war eingeschaltet. Und mitten im Raum entdeckte Maggie die unverwechselbare Gestalt von Esmeralda, die, das Haar unter einem altmodischen Tuch verborgen, Maggie gerade den Rücken zuwandte, während sie sich über den Staubsauger beugte.

»Dona Margarida!«, rief diese erschrocken aus, als sie ihre einstige Dienstherrin erkannte, ließ den Staubsauger fallen und warf sich in Maggies Arme. »Ich hatte Sie noch nicht zurückerwartet. Nicht so bald. Ich bin doch noch gar nicht mit dem Putzen fertig!«

»Und ich hatte überhaupt nicht damit gerechnet, Sie hier vorzufinden«, entgegnete Maggie vollkommen perplex.

»Ach, Dona Margarida, in Lisboa habe ich einfach keine Arbeit gefunden«, seufzte Esmeralda kummervoll. »Dort meinen die Leute, ich sei zum Arbeiten bereits zu alt.« Schwer ließ sie sich auf das Sofa sinken und zerrte sich das Tuch vom Kopf. »Also bin ich in die Estrela-Kathedrale zur Messe gegangen, und dort hat Luis mir verraten, was ich tun sollte. ›Esmeralda, dein Platz ist in London‹, hat er zu mir gesagt. Und: hier bin ich!« Mit hoffnungsfrohem Grinsen schaute Esmeralda zu Maggie auf. »Aber ich mache Ihnen wohl am besten erst einmal eine Tasse Tee.«

Maggie dachte unterdessen zurück an ihr letztes Gespräch mit der Bank in Wien. Denn das war leider nicht so ermutigend verlaufen wie beim ersten Mal. Sie hatte in den vergangenen Monaten ganz zweifellos weit über ihre Verhältnisse gelebt. Und obgleich noch immer eine recht anständige Summe von Jeremys Vermögen übrig war, so war es doch an der Zeit, dass Maggie sich ernsthaft Gedanken darüber machte, wie sie ihre weitere Zukunft zu finanzieren gedachte. Nur leider musste sie sich ausgerechnet, was diesen Punkt anging, sehr bald eingestehen, dass sie im Grunde nicht die geringste Qualifikation vorzuweisen hatte. Eine ganz reguläre Arbeit kam für sie somit nicht infrage. Vielleicht sollte sie Jeremys Wohnung verkaufen und den Gewinn investieren, um sich an einem weniger kostspieligen Ort – womöglich sogar in Ledbury – eine neue Bleibe zu suchen. Ohnehin hatte Maggie noch nicht die geringste Ahnung davon, wie ihre Zukunft aussehen sollte, nur eines wusste sie bereits mit Sicherheit: Eine Haushälterin oder gar eine Köchin konnte sie sich auf keinen Fall mehr leisten. Traurig nippte sie an ihrem Tee. Dann schaute sie über den Rand der Tasse hinweg direkt in Esmeraldas hoffnungsvolles Gesicht.

»Esmeralda, mir fehlt ganz einfach das Geld, um Sie weiterhin zu beschäftigen«, erklärte Maggie niedergeschlagen.

Erschrocken sprang Esmeralda vom Sofa auf. »Oh, aber Dona Margarida«, rief sie, »ich brauche doch gar kein Geld von Ihnen! Ich werde genügend Geld für uns beide verdienen!« Damit stürmte sie in ihr kleines Zimmer und deutete mit dramatischer Geste auf den Tisch vor dem Fenster, auf dem unter einer mit Spitzen umsäumten Damastdecke eine kleine Reisenähmaschine stand. »Ich habe doch schon so viele Aufträge«, rief sie triumphierend. »Für das Paar im Erdgeschoss nähe ich demnächst die Vorhänge, und für die Mädchen in der Bäckerei fertige ich die Schürzen, und das Reinigungspersonal hat mir einige Stücke mit kaputten Reißverschlüssen gebracht, und ein paar Säume müssen auch …«

Ehrlich bewegt schloss Maggie Esmeralda in die Arme.

»Und wenn Sie mir bitte einfach bloß dieses Zimmer hier lassen möchten, dann werde ich sicherlich die Zeit finden, mich auch um Sie zu kümmern«, schloss Esmeralda ihre kleine Rede.

In den folgenden Tagen versuchte Maggie, sich wieder in einen geregelten Alltag einzufinden. Sie zwang sich zur Arbeit, bezahlte noch offene Rechnungen und widmete sich verschiedenen schriftlichen Angelegenheiten. Ein wahrer Berg an Briefen, die beantwortet werden wollten, war auf der Fußmatte gelandet, während Maggie in Ungarn gewesen war. Sogar ein Telegramm war darunter. Nichts Gutes ahnend öffnete Maggie den Umschlag. »Wir bedauern, Ihnen mitteilen zu müssen, dass gestern, am 25. Dezember, Ihre Schwägerin Isobel Davenport verstarb. Mit aufrichtiger Anteilnahme …« Unterzeichnet war das knappe Schreiben von einem gewissen Reginald Appleyard. Seltsamer Name, dachte Maggie, vor allem aber: arme Isobel. Streng genommen hatte Maggie ihre Schwägerin zwar kaum gekannt, und trotzdem war es doch grundsätzlich eine traurige Sache, wenn ein Mensch verstarb. Zudem war mit Isobels Tod nicht nur deren, sondern auch Jeremys Familie endgültig ausgelöscht. Benommen legte Maggie das Telegramm auf dem Kaminsims ab.

In den folgenden Stunden las sie die nach Jeremys Tod eingegangene Kondolenzpost und beantwortete jeden einzelnen Brief persönlich. »Vielen lieben Dank für Eure mitfühlenden Worte – sie haben mich sehr berührt«, schrieb sie auf Jeremys hellblauem Briefpapier mit der in Weiß eingeprägten Adresse. Anschließend widmeten sie und Esmeralda sich einer eingehenden Durchsicht von Jeremys Schränken, wobei sie diverse Kisten mit Oberbekleidung und Schuhen füllten, die an Esmeraldas Verwandtschaft nach Alentejo geschickt werden sollten. Maggie hatte die dort auf dem Land ansässigen freundlichen Menschen selbst einmal kennengelernt und stellte sich nun vor, wie sie Jeremys Kirchgangschuhe auftrugen oder gar die Krawatte, die er sich als Schuljunge umgebunden hatte.

»Es ist wichtig, dass wir einen ganz klaren Schnitt machen«, belehrte Esmeralda Maggie und entsandte sowohl die Rasiercreme des Botschafters als auch dessen Bürsten und sogar das Badesalz von Floris kurzerhand in den Mülleimer, wobei sie sich nach jedem ihrer gut gezielten Würfe ehrerbietig bekreuzigte.

Auch die Abstellkammer mit ihren zum Teil bereits etliche Jahre alten Nippsachen fiel Esmeraldas Entrümpelungswut zum Opfer, während Maggie Jeremys Hefter und Unterlagen mit Paketband zu dicken Stapeln zusammenschnürte. Das Außenministerium hatte sie zuvor allerdings gewarnt, dass sie sich vorsehen solle, auf welche Art und Weise sie sich dieser Dinge entledigen wollte. Womöglich befände sich zwischen den alten Postkarten und den längst veralteten Magazinen nämlich noch wichtiges

Material. Maggie beschloss also kurzerhand, sämtliche Papierpacken nach Ledbury zu transportieren und dort ein großes Feuer zu entzünden. Dann wäre sie diese leidige Angelegenheit ein für alle Mal los.

Zwischenzeitlich wurde Maggie von seltsamen, ja regelrecht verstörenden erotischen Träumen heimgesucht. Sie alle drehten sich um eine Schar nur spärlich bekleideter Personen, die sich, geschützt von spinatgrünen Masken, miteinander austobten. Eine von ihnen war Ilonka – daran zu erkennen, dass sie eine dicke Hornbrille trug. Und inmitten dieses wilden Treibens stand der Primas jener Zigeunerkapelle, die damals im Gundel aufgetreten war, und spielte argentinische Tangomelodien. Das Schlimmste an dem Traum aber war, dass Maggie die ganze Zeit über quälend bewusst war, dass sie eigentlich ganz woanders sein sollte, nämlich an Jeremys Seite auf einem Schiff auf der Donau, bei einem wichtigen gesellschaftlichen Ereignis. Als es ihr endlich gelang, sich von der freizügigen Gesellschaft loszueisen und zum Hafen zu gelangen, musste sie jedoch feststellen, dass das Schiff bereits abgelegt hatte. Jeremy stand lässig an die Heckreling gelehnt, während unter ihm weiß schäumend das Wasser der Donau wirbelte und über seinem Kopf Möwen kreisten. Als er Maggie erblickte, hob er die Hand, doch ob es nun eine Geste des Tadels war oder ein freundliches Winken, das vermochte sie nicht zu erkennen.

Es war zehn Uhr am Abend und Esmeralda war bereits zu Bett gegangen, als Maggie eine von Jeremys CDs einlegte und auf dem Boden sitzend eifrig noch einige letzte Unterlagen zu Stapeln zusammenschnürte, da wurde ihr Blick plötzlich von drei kleinen Briefbündeln angezogen – allesamt zusammengehalten von zarten rosafarbenen Bändchen. Ohne sich viel dabei zu denken, nahm sie die drei Päckchen und legte sie auf den kleinen Berg zu verbrennender Unterlagen, als ihr mit einem Mal die Handschrift auf den Briefen ins Auge stach. Die Buchstaben waren rund und schnörkelig und stammten eindeutig von einer Frau.

Liebling, noch immer kann ich es nicht glauben, dass schon eine ganze Woche vergangen sein soll, seit ich dich auf der Hochzeit sah und du mit einer anderen Frau an deiner Seite aus meinem Leben geschritten bist. Du sollst wissen, dass ich stets für dich da bin und es weiterhin sein werde, wann immer du mich brauchen solltest. Ich liebe dich von ganzem Herzen – und daran wird sich niemals etwas ändern.
Auf ewig die Deine,
Lavinia

Maggie spürte, wie ihre Knie zu zittern begannen, und ihr Mund war mit einem Schlag wie ausgetrocknet. Wer, in Gottes Namen, war Lavinia? Verwirrt schaute sie nach, wann der Brief von der Post abgestempelt worden war: Er war, wie in dem kurzen Anschreiben gestanden hatte, auf den Tag genau eine Woche nach ihrer und Jeremys Hochzeit abgeschickt worden. Dann musste diese Unbekannte also in einer der Kirchenbänke gesessen und zugeschaut haben, wie sie, Maggie und Jeremy, aus der Kirche traten und über ihnen, begleitet von strahlendem Sonnenschein, ein Konfettiregen niederging. Könnte Lavinia womöglich jene groß gewachsene Rothaarige gewesen sein, die dieses schicke türkisfarbene Ensemble aus Bastseide getragen hatte? Jene Dame, die während des Empfangs ein klein wenig beschwipst gewesen war? Das zumindest war Maggies damaliger Eindruck gewesen, denn sie glaubte, dass wohl nur ein kleiner Schwips der Anlass dazu gewesen sein könnte, dass die Rothaarige, während Jeremy sie zu ihrem Wagen geleitete, so vertraulich den Kopf auf seine Schulter gebettet hatte ...

Irritiert besah Maggie sich die beiden anderen rosa verschnürten Bündel. Die ersten Briefe schienen sich auf eine Zeit zu beziehen, die noch vor ihrer und Jeremys Hochzeit lag und die in etwa mit Jeremys einjähriger Brautwerbungsphase übereinstimmen musste. Die Briefe strotzten vor überschwänglichen Liebesschwüren und inständigen Bitten. Entrüstet versuchte Maggie, sich einzureden, dass sie die Verantwortung für diese Briefe unmöglich Jeremy zur Last legen könne. Die Frau war schlichtweg bis über beide Ohren in ihn verliebt gewesen und hatte demzufolge mit aller Inbrunst um ihn gekämpft, als dieser beschloss, sein Leben lieber mit einer anderen Frau zu teilen. Aber warum bloß hatte er ihr, Maggie, dann nie etwas von dieser Frau erzählt? Er hätte sie doch ohne Weiteres ins Vertrauen ziehen, sie sogar um den einen oder anderen Rat bitten können. Aber womöglich hatte er seine Verlobte einfach nicht verletzen wollen. Oder, auch das war eine Möglichkeit, wie Maggie nun voller Bitterkeit bewusst wurde, vielleicht hatte er sich auch ganz kaltblütig mit zwei Frauen gleichzeitig amüsiert? Ausgerechnet damals, als Maggie mit ihrer Mutter im Basil Street Hotel festsaß, um ihre bescheidene Aussteuer zusammenzustellen!

Am Inhalt einiger Briefe gab es nichts misszuverstehen:

Unser Treffen gestern Abend war wundervoll, ganz wie in alten Zeiten. Ich war so unendlich erleichtert, festzustellen, dass ich dich offenbar doch nicht für immer verloren habe. Dass wir auch weiterhin Wege finden, beisammen zu sein, und uns niemand diese unbeschreibliche Liebe, die wir füreinander empfinden, nehmen kann.

Maggies Blick wanderte hinauf zum Datum am oberen Rand des Briefes. Der Schock ließ sie erstarren. Dieses entzückende Schreiben war ziemlich genau einen Monat nach ihrer Hochzeit verfasst worden! Lange Zeit saß Maggie einfach nur reglos da, den Brief in den Händen, während ihr die Tränen über die Wangen rannen. Längst hatte sie es sich abgewöhnt, dezent in ihrem Ärmel versteckt immer ein kleines Taschentuch bei sich zu tragen, und sie machte sich auch nicht mehr die Mühe, nun noch aufzustehen, um nach einem solchen zu suchen.

Ausgerechnet in dem Moment, als sie geglaubt hatte, alle Risse in dem brüchigen Gewebe ihres fünfundzwanzig Jahre währenden Ehelebens entdeckt und gestopft zu haben, ausgerechnet jetzt tat sich ein neuer Riss auf, der alles wieder zerstörte. Wo war jetzt die neue und ach so famose Maggie? Wo war die Maggie mit dem knabenhaften Kurzhaarschnitt und den schicken Schuhen, die selbstbewusst in ein neues Leben starten wollte? Die mit Simona in der Sauna über fremde Frauen kicherte und auf die ihre Freunde mit »Viva, Maggee« anstießen? In Maggies Leben gingen mit einem Mal alle Lichter aus. Sie fühlte sich entsetzlich allein und zitterte vor Kälte.

Wie ein Roboter, der keinen eigenen Willen besaß, las Maggie einen Brief nach dem anderen. Ein Teil ihres Bewusstseins durchlebte noch einmal das erste Jahr ihrer Ehe, dann jene, in denen sie sich so unglaublich glücklich geglaubt hatte und Jeremy glühend liebte.

Plötzlich wurde die Tür zum Salon aufgestoßen. Esmeralda kam herein und fand Maggie von Schluchzern geschüttelt inmitten rosa Bändchen und Briefpapier, das sie zu winzigen Papierschnipseln zerfetzt hatte. Wie das Konfetti am Tag ihrer Hochzeit lag es in Häufchen um sie herum. »Ach, Dona Margarida!«, rief Esmeralda und schloss Maggie in ihre Arme.

Es war weit nach Mitternacht, als Zoltan in seinem kleinen Apartment in Budapest abrupt vom Klingeln des Telefons aus dem Schlaf gerissen wurde. Kurze Zeit darauf rüttelte er sanft an Simonas Schulter und flüsterte: »Das war Esmeralda. Modome braucht uns.«

Am folgenden Morgen litt Maggie unter leichtem Fieber und verbrachte den Tag im Bett. Esmeralda umsorgte sie wie eine Mutter, brachte ihr nahrhafte Suppe, Wärmflaschen und schier zahllose Tassen Tee.

»Auch an diesem feinen Fräulein werden wir uns noch rächen, Dona Margarida, Sie werden schon sehen!« Ihre weisen Worte von wegen »... es ist an der Zeit, Cäsar zu Grabe zu tragen ...« hatte Esmeralda offenbar längst vergessen.

Der Rückruf von Zoltan und Simona ließ nicht lange auf sich warten: Eilfertig teilten diese Esmeralda mit, dass sie einen günstigen Flug gefunden hätten und schon am nächsten Tag bei ihnen sein würden.

Kaum, dass Zoltan auf britischem Grund und Boden angekommen war, meldete er sich auch schon »zum Dienst zurück«. Gemeinsam mit Simona hockte er auf Maggies Bettkante und sie diskutierten ihren neuesten Plan. Unterdessen umklammerte Maggie ein gewisses schwarzes Telefonbüchlein.

»Da ist tatsächlich eine Lavinia eingetragen – unter ›L‹«, erklärte sie. »Die eine Telefonnummer neben ihrem Namen ist zwar durchgestrichen, aber darunter steht noch eine zweite. Eine Londoner Nummer.«

Zoltan langte sofort nach dem Telefon, das Maggie neben ihrem Bett stehen hatte. »Wie lautet die Nummer?«, fragte er in sehr bestimmtem Tonfall.

Schon ertönte in der Leitung das vertraute, typisch britische Klingelzeichen, eine Art Surren, wie man es wohl in keinem anderen Land zu hören bekam. Nach geraumer Zeit wurde endlich der Hörer abgenommen.

»Guten Tag, Weidenfeld und Nicholson«, meldete sich eine männliche Stimme gelangweilt. Zoltan reichte den Hörer rasch an Maggie weiter.

»Ähm«, entgegnete Maggie wenig einfallsreich. Ihr Kopf schien plötzlich wie leergefegt. »Ähm, ich würde gerne Lavinia sprechen«, bat sie schließlich.

»Tja, können Sie diese Lavinia vielleicht ein bisschen näher beschreiben?«, verlangte die männliche Stimme geduldig.

»Nun ja, ich fürchte, ich habe keine Ahnung, welchen Namen sie nach ihrer Eheschließung angenommen hat. Ich suche auf jeden Fall nach einer Lavinia mit rotem Haar«, antwortete Maggie aufs Geratewohl. »Aber vielleicht arbeitet sie ja mittlerweile auch gar nicht mehr bei Ihnen …«

»Oh, ach du meine Güte. *Die* Lavinia meinen Sie«, rief ihr Gesprächspartner. »Ich fürchte, da muss ich Sie enttäuschen, denn die arbeitet in der Tat nicht mehr bei Weidenfeld und Nicholson. Genauer gesagt, hat sie die Firma schon vor Jahren verlassen.«

»Ach so, na ja, nun gut. Und wahrscheinlich ...«, stotterte Maggie ein wenig unbeholfen, »... und wahrscheinlich haben Sie auch keine Ahnung, wohin sie gewechselt ist, nicht wahr? Denn, wissen Sie«, fuhr Maggie fort, nachdem ihr plötzlich ein Geistesblitz gekommen war, »ich plane ein Treffen unserer alten Schulklasse.«

»Tja, ich weiß zwar nicht, ob sie immer noch dort ist, aber nach ihrer Tätigkeit in unserem Hause ist sie zu Bagshot und Newby gewechselt, Sie wissen schon, diese Buchhandlung in der South Audley Street.«

Maggie kannte besagte Buchhandlung gut. Jeremy hatte sich von dort aus regelmäßig Literatur schicken lassen, wenn er im Ausland eingesetzt war. Der Buchladen hatte für ihn auch einige spezielle Ausgaben ausfindig gemacht, Bücher, die er unbedingt hatte haben wollen, die aber nicht mehr aufgelegt wurden, und einmal hatten er und Maggie dort sogar einen ganz außergewöhnlichen Wälzer übers Gärtnern für Maggies Mutter erstanden, als diese ihren sechzigsten Geburtstag feierte. Nun war Maggie auch klar, warum Jeremy ausgerechnet diese Buchhandlung und nicht irgendeine andere für seine Bestellungen ausgewählt hatte. Gewiss hatten er und Lavinia gemeinsam in Unmengen von Büchern geblättert oder sich hinter den staubigen Regalen von Bagshot und Newby kleine literarische Aphorismen zugeworfen. Maggie entschied, dass sie sich dieser speziellen Mission zunächst allein annehmen wollte.

»Sie müssen sich aber unbedingt etwas Ordentliches anziehen«, ermahnte Esmeralda sie leise.

»Genau«, stimmte Zoltan ihr prompt zu. »Die Wettervorhersage lässt nämlich Schlimmes ahnen.«

Als Maggie aufbrach, hatten Zoltan und Simona es sich bereits vor dem Fernseher gemütlich gemacht. Es lief gerade »Ben Hur«. Fürsorglich legte Esmeralda Maggie ein Tuch um den Hals und klopfte ihr aufmunternd auf den Arm. Es ist ja so beruhigend, dachte Maggie, als sie die Treppe hinabeilte, wenn man die Tür hinter sich schließen kann und weiß, dass alle für einen da sein werden, wenn man zurückkommt.

Voll neuer Energie beschloss Maggie, den Weg von Jeremys Wohnung bis in die South Audley Street zu Fuß zu gehen. Zuversichtlich stieg sie wenig später die Stufen zu Bagshot und Newby hinauf und drehte den großen Messingtürknauf. Mit einem leichten Quietschen schwang die Ladentür auf, woraufhin gleich über Maggies Kopf eine feine Glocke ertönte, ganz ähnlich wie in diesen altmodischen Lebensmittelläden nach der Art von Ginger & Pickles.

Da Maggie gerade aus dem hellen Licht eines Londoner Wintermorgens kam, erschien ihr die Beleuchtung im Inneren des Ladens seltsam düster. Vorsichtig sah sie sich um, konnte jedoch niemanden entdecken. Riesige Stapel Bücher thronten auf kleinen Mahagonitischchen, und auch auf dem Boden vor den überfüllten Regalen türmte es sich. Im Kamin flackerte mit leisem Zischen eine kleine Gasflamme.

»Guten Morgen«, rief Maggie in die Leere hinein.

Sofort kam aus einer Tür im hinteren Bereich des Ladens ein älterer Herr geeilt. Er schaute sie über den Rand seiner Brillengläser an, nicht unähnlich einer Wühlmaus, die im Scheinwerferlicht eines Autos erstarrte. »Guten Morgen«, erwiderte er.

»Ich suche nach einem Mr Bagshot«, kam Maggie ohne Umschweife auf ihr Anliegen zu sprechen.

»Das bin ich. Ich bin Desmond Bagshot«, erwiderte er verdutzt und reichte ihr hastig die Hand.

Maggie kam nicht umhin zu bemerken, dass sich genau über Mr Bagshots Scheitel ein feines Spinnennetz spannte.

»Ich war gerade im Untergeschoss und bin eine private Büchersammlung durchgegangen, die man uns zum Kauf angeboten hat«, versuchte er, sich für seine Abwesenheit zu entschuldigen.

Dann, als Maggie ihm den Grund für ihren Besuch erklärt hatte, überlegte er einen Moment: »Lavinia, ja …« Pause. Schließlich: »Ah, ja, Lavinia … nun weiß ich es wieder. Aber leider, so fürchte ich, muss ich Sie auch gleich wieder enttäuschen, denn sie hat unser Geschäft schon vor geraumer Zeit verlassen, damals, als sie heiratete.«

»Wissen Sie vielleicht, welchen Namen sie heute trägt?«

»Tja, eigentlich sollte ich das wissen, da haben Sie wohl recht. Allerdings kann ich mich im Augenblick beim besten Willen nicht daran erinnern. Aber Derek könnte es wissen.« Damit eilte er zurück zu der schmalen Tür im hinteren Ladenbereich. »Derek!« Ein junger, wenngleich frühzeitig ergrauter Mann erschien, in den Augen einen gehetzten Ausdruck. Sein Haar, sofern dies überhaupt möglich war, sogar noch eine Spur staubiger als das von Mr Bagshot. »Weißt du vielleicht, wie Lavinia Thorpe mit Nachnamen heißt, seit sie verheiratet ist?«

»Lady Lavinia? Hmmm. Ich weiß nur, dass sie einen Ausländer geheiratet hat … glaube ich zumindest.«

»Haben Sie denn vielleicht noch ihre alte Anschrift?«, hakte Maggie nach, die langsam ein bisschen ungeduldig wurde.

»Oh, nein, die haben wir bestimmt nicht mehr. Nein, ich glaube es nicht. Aber vielleicht haben wir noch die Adresse, an die wir einige Briefe für sie weiterleiten sollten. Ich muss kurz in unseren Unterlagen nachschauen.« Diensteifrig tauchte Derek unter einen der Mahagonitische und zerrte einen dicken Karton hervor. »Ich sehe nach und rufe später an«, bot er an. »Haben wir Ihre Telefonnummer?«

Maggie, die aus diversen Gründen weder ihren Namen noch ihre Nummer preiszugeben gedachte, erwiderte, dass sie am nächsten Tag lieber selbst anrufen wolle, und verabschiedete sich. Vielleicht würde sie eines Tages die Lust danach verspüren, sich den beiden Geschäftsinhabern als Jeremys Witwe zu erkennen zu geben, um dann mit ihnen über dessen Literaturgeschmack zu räsonieren. Im Augenblick aber wollte sie unerkannt bleiben.

Auf dem Nachhauseweg legte Maggie einen spontanen kleinen Zwischenstopp bei Fortnum & Mason ein und kaufte sich eine gehörige Portion dieser köstlichen kleinen Pfannkuchen, die man dort zubereitete. Schließlich wollte sie ihrer neuen Familie nach den vielen fremdländischen Gerichten, die sie in der Vergangenheit genossen hatten, nun auch einmal etwas typisch Englisches kredenzen. Die alte Maggie hätte sich dafür wohl in der Schlange bei dem noch vergleichsweise preisgünstigen Supermarkt Sainsbury's angestellt; die neue Maggie jedoch genoss es, diesen Einkauf auf dem wohlig flauschigen Teppich von Fortnum & Mason zu tätigen, zumal man dort die Waren nicht einfach bloß in Plastiktüten packte, sondern sie in festen und in noblem Dunkelgrün gehaltenen kleinen Transportpäckchen verschnürte. Allein dieses Päckchen nach Hause zu tragen, erfüllte sie bereits mit einem gewissen Glücksgefühl. Zuvor aber wagte Maggie rasch noch einen kleinen Rundgang durch die Weinabteilung, als sie plötzlich hinter sich eine angenehm vertraute Stimme hörte.

»... und dann würde es mich noch sehr interessieren«, sagte Luc, der mit dem Rücken zu Maggie an einem kleinen Tisch mit einer Vielzahl von Weinflaschen stand, »ob auch Sie die Brombeeren herausschmecken?« Damit hielt er sein Glas gegen das Licht und schwenkte mit energischer Geste dessen Inhalt, so energisch sogar, dass Maggie bereits fürchtete, er könne damit jeden Augenblick die blutleeren Wangen und den Nadelstreifenanzug des Weineinkäufers bekleckern, der, ebenfalls ein Glas mit rubinroter Flüssigkeit in den Händen haltend, Luc gegenüberstand.

Maggie wollte gerade seinen Namen rufen, hielt aber doch noch inne. Sie hatte einfach schon viel zu viele Jahre ihres Lebens als, sagen wir, hauptberufliche Ehefrau verbracht, als dass sie es nun gewagt hätte, Luc während dessen Geschäftsverhandlungen zu stören. Sie hielt sich also diskret ein Weilchen im Hintergrund, in der geheimen Hoffnung, dass Luc sich von ganz allein zu ihr umdrehen und sie entdecken würde, doch es schien, als ob es für ihn im Augenblick nichts anderes gäbe, als schlürfen und schnüffeln und in den silbernen Spucknapf zielen. »Luc, ich habe noch immer Ihre Jacke«, wollte Maggie ihm gerne sagen und spürte, wie sich vor lauter Vorfreude bereits ein kleines Lächeln über ihre Lippen breitete.

»Kann ich Ihnen behilflich sein, Madam?«, fragte da plötzlich eine Stimme neben ihr.

»Äh, ja«, entgegnete Maggie und wandte sich voller Bedauern von Lucs Anblick ab. »Pfannkuchen – wo haben Sie Pfannkuchen?«

»Pfannkuchen finden Sie gleich dort drüben, Madam, zu Ihrer Rechten.«

Als Maggie schließlich wieder zu dem kleinen Tisch, an dem Luc gesessen hatte, zurückkehrte – an der Hand eines jener kleinen Transportpäckchen baumelnd –, war der breite Rücken in der vertrauten Tweedjacke nirgends mehr zu entdecken. Der Weineinkäufer war indessen dabei, die Flaschen wieder einzusammeln und sie in einem Raum im hinteren Bereich des Ladens zu verstauen. Mit einem schweren Seufzer trat Maggie hinaus auf die Straße.

Nachdem sie die Wohnungstür aufgeschlossen hatte, fiel ihr Blick als Erstes auf Zoltan und Simona, die noch immer vor dem Fernseher saßen, mittlerweile aber »Holiday on Ice« schauten. Esmeralda hockte, in ihre Arbeit vertieft, hinter ihrer Nähmaschine. Zufrieden, die Küche einmal ganz für sich allein zu haben, toastete Maggie die winzigen Pfannküchlein und fand zu ihrer freudigen Überraschung sogar noch ein Glas Marmite-Brotaufstrich, den sie auf die kleinen Hefekuchen gab – eine Mahlzeit, wie sie sie schon als Kind geliebt hatte.

Ihre Gedanken schweiften zurück zu den Tagen ihrer Kindheit in Herefordshire, und sie spürte, wie eine Woge der Nostalgie sie ergriff, eine Sehnsucht nach der alten Schaukel in der großen Eiche, Sehnsucht nach Spud, ihrem Golden Retriever, und natürlich Sehnsucht nach »*Listen with Mother*«, jener Radiosendung, die sie so gern gehört hatte. Doch sie dachte auch an die lockeren kleinen Teigröllchen, die ihre Mutter so lecker zuzubereiten wusste, und die Maggie mit hausgemachter Erdbeermarmelade verspeist hatte. Und sie erinnerte sich daran, wie sie mit Sue auf dem durchgesessenen alten Sofa *Nuttall's Mintoes* gekaut und dann andächtig auf ihren Knien das Einwickelpapier glatt gestrichen hatte, während sie der Stimme aus dem Radio lauschte, die fragte: »Und, liebe Zuhörer, sitzen Sie auch wirklich bequem? Schön, dann will ich beginnen, Ihnen davon zu erzählen, wie ...« Es war eine beruhigend melodische Stimme, die Maggie das Gefühl vermittelte, ihre kleine vertraute Welt würde auf immer so fortbestehen.

Schließlich besann sie sich wieder und ging hinüber zu Esmeralda. Ihre Finger waren noch fettig von den Pfannkuchen und auf ihrer Nase saß ein winziger Klecks von dem Brotaufstrich.

»Dona Margarida«, erklang Esmeraldas sanfte Stimme und sie erhob sich von ihrem Platz hinter der Nähmaschine, »was, um Himmels willen, haben Sie denn da gerade verspeist?«

»Lady Lavinia hat uns eine Postadresse in Kent hinterlassen«, erklärte Derek, als Maggie sich am nächsten Tag wie versprochen bei ihm zurückmeldete. »Genauer gesagt, handelt es sich dabei um eine Postadresse in Chilham. Das ist ein Dorf ganz in der Nähe von Canterbury.«

»Zoltan, morgen fahren wir dorthin«, erklärte Maggie. »Irgendwer dort wird ja wohl Genaueres über Lady Lavinia wissen.«

Am nächsten Tag war es nicht mehr Maggies Gesundheit, um die die kleine Gemeinschaft sich Sorgen machen musste, sondern Simonas. Offensichtlich hatte diese sich einen

Grippevirus eingefangen, sodass Zoltan und Maggie beschlossen, sie lieber unter Esmeraldas Fittichen zu Hause zu lassen. Maggie saß am Steuer, nachdem Zoltan ihr gestanden hatte, dass er noch nie einen britischen Wagen gesteuert habe. Angespannt hockte er auf der vordersten Kante seines Sitzes und reagierte auf jeden Gangwechsel mit einem nervösen Schaudern. Erst als er und Maggie schon fast in Kent angekommen waren, hatte er sich wieder einigermaßen beruhigt und erklärte sogar, die Landschaft sei ja geradezu zauberhaft mit ihren vielen schmalen Sträßchen, die sich zwischen niedrigen Hecken hindurchwanden, und den kleinen Häuschen, deren Gärten von glitzerndem Raureif überzogen waren. »Im Frühling muss es hier bestimmt ganz wunderbar sein«, murmelte er schwärmerisch.

Auf dem Wege nach Chilham machte Maggie noch einen kurzen Abstecher, um Zoltan die Kathedrale von Canterbury zu zeigen. Angemessen überwältigt wanderte dieser um die Ruhestätten der Könige von England herum, die dort als steinerne Gestalten und in vollem Ornat auf ihren Grabplatten dargestellt waren. »Genau wie Arpad, der Gründer des Madjarenreiches«, erklärte er andächtig.

Maggie brachte es nicht übers Herz, ihrem treuen Weggefährten zu gestehen, dass die steinernen Gestalten sie eher an Simona und an sich selbst erinnerten, wie sie auf den Massageliegen in Ilonkas Schönheitssalon ausgeharrt hatten.

Zum Mittagessen machten sie Rast in einem kleinen Pub in Chilham, dessen Küche Zoltan schon erheblich weniger beeindruckte. So hatte er unter anderem noch niemals zuvor Rosenkohl gesehen und konnte es auch beim besten

Willen nicht nachvollziehen, warum man dieses winzige Gemüse nicht besser wachsen ließ, bis es zu einem ordentlichen Kohlkopf herangereift war. »Aber der Kuchen mit Sirupguss«, versuchte Maggie ihn wieder ein wenig aufzumuntern, »wird Ihnen ganz bestimmt schmecken.«

»Nun ja, nicht schlecht, nur warum ist hier überall dieser gelbliche Schmierfilm drüber?«, wandte Zoltan abermals voller Misstrauen ein, während er vorsichtig mit der Gabel die Vanillesoße herunterkratzte und dann die Siruptorte zu Brei zermatschte.

Maggie fragte ihn, ob er vielleicht noch einmal etwas von Ilonka gehört habe.

»Ah«, entgegnete er sogleich von neuem Hochgefühl erfüllt, »die Frau des türkischen Botschafters hat Ilonka doch tatsächlich verklagt, und Ilonka hat ihre gesamte ausländische Kundschaft verloren. Und um wenigstens ihre einheimischen Kundinnen halten zu können, musste sie ihre Preise wohl oder übel auf das übliche ungarische Niveau herunterschrauben. Simona hatte Ilonka übrigens noch einen letzten Besuch abgestattet, und bei der Gelegenheit hat Ilonka sie sogleich gefragt, wo eine gewisse Pandora bliebe. Wer ist eigentlich diese Pandora?«

»Ach, ich denke, Ilonka wird schon wissen, wer Pandora ist«, entgegnete Maggie ausweichend.

Nach dem Essen entzündete Zoltan seine obligatorische Zigarette und hauchte kleine Rauchkringel in die Luft. »Was meinen Sie«, fragte er nach einer kurzen gedanklichen Pause, »ob die hier wohl auch *pálinka* haben?«

»Nein, ich denke nicht, dass man hier *pálinka* ausschenkt«, entgegnete Maggie. »Und ich denke auch nicht, dass Sie zu dieser Tageszeit überhaupt schon *pálinka* trinken sollten. Und auch keinen anderen Alkohol, versteht sich …« Zoltan zuckte lediglich mit den Schultern und tat einen weiteren genüsslichen Zug von seiner Zigarette. »Ach, und übrigens«, ergriff Maggie schließlich zögerlich abermals das Wort, »es gibt da noch eine Sache, die ich Sie gerne einmal fragen würde.« Alarmiert hob Zoltan den Blick. »Haben Sie den Botschafter damals eigentlich erpresst?«

»Nein«, beschwichtigte dieser Maggie sogleich. »Das musste ich gar nicht. Denn der Botschafter hatte schon von ganz allein eine Heidenangst, dass Sie ›es‹ herausfinden könnten. Von der Botschaft mal ganz zu schweigen. Er hat mir also von sich aus diese Anstellung angeboten.«

»Ich verstehe.« Eine große Last schien von Maggies Schultern zu weichen, und sie war sehr erleichtert. »Also, wie sieht's aus? Wollen wir dann mal loslegen?«

Bereits während des Essens hatte Maggie sich im Geiste jenen älteren Herrn hinter dem Ausschank vorgemerkt. Er sah so aus, als ob er dort schon viele Jahre seinen Dienst täte. »Ich suche nach einer Familie namens Thorpe«, erkundigte Maggie sich bei ihm.

»Ah, ja«, bestätigte der Schankwirt, »Lord und Lady Thorpe. Die haben damals in dem großen Haus gleich dort drüben gewohnt.«

»Und jetzt wohnen sie nicht mehr dort?«

»Nein. Sie haben das Anwesen vor ungefähr fünfzehn Jahren verkauft«, klärte der Schankwirt sie auf. »Sie wurden langsam alt, wissen Sie. Darum sind sie irgendwann umgezogen in ein kleineres Haus die Straße hinunter. Ich habe schon seit einer ganzen Weile nichts mehr von ihnen gehört.« Er fuhr fort mit einer sehr detaillierten Beschreibung, wie Maggie zu diesem Haus fände, die, wie bei derlei Wegbeschreibungen üblich, mit dem unvermeidlichen Satz schloss: »Sie können es gar nicht verfehlen.«

Maggie und Zoltan ließen den Wagen vor dem Pub stehen und marschierten quer durch das Dorf, bis sie an einer einfachen Landstraße angelangten, an deren Ende sich eine Ansammlung von Häusern befand. »Das da muss es sein«, rief Maggie siegessicher, als sie auf ein bescheidenes Haus zugingen, in dessen Vorgarten, wie vom Wirt beschrieben, ein kleiner Teich eingelassen war. Sie traten durch die Gartenpforte und gingen den schmalen Pfad bis zur Haustür hinauf. Überall auf der winzigen Veranda lag Kinderspielzeug verstreut.

»Hallo«, begrüßte sie eine schüchterne junge Frau, die ihnen die Haustür öffnete. Schon kam mit hysterischem Gebell ein Hund hinter ihr hervorgeschossen, und zwei kleine Kinder versuchten, sich zwischen ihren Waden hindurchzuquetschen. »Oh, nein«, entgegnete die Frau, nachdem Maggie ihr erklärt hatte, nach wem sie suchten. »Lord Thorpe ist schon vor ein oder zwei Jahren von hier fortgezogen. Das war kurz nachdem seine Frau verstorben war. Seine Tochter kam dann hierher und hat das Haus verkauft, und Lord Thorpe wurde, soweit ich weiß, in ein Heim gebracht. Wissen Sie, er konnte sich ja nicht mehr selbst versorgen.« Das Altersheim läge etwa zehn Meilen von hier entfernt, verriet sie Maggie dann noch, den Namen der Einrichtung wisse sie allerdings nicht. In jedem Fall sei es ein großes weißes Gebäude mitten auf einer kleinen Anhöhe.

»Da ist es«, rief diesmal Zoltan, nachdem er und Maggie zahlreiche Kurven genommen hatten und diverse Landsträßchen entlanggefahren waren, die nach einer Weile ohnehin alle so aussahen, als wäre es stets bloß ein und dieselbe Straße. Schließlich aber waren sie bei dem Altersheim angelangt und fuhren die von uralten Bäumen gesäumte Auffahrt hinauf.

»Ich denke, es wäre vielleicht besser, wenn Sie solange im Auto warten würden«, erklärte Maggie mit einem zweifelnden Blick auf ihren Beifahrer. Immerhin sah Zoltan nicht gerade aus wie einer jener Herren, dem eine echte britische Heimleiterin so mir nichts, dir nichts vertrauliche Informationen preisgeben würde.

»Nein, es tut mir leid, ich kann Ihnen Lady Lavinias Adresse nicht nennen«, erklärte besagte Heimleiterin streng von ihrem Platz hinter dem riesigen Schreibtisch aus. »Ich glaube aber, sie lebt mittlerweile irgendwo auf dem europäischen Festland. Genau kann ich das allerdings nicht sagen, da wir unseren monatlichen Scheck von einer Bank in London erhalten.«

»Kommt sie niemals hierher und besucht ihren Vater?«, fragte Maggie überrascht.

»Nein, seit dem Tag, an dem sie ihn hier eingewiesen hat, ist sie nicht mehr da gewesen. So wie ich es verstanden habe, sind die beiden nicht allzu gut miteinander ausgekommen, und nach dem Tod der Mutter brach Lady Lavinia jeden Kontakt ab. Er ist aber auch wirklich ein etwas schwieriger älterer Herr …«

»Ich verstehe«, erwiderte Maggie enttäuscht.

»Obwohl mir nun, da Sie es gerade erwähnen, einfällt, dass erst kürzlich doch noch zwei Besucher für den alten Lord hier gewesen sind. Es waren Lady Lavinias Ehemann und ihr gemeinsamer Sohn. Der Junge wollte offenbar einmal seinen Großvater kennenlernen. Aber ich fürchte, dass der Besuch kein großer Erfolg war.«

»Oh, aber warum das denn?«

»Nun ja, Lord Thorpe verwechselte den jungen Mann offenbar mit seinem Offiziersburschen aus dem letzten Krieg und begann, ihn zu verprügeln, weil er angeblich die Stiefel des Lords nicht ordentlich geputzt habe. Anschließend fing er an, alle seine Schuhe aus dem Fenster zu schleudern. Wir konnten den alten Herrn schließlich nur mit Gewalt wieder bändigen. Bedauerlicherweise waren die Schuhe allesamt auch noch auf dem Agapanthus gelandet, worüber der Gärtner wiederum sehr erbost war.«

»Dürfte ich Lord Thorpe vielleicht trotzdem einen kurzen Besuch abstatten?«, erkundigte Maggie sich vorsichtig. »Vielleicht erinnert er sich ja noch an mich. Immerhin, müssen Sie wissen, waren Lavinia und ich früher Schulkameradinnen.«

»Tja …«, die Leiterin des Hauses zögerte. »Nun ja, ich sehe keinen Grund, warum ihm das schaden sollte. Im Gegenteil, vielleicht tut ihm Ihr Besuch sogar ganz gut.«

Gemeinsam gingen sie den Korridor hinab und Maggie erschauderte: Der Geruch derartiger Institutionen – eine Mischung aus Desinfektionsmitteln und Essensdunst, der vage an Hammelfleisch erinnerte – erfüllte sie jedes Mal mit Grauen.

»Leider muss ich Ihnen wohl noch sagen«, fügte die Heimleiterin hinzu, als sie Maggie den Weg wies, »dass Lord Thorpe zuweilen geistig nicht ganz gegenwärtig ist. Manchmal hat er gute Tage, manchmal aber auch recht schlechte.«

Als sie das Zimmer betraten, saß Lord Thorpe in einem blau-weiß gestreiften Flanellpyjama in seinem Bett. Sein Gesicht, das einst sicherlich attraktiv gewesen sein musste, war gerötet und irgendwie aufgequollen, und sein weißes Haar stand buschig und wie eine Art Heiligenschein von seinem Kopf ab. Zweifellos war dies einer seiner schlechteren Tage. Kaum dass Maggie und ihre Begleiterin sich ihm näherten, erschien ein boshaftes Glitzern in seinen Augen. »Was willst du, du billiges kleines Flittchen?«, fragte er mit heiserer Stimme.

»Guten Tag, Lord Thorpe«, entgegnete die Heimleiterin. »Diese Dame hier möchte Sie gerne besuchen. Sie will Ihnen einige Fragen über Lavinia stellen. Sie ist eine alte Schulfreundin Ihrer Tochter.«

»Ah!«, brüllte Lord Thorpe. »Lavinia, häh? Du willst also etwas über Lavinia wissen, willst du das? Ja, es stimmt, du wolltest ja schon immer alles über die Mädchen wissen, über Lavinia, über Bertha, über Ines …«

»Ich glaube, er verwechselt Sie gerade mit seiner verstorbenen Frau«, murmelte Maggies Begleiterin.

»Ruhe, du Hure«, grölte ein sehr unleidlicher Lord Thorpe dazwischen. »Und du, du hast mir doch von jeher hinterherspioniert, nicht wahr?« Mit boshaftem Blick wandte er sich wieder Maggie zu. »Hast durch die Schlüssellöcher gelinst und hast meine Telefonate belauscht, ja, du warst schon immer eifersüchtig auf die Frauen, die ich liebte. Und trotzdem habe ich es geschafft, dich an der Nase herumzuführen. Du hast ja keine Ahnung, *wie oft* ich dich ausgetrickst habe!« Lord Thorpe brach in ein harsches Gelächter aus, das in einem fürchterlichen Hustenkrampf endete.

»Vielleicht ist Ihr Besuch doch ein wenig zu viel für den alten Lord«, raunte die Heimleiterin Maggie zu, welche sich daraufhin sofort von ihrem Platz erhob.

Doch schon hatte Lord Thorpe sich wieder von seinem

Hustenanfall erholt und krakeelte aufs Neue: »Und was dich angeht, du kleine Schlampe, ich weiß doch genau, weshalb du hier bist!« Damit sprang Seine Lordschaft urplötzlich und erstaunlich behände aus dem Bett. Offenbar hatte er es zuvor geschafft, sich aus seiner Pyjamahose herauszuwursteln, sodass sein Unterkörper nun komplett nackt war und unter dem untersten Knopf seiner Pyjamajacke eine schmierige Erektion hervorlugte.

Entsetzt ließ Maggie sich auf den Fahrersitz fallen. Zoltan blickte sie fragend an. »Die Spur«, japste sie, »ist erkaltet. Es gibt keinerlei Anhaltspunkte mehr.«

Schweigend fuhren sie zurück nach London. Vor dem Apartmenthaus, in dem Jeremys Wohnung lag, hielt Maggie an und ließ Zoltan aussteigen, ehe sie weiterfuhr, um den Wagen in der Garage abzustellen.

»Sagen Sie Simona«, rief sie ihm, bevor sie anfuhr, noch aus dem Wagenfenster zu, »dass der Racheengel soeben seine Flügel zusammengefaltet hat. Ich wüsste nicht, wie wir Lavinia nun noch finden sollten.«

Es war ein sehr niedergeschlagenes Grüppchen, das sich an diesem Abend um Jeremys Kaffeetisch versammelte und deprimiert auf Esmeraldas *bacalhau* herumkaute.

»Ich habe keine Ahnung, was ich jetzt tun soll«, ergriff Maggie schließlich als Erste wieder das Wort. »Zunächst werde ich mir wohl irgendeinen Job suchen müssen, von dem ich die ganzen Rechnungen bezahlen kann.« Esmeralda hatte kurz zuvor einen dicken Stapel Briefe neben Maggies Teller abgelegt; beiläufig hatte Maggie einen nach dem anderen aufgerissen und gelesen.

»Dürfte ich vielleicht die Briefmarke haben, die auf

dem da klebt? Sie ist für meinen Neffen«, bat Zoltan und zeigte auf einen Umschlag ganz unten im Stapel.

Maggie zog den Brief hervor. »Der ist aus Neuseeland«, murmelte sie und riss mit gekrümmtem Zeigefinger den Umschlag auf – eine Angewohnheit, die Jeremy stets missfallen hatte, da er für derlei Dinge grundsätzlich nur einen Brieföffner verwendete. »Ach, du meine Güte«, entfuhr es Maggie plötzlich. Der Brief stammte von Appleyard und Crosby, Isobels Anwälten, und diese teilten ihr mit, dass Maggie Isobels einzige noch lebende Erbin sei. Schweigend reichte sie den Brief weiter an Zoltan.

»Aber, Modome«, staunte dieser nach einer kleinen Weile, als er die zweite Seite las, »Sie sind jetzt die Eigentümerin einer Farm in Neuseeland.« Stumm und mit verwunderten Blicken schauten sie einander an.

»Tja, meine Lieben, wie sieht's aus? Hat irgendjemand von Ihnen vielleicht Lust, nach Neuseeland umzusiedeln?«, fragte Maggie, erhielt als Antwort jedoch bloß abermals ratlose Blicke.

»Aber, Modome, sehen Sie doch mal hier«, erklärte Zoltan ihr schließlich. »Man macht Ihnen für die Farm ein Angebot. Ein Angebot sogar, von dem die Anwälte meinen, dass Sie es unbedingt annehmen sollten.« Geschockt riss Zoltan beide Augen auf. »Sie bieten Ihnen eine Million Pfund Sterling.«

»Oh, Maggee!«, jauchzte Simona. »Sie sind jetzt Millionärin!«

Wie benommen lehnte Maggie sich auf ihrem Stuhl zurück und ließ die Nachricht erst einmal in ihr Bewusstsein sickern.

»Mit dem Geld«, fuhr Zoltan fort, »könnten Sie ein Geschäft eröffnen, genauso wie ich es auch in Budapest vorhabe. Natürlich«, fuhr er dann nach einer kleinen Kunstpause fort, »sollen Sie nicht mit gebrauchten Reifen handeln. Aber Sie könnten zum Beispiel eine Boutique führen oder eine Kunstgalerie. Ihnen stehen alle Möglichkeiten offen.«

Plötzlich legte Simona mit lautem Klirren ihre Gabel nieder. »Warum eröffnen Sie nicht ein kleines Detektivbüro, das sich darauf spezialisiert, untreue Ehegatten auszuspionieren?«, schlug sie vor. »So in der Art von Tom Ponzi in Rom, Sie wissen schon, diese Agentur, bei der ich damals gearbeitet habe. Es ist ja schließlich nicht so, als hätten Sie nicht genügend Erfahrung, um solch ein Unternehmen zu führen.« Spontan brach Simona in herzliches Gelächter aus. Zoltan und Esmeralda dagegen musterten ihre englische Freundin mit unbewegten Mienen. Maggie dachte nach. Sie ließ sich die Idee durch den Kopf gehen. Ihr erster Gedanke war natürlich gewesen, dass Jeremy eine solche Detektei mit Sicherheit als »zwielichtig« verurteilt hätte. Doch wer interessierte sich heute noch für Jeremys Meinung?

Als Esmeralda Maggie am nächsten Morgen ihren Tee ins Zimmer brachte, war diese bereits hellwach. Je länger sie über die Idee mit der Detektei nachdachte, desto besser gefiel ihr die Vorstellung, ihre eigene kleine Agentur zu führen. Eine Agentur zur Erprobung der ehelichen Treue. »Wir nennen sie ›Pandoras Treuetest-Agentur‹«, verkündete sie Esmeralda, während sie genüsslich an ihrem heißen Tee nippte.

»Oh, Dona Margarida«, seufzte Esmeralda und verließ das Zimmer.

Zoltan und Simona erhoben sich für gewöhnlich erst

später am Tag aus ihren Betten, und Maggie nutzte die bis dahin verbleibende Zeit, um Jeremys Unterlagen in Kartons zu stapeln und diese dann ordentlich gleich neben der Wohnungstür aufzureihen. Sie wartete, bis Zoltan seinen Kaffee getrunken und dreimal mit der Zigarette durch den Aschenbecher gewischt hatte. Dann erklärte sie voller Elan: »Freunde, wir entzünden ein Freudenfeuer.«

»Im Wetterbericht hieß es aber, es würde Regen geben.«

Dennoch wurden Jeremys Kisten nach unten transportiert und neben Maggies Wagen gestapelt. Spontan war man übereingekommen, die ursprünglich nur als Spritztour konzipierte Fahrt zu einem ganzen Wochenende auszudehnen, sodass sich alle nur wenig später bereits in Maggies Auto quetschten und man in fröhlicher Stimmung gen Herefordshire brauste. Während der Fahrt wurde Maggie grüblerisch. Sie fragte sich, was Sue und Jim wohl von ihrem Vorhaben halten würden. Manchmal fühlte sie sich wie das Mädchen Dorothy in dem Märchenfilm »Der Zauberer von Oz«, den sie damals in den USA mehrmals hintereinander gesehen hatte, so versessen waren die kleinen Jungs von Delia auf diese Geschichte gewesen. Ganz ähnlich wie Dorothy hatte Maggie eine zwar recht bunt gemischte, aber gleichsam treu ergebene Gruppe von Kameraden um sich.

Der kleine Wochenendausflug wurde ein echter Erfolg. Jim war ihnen dabei behilflich, im hinteren Bereich seines Gartens das besagte Freudenfeuer zu entzünden, und Zoltan hackte einen alten Zaun klein sowie einige heruntergefallene Äste, um dem Feuer noch ein wenig zusätzliche Nahrung zu verschaffen. In stiller Eintracht standen sie um die Flammen versammelt, wärmten sich die

Hände und sahen zu, wie die Zeugnisse von Maggies Ehe in Flammen aufgingen. Gedankenverloren blickte Letztere den hauchfeinen, silbergrauen Rauchkräuseln hinterher, die sanft in den Nachthimmel entschwebten. Fünfundzwanzig höchst ehrenwerte Jahre im Dienste der Regierung Ihrer Majestät würden bald kaum mehr sein als ein wenig Asche, vermengt mit fünfundzwanzig höchst unehrenwerten Jahren ehelicher, in Rauch aufgegangener Untreue.

Nicht nur Maggie, auch alle anderen verloren sich beim Anblick der Flammen in Erinnerungen. Esmeralda erzählte ihnen von den Dorffesten, die man in Alentejo gefeiert hatte, damals, als sie noch jung gewesen war. Zoltan berichtete von den riesigen Haufen Maishüllenblätter, welche sie auf ihrem kleinen Bauernhof in der Puszta verbrannt hatten. Simona dachte zurück an die Feuer, die sie mit den herabgefallenen Blättern der Kastanienbäume entzündeten, hoch oben auf den Hügeln der Castelli Romani. Sue dagegen erinnerte sich an eine längst vergangene Party in der *Guy Fawks*-Nacht, dem Jahrestag der legendären Schießpulververschwörung, als sie und Jim sich das erste Mal begegnet waren. Und für Maggie war dieses Feuer das einzige Feuer, das in ihrem Leben jemals irgendeine besondere Bedeutung erlangt hatte, und sie fand es wunderschön.

Als die anderen bereits wieder zum Haus zurückschlenderten, zog sie verstohlen aus einer Tasche Jeremys Urne hervor. Hastig schüttete sie seine Asche oben auf den Scheiterhaufen. »Auf Wiedersehen, Jeremy«, flüsterte sie. Widerstandslos vermischte seine Asche sich mit den verbrannten Überresten der »Unterlagen – Jeremy«, und im Grunde sah man zwischen beiden auch keinen nennenswerten Unterschied. Asche zu Asche, dachte Maggie im Stillen. Im Übrigen hoffte sie, dass die letzten fünfundzwanzig Jahre ihres Lebens vielleicht doch nicht bloß ein einziger großer Irrtum gewesen waren, ein nicht wiedergutzumachender Fehltritt, kurz: ein großer Haufen Mist, der nun zu ihren Füßen verglühte, während über ihr der dunkle Nachthimmel gähnte. Nein, Maggie wollte nicht jammern. Sie wollte sich lieber wie Phönix, dieser geheimnisvolle Vogel, aus der Asche erheben. Noch während sie diesem Gedanken nachhing, hörte sie hinter sich plötzlich ein vernehmliches Schluchzen. Es war Esmeralda, die nun – da ihr ein explosiver Gefühlsausbruch bei Jeremys Trauerfeier versagt geblieben war – offenbar die Gelegenheit nutzen wollte, um wenigstens im Nachhinein noch die bei derlei Anlässen üblichen Tränen zu vergießen.

Tröstend rieb Maggie ihr den Arm. »Erinnern Sie sich noch an den Moment in Rom, als Sie zu mir sagten, dass es an der Zeit sei, Cäsar zu Grabe zu tragen?«

»Ja-ha«, schniefte Esmeralda.

»Ich denke, Sie meinten damals das Kriegsbeil, nicht wahr?«

Wieder im Haus braute Sue ihnen einen kräftigen Glühwein und reichte dazu hausgemachte Ingwerplätzchen. Im Anschluss scheuchte Esmeralda Sue aus deren eigener Küche hinaus und briet zwei der familieneigenen Hühner. Zoltan erneuerte seine Bekanntschaft mit dem Rosenkohl, Jim öffnete eine Flasche Whisky, und Janet und Daisy legten eine ihrer CDs ein. Energisch forderten sie alle zum Tanz auf und gaben erst Ruhe, nachdem jeder sich zumindest kurzzeitig auf die provisorische Tanzfläche gewagt hatte. Simona erzählte auf Italienisch einige Witze, die Zoltan übersetzte, und alle bogen sich vor Lachen, als die Scherze mit fortschreitender Stunde immer unsinniger wurden. Zum Abschluss des geselligen Beisammenseins sangen sie gemeinsam »*Auld Lang Syne*«. Müde, aber noch immer leise summend, kletterte Maggie in ihr Bett, im Haar den Geruch von Rauch.

Vielleicht ist es ja schlicht und einfach so, dass im Grunde niemand – kein Mann und auch keine Frau – dem Partner hundertprozentig alles bieten kann, was dieser sich zum Eheglück wünscht, dachte Maggie. Vielleicht hatte Jeremy bei Mausie also genau jene Eleganz und jene Gemütlichkeit gefunden, nach der er sich im Stillen immer gesehnt hatte. Immerhin gehörte Mausie in Wien zur lokalen Oberschicht, was Jeremy sicherlich ein wohliges Gefühl der Dazugehörigkeit vermittelt hatte, der Dazugehörigkeit »zum richtigen Club« sozusagen. Glamour und fantastisches Essen dagegen fand er bei Delphine. Und für die intellektuelle Stimulans war augenscheinlich Arabella zuständig gewesen, die ja zudem auch aus derselben Kinderstube stammte wie Jeremy, also den gleichen gesellschaftlichen Hintergrund hatte wie er. Und mit Ilonka, nun mit Ilonka hatte Jeremy ganz einfach Sex gehabt, regelrecht schmutzigen Sex sogar, wie es schien. Zählte man die Eigenschaften aller Frauen, die Jeremy geliebt hatte, zusammen, so entstand daraus ein in der Tat perfektes Konglomerat, eine Mischung eben, wie eine Frau allein sie nicht bieten konnte. Nur: Was mag es wohl gewesen sein, das *ich*, seine Ehefrau, zu dieser fantastischen Mixtur beigesteuert habe?, überlegte Maggie. Nicht auszudenken, wenn sie tatsächlich nur die perfekte Diplomatengattin für ihn gewesen wäre, deren einziges Verdienst darin bestand, stets bescheiden hinter ihrem Ehemann herzutrotten. Hoffentlich hatte Esmeralda recht und Jeremy hatte an Maggie zumindest ihren Humor geliebt.

In dieser Nacht hatte Maggie wieder einen Traum: Sie war in Venedig und schlenderte den Canale Grande entlang, als sie plötzlich Jeremy entdeckte, der in seinem neuen, lila-grau gestreiften Pyjama in einer Gondel lag. Eine seiner eleganten Hände baumelte träge im Wasser. »Jeremy«, rief Maggie im Traum, »Jeremy!«

Gemächlich wandte Jeremy sich nach ihr um und blickte sie an. »Ich muss gehen. Es ist Zeit für mich zu gehen«, sagte er und schaute dabei mit der für ihn so charakteristischen Geste auf seine Uhr: den Arm in einem ganz bestimmten Winkel weit von sich gestreckt, denn Jeremy war weitsichtig, und das Handgelenk leicht gedreht, damit die Reflexion des Uhrglases ihn nicht blendete.

»Aber warum denn, Jeremy?«, rief Maggie. »Warum?«

Doch er sagte nur: »Meine liebe Maggie, ich habe dich wirklich sehr geliebt.« Dann musste sie zu ihrer großen Bestürzung mit ansehen, wie die Gondel zu sinken begann. Schon spülte das Wasser über Jeremys nackte Zehen und ergoss sich über die niedrige Bordwand.

»Auf Wiedersehen«, sprach Jeremy leise.

»Warte«, schrie Maggie, »warte …« Doch das gurgelnde Wasser hatte bereits seinen Hals erreicht.

»Ach, Maggie, es gibt noch etwas, das du unbedingt wissen solltest«, hob er abermals an, aber das Wasser erstickte seine Stimme. Die Fluten des Canal Grande schlossen sich endgültig über seinem Scheitel, und Maggie konnte nur noch tatenlos zusehen, wie die Gondel unaufhaltsam hinabsank auf den dunklen Grund, während unter der

Oberfläche noch für einen Moment das blasse Oval von Jeremys Gesicht zu erkennen war. Alles, was von ihrem Mann übrig blieb, waren ein paar konzentrische Ringe, die sich sanft über die Wasseroberfläche ausbreiteten.

Am nächsten Tag, als alle sich in Maggies Wagen quetschten und man die Rückfahrt nach London antrat, wurde mit dem Anlassen des Motors quasi auch Pandoras-Treuetest-Agentur aus der Taufe gehoben. Zoltan brachte den wirklich cleveren Vorschlag mit ein, dass man als Büro für Maggies Agentur zumindest vorübergehend Jeremys alte Wohnung in der Ebury Street nutzen sollte. »Das ist doch eine sehr gute Adresse, und auch die Einrichtung ist elegant und gemütlich zugleich.« Später dann, wenn das Geschäft richtig ins Rollen gekommen wäre, könne man sich ja immer noch nach neuen Räumlichkeiten umsehen. Es dauerte also nicht lange, da kamen Maggie und ihre Gefährten auch schon überein, dass Zoltan die Rolle des Kundschafters übernehmen sollte. Er würde die abtrünnigen Ehemänner observieren und sich, wenn die Situation es erforderte, mit einer List auch schon mal in das eine oder andere Büro oder vielleicht sogar in eine Wohnung einschmuggeln. Simona dagegen wusste recht genau, wie die Preisliste für solcherlei Dienstleistungen aussah, schließlich hatte sie früher für Roms bekannteste Detektei gearbeitet. Und da ihre Preisvorstellungen eventuell ein klein wenig veraltet waren und man sich schließlich auch in London befand, wurden die Tarife aus Rom prompt um satte fünfundzwanzig Prozent angehoben. Simona sollte dementsprechend auch für die Rechnungsstellung und die Buchhaltung verantwortlich zeichnen. Maggie wiederum würde, gekleidet in ihre schicken Pariser Kostürne, in Jeremys einstigem Wohnzimmer die Gespräche mit den Klienten führen.

»Und ich öffne den Herrschaften die Tür«, meldete Esmeralda sich zu Wort, »heiße sie willkommen und reiche kleine Erfrischungen.«

»Und geführt wird Pandoras-Treuetest-Agentur von uns allen zusammen als gleichberechtigte Geschäftspartner.«

Wenige Tage später saßen die vier frisch gebackenen Business-Partner in Reih und Glied vor dem großen Schreibtisch eines Anwalts, welchen sie zuvor gemeinschaftlich aus den Gelben Seiten ausgewählt hatten – London war eine der wenigen Städte, in denen Zoltan ausnahmsweise einmal keine Freunde hatte, an die man sich alternativ hätte wenden können. Ein wenig zweifelnd schaute der aufgesuchte Anwalt über den Rand seiner Brille und musterte die kleine Schar. Zögernd wackelte er mit seinem Kugelschreiber. »Könnte es nicht eventuell schwierig werden, was den Gentleman mit der ungarischen Staatsangehörigkeit betrifft?«, fragte er vorsichtig.

Zoltan aber straffte entschlossen die Schultern und verkündete stolz: »Nein, schließlich ist Ungarn nun offizielles Mitglied der Europäischen Union.«

Nach ihrem Anwaltstermin kehrten sie in einen Pub ein und begossen ihr neues Unternehmen mit Champagner.

»Viva Maggee!«, rief Simona.

»Viva Pandora«, verbesserte Esmeralda.

»Auf eine großartige Partnerschaft!«, toastete Maggie ihnen allen zu.

Noch am gleichen Nachmittag machten sie sich an die Arbeit. Maggie entschied, eine Anzeige in Harpers & Queen zu schalten und natürlich auch im Tatler. Nach einigen

Überlegungen kam sie zu dem Ergebnis, dass man, nur zur Sicherheit, auch noch eine kleine Annonce in die Horse & Hound setzen würde. Schließlich wusste man ja nie, wozu die Menschen so alles fähig waren, nachdem sie ein paar der traditionellen Abschiedstrünke intus hatten, welche man sich nach einem Reitausflug üblicherweise gönnte. Zumal in den Stallungen meist auch noch jede Menge Heuballen herumlagen.

»Pandoras-Treuetest-Agentur«, lautete der schlichte Titel der jeweiligen Anzeigen. »Absolute Diskretion. Geld-zurück-Garantie, wenn Treulosigkeit des Partners nicht beweisbar.«

Der letzte Satz war speziell auf Maggies Drängen hinzugefügt worden. »Das wird die Leute dazu ermuntern, sich uns anzuvertrauen«, hatte sie ihren Geschäftspartnern erklärt. »Unser Geschäft basiert auf der Hoffnung der Menschen, dass all ihre Sorgen und Ängste eigentlich völlig unbegründet sind und dass ihnen ihre Ehepartner selbstverständlich die ganze Zeit über treu ergeben waren.«

Schließlich fanden die vier auch noch einen Handwerker, der ihnen ein diskretes Messingschild anfertigte, welches Zoltan neben der Klingel am Türpfosten befestigte.

Ebenfalls auf Zoltans Empfehlung hin kaufte Maggie einige Topfpflanzen, um die nicht ganz so wohnlich eingerichteten Ecknischen des Apartments ein bisschen zu beleben. Und überhaupt ständen in Büroräumen grundsätzlich ein paar Pflanzen, wie Zoltan anmerkte. Zudem wählte Maggie ein paar CDs mit entspannender Musik aus, die sie in die Hi-Fi-Anlage einlegen wollte, um den Klientinnen ein Gefühl der Behaglichkeit zu vermitteln und ihnen so leichter das eine oder andere kleine Geständnis zu entlocken. Entsprechend erstand sie fast ausschließlich CDs von Schumann. Mozart war für die Zwecke ihres Unternehmens viel zu lebhaft, Rachmaninoff brächte die Damen ja doch nur zum Schluchzen, und zu viel Beethoven – wie es der armen Lucy Honeychurch in dem Film »Zimmer mit Aussicht« widerfuhr – wollte sie ihren Kunden auch nicht zumuten. Esmeralda hatte inzwischen im Übermaß kleine Sandwiches und frittiertes Fingerfood zubereitet, sodass die vier Partner diese gegen Mittag des ersten Tages ihrer neu eröffneten Agentur und in Ermangelung von Klienten einfach selbst verspeisten.

Fünf Tage nachdem sie ihre kleine Messingplakette an der Tür angebracht und in den Hochglanzmagazinen ihre Anzeigen geschaltet hatten, erschien endlich ihre erste Klientin. Sofort waren Maggie und Simona in heller Aufregung, und Esmeralda huschte – angetan mit einem schwarzen Satinkleid und jener blütenweißen Schürze, die sie zuletzt in der Botschaft getragen hatte – zur Tür, um die Dame einzulassen. Allein Zoltan lümmelte scheinbar tödlich gelangweilt im Eingangsbereich, fuhr sich mit seinem langen Fingernagel lässig durch den Schnurrbart und wirkte damit wie die Versinnbildlichung des gerissenen Spürhundes. Zumal er in letzter Zeit dazu übergegangen war, sein Haar zu gelen und in der Mitte einen akkuraten Scheitel zu ziehen, was ihm das Aussehen eines jener typischen Chicagoer Gangster aus den Dreißigerjahren verlieh. Derweil logierte Maggie im sanften Schein einer kleinen Lampe hinter Jeremys Schreibtisch, die Beine elegant übereinandergeschlagen und in einem leicht schrägen Winkel aufgesetzt, während sie sich alle nur erdenkliche Mühe gab, auszusehen wie Nancy Mitford, jene scharfzüngige Beobachterin der britischen Oberschicht, die ihre illustren Erlebnisse schließlich sogar in Buchform veröffentlichte.

Die erste Kundin von Pandoras-Treuetest-Agentur war eine groß gewachsene Dame in den Fünfzigern, die sich von Kopf bis Fuß in Tweed gekleidet hatte. Die Annonce in der Horse & Hound habe sie natürlich nur rein zufällig entdeckt, erklärte sie Maggie, und überhaupt habe sie ganz gewiss nichts zu befürchten, und darum sei sie auch hier. »Schließlich«, so erklärte sie mit einem Lachen, »bieten Sie ja diese Geld-zurück-Garantie.« Es war nur so, dass sich ihr Ehemann in letzter Zeit ein klitzeklein wenig seltsam benahm und irgendwie anders als sonst. Normalerweise habe er nie sonderlich großen Wert auf sein Äußeres gelegt, nun aber sähe er fast schon aus wie ein Dandy. Außerdem benutze er seit Kurzem ein neues Rasierwasser, das unausstehlich stinke. Auch stehle er sich zunehmend häufiger von dem gemeinsamen Anwesen fort und unternähme dann kleine Ausflüge, die ein, manchmal auch zwei Tage am Stück dauerten, ohne dass seine Ehefrau wüsste, wo genau er sich aufhalte. Angeblich mache er diese Touren, um sich mal wieder ein paar Pferde anzuschauen – in Wahrheit aber sei es schon Jahre her, dass er ein neues Pferd für die gemeinsamen Stallungen gekauft habe. Außerdem habe er neuerdings die Angewohnheit, einfach nur ins Leere zu starren und gar nicht mehr auf ihre Fragen zu reagieren. Und, zu guter Letzt, habe sie »das hier« gefunden – mit spitzen Fingern zauberte die Dame in Tweed einen duftigen orangefarbenen Chiffonschal hervor. Der habe in einer seiner Taschen gesteckt. Ob sie ihren Ehemann gefragt habe, wem dieser Schal gehöre, wollte Maggie wissen. »Aber ja doch«, entgegnete die Dame empört. Und ihr Mann habe behauptet, er hätte den Schal auf ihrem Grundstück gefunden. Der Chiffon hätte sich dort in einer der Hecken verheddert, und vorsichtshalber habe er ihn mit nach Hause genommen. »Bloß für den Fall, dass das gute Stück einer der Damen von der Jagdgesellschaft gehöre.«

»Ich verstehe«, entgegnete Maggie. Damit zog sie ein Blatt von Jeremys blassblauem Briefpapier hervor und begann zu schreiben. Name? Adresse? Alter? Seit wie vielen Jahren verheiratet? Dann schwieg sie einen Moment, während sie überlegte, welche Fragen sie ansonsten noch stellen könne. »Ist Ihr Mann vorbestraft?«, fragte sie schließlich nach.

Maggies Kundin – mit Vornamen hieß sie Marjorie – blickte sie ehrlich erstaunt an. »Nein«, entgegnete sie, und sowieso habe es in den ganzen dreißig Jahren ihrer Ehe für sie nie einen Grund zur Klage gegeben. Vielleicht sollten wir die Standardfragen auf einem vorgefertigten Formular festhalten, überlegte Maggie unterdessen. In diesem Moment erschien auch schon Esmeralda, servierte Tee in feinen Bone-China-Tassen und reichte auf einem kleinen Tablett einige wirklich appetitlich aussehende Sandwiches. Kurz darauf wurde Zoltan zu der Besprechung hinzugerufen.

Tief neigte er sich über Marjories Hand und streifte mit seinen feuchten Lippen über deren blasse Haut. »Küss die Hand, gnädige Frau«, murmelte er leise.

So wohlig geborgen sie sich angesichts der sehr damenhaften Maggie und Esmeraldas geschmackvoller Teetassen gefühlt hatte, so erschrocken blickte Marjorie nun drein, als Zoltan sie derart vertraulich begrüßte. »Kovacs Zoltan, zu Ihren Diensten«, fügte er munter hinzu, wobei er zackig die Hacken aneinanderschlug.

Man einigte sich darauf, dass Zoltan am nächsten Morgen mit seiner Assistentin nach Sussex fahren würde. Natürlich wäre dafür eine gewisse Vorauszahlung nötig, eine Angelegenheit, für die Maggie ihre Klientin mit hoheitlicher Geste an die »Buchhaltung« verwies. Sofort kam Simona mit einem herzlichen Lachen unter ihren blonden Ponyfransen aus dem ehemaligen Esszimmer getreten, gekleidet in eine enge schwarze Lederhose und ein winziges T-Shirt, unter dem gut sichtbar eine nicht gerade schlanke Taille hervorblitzte. Verstohlen warf Marjorie Simona einen misstrauischen Blick zu, während sie den Scheck unterzeichnete. Wenig später reichte Simona ihr dafür die Quittung, und zwar von einem Block, den sie speziell zu diesem Zweck hatte drucken lassen.

»Wir haben nun einmal internationale Kundschaft ...«, erklärte Maggie ihr vielsprachiges Team, als Esmeralda Marjorie in deren Dufflecoat half.

»Arrivederci«, rief Simona ihr fröhlich hinterher.

Kaum hatte sich die Tür hinter Marjorie geschlossen, da brach unter den vier Teilhabern ein Jubelsturm los. Pandora und ihre Treuetest-Agentur hatten offiziell ihren Dienst aufgenommen. Gemeinsam machte man sich über den Rest von Esmeraldas Sandwiches her, und Maggie schickte Zoltan in den Spirituosenladen um die Ecke, um ein paar Flaschen Prosecco zu kaufen. Die Reise nach Sussex wollten er und Simona im Auto antreten. »Ich habe in der Zwischenzeit geübt«, versicherte Zoltan Maggie.

Früh am nächsten Morgen brausten Simona und Zoltan in Maggies Wagen davon. Zoltan verbarg seine Augen geheimnistuerisch hinter einer dunklen Sonnenbrille, obwohl die Meteorologen, wie er in seinem gewohnt düsteren Ton versicherte, von Unwettern und Regen ausgingen. Maggie hatte Simona glücklicherweise überreden können, sich etwas weniger auffällig zu kleiden und ihr strohblondes Haar unter einem Hut zu verstecken. Das diene nur dazu, dass man Simona nicht so schnell wiedererkennen würde, versicherte Maggie wenig überzeugend. Zoltan war mit einem brandneuen britischen Mobiltelefon ausgestattet worden, das nun aus der Brusttasche seiner karierten Jacke herausragte. Vom Bordstein aus winkten Maggie und Esmeralda den beiden nach. Auf weitere Klientinnen warteten sie an diesem Morgen vergebens.

Am Nachmittag, pünktlich um fünf Uhr, klingelte in der Agentur das Telefon. Zoltan war offenbar dazu übergegangen, mit einem amerikanischen Akzent zu sprechen, ähnlich einem Helden aus den Büchern von Dashiel Hammett.

»Um vierzehn zwanzig bin ich dem Subjekt von dessen Wohnhaus aus gefolgt. Es fuhr einen roten Ford Focus.« Daraufhin folgte eine exakte Wiedergabe der Daten auf dem Nummernschild. »Das Subjekt benötigte vierzig Minuten, bis es die Innenstadt von Brighton erreichte.«

»Man spricht den Namen dieser Stadt ›Breiton‹ aus und nicht ›Brigton‹«, korrigierte ihn Maggie. Zoltan überging diese kleine Anmerkung kommentarlos.

»Das Subjekt hat in Brighton im Hotel Esplanade eingecheckt«, fuhr er fort. »Etwa dreißig Minuten später, also um fünfzehn dreißig, ist es wieder aus dem Hotel herausgekommen – und zwar in Damenkleidern.«

»In – *was?*«

»In Damenkleidern, Modome.«

»Was passierte dann?«

»Ich habe die Verfolgung des Subjektes zu Fuß fortgesetzt, bis es in einem weniger eleganten Viertel der Stadt in eine Bar einkehrte. Ich bin ihm noch bis ins Untergeschoss gefolgt, doch es war ein Privatclub und die Türsteher wollten mich nicht hineinlassen. Aber durch die geöffnete Tür konnte ich sehen, dass an der Bar eine ganze Reihe von ›Frauen‹ saßen, die allerdings allesamt Perücken zu tragen schienen und eigentlich nicht so aussahen wie richtige Frauen.«

»Sie meinen, das waren Transvestiten?«

»Ich denke, so nennt man die wohl, ja«, erwiderte Zoltan zögerlich. »Ich habe von dem Subjekt ein paar Fotos gemacht. Und zwar sowohl vor seiner Verkleidung als auch danach.«

Wie, um Himmels willen, sollte sie diese Neuigkeiten bloß Marjorie beibringen? Maggie ahnte bereits Fürchterliches. Dennoch nahm sie all ihren Mut zusammen und wählte die Nummer, die sie am Vortag auf Jeremys blauem Papier notiert hatte. Es dauerte auffällig lange, bis der Hörer endlich abgenommen wurde, sodass Maggie die Zeit nutzte, um rasch noch einmal ihre kurze Ansprache zu überdenken.

»Hallo«, ertönte schließlich Marjories etwas barsche Stimme. Im Hintergrund brach unterdessen ein geradezu ohrenbetäubendes Hundegebell los.

»Marjorie?«, rief Maggie. »Ich bin's, Pandora.«

»Oh, hallo. Haben Sie irgendwelche Neuigkeiten für mich?«

»Ja, ich habe Neuigkeiten… Allerdings kann ich darüber am Telefon nur sehr schlecht sprechen. Könnten Sie vielleicht nach London kommen, damit wir uns von Angesicht zu Angesicht unterhalten können?«

»Ja, ich schätze, das kann ich einrichten. Aber sagen Sie: Betrügt er mich oder betrügt er mich nicht?«

»Nun, sagen wir, es ist eine sehr besondere Situation«, entgegnete Maggie ausweichend.

Zwischenzeitlich hatte Pandoras-Treuetest-Agentur eine neue Kundin gewonnen. Diese war noch ein ganz junges Mädchen, schlicht und unauffällig, und sie arbeitete gleich um die Ecke in der kleinen Bäckerei, für die Esmeralda die Schürzen angefertigt hatte.

»Ich bin nicht sicher, ob ich mir diesen Service überhaupt leisten kann«, begann sie vorsichtig und betrachtete ein wenig nervös die unaufdringliche Eleganz von Jeremys Apartment. Esmeralda, die trotz der offensichtlich eher bescheidenen finanziellen Verhältnisse des jungen Mädchens unbedingt eine Tasse Kaffee und eine kleine Auswahl an Keksen servieren wollte, begann, kaum dass sie dies hörte, hinter dem Rücken ihrer jungen Klientin wie wild seltsame Grimassen zu schneiden.

»Nun, ich denke, wir werden eine Möglichkeit finden, wie wir auch Ihnen helfen können«, beruhigte Maggie ihre Kundin unverbindlich. Dann, nach kurzem Nachdenken, erklärte sie spontan: »Außerdem bekommen Klientinnen aus der unmittelbaren Nachbarschaft bei uns einen speziellen Tarif.«

Wie sich herausstellte, hieß das junge Mädchen Louise, und sie traf sich mit einem jungen Mann, der bei dem Immobilienmakler am Ende der Straße arbeitete. Sie »sahen« einander nun schon seit etwa zweieinhalb Jahren – Jeremy hatte, wie Maggie nun wieder einfiel, stets nur verächtlich geschnaubt, wenn Menschen versuchten, ihr intimes Verhältnis als »einander sehen« zu umschreiben –, um genau zu sein, »sahen« sie einander seit zwei Jahren, einem Monat und zehn Tagen, und ihre erste Begegnung sei am Valentinstag gewesen, erzählte Louise. Ben habe sich ihr gegenüber seitdem immer ausgesprochen höflich verhalten, und jeden Abend nach der Arbeit träfen sie sich in einem kleinen Pub. Nur an den Wochenenden fuhr er stets nach Hause zu seiner Mutter, die in Richmond lebte. Doch obwohl Louise und Ben nun schon so lange zusammen waren, hatte er sie noch kein einziges Mal eingeladen, seine Familie kennenzulernen. Darum beschlich Louise allmählich das Gefühl, dass er es mit ihr nicht ernst meine.

Abermals notierte Maggie die traurigen Details auf einem Blatt von Jeremys himmelblauem Briefpapier. »Wir werden uns der Sache annehmen«, versprach sie. »Das heißt, sobald unser Detektiv wieder zurück ist von seiner Erkundungsreise nach Sussex.« Esmeralda tätschelte ihrer jungen Klientin vertraulich die Hand und riet ihr, sich zunächst noch keine allzu großen Sorgen zu machen. Louise wirkte deutlich erleichtert, als sie die Agentur wieder verließ, und kaum, dass sie die Tür hinter sich geschlossen hatte, quiekte Esmeralda: »Dona Margarida, nun haben wir schon zwei Klienten!«

Am nächsten Tag unternahm Marjorie die Fahrt vom Land hinein in die Innenstadt von London. Ihre Wangen waren leicht gerötet, als sie das Büro betrat, und sie hatte offensichtlich Angst. Diesmal wies Esmeralda ihr nicht einen der Stühle zu, sondern dirigierte sie sogleich zu einem der Sofas und mischte ihr einen perfekt dosierten Gin-Tonic. So behutsam wie möglich unterbreitete Maggie Marjorie die Überwachungsergebnisse. Zudem legte sie ihr die Fotos vor, die erstaunlich gut geworden waren. Auf die Heftigkeit von Marjories Reaktion war Maggie allerdings nicht vorbereitet gewesen. Marjorie schluchzte und stampfte mit den Füßen auf und brüllte wüste Verwünschungen, bis sie irgendwann, vollkommen erschöpft, in das Sofapolster sank, die Augen schloss und in einer Art katatonischer Starre verharrte. Vorsichtig füllte Esmeralda Marjories Glas nach.

»Was ich Ihnen nun vorschlagen würde«, hob Maggie nach einer kleinen Pause mit sanfter Stimme wieder an, »wäre, dass Sie sich mit Ihrem Ehemann über die ganze Sache einfach mal bereden. Er durchlebt offenbar gerade irgendeine Art von Midlife-Crisis. Vielleicht braucht er bloß ein wenig psychiatrische Hilfe, um diese Phase hinter sich zu lassen?«

Abrupt riss Marjorie ihre Augen auf. »Psychiatrische Hilfe? Ich glaube, ich spinne!«, kreischte sie aufs Neue. »Alles, was dieser Kerl braucht, ist ein gehöriger Tritt in den Hintern!«

Irgendwann erhob Marjorie sich, verließ das Büro und zog mit einem derart energischen Ruck die Tür hinter sich zu, dass es nur so knallte. Simona notierte derweil im Kassenbuch ihre Einnahmen. Maggie allerdings fragte sich, ob man diesen ersten Fall, den ihre Agentur so zügig aufgeklärt hatte, tatsächlich als Erfolg verbuchen dürfe. Letztendlich aber blieb ihr kaum Zeit, sich allzu tiefgründige Gedanken über Marjories Verhalten zu machen, da die Agentur noch am selben Tag zwei neue Klientinnen willkommen heißen durfte.

Im Laufe ihrer neuen Tätigkeit kam Maggie zu dem Ergebnis, dass London voll war von gekränkten Ehefrauen und zornigen Geliebten, und nicht ein einziges Mal seit der Einweihung ihres kleinen Unternehmens hatte Pandora die geleistete Vorauszahlung mangels Beweisen für die eheliche Untreue zurückzahlen müssen. Nur Louise durfte nach der erbetenen Überprüfung ihres Liebsten aufatmen: Wie sich herausstellte, fuhr ihr Freund Ben tatsächlich jedes Wochenende zu seiner Mutter nach Richmond, nur dass die alte Dame leider unter Alzheimer litt und von Bens älterer Schwester gepflegt wurde. Offenbar hatte er sich bloß noch nicht bereit gefühlt, dieses etwas traurige Kapitel aus seinem Familienleben seiner Freundin Louise zu gestehen. Noch viele Wochen nach dieser Entdeckung durfte Pandoras-Treuetest-Agentur die heißen Croissants genießen, die ihr täglich gratis von der Bäckerei geliefert wurden, in der Louise arbeitete.

Oftmals ergab es sich, dass Maggie sich mit ihren Klientinnen sogar ein wenig anfreundete und ihnen auch als Ratgeberin zur Seite stand. Schließlich war sie mittlerweile eine Art Expertin darin geworden, bei den Damen mithilfe ein paar kleiner äußerer Veränderungen auch innere Veränderungen zu bewirken. Und dieses Wissen behielt Maggie nicht für sich, sondern teilte es mit einer ganzen Reihe von unglücklichen Frauen, die alle das Ziel einte, entweder einen abtrünnig gewordenen Ehepartner wieder für sich zu gewinnen oder sich stattdessen lieber gleich einen neuen zu suchen. An den Samstagen, wenn die Agentur geschlossen war, nahm Maggie ihre neu gewonnenen Freundinnen zumeist mit zum Shopping, wobei sie sich besonders auf die Lingerie-Abteilungen der großen Kaufhäuser konzentrierte. Außerdem machte sie die Damen mit einem Friseur bekannt, der beinahe genauso talentiert war wie der junge Mann in Paris am Place de la Concorde. Ganz schwierige Fälle schickte sie in einen Schönheitssalon, damit die Verschmähten und Betrogenen dort erst einmal eine Gesichtsmassage und anschließend eine Maske genießen konnten. Maggies ungewöhnlichster Erfolg aber war eindeutig eine gewisse junge Frau namens Evangeline.

Evangeline war ein langbeiniges amerikanisches Mädchen aus Boston, die mit einem der in der Innenstadt tätigen Banker verheiratet war. Als Tochter eines Pastors war ihr grundsätzlich noch nie der Gedanke gekommen, dass Ehemänner womöglich auch einmal untreu werden konnten. Entsprechend war die Entdeckung, dass ihr britischer Ehemann sie hinterging, ein ganz entsetzlicher Schock für Evangeline.

Maggie sah es als ihre Aufgabe, ihrer jungen Klientin besondere Fürsorge zukommen zu lassen. Als Erstes stellte sie fest, dass Evangelines Unterwäsche ausschließlich aus weißer Baumwolle bestand und sie am liebsten Sport-BHs trug, damit ihr wahrlich wunderschöner Busen während des Joggens nicht erschüttert wurde. Zudem verabscheute sie, wie im Übrigen alle Amerikanerinnen, jegliche Art von Behaarung an ihrem Körper und verwendete zu deren Entfernung einen elektrischen Rasierer. Maggie erklärte Evangeline, dass ein Rasierer die Haare nur umso stacheliger nachwachsen ließe, und schleifte ihre junge Klientin kurzerhand zur körperlichen und seelischen Wiederherstellung in einen Schönheitssalon. Anschließend begleitete Maggie Evangeline durch die Dessous-Abteilungen der Stadt – in diesem Fall sogar durch die exklusivsten aller in London ansässigen Lingerie-Shops. Und sie verbot ihr, in Jogginghosen oder Trainingsanzügen herumzulaufen, wenn sie am Morgen einkaufen ging. In diesem Punkt war Maggie sogar ganz besonders rigoros. Schließlich sollte man, wie schon die weise Coco Chanel einst sagte, stets versuchen, so gut wie nur irgend möglich auszusehen – man wüsste ja nie, was der Tag für einen bereithielt.

Gehorsam besuchte Evangeline sogar einen Kochkurs und ließ sich von Maggie zu einem Cricket Spiel schleifen. Außerdem musste sie Maggies Konversationsbibel »*A Dance to the Universe*« lesen und wurde von ihrer Mentorin in regelmäßigen Abständen zu den aktuellen gesellschaftlichen Ereignissen der Stadt befragt sowie nach ihrer Meinung zum Sinn des Lebens ganz im Allgemeinen. Terrakotta-Ringe waren mit Tuberosenöl von Floris zu beträufeln und neben die kleinen Tischlämpchen in Evangelines Wohnung im schicken Stadtteil Chelsea zu legen, und außerdem mussten die schlichten weißen Glühbirnen gegen rosafarbene ausgetauscht werden. Jogginghosen und Trainingsanzüge wurden aus Evangelines Kleiderschrank entfernt, zumal sie auf Maggies Anweisung hin ohnehin nicht mehr joggen ging, sondern Yoga praktizierte. Und wollte Evangeline sich einmal zu Hause auf dem Sofa entspannen, so trug sie zu diesem Zweck von da an edle und mit indischen Mustern bedruckte Seidenhosen. Zudem umschmeichelten nun flauschige Kaschmir-Pullover Evangelines schönen Busen, der jetzt von einem Balconett-BH aus feinster Spitze gestützt wurde. Als Tüpfelchen auf dem i schlug Maggie noch vor, dass ihre Klientin sich ein paar dünne Armreife zulegen sollte, die zukünftig jedes Mal, wenn sie ihre großen, typisch amerikanischen Hände bewegte, zart klimperten. Maggie wurde beinahe so etwas wie Evangelines Pygmalion. Alles, was die vergangenen Liebschaften von Jeremy diesem zu bieten gehabt hatten, vereinte Maggie nun in Evangeline. Schließlich, und damit einer ganz spontanen Idee folgend, schenkte sie Evangeline noch ein kleines Buch über die Liebeskünste des Orients.

Pandoras-Treuetest-Agentur entwickelte sich zu einem Geschäftserfolg, der seinesgleichen suchte. Maggie und ihre Partner brauchten keine Anzeigen mehr zu schalten, um auf sich aufmerksam zu machen, da die Kunde von den sagenhaften Ergebnissen, welche die Agentur erzielte, sich per Mundpropaganda von ganz allein verbreitete. Irgendwann allerdings begann Zoltan sich zu beklagen, dass er vollkommen überarbeitet sei, sodass er ein paar seiner Fälle an Simona delegierte, die sich folglich und nicht ganz ohne Schwierigkeiten einen dezenteren Kleidungsstil zulegen musste, um, wie man so sagte, »mit der Masse zu verschmelzen«.

Eines Nachmittags, es war kurz nach Ostern und Maggie saß wie stets hinter ihrem Schreibtisch, kam urplötzlich Esmeralda ins Zimmer getanzt. Hastig zog sie, kaum, dass sie eingetreten war, die Tür auch schon wieder hinter sich zu.

»Dona Margarida«, flüsterte sie so leise, dass man sie fast nicht mehr hören konnte, »unser neuester Kunde ist – ein Mann!« Damit huschte sie eiligst davon, um kurz darauf mit besagtem Kunden wiederzukehren, einem Herrn in Tweedjacke und Cordhose, den Esmeralda vor sich herschieben musste, so zögerlich ging er voran. Ihm standen regelrecht die Haare zu Berge, was allerdings weniger von seiner Angst zu rühren schien als daher, dass er gerade erst seinen Hut abgenommen hatte. Dennoch warf er einen hastigen, fast schon panischen Blick über seine Schulter, als schließlich mit einem festen »Klick« die Tür hinter ihm ins Schloss fiel. Energisch fuhr er sich mit seinen kurzen, kräftigen Fingern durchs Haar, das sich davon jedoch unbeeindruckt zeigte. Überhaupt sah dieser Mann reichlich zerknittert aus mit der schief hängenden Krawatte und dem dunkelblauen Jeanshemd, das sich augenscheinlich hartnäckig aus dem Hosengürtel zu winden versuchte.

»Oh, *mon Dieu*«, rief er dann ganz unvermittelt aus. »Das kann doch nicht wahr sein! *C'est une erreur.* Bitte entschuldigen Sie, aber ich glaube, ich habe gerade einen ganz fürchterlichen Fehler gemacht.« Damit marschierte er auch schon auf Maggie zu, ergriff ihre Hand und führte diese bis auf wenige Millimeter an seine Lippen heran. »Nie im Leben hätte ich geglaubt, dass ich Sie noch einmal wiedersehen würde!« Der leicht ungepflegte Herr war kein Geringerer als Luc de Bosquières.

»Bitte, setzen Sie sich doch.« Freundlich lächelte Maggie ihn an, unsagbar glücklich, ihm so unerwartet wieder in die Augen blicken zu dürfen. »Und dann erklären Sie am besten erst einmal, warum Ihr Besuch bei uns Ihrer Meinung nach ein ›Fehler‹ ist.«

»Ah, Schumann«, entgegnete Luc statt einer direkten Antwort und lauschte zunächst mit verzückt geneigtem Kopf und unsicher auf der Stuhlkante hockend der leisen Hintergrundmusik. »Aber, nun ja«, fuhr er schließlich fort, »es ist so, dass ich noch niemals zuvor in meinem Leben in solch einer … Agentur gewesen bin. Und es sieht hier auch alles so ganz anders aus, als ich es mir vorgestellt hatte. Vor allem hätte ich nicht im Traum daran gedacht, Sie hier wiederzufinden!« Abermals warf er einen raschen Blick über die Schulter und auf die Tür, durch die er gerade getreten war. »Aber wie dem auch sei, ich möchte Sie nun nicht länger aufhalten. Ich …«

Die Tür hinter ihm wurde abermals geöffnet und herein

kam Esmeralda, in den Händen ein kleines Tablett balancierend, auf dem sich zwei langstielige Gläser und eine Flasche von Jeremys Bordeaux befanden. »Oh, der Château Palmer«, rief ihr Gast sichtbar geschmeichelt aus, »und auch noch ein 61er. *C'est magnifique!*«

»Und darum lassen Sie uns doch bitte wenigstens noch kurz auf Ihren ›Fehler‹ anstoßen«, versuchte Maggie, ihren Gast zum Bleiben zu bewegen.

»Also gut. Zumal ich nun auch endlich erfahre, was das Geheimnis hinter Ihrem sogenannten ›Import-Export-Geschäft‹ ist. Dann sind *Sie* also die berüchtigte Pandora, schau an, schau an!« Ein breites, nein, ein sehr breites Lächeln zeichnete sich auf Lucs Gesicht ab, als er genüsslich an seinem Wein nippte und sich offenbar auch an Maggies Anblick und deren neuer Rolle sehr erfreute.

»Wie geht es Attila?«, erkundigte Maggie sich beiläufig.

Lucs Grinsen wurde noch eine Spur glücklicher. »Oh, Attila ist natürlich ein Riesenerfolg«, erklärte er stolz. »Er und meine preisgekrönte Zuchtsau haben zusammen bereits einundzwanzig Kinder!« Energisch ließ er den Wein durch das Glas kreisen und schnüffelte geräuschvoll an dessen Bouquet. »Der Grund, weshalb ich hier bin …«, wandte er sich endlich doch noch dem eigentlichen Thema seines Besuchs zu. »Nun ja, ich habe gestern mit Evangeline zu Abend gegessen«, gestand er Maggie, »und Evangeline hatte mir empfohlen, Ihnen einen kleinen Besuch abzustatten. Natürlich, das muss man dazu sagen, hatte ich keine Ahnung, dass ich hier auf *Sie* treffen würde!«

Aufmunternd lächelte Maggie ihn an. »Aber nun, da Sie schon einmal hier sind«, ermunterte sie ihn, sich ihr anzuvertrauen, »warum erzählen Sie mir nicht einfach mal, was überhaupt das Problem ist?«

»Ja, also, ehrlich gesagt, bin ich wegen meiner Frau gekommen«, gestand Luc und lehnte sich, das Glas in der Hand, in seinem Sessel zurück. »Obwohl es gleichzeitig für mich eine sehr seltsame Situation ist, nun ausgerechnet Ihnen davon zu erzählen. Doch hatte Evangeline mir versichert, dass Sie in derlei Angelegenheiten die Beste wären – die Allerbeste sogar.« Trotz seines Lobes schwang in seiner Stimme ein leicht zweifelnder Unterton mit.

»Habe ich das richtig in Erinnerung«, fragte Maggie, »dass Sie nun schon seit rund fünfundzwanzig Jahren miteinander verheiratet sein müssten?« Mittlerweile war sie wieder ganz Geschäftsfrau und bemühte sich, mit aufrechter Haltung und gezücktem Stift möglichst professionell zu wirken.

»Dreiundzwanzig Jahre, um genau zu sein«, verbesserte Luc de Bosquières.

»Und irgendwann sind Sie zu der Überzeugung gelangt, dass Ihre Frau Sie betrügt?«, hakte Maggie ohne Umschweife nach, zumal sie ohnehin nicht gewusst hätte, wie man dieses schwierige Thema rücksichtsvoller hätte formulieren sollen.

»Meine Frau ist Engländerin, müssen Sie wissen«, erklärte Luc, »aber wir leben in Frankreich. Und, wie ich Ihnen schon erzählt hatte, besitze ich ein kleines Schloss in der Dordogne …«

Abermals dachte Maggie darüber nach, wie dieses Schloss wohl aussehen mochte.

»… aber wir haben auch noch ein Apartment hier in London«, fügte Luc nach einer kurzen Pause hinzu. »Und genau das war vielleicht der Fehler.« Noch ein Fehler?, fragte Maggie sich im Stillen. »Denn, wissen Sie, meine Frau hat England und ihre Freunde die ganze Zeit über schrecklich vermisst und darum zumeist einen Großteil des Jahres hier in London verbracht. In letzter Zeit lebt sie eigentlich nur noch hier ...«

»Aber allein die Tatsache, dass sie lieber in London wohnt, heißt ja noch lange nicht, dass ...«, versuchte Maggie ihn zu beruhigen.

»Doch, doch«, widersprach Luc, »genau das heißt es. Tja, wie soll ich es sagen?« Die ganze Sache war ihm offenbar furchtbar peinlich. »Nun ja, sie will keine Liebe mehr mit mir machen. *Merde, c'est vachement difficile.* Es ist wirklich schwierig, das so offen vor jemandem – vor Ihnen! – auszubreiten.«

»Aber dieses Verhalten Ihrer Frau, das Sie beklagen, kann sehr viele Ursachen haben«, bemühte Maggie sich abermals, ihm ein wenig Verständnis für seine Frau zu entlocken. Luc allerdings starrte sie an, als könne er nicht glauben, was sie da sagte. Maggie kapierte doch wohl hoffentlich, dass nur ein anderer Mann schuld sein konnte, wenn seine Frau sich weigerte, ihren ehelichen Pflichten nachzukommen?

»Und außerdem waren da diese Telefonanrufe. Und immer war ein Mann am Apparat. Aber wenn ich ans Telefon gegangen bin, hat er gleich wieder aufgelegt.«

»Ich verstehe.« Maggie dachte einen Augenblick lang nach. »Und dennoch denke ich, dass Sie sich, nun ja, womöglich ganz umsonst sorgen. Aber vorsichtshalber kann ich trotzdem Zoltan bei Ihnen vorbeischicken, einfach, damit er sich die Sache mal ansieht. Wie lautet Ihre Anschrift?« Luc nannte ihr eine Adresse in Knightsbridge.

»Und das ist auch die Adresse, unter der wir Ihre Frau finden können?«, fragte Maggie nach.

»Ja, wir beide wohnen dort. Aber ich kann für die Zeit

der Überwachung in ein Hotel ziehen. Ich sag meiner Frau einfach, dass ich wieder zurückreise in die Dordogne, um dort die Veredelung der Pflanzen zu überwachen.« Luc nahm einen weiteren großzügigen Schluck von dem Bordeaux. »Niemals hätte ich gedacht, dass ich eines Tages mal in einer Agentur wie dieser sitzen würde und Sie bitten müsste, das Liebesleben meiner Frau auszuspionieren.« Er sah so traurig aus, dass Maggie den Wunsch verspürte, die Hand nach ihm auszustrecken und ihm tröstend über den Arm zu streichen. Doch sie beherrschte sich. »Vielleicht sollten Sie noch wissen«, fügte Luc de Bosquières mit belegter Stimme hinzu, »dass ich jemand bin, der, wenn er liebt, dann grundsätzlich von ganzem Herzen liebt. Und ich glaube daran, dass man mit dem Menschen, den man liebt, alles teilen sollte. Ich habe keinerlei Geheimnisse vor meiner Frau, und mein Vertrauen in sie war absolut. Ich mache in derlei Dingen keine halben Sachen. Aber vielleicht bin ich da hoffnungslos altmodisch, *naïf*?« Fragend schaute er Maggie an.

»Oh, aber nein, natürlich sind Sie nicht naiv«, entgegnete Maggie warm, »ganz und gar nicht. Ich selbst bin genauso. Und das ist auch die einzige Art und Weise, wie man überhaupt jemanden lieben, aufrichtig lieben kann …«

Überrascht sah Luc von seinem Glas auf. »Dann denken Sie also nicht, dass ich überreagiere, dass ich das alles ein wenig zu eng sehe?«

»Aber nein. Nein, das denke ich wirklich nicht«, entgegnete sie, und statt dieser gewissen Wärme in ihrem Tonfall schwang nun sogar bereits ein Hauch von Leidenschaft in ihrer Stimme mit. »Auch ich habe in meinem Leben erst einen einzigen Mann geliebt. Und auch ich habe meinem Partner voll und ganz vertraut. Aber wie schon gesagt: Anders kann man meiner Meinung nach auch gar nicht lieben.«

»Er war Ihr Ehemann?«, fragte Luc vorsichtig.

»Ja. Wir waren fünfundzwanzig Jahre miteinander verheiratet«, antwortete Maggie und brach urplötzlich – und zu ihrem grenzenlosen Entsetzen – in Tränen aus!

Sofort erhob Luc de Bosquières sich von seinem Platz. »Oh, Pandora«, rief er kummervoll und zerrte ein zerknautschtes Stofftuch aus einer Tasche seiner Tweedjacke. *»Oh, je vous supplie«*, versuchte er, sie wieder zu beruhigen, legte die Hand um ihre rechte Schulter und presste sie tröstend an sich.

In diesem Augenblick kam Esmeralda ins Zimmer. Abermals balancierte sie ein kleines Tablett; diesmal befand sich darauf ein Teller mit ofenfrischen *vol-au-vents*. Kaum aber, dass sie Maggies verweintes Gesicht entdeckte, kreischte sie: »Dona Margarida!« Schwungvoll drückte sie Luc das Tablett in die Hände und schloss die zitternde Maggie in ihre Arme. Reglos stand Luc de Bosquières da, folgsam das Tablett haltend, auf seinem Gesicht einen Ausdruck der totalen Ratlosigkeit. Erst, als Maggie sich wieder in den Griff bekam, entspannte auch Luc sich ein wenig.

»Es tut mir ja so leid«, erklärte sie mit heiserer Stimme, »normalerweise benehme ich mich nicht so.« Die Augen noch immer mit Tränen benetzt, blickte sie lächelnd zu ihm auf: Luc sah so unglücklich aus und hielt mit einer so unbeholfenen Geste das Tablett mit den süßen Teilchen, dass Maggie unwillkürlich lachen musste. Luc und Esmeralda stimmten mit ein, und ihr Lachen nahm derart schallende Ausmaße an, dass irgendwann vorsichtig die

Türklinke hinuntergedrückt wurde und Zoltan den Kopf ins Zimmer steckte, um zu sehen, was in Maggies Büro wohl los sei. »Oh«, rief Maggie, »Zoltan, sehen Sie mal, wer hier ist!« Energisch schüttelte Zoltan Luc die Hand. Esmeralda nahm ihm das Tablett wieder ab und reichte jedem der Anwesenden eine der kleinen süßen Blätterteigpasteten. Eine Weile lang standen sie einfach nur stumm im Kreis und genossen das noch warme Gebäck.

Maggie war die Erste, die den letzten Bissen hinuntergeschluckt hatte und die Unterhaltung wieder aufnahm. »Was ich noch sagen wollte, Luc«, begann sie, »wir machen uns natürlich sofort an die Arbeit. Nur eine Frage hätte ich noch, denn ich glaube, Sie haben mir noch nicht den Namen Ihrer Frau verraten: Wie heißt sie denn eigentlich?« Geschäftsmäßig setzte sie sich abermals in ihren Sessel und zückte den Stift.

»Der Name meiner Frau lautet Lavinia«, verkündete Luc de Bosquières mit tonloser Stimme.

Es dauerte nicht lange, bis Zoltan mit der Nachricht kam, dass in der sogenannten *ménage* de Bosquières so manches im Argen läge: Sobald Luc das Haus verließe, bekäme seine Frau Besuch, und zwar nicht etwa von einem langweiligen Kerlchen, sondern von einem muskulösen jungen Mann südländischer Herkunft, der nicht älter als fünfunddreißig Jahre sei. Zoltan verfolgte diesen Mann bis zu dessen Wohnung in Earl's Court und sogar bis an dessen Arbeitsplatz in einer der Handelsbanken im Herzen von London. Später, als Lavinias Liebhaber zum Mittagessen in einen Pub einkehrte, schaffte Simona es, ihn ganz zwanglos anzusprechen. In diesem Gespräch deutete der Mann an, eine kleine Liaison mit einer englischen

Dame älteren Semesters zu haben. Und er schien nicht abgeneigt, neben seinem Verhältnis mit besagter englischer Dame vielleicht auch noch eine weitere kleine Affäre zu unterhalten. Beweisfotos wurden geschossen und mit Luc de Bosquières wurde ein Termin in der Agentur vereinbart.

Zoltan gab sich von seiner professionellsten Seite. »Das Zielobjekt ist um neunzehn null null nach Hause zurückgekehrt. Eine halbe Stunde später klingelte ein junger italienischer Banker namens Enrico Morozzi an ihrer Wohnungstür. Sie ließ ihn ein. Kurz darauf drangen Essensgerüche aus dem Apartment, anschließend wurden sämtliche Lichter gelöscht. Als Enrico Morozzi schließlich wieder in seine Wohnung in Earl's Court zurückkehrte, war es exakt zwei Uhr morgens.«

Anschließend wurde Luc eine Fotografie von Enrico Morozzi präsentiert, die diesen unmittelbar vor Lavinias Wohnungstür zeigte. Selbst Maggie, die eine geheime Schwäche für italienische Männer hatte, musste zugeben, dass dieser Italiener etwas unangenehm Vulgäres an sich hatte.

»*Quel mauvais goût* – was für ein übler Geschmack!«, war das Einzige, was Luc hervorpresste. Man zeigte ihm einige weitere Bilder, die dokumentierten, wie das Paar sich in einem kleinen italienischen Restaurant in Soho zum Essen traf. Sie hielten Händchen, und der verliebte Ausdruck auf Lavinias Gesicht war nicht misszuverstehen. Doch nicht nur Luc, sondern auch Maggie starrte lange Zeit und wie gebannt auf die Fotografie. Anders als ihr französischer Freund betrachtete sie jedoch nicht Lavinias Gesichtsausdruck, sondern Lavinias Haar: Lavinia de Bosquières' lange, lockige Mähne glänzte feuerrot.

Esmeralda und Maggie halfen Luc schließlich mit viel Taktgefühl in dessen Tweedjacke hinein. Simona hielt seinen Scheck in den Händen, und Zoltan verbeugte sich mit einer solch ernsten Miene vor ihrem Klienten, wie er sie normalerweise nur für hochrangigen Staatsbesuch reserviert hatte. Alle gemeinsam geleiteten sie den armen Luc zur Tür.

»Es tut mir so leid«, rief Maggie ihm mit gedämpfter Stimme nach und beobachtete verstohlen, wie er die Treppe hinabschlich.

Kaum aber, dass Luc ihre Worte hörte, machte er sofort wieder kehrt, rannte die Stufen empor und ergriff mit ungestümer Geste Maggies Hand. »Sie waren so verständnisvoll, Pandora«, erklärte er gerührt. »Und wenn ich genau darüber nachdenke, dann glaube ich, es war sogar Schicksal, dass wir uns auf diese Weise noch einmal begegnet sind. *Au revoir!*«

Als auch in Pandoras-Treuetest-Agentur der Feierabend anbrach, verkündeten Zoltan und Simona, dass sie ins Kino gehen wollten. Esmeralda hatte vor, sich möglichst früh auf ihr kleines Zimmer zurückzuziehen. Angeblich wollte sie dort noch ihren Näharbeiten nachgehen, doch schon bald drang durch die angrenzende Küchentür lautes Schnarchen. Maggie machte es sich allein und mit einer Tasse Tee auf dem Sofa gemütlich und sah sich mit angezogenen Beinen im Fernsehen eine Sitcom an, als es plötzlich an der Tür klingelte. Sie schlüpfte in ihre Schuhe und stand auf. »Wer ist da?«, fragte sie ein wenig ängstlich.

»Pandora, ich bin's, Luc«, erklang es von der Türschwelle her. Ein kurzer Blick durch den Spion verriet Maggie, dass er in der einen Hand eine Flasche Veuve Cliquot hielt und in der anderen einen riesigen Blumenstrauß. »Oh, Sie sind noch immer im Büro. Gott sei Dank«, seufzte er erleichtert, als sie ihm öffnete.

Sogleich berichtete er, was sich in den letzten Stunden bei ihm ereignet hatte: Als Erstes habe er seine Frau mit den Tatsachen konfrontiert. Auf die Vorwürfe angesprochen, hätte diese noch nicht einmal mehr versucht, sie abzustreiten, sondern alles zugegeben. Seine Ehe wäre also am Ende. Er fühle sich emotional aber noch zu angeschlagen, als dass er es über sich gebracht hätte, nach diesem Gespräch gleich wieder ins Hotel zurückzukehren. Darum wolle er sich hiermit schon einmal bei Maggie für deren Hilfe bedanken, dafür, dass sie ihn sozusagen aus seiner traurigen Ehe befreit hatte. Und natürlich wisse er, dass es sicherlich recht unverschämt sei, sie so spät am Abend noch zu belästigen. Aber dennoch wolle er sie ganz höflich fragen, ob er nicht vielleicht noch ein Stündchen bei ihr bleiben dürfe, ehe er in sein Hotelzimmer ginge? Er wolle nur ihre Gesellschaft genießen, schließlich sei sie so nett zu ihm gewesen …

Im Nachhinein konnte Maggie es sich selbst nicht erklären, wie es eigentlich dazu gekommen war, dass Luc an diesem Abend doch nicht mehr in sein Hotelzimmer zurückgefunden hatte. Sie wollten sich doch nur noch ein Weilchen miteinander unterhalten, als sie auf Maggies Sofa Platz nahmen. Dann aber hatte Luc sich urplötzlich kerzengerade aufgesetzt, die kurzen Finger über seine muskulösen Oberschenkel gebreitet und damit begonnen, Maggie zu erzählen, wie es in seiner Ehe mit Lavinia in Wahrheit ausgesehen habe. Die Champagnerflasche war zu diesem Zeitpunkt längst geöffnet …

Sie sei so unglaublich zart gewesen, seine frühere Frau, erklärte er, und sie sei ihm mindestens genauso zerbrechlich erschienen wie dieses typisch englische *bone china*, wenn er sie mit ihrer milchweißen Haut und der dunkelroten Mähne vor sich gesehen habe. Ihr Aussehen erinnerte ihn an einen dieser Engel auf den präraffaelitischen Gemälden. Alles in allem wäre sie in seinen Augen wie eine Meerjungfrau gewesen, ein hauchfeines Wesen, das durch die Wogen glitt und ihn mit weicher, melodischer Stimme zu sich lockte, sodass es ihn mit unheimlichem Stolz erfüllt habe, dass es ausgerechnet ihm gelungen war, diesen kostbaren Schatz zu sich nach Hause zu tragen in sein kleines Schloss in der Dordogne. Er selbst, so gestand er Maggie, käme sich immer vor wie ein Bär, so unbeholfen, so *maladroit*, wie er nun einmal sei, und stets habe er Angst gehabt, diese elfengleiche Gestalt, als die er seine Frau sah, zu zerbrechen, wenn er sie voller Liebe an sein Herz gedrückt hatte. Er habe mit ihr einen Sohn, und dieser Sohn sei im Grunde genau wie seine Mutter. Manchmal hatte Luc im Geheimen sogar das Gefühl, die beiden schauten in gewisser Weise auf ihn herab. Schließlich war er bloß ein grobschlächtiger Junge vom Lande, der sich am liebsten zwischen den Weinreben aufhielt, sich mit seinen Schweinen beschäftigte und mit seinen Hunden spazieren ging. Und natürlich machte es ihm auch Spaß, mit den Ortsansässigen mal den einen oder anderen *coup de rouge* zu heben. Dennoch war er kein einfacher Bauerntölpel, die Geschichte seiner Familie ließe sich immerhin über ganze neun Jahrhunderte zurückverfolgen. Allerdings waren, genau wie er, auch seine Vorfahren stets fest mit der fruchtbaren Erde der Dordogne verwachsen gewesen. Er war *rustique, quoi,* und womöglich war er auch ein bisschen unbeholfen, passte nicht so ganz in die feine Gesellschaft hinein, auch das sei ihm durchaus bewusst. Und vielleicht, ja, vielleicht war es tatsächlich allein seine Schuld gewesen, wenn seine Frau sich regelmäßig bei ihm beschwerte, dass es ihm an Umgangsformen mangele und dass überhaupt sein ganzes Auftreten so ungehobelt wäre, so »ohne jeden Schliff«. Oftmals habe sie über ihn geschimpft und gesagt, er sei ja so *insortable* …

Abermals spürte Maggie, wie sie diesen verwundeten Bären in ihr Herz schloss, diesen liebenswerten und erdverbundenen Mann, der so herrlich ehrlich war und spontan. Gemeinsam leerten sie Schluck für Schluck die ganze Flasche Champagner, und Maggie fühlte, wie eine wundervoll warme Aura sie beide umgab, während sie Seite an Seite auf dem Sofa saßen.

Luc hob sein Glas. »Maggie, Sie sind eine wunderschöne Frau«, erklärte er, und er ergriff ihre Finger und küsste zart ihre Hand.

Später konnte Maggie sich nicht klar daran erinnern, wie sie eigentlich dorthin gekommen waren, und doch saßen sie und der verwundete Bär irgendwann nicht mehr auf dem Sofa, sondern auf der gesteppten Chintztagesdecke auf ihrem großen Bett. Sie hatte nur vage in Erinnerung, dass die Situation etwas außer Kontrolle geraten war, aber dass ihr das – beschwipst von dem Champagner und ganz gefangen genommen von dieser alles erfüllenden Wärme – irgendwann auch herzlich egal gewesen war.

Sie lag neben ihm, und er nahm sie in seine Arme.

»Weißt du«, murmelte Maggie verträumt, »ich hatte beinahe schon geglaubt, dass ich gar nicht mehr wüsste, wie man sich liebt.«

»Mon amour«, erklang gleich darauf ein Flüstern an

ihrem Ohr, »das ist doch wie mit dem *bicyclette*, wie mit dem Fahrradfahren, meine ich. So etwas verlernt man nicht.«

Als Maggie am nächsten Morgen erwachte, war sie wieder allein. Sie lag noch eine Weile ganz ruhig da und dachte zurück an die Ereignisse der vergangenen Nacht. Sie errötete leicht, als sie sich wieder an die wunderbaren Gefühle erinnerte, die diese Stunden ihr geschenkt hatten. Ihr Körper fühlte sich erschöpft an, und ihre Wangen waren von Lucs kratzigen Umarmungen rau. Plötzlich bemerkte sie, wie spät es schon war, und sie wunderte sich, dass Esmeralda ihr noch immer keinen Tee gebracht hatte. Da klingelte das Telefon: »Hallo«, antwortete Maggie. »Wer ist da?«

»Ich bin es, Evangeline«, erklang eine überaus fröhliche Stimme. »Ich wollte Sie nur fragen, ob Sie vielleicht spontan Zeit hätten und wir uns treffen könnten. St. John und ich haben uns nämlich ausgesprochen. Er wird seine Geliebte verlassen und hat geschworen, dass er alles daran setzen wird, unsere Ehe zu retten. Und – das muss ich Ihnen auch noch sagen – gestern haben wir uns geliebt, und ich habe in meinem ganzen Leben noch keine solch wunderschöne Nacht erlebt.«

»Da geht es mir ganz ähnlich«, flüsterte Maggie, als sie aufgelegt hatte und nach ihrem Morgenmantel griff.

Ein wenig verlegen stahl sie sich aus ihrem Schlafzimmer und musste zu ihrem Erstaunen feststellen, dass ihre Kollegen von Pandoras-Treuetest-Agentur bereits allesamt auf den Beinen waren: Esmeralda wurde von Luc, der noch zerzauster aussah denn je, in einem stürmischen Walzer durch den Flur gewirbelt, Simona hüpfte auf und ab und riss hinter Lucs Rücken begeistert beide Daumen in die Höhe, und Luc selbst erklärte der versammelten Gemeinschaft: »Ich bin verliebt. Und ich will euch heiraten – euch alle zusammen!« Allein Zoltan saß mit stoisch gleichmütiger Miene in seinem Sessel und rauchte eine Zigarette.

Luc reservierte gleich für den nächsten Flug zurück nach Frankreich einen Platz und wollte sich dort umgehend mit seinem Anwalt zusammensetzen. Schließlich hätten er und Lavinia ihre Ehe in Paris geschlossen, sodass diese auch nach französischem Recht wieder geschieden werden müsse. Er versprach ihnen allen jedoch, so schnell wie möglich zurückzukehren, und rannte, nachdem er sich verabschiedet hatte, noch dreimal die Treppe wieder hinauf, um Maggie noch einen letzten, einen allerletzten, einen allerallerletzten Kuss zu geben. Alle waren in Hochstimmung. Esmeralda trällerte während ihrer Arbeit in der Küche ein Liedchen nach dem anderen, Zoltan erklärte, die Wettervorhersage habe Sonnenschein prophezeit, und Simona rief in regelmäßigen Intervallen: »Viva Maggee!«

Die Klientinnen, die an diesem Morgen in der Agentur ihre ehelichen Sorgen gestanden, waren angemessen verwundert über die euphorische Atmosphäre, die in diesen Geschäftsräumen herrschte. Vor allem aber Maggies Lächeln, mit dem diese die betrogenen Ehefrauen begrüßte, war kaum geschäftsmäßig, sondern grenzte fast schon ans Debile. Doch all das kümmerte sie an diesem Tag nur sehr wenig, und kaum, dass die traurigen Damen das Büro verließen, hatte Maggie sie meist auch schon wieder vergessen. Esmeralda ließ es sich nicht nehmen, zur Feier des Tages ihren geliebten *bacalhau* aufzutischen. Einzig Zoltan verlor in dem allgemeinen Freudentaumel nicht den Kopf.

Luc meldete sich täglich per Telefon aus der Dordogne, und auch Lavinia war seiner Aussage nach bereits nach Frankreich zurückgekehrt und packte ihre Sachen. Gott sei Dank habe er ja Maggie, erklärte er, ansonsten hätte es ihm wahrscheinlich das Herz gebrochen, die Erinnerungen fast eines ganzen Lebens einfach so hinter sich zu lassen. Und überhaupt all diese Fragen: Welches Buch war seines und welche CD Lavinias? Ihr gehörten jedenfalls die Handtücher mit den eingestickten Initialen. Der antike Schuhkratzer gleich neben der Haustür dagegen war seiner. Und auch, was die umfassende Sammlung an klassischer Musik und den gut ausgestatteten Weinkeller anging, erhob Lavinia keinerlei Einwände, als Luc diese für sich beanspruchte. Unterdessen hatte sein Anwalt sich bereits der etwas diffizileren Aspekte der Scheidung angenommen. Dennoch hatte Luc von vornherein klargestellt, dass er Lavinias Unterhaltsansprüche erfüllen würde, egal, was diese auch von ihm forderte, und das Apartment in London könne sie ohnehin behalten. Was dagegen ihren gemeinsamen Sohn betraf, sah Luc bereits so manches Unheil auf sich zukommen. Denn obgleich der Junge natürlich bereits erwachsen war und in Aix-en-Provence studierte, so schien dieser mit der Trennung seiner Eltern doch keineswegs einverstanden. Luc wollte Maggie gegenüber zwar nicht allzu sehr ins Detail gehen, doch seiner Meinung nach habe es ganz den Anschein, als ob ihr einziger gemeinsamer Spross sich auf die Seite seiner Mutter schlagen würde. Schon bald, so beteuerte Luc gegenüber Maggie, wolle er wieder zurück in London sein, denn er vermisse sie alle ganz schrecklich. Vor allem aber Pandora, wie Luc immer wieder und wieder betonte, liebe er von ganzem Herzen.

Um zwei Uhr fünfundvierzig am Nachmittag würde seine Air-France-Maschine in London landen, informierte Luc Maggie, und pünktlich stand diese in der Ankunftshalle und wartete, während die Schiebetüren sich öffneten und den unzähligen Menschen mit ihren Rollkoffern Platz machten. Da gab es Mütter mit ihren Kindern, die von begeisterten Großeltern in Empfang genommen wurden, Liebende, die sich im Freudentaumel des Wiedersehens um den Hals fielen, es gab Geschäftsleute, die schweigend auf eine Gruppe von Fahrern zueilten, und es gab die Fahrer selbst, die wie der Chor in einer Oper ordentlich aufgereiht nebeneinanderstanden und Schilder in die Luft hielten, auf denen in krakeliger Schrift die Namen ihrer Fahrgäste standen. Jedes Mal, wenn die Schiebetüren sich ein weiteres Mal öffneten, spürte Maggie, wie ihr Herz einen kleinen Hüpfer tat. Sie wünschte sich so sehr, endlich Lucs untersetzte Gestalt durch die Türen marschieren zu sehen. Nach einer Weile kamen immer weniger und weniger Menschen durch die Schiebetüren geeilt, bis diese ganz geschlossen blieben.

Luc aber war nicht zurückgekehrt.

Natürlich war er nicht zurückgekehrt. Er hatte es sich anders überlegt! Männer sagten ja alle naselang, dass sie einen liebten, und meinten es doch nicht so. Das wusste Maggie mittlerweile. In den vergangenen Monaten hatte sie zahlreiche Frauen aus allen gesellschaftlichen Schichten kennengelernt, die alle diese Erfahrung hatten machen müssen. Maggie hätte schreien mögen, doch sie schwieg.

Tränen rannen ihr über die Wangen. Sie war so maßlos enttäuscht von Luc.

Plötzlich glitten abermals die Schiebetüren zur Seite – und da stand er! Die Arme weit ausgebreitet rief er aus voller Kehle: »Maggie, *mon amour!*«

Maggie hatte während Lucs Abwesenheit keineswegs die Hände in den Schoß gelegt. Stattdessen hatte sie beschlossen, eine neue Wohnung anzumieten, irgendwo in einem »neutralen« Stadtteil, wo weder Luc noch sie ständig von irgendwelchen Erinnerungen heimgesucht würden, die sie an ihr vergangenes Leben und ihre verflossenen Ehepartner erinnerten. Schließlich wollten sie ein ganz neues Leben beginnen! Dieses Leben nahm seinen Anfang in Notting Hill. Der Rest der »Familie«, wie sie Zoltan, Simona und Esmeralda nun nannten, würde auch weiterhin in der Ebury Street wohnen, wo Pandoras-Treuetest-Agentur wie gewohnt weiterlaufen sollte.

Maggie rief ein Taxi, um Luc ihr gemeinsames neues Zuhause zu zeigen. Sie hatte die Wohnung sogar bereits komplett neu eingerichtet, und zwar in einem sehr minimalistischen Stil und mit modernen italienischen Designermöbeln. Die Wohnung repräsentierte somit einen krassen Bruch mit allem, was Maggie bisher vertraut gewesen war, und dies reichte von der bourgeoisen Gemütlichkeit in Ledbury über die obligatorischen Kronleuchter in den Botschaftsvillen bis hin zu dem sehr klassischen Stil der etablierten Oberschicht in Jeremys Wohnung. Luc stimmte der Anblick ihrer neuen Wohnung richtig euphorisch, und sofort lag er auf ihrem neuen Bett Probe. Genüsslich streckte er sich aus. »Oh, Pandora«, murmelte er, »bitte, leg dich zu mir.« Maggie schmiegte sich in seine Arme –

und kam doch nicht umhin, das Loch zu entdecken, das in einer von Lucs Socken klaffte. Von nun an würde sie ein Auge auf Lucs Erscheinungsbild haben.

Sie liebten sich, lagen anschließend Seite an Seite da und betrachteten die frisch gestrichene Zimmerdecke. Dann hat es also tatsächlich seinen Grund, dachte Maggie mit einem Seufzer der Zufriedenheit, wenn die Leute alles Sexuelle auch immer ein wenig mit den Franzosen verknüpfen.

In diesem Moment, während Maggie noch ihren Gedanken nachhing, streckte Luc den Arm nach ihr aus und zog sie abermals an sich. »Ich bin so froh, dass ich dich habe«, flüsterte er. »Denn es ist mir trotz allem wirklich schwer gefallen, einen Schlussstrich unter mein bisheriges Leben zu ziehen.«

»Ich weiß«, erwiderte Maggie mit leiser Stimme. »Hast du eigentlich Lavinia von mir erzählt?«

»Aber ja, natürlich habe ich das.«

»Hast du ihr auch meinen Namen verraten?«

»Ja. Und sie sagte sogar, sie kenne deinen Namen. Aber sie hätte noch nie davon gehört, dass irgendjemand in deiner Familie Pandora heiße.«

»Das überrascht mich nicht«, entgegnete Maggie mit leisem Lachen.

»Und trotzdem wirst du für mich immer meine Pandora bleiben.«

»Aber hat sie sich denn gar nicht danach erkundigt, was für eine Art Mensch ich bin?«, wollte Maggie wissen.

»Nein, danach hat sie nicht gefragt. Aber ich habe ihr trotzdem von dir erzählt. Habe ihr gesagt, wie wunderschön du bist und wie sinnlich und wie charmant, wie warmherzig und liebenswürdig, wie loyal und verlässlich, *ma douce* Pandora.«

»War das etwa schon alles?«, scherzte Maggie. »Jetzt muss sie ja richtig versessen darauf sein, mich endlich kennenzulernen.«

Luc wandte sich zu ihr um. Ganz sicher war er sich nicht, aber nahm Maggie ihn etwa auf den Arm?

»Hat sie keine Fragen nach mir gestellt?«

»Doch, natürlich hatte sie ein, zwei Fragen. Sie wollte wissen, wo du aufgewachsen bist und auf welche Schule du gegangen bist. Aber du kennst ja die Engländer. Die wollen ja grundsätzlich von jedem wissen, welche Schule man besucht hat.«

Maggie dachte zurück an ihren dunkelroten Faltenrock und die Strickjacke, die zur Uniform der Malvern School for Girls gehört hatten. Sie war Mitglied des Hockey Teams gewesen. Wie kalt es doch gewesen war auf dem Hockeyfeld und wie kalt in den langen, mit steinernen Fliesen ausgelegten Schulfluren und in den Klassenzimmern, wo alle einen Platz an den Heizkörpern hatten ergattern wollen. Und auch die Lehrerinnen hatten diese Kälte ausgestrahlt. Wie dumm es doch war, zu behaupten, die Schulzeit sei die beste Zeit im Leben. Sie, Maggie, war *jetzt* zum ersten Mal in ihrem Leben wirklich glücklich.

Luc wollte Maggie heiraten, sobald die Scheidung rechtskräftig wäre. Es sollte eine ganz kleine und private Zeremonie werden, mit Esmeralda, Zoltan und Simona als Trauzeugen. Ganz im Geheimen allerdings hoffte Luc, dass auch sein Sohn kommen würde. »Du musst Jerome unbedingt einmal kennenlernen«, erklärte er Maggie. »Ich bin mir sicher, dass ihr beide euch versteht, wenn ihr euch erst ein bisschen näher beschnuppert habt. Schließlich seid ihr beide Briten.« Einen Teil des Jahres, so beschlossen

Maggie und Luc, wollten sie in London verleben, damit Maggie in der Agentur nach dem Rechten sehen und Luc in der Hauptstadt seinen Wein verkaufen konnte. Den Rest der Zeit wollten Maggie und er in seinem kleinen *château* genießen. Maggie würde es in der Dordogne sicherlich hervorragend gefallen, versicherte er ihr, während er geschäftig durch ihr neues Wohnzimmer marschierte, hin und her, vor und zurück. Sein altes Haus und seine Hunde und natürlich die Schweine würde sie ganz bestimmt in null Komma nichts ins Herz schließen. Dann würde sie auch Attila sehen und bestaunen können, wie dessen Familie weiter wuchs. Auch zur Weinernte wollte Luc Maggie unbedingt mitnehmen und gemeinsam mit ihr die Reben pflücken, um sich dann mit den Weinbergarbeitern an einen der langen Tische im Innenhof seines Schlösschens zu setzen und den neuen Jahrgang zu feiern.

»... und dann essen wir *tripes á la mode de Caen ...*«, fuhr Luc schwärmerisch fort.

»... Kutteln ...«, wiederholte Maggie in angeekeltem Tonfall, und eine kleine Gewitterwolke kreuzte den heiteren Liebes-Himmel.

»... und wir tanzen den *java ...*«, fuhr Luc fort. Plötzlich aber wandte er sich alarmiert zu Maggie um und fragte: »Du weißt doch hoffentlich, wie man ihn tanzt, *le java*, meine ich?«

»Nein«, gestand Maggie ihm ehrlich. »Aber dafür weiß ich, wie man Tango tanzt.«

Natürlich, so betonte Luc, dürfe die Familie sie jederzeit besuchen kommen.

Maggie wusste, dass er mit »die Familie« in diesem Moment nicht Sue und Jim und deren beide Töchter gemeint hatte, sondern vielmehr Zoltan, Simona und Esmeralda, ihre Familie aus der Ebury Street. Maggie war sich bewusst, dass diese sie nun, da sie wieder einen Mann an ihrer Seite hatte, mit ganz neuen Augen betrachtete. Was mag bloß die Ursache dafür sein, überlegte sie, dass die Menschen eine Frau für interessanter und unterhaltsamer hielten, wenn diese einen Lebenspartner hat? Als Witwe oder betrogene Ehefrau, das erkannte Maggie nun, hatte sie auf dem gesellschaftlichen Parkett eine sehr armselige Figur abgegeben. Nun jedoch... Mit einem Mal war Zoltans Benehmen ihr gegenüber noch eine Spur respektvoller, und Simona hatte es sich angewöhnt, ihr von Zeit zu Zeit verschwörerisch zuzublinzeln und diese typisch italienische wedelnde Geste zu machen, als wolle sie mit der Handkante diagonal die Luft durchschneiden, was so viel besagte wie: »Du gerissenes Mädchen, du! Du hast es ja faustdick hinter den Ohren.« Esmeralda saß derweil fleißig hinter ihrer Nähmaschine und produzierte Unmengen an Leinenlaken und mit Monogrammen versehenen Handtüchern, fest entschlossen – und damit Maggies Mutter, die damals die gleichen Anstrengungen unternommen hatte, nicht ganz unähnlich –, »ihre« Maggie auf keinen Fall ohne Aussteuer über die Schwelle von Lucs kleinem *château* treten zu lassen.

Manchmal kamen Maggie und Luc zum Abendessen in der Ebury Street vorbei, wobei Luc jedes Mal darauf bestand, Esmeralda in der Küche zu helfen, entweder, indem er die Zwiebeln schnitt, oder aber, indem er das Bratgut in den Pfannen wendete. Nach einer Weile jedoch hatte er es geschafft, ihr bei ihrer Arbeit in der Küche nicht nur zur Hand zu gehen, sondern die führende Rolle zu übernehmen. Mit einem Mal war also er der Chef, eingewickelt in eine riesige Schürze, die ihren blütenweißen Charakter nur für sehr kurze Zeit behielt, während Esmeralda, die ganz verzückt war angesichts seiner Kochkünste, am Schneidebrett stand. Luc war ein Gentleman durch und durch, stellte Maggie fest, denn er hatte diesen kleinen Rollentausch in der Küche so geschickt vollzogen, dass er damit nicht im Entferntesten an Esmeraldas portugiesischen Stolz gerührt hatte.

Daheim in ihrem neuen Apartment war es im Übrigen so, dass Maggie nur ein einziges Mal die Gelegenheit bekommen hatte, ihren typisch englischen Sonntagsbraten zuzubereiten, ehe Luc das Regiment in der Küche übernahm. Zu den impulsiven Melodien von Mozart, die aus dem komplexen Stereosystem drangen – dies war Lucs stolzer Beitrag zur gemeinsamen Wohnung gewesen – zauberte er solch köstliche und unwiderstehliche Genüsse, dass Maggies Mutter sie gewiss als »exquizit« bezeichnet hätte. Dann jedoch, eines Sonntags, als Luc am Herd stand, wurde Maggie plötzlich traurig: Wie stolz ihre Mutter doch gewesen wäre, hätte sie noch miterleben dürfen, dass ihre Tochter nun gar eine französische *comtesse* war! Und wie sie gejubelt hätte vor ihren Freundinnen, dass Maggie nun in einem *château* wohnte, das sie natürlich, Gott bewahre, nie als klein bezeichnet hätte.

»›Wein nicht um die kleine Leonie!‹«, hatte Sue Maggie am Telefon mit einigen Zitaten geneckt, »›denn ist sie auch entführt, so doch zumindest von ’nem Marquis!‹«

»Luc ist kein Marquis, sondern ein Graf«, hatte Maggie protestiert.

»›Und war der Ehrverlust auch böse, so spricht sie jetzt doch wie’n echter Französe!‹«

»... und ich muss auch nicht die ganze Zeit Französisch mit ihm reden, denn Luc spricht ganz hervorragend Englisch. Nur, damit du es weißt, Schwesterherz«, beendete Maggie ein ganz klein wenig verstimmt das Telefonat.

Eines Tages, als Maggie aus dem Büro zurückkehrte, stellte sie zu ihrer grenzenlosen Überraschung fest, dass Luc in einer der Ecken des Wohnzimmers, dort, wo das Licht am besten war, eine Staffelei aufgestellt hatte. »Du musst unbedingt wieder malen«, forderte er sie auf. »Du bist schließlich eine echte Künstlerin!« Maggie malte tatsächlich ein recht ausdrucksstarkes Portrait von Luc, das Ähnlichkeit hatte mit den Werken Lucien Freuds – und das Jeremy mit Sicherheit als »hoffnungslos« und »ganz einfach zu viel des Guten« bezeichnet hätte.

»Weißt du was?«, fragte Luc eines Tages, als er Maggie in eine seiner bärengleichen Umarmungen schloss. »Nächste Woche kommt Jerome. Eigentlich kommt er zwar, um seine Mutter zu besuchen, aber er hat gesagt, dass er auch dich gerne kennenlernen will.«

Jeromes Flug hatte Verspätung. Luc und Maggie blieb also nichts anderes übrig, als kreuz und quer durch den Flughafen zu bummeln, um die Zeit totzuschlagen. Als Luc an einem Kiosk vorbeikam, kaufte er sich eine Ausgabe der Le Monde. »Weißt du«, sagte er plötzlich zu Maggie, »es ist wirklich jammerschade, dass wir beide keine Kinder mehr bekommen können.«

Maggie spürte diesen Stich im Inneren, den sie immer spürte, wenn das Thema auf »Kinder« kam. »Ja«, sagte sie, »das ist wirklich schade.«

»Hätten wir einen Sohn gehabt, wäre es natürlich ein

echter Franzose geworden«, erklärte Luc im Brustton der Überzeugung. »Aber du wirst schon sehen, auch Jerome ist ein richtig prima Bursche. Nur, nun ja, er ist eben sehr, *sehr* englisch.«

Insgeheim dachte Maggie, dass der Edward, den sie sich immer gewünscht hatte, zweifellos auch sehr, sehr englisch geworden wäre mit seiner Schulmütze und dem dazugehörigen Blazer und den knubbeligen kleinen Knien, die unter dem Saum seiner kurzen grauen Hosen hervorgelugt hätten … Doch sie schwieg und erwiderte nichts, denn derlei Dinge waren einen Streit nicht wert.

Gemeinsam warteten sie und Luc im Terminal hinter der Abgrenzung und beobachteten, wie die Schiebetüren sich öffneten und schlossen und die Fluggäste in die Ankunftshalle strömten. Als ein junger Mann durch die Glastüren trat, wusste Maggie schlagartig und mit durch nichts zu erschütternder Gewissheit: Das ist Jerome. Der junge Mann lächelte freundlich, als er auf sie beide zuschritt, und hob dann mit weichen Fingern, die in ovale roséfarbene Nägel ausliefen, Maggies Hand an sein Kinn. Verdutzt betrachtete Maggie den makellosen Mittelscheitel, als der junge Mann sich über ihre Hand beugte. »Du bist spät dran«, begrüßte Luc seinen Sohn unterdessen mit einem freundschaftlichen Schlag auf dessen Rücken.

Sogleich warf Jerome einen Blick auf seine Uhr. Er drehte das Handgelenk, um die Reflexion des Lichts auf dem Uhrglas zu vermeiden, in einer Weise, die Maggie durch und durch vertraut war. Dann lachte er ein schiefes kleines Lächeln. »Na ja, ich hoffe, ich war euch die Warterei wert.«

»Oh, absolut!«, sagte Maggie.

Sie folgte Vater und Sohn aus dem Flughafen und beobachtete, wie diese sich gegenseitig in die Seite boxten und auf den Rücken klopften, eben all das taten, was Männer nun einmal tun, wenn sie einander ihre Zuneigung beweisen wollen, und ihr Herz fühlte sich an, als wollte es bersten.

Und als sie auf dem Weg in die Londoner Innenstadt eingezwängt zwischen den beiden auf der Rückbank des Taxis saß und ein Geheimnis hütete, das sie wohl für den Rest ihres Lebens besser für sich behalten sollte, da stellte sie fest, dass Jeremy in dieser ganzen Sache also doch das letzte Wort behalten hatte – sein Sohn glich ihm beinahe bis aufs Haar.

Danksagung

Ich danke meiner Schwiegertochter Leonor Correa da Silva Zwack, meiner Stieftochter Iris Zwack, meinen guten Freundinnen Tanja Star-Busmann, Elisabetta Michahelles, Kirsten Hadik, Idanna Pucci, Katharina Alles, Sissi Ago, Magda Zalan, Patricia Perini, Francesca Sepe, sowie Nicholas Ingham und dem kürzlich verstorbenen Alex de Gelsey. Sie alle haben mir stets überaus hilfreich zur Seite gestanden, ebenso wie zahlreiche Mitglieder des Diplomatic Corps of Great Britain – die allerdings namentlich unerwähnt bleiben möchten. Nicht zuletzt möchte ich natürlich noch Nicholas Perren danken und meiner wunderbaren Lektorin Kate Parkin.